Abrázame fuerte

Abrázame fuerte

LOF YU

DESTINO

DESTINO INFANTIL Y JUVENIL, 2012
infoinfantilyjuvenil@planeta.es
www.planetadelibrosinfantilyjuvenil.com
www.planetadelibros.com
Editado por Editorial Planeta, S. A.

Avda. Diagonal, 662-664, 08034 Barcelona
Primera edición: junio de 2012
Tercera impresión: octubre de 2013
ISBN: 978-84-08-00574-2
Depósito legal: B. 15.379-2012
Impreso por Huertas Industrias Gráficas, S. A.
Impreso en España – Printed in Spain

El papel utilizado para la impresión de este libro es cien por cien libre de cloro y está calificado como **papel ecológico**.

Capítulo 1

Yo quiero
decirte que te amo
en esta hora cuando
tú tiemblas
y no sabes
por qué.

José Agustín Goytisolo

A media tarde, en una plaza del centro

—¡Ve tú!

—Pero ¿cómo voy a ir yo, Bea? ¡Es tu cita!

—Por favor, Silvia... ¡Que me da una vergüenza que me muero! ¡Es tan mono!

—Pero si lleváis siglos hablando por el Messenger... ¿Y ahora te da vergüenza?

Silvia mira a su amiga y no se lo puede creer. Hace meses que Bea no deja de hablar de Sergio, de cuánto tienen en común, de lo que le gusta chatear con él casi todas las noches, y de que por fin van a conocerse en persona... Y ahora que lo tiene a sólo unos pocos metros, está bloqueada. ¡Bea! La valiente deportista que parece más fuerte que un roble está paralizada de repente.

—Está bien, ¿qué quieres que haga? —responde Silvia, dándose por vencida.

—¡Ésa es mi chica! —exclama Bea, al tiempo que da un sonoro beso en la mejilla de su amiga—. Sólo tienes que ir y decirle que eres mi amiga Silvia y que te he enviado porque me he puesto enferma y por eso no he podido acudir a la cita; que, como no tenía su móvil, te he pedido que fueras para avisarlo y no darle plantón.

—Muy bien, Bea, escúchame —le dice Silvia mirándola directamente a los ojos—. Sólo quiero que te lo pienses una vez más. Llevas semanas esperando este momento. ¿Estás segura de que no quieres ir?

—Me gusta mucho, Silvia —confiesa su amiga con los ojos temerosos—, y tengo miedo de que esto no funcione. ¿Y si no le gusta mi voz, o no resulto tan divertida como cuando chateamos? ¿Y si no le gusto?

—Pero ¿cómo no le vas a gustar? Con lo preciosa que eres —replica Silvia para subirle la autoestima pero, sobre todo, porque lo cree—, y con ese tipazo que tienes.

—No sé, Silvia... Hoy no, ¿vale? Prometo quedar con él otra vez y ser más valiente, pero hoy no, Silvia. Por favor.

Silvia mira a su amiga y suspira.

—Lo haré —responde en tono tranquilizador.

Bea abraza muy fuerte a su amiga.

—Anda, quita, lapa; déjame, que tengo una misión —dice Silvia con guasa y guiñándole un ojo.

Unos minutos después, en el mismo lugar

Sergio mira el reloj: Bea se está retrasando. Empieza a pensar en lo que le ha dicho su primo Manu: que era tonto por quedar con una chica a la que no conoce, que probablemente le daría plantón, o ¡que la foto que le mandó era falsa y que, en realidad, se trataría de un hombre! Pero no hay que hacer demasiado caso a Manu: es de esas personas que creen que todos los que están en Internet son unos tarados. En cambio, Sergio piensa que Internet es exactamente igual que el mundo real. La única diferencia estriba en que empiezas conociendo a la gente desde dentro, y lo último que descubres es el físico. No es que la belleza de Bea no le importe, por supuesto que sí, pero en los dos meses que llevan chateando le ha demostrado que tiene un buen fondo y que es una chica legal, y eso sí que lo tiene en cuenta.

Pero la muchacha se está retrasando. «¿Y si Manu tiene razón y, al final, Bea me deja plantado?», piensa Sergio. Justo en ese momento ve a una chica acercarse a él.

«No es Bea, a menos que se haya teñido el pelo o me haya mentido», piensa Sergio. Bea es rubia como Cenicienta, y delante de él tiene una morenaza de mucho cuidado. Mira a un lado y a otro, y la chica se sigue acercando.

«¿Y si no tuviera nada que ver con Bea? ¿Y si resulta que he ligado? Antes ha pasado un grupo de chicas y se han quedado mirándome entre risas. Pues si he ligado..., ¡a buenas horas! Como ahora llegue ella y me vea hablando con otra chica..., ¿qué pensará?»

—Hola —dice Silvia acercándose a él. Sergio se queda mudo—. Vaya, ¿se te ha comido la lengua el gato, o es que en tu casa no saludáis?

Sergio no se lo puede creer. «¡Qué chica más graciosa!»

—Pensaba que te habías equivocado de persona; perdona.

—Tú eres Sergio, ¿no? —pregunta Silvia.

Eso lo descoloca. ¿Quién debe de ser esa chica que no le suena de nada pero que sabe cómo se llama?

—Sí. ¿Y tú? Porque no tengo el placer de conocerte... ¿o sí? —Sergio piensa en la posibilidad de que Bea le haya mentido en cuanto a su físico, y que sea ella en realidad.

«Vaya —piensa Silvia—, por fin despierta.»

—Soy Silvia —responde ofreciéndole la mano—. Amiga de Bea.

Eso tranquiliza a Sergio, que sigue callado, atento a lo que va a decirle la chica.

—Bea se ha puesto enferma esta mañana, algo no le ha sentado bien, y por eso no ha podido venir a la cita. Me ha pedido que viniera. Como no tiene tu móvil... —Silvia calla; el chico parece algo decepcionado.

«Claro, pobre, si tenía la mitad de ganas que Bea de tener esa cita, ¡no me extraña!»

—Bueno... Pues otro día será, ¿no? —contesta el chico.

Silvia no puede evitar fijarse en su físico. Es bastante moreno, y el color de sus ojos es... ¿gris? ¿Gris verdoso? Tienen un color algo indefinido. Es bastante alto, o quizá lo parece más porque es delgado. El pelo, corto y lacio, le cae un poco por la frente y le da un aire misterioso. Lleva camiseta y pantalones vaqueros, va muy normal. Deportivas modernas. Y un collar de cuero en el cuello con un par de piedras, el típico que te compras tras un viaje veraniego de fin de curso a alguna isla. El chico no ha sonreído nada desde el encuentro, pero a Silvia le cae bien. Parece majo.

—Bueno... —repite el chico, alicaído.

—Oye, que Bea siente un montón no haber podido venir, ¿eh? Lo estaba deseando —dice Silvia, para proteger a su amiga.

La cara de Sergio se ilumina un poco.

—Yo también tenía ganas de verla —confiesa, a la vez que le regala una bonita sonrisa.

—Bea es una chica genial, ya verás. En cuanto se recupere, os conoceréis de una vez —le anima Silvia.

—Sí, lo sé. Esta noche la buscaré en el chat. Gracias por todo... ¿Silvia?

—Sí, Silvia.

Ambos se quedan callados, mirándose y sonriendo. Silvia nota que se sonroja. ¿Por qué?

Intenta quitar hierro al asunto.

—Vaya, ha pasado un ángel.

—Y que lo digas —se ríe él.

—Bueno, pues ya está, sólo venía a decirte eso —aclara ella tapándose las mejillas con las manos.

—Sí.

—Pues encantada.

Silvia hace amago de irse, pero la voz de Sergio la detiene:

—¿Hacia dónde vas?

—¿Qué? —La pregunta pilla por sorpresa a Silvia. Mira en dirección a Bea, que supone que debe de seguir escondida tras el quiosco de revistas, junto a la parada de metro—. Bueno..., eh... Cojo el metro —dice, con la voz entrecortada.

—¿Dónde vives? —pregunta el chico. La pregunta vuelve a coger desprevenida a la chica.

—Esto... Muy lejos; muy, muy lejos, sí —miente ella.

A Silvia no le gusta nada mentir, y se siente muy incómoda. Se vuelve a poner roja y no sabe qué decir. Sergio se ríe y pregunta:

—¿Qué es muy, muy lejos para ti?

Silvia no sabe qué responder. ¿Le miente? Pero si le miente y se empeña en acompañarla, o algo, puede acabar en la otra punta de la ciudad y con un lío de los gordos. ¿Le dice la verdad? Sí, le dice la verdad. Y la verdad es que Silvia vive bastante cerca del centro. Sergio vuelve a reírse.

—Sí que está muy muy lejos, sí... —contesta él con ironía—. Anda, te llevo en moto.

Y, sin esperar a que ella responda, Sergio empieza a andar.

—¡No, no! De verdad que no hace falta. Si me apetece caminar... —vuelve a mentir la chica.

—No seas boba, es lo mínimo que puedo hacer por ti, ¿no? Después de todo, tú has venido hasta aquí sólo para avisarme. —Sergio la mira muy serio—. Repito: es lo mínimo que puedo hacer por ti. Además, así gano puntos con Bea —añade, y le guiña un ojo.

Sergio cree que conoce muy bien a Bea, pero no es cierto. Si lo fuera, sabría que no es buena idea llevar a Silvia a casa. Bea es muy buena, pero, como la mayoría de las chicas de su edad, es insegura, y a veces las chicas inseguras pueden ponerse muy celosas.

Silvia no encuentra ninguna excusa para rechazar el ofrecimiento y, mientras Sergio se dirige hacia su moto, ella mira en dirección al quiosco y le hace un gesto de impotencia a su amiga Bea, que la mira con cara de: «¿Qué está pasando? ¿Qué hacéis?». En ese momento, Sergio se da la vuelta y le dice:

—¡Vamos! —La seguridad con la que habla abruma un poco a Silvia—. ¿Subes?

Ella duda. Sergio interpreta que la moto le da respeto y le ofrece la mano para ayudarla. Sube a la moto y se coloca el casco. «¡Quién me mandaría hacer caso a Bea! Bueno, tampoco es tan grave; en quince minutos estaré en casa, la llamaré, le contaré lo majo que es su chico y nos reiremos de todo. Espero», piensa.

—¿Lista?

Silvia asiente y Sergio enciende el motor.

Bea está que trina. «¡Silvia se ha subido a la moto de Sergio! ¡Seguro que se lo ha ligado! No, Silvia nunca haría una cosa así... ¡Es una de mis mejores amigas! Pero... ¿y entonces?» Bea no entiende nada. Ha seguido todo el encuentro de su amiga con Sergio y... ¡¿se van juntos?!

Observa cómo el chico arranca la moto y, cuando los pierde de vista, se marcha a casa un pelín agobiada, pensando que tal vez haya sido demasiado cobarde.

La moto arranca y la sacudida echa a Silvia hacia atrás, por lo que, de manera instintiva, se sujeta al chico.

—Abrázame fuerte —dice Sergio, riendo.

Al decir eso, el chico aprieta con sus manos los brazos de Silvia, que están bien agarrados alrededor de su cintura. Un escalofrío le recorre la espalda al hacerlo. A su vez, ella siente un ligero cosquilleo en la barriga.

Capítulo 2

Me miran con tus ojos las estrellas más grandes.
Y como yo te amo, los pinos en el viento
quieren cantar tu nombre con sus hojas de alambre.

PABLO NERUDA

Minutos después, en casa de Silvia

Las fórmulas ya le bailan a David. No da más de sí, lleva toda la tarde del viernes estudiando para el examen de física. Y no es que no se lo sepa, pero le gusta ir seguro a los exámenes. No ha suspendido jamás; de hecho, nunca ha bajado de notable. Su hermana Silvia suele burlarse de él, y lo llama «empollón». Pero ella también se toma los estudios muy en serio. Vendrá de familia.

David consulta el despertador digital que ha dejado encima del escritorio para ir controlando el tiempo: falta media hora para que Nacho se pase a buscarlo y vayan al Club. Han quedado con Nerea y con otros chicos de la facultad.

De pronto, suena un pitido de entrada de un SMS en su móvil. Lo coge y lee:

¿Puedes decirle a Silvia que estamos en el Club? No responde al teléfono. ¡Gracias! ☺ Ana.

David relee el mensaje. ¡Ana! Es una de la mejores amigas de su hermana Silvia, pero también es una chica que le gusta mucho. Ella no lo sabe, y David no quiere que lo sepa. «¡Qué ridículo, cómo se reirían de mí esas niñas si supieran que estoy colado por una de ellas! Bueno, colado... Me gusta, pero es una niña. Yo tengo veinte años, y no puedo andar con niñas de dieciséis. No estaría bien. Y encima Ana, que es una más de la familia. La de veces que habrá venido a estudiar a casa con Silvia, y hemos coincidido para merendar; las noches que se habrá quedado a dormir y habremos visto una película los tres juntos...» Aunque David es consciente de que se trata de una historia imposible, no puede evitar fantasear con ella. Muchas veces se queda colgado leyendo un libro de química, y su imaginación vuela pensando en la pequeña Ana y en todas las cosas que tienen en común a pesar de la diferencia de edad.

Los dos son morenos y altos. Los dos son personas serias pero tiernas a la vez y, aunque ella es de letras y él de ciencias, David está seguro de que sería una buena pareja para ella. Pero rápidamente se saca todas esas fantasías de la cabeza y se horroriza de tener esos sentimientos. Es hora de vestirse. Cierra el libro de química y se prepara para la ocasión.

Mientras, en el Club

Ana acaba de enviar el mensaje.

—¿He hecho bien, Estela?

Ana no está segura de lo que acaba de hacer. Se ha dejado convencer por su amiga, que es muy atrevida, pero ella no es tan lanzada y se siente un poco extraña.

—¡Pues claro que sí! —responde Estela con rotundidad—. Lo importante es que sepa que estás aquí.

Sí, ése era el plan. Hoy las chicas se han dividido para llevar a cabo diferentes misiones: Silvia acompañaba a Bea a su cita con Sergio, y Estela acompañaba a Ana al Club para que se hiciera la encontradiza con David. Y, para asegurarse de que el chico supiera que Ana acudiría al lugar, han urdido esa pequeña artimaña de mandarle un mensaje haciendo como que buscaba a su hermana. Al menos, ahora David sabe que Ana va a estar allí. A lo mejor David iría de todos modos, aunque no tuviera ningún interés especial en Ana, sólo porque ha quedado con sus amiguetes de la facu; pero lo que está claro es que si David cambia de plan, entonces Ana... no tendrá nada que hacer.

«Pero David vendrá; claro que vendrá», piensa Estela, a la vez que mira la hora en el móvil con una mano y se muerde las uñas con la otra.

Eso tienen las *Princess*: se agarran a la esperanza, por pequeña que sea.

Las *Princess*. Puede parecer un mote de grupo muy infantil, pero los motes de «princesa» las hacen sentir especiales y, al mismo tiempo, las definen bastante bien.

Silvia es Yasmin, ya que es la más morena de todas, y la más lista. Sabe escuchar, y siempre está cuando la necesitan. Su problema es que no sabe pedir ayuda, y le cuesta abrir su corazón y explicar lo que le pasa. Sabe guardar secretos. Es muy honesta, y no miente nunca.

Bea es la más guapa de todas, y por eso se ha quedado con el apodo de Cenicienta. Rubia y con los ojos azules, a veces provoca envidia entre las chicas del instituto. Es deportista y sana. Le gustan las motos, el fútbol e ir en bicicleta por la ciudad. Tuvo un novio llamado Pablo, que le hizo mucho daño, y le cuesta confiar en los chicos. Es de esas chicas que, por desgracia, creen que todos los hombres son iguales.

Estela es Aurora, la Bella Durmiente, por una razón muy simple: es la que desprende más magia de las cuatro. Es la menos guapa, pero la que tiene más personalidad. Le gustan los *piercings*, los tatuajes y teñirse el pelo. Cada mes lo lleva de un color distinto. Ahora toca rojo y rastas. Es la más atrevida de todas. Es divertida, irónica y muy rápida. Una luchadora nata. Si quiere algo, va a por todas. Por ello, todas las amigas le piden consejo sobre asuntos amorosos.

Y por último está ella, Ana, a quien han apodado Blancanieves por su piel de porcelana, su melenita negra y su dulzura. Muy ordenada, es la más tímida de las cuatro amigas. Joven pero muy reflexiva, escribe un blog que tiene mucho éxito. Sueña con ser escritora de mayor, y está locamente enamorada de David.

Ana está nerviosa. Se ha puesto muy guapa. Más que guapa, *sexy*. Algo nada normal en ella. Se ha pasado la tarde en casa de Estela sacando ropa de los armarios y maquillándose. Se siente rara. Lleva una minifalda y un escote demasiado generoso para su gusto. Pero la que entiende de hombres es Estela, y su misión es que, por una vez, David no la vea como a una niñata. Que la vea con otros ojos...

«Eso si viene», piensa ella.

En ese mismo instante, en un semáforo de la ciudad

Silvia sigue agarrada de la cintura de Sergio. El cosquilleo que tiene en la barriga no puede augurar nada bueno. No debería sentir eso: ¡es el chico de Bea! Bueno, no es exactamente el chico de Bea todavía, pero va a serlo seguro, en un futuro cercano. Además, ¡no lo conoce de nada! No puede gustarte alguien así, ¡bum!, de repente. ¿O sí que puede? «Mira que como sea esto a lo que llaman flechazo...» No, no, está haciendo una montaña de un grano de arena. Ni flechazo ni nada. Sólo ha sido la impresión que le ha producido la moto, y que él la cogiera. No está acostumbrada a eso. No ha tenido novios. Ni uno. Eso es algo que le preocupa mucho, aunque nunca lo reconocerá en voz alta.

«¿Qué pensaría Sergio de mí si supiera que nunca he besado a nadie, que nunca he dado mi primer beso de amor? ¿Creería que soy una reprimida? ¿Una mojigata, como dice Estela? ¡Qué vergüenza! Pero... ¿por qué quiero aprender a besar ahora? Total, ¡a quién iba a besar! A Sergio no, está claro... Sergio está prohibido. Sergio es el novio de Bea. Bueno, no es su novio. Pero casi. Ni hablar, Sergio no. Entonces, no necesito aprender a besar. No. Pero... ¿cómo besará Sergio?»

—¡Silvia! —dice Sergio, dándole una palmada en el muslo—. Ya hemos llegado.

Silvia despierta de su ensoñación y contesta tartamudeando:

—E-eh... Sí, sí...

—¿Es aquí donde me has dicho? —pregunta él al ver que Silvia está como despistada.

—Sí, sí —responde ella bajándose de la moto.

Mientras, en el Club...

—Ana, no te vuelvas ni te pongas nerviosa —susurra Estela—; David acaba de entrar por la puerta.

Evidentemente, Ana se pone hecha un manojo de nervios en cuanto oye esto.

—¡Me tiembla todo, Estela!

—Tranquila, ¡estás guapísima y, cuando te vea, se va a caer de culo!

—¡La que se va a caer de culo en medio segundo soy yo, Estela! ¡Qué nerviosa estoooooooy! —exclama Ana.

—Pues ya se te puede estar pasando, porque viene hacia aquí.

—¡¡¡¿¿¿QUÉEEEE???!!!

—Que te calles ya y te tranquilices, que lo tienes casi detrás.

Sin pensarlo, Ana se vuelve y se encuentra frente a David. Levanta la mano y mueve los dedos en señal de saludo. «Parezco mema», se dice. Él se acerca. La mira y, sorprendido, dice:

—Ana, ¿eres tú? ¿Qué te has hecho?

«Mierda —se dice Ana—, lo sabía, no le gusta.»

Con una sonrisa forzada contesta:

—Nada, las chicas..., ya sabes..., siempre nos arreglamos para salir.

—Claro, acostumbrado a verte por casa casi siempre en chándal... —dice el chico sin poder evitar la cara de alucinado.

«Madre mía, está impresionante. Tan impresionante que quita la respiración», piensa él. Y, como no sabe qué más decir, añade:

—No he visto a Silvia, no he podido darle tu recado.

—No te preocupes —responde ella con un hilillo de voz.

—¿Qué? —pregunta David.

Ana carraspea para aclararse la garganta.

—¿Estás bien? —se preocupa el chico.

—Sí, sí; el humo, ya sabes —contesta Ana, haciéndose la loca.

David sonríe. Y aclara:

—Ya no se puede fumar en los locales.

Ana se quiere morir. «David debe de pensar que soy tonta de remate. Lo que daría por estar en casa de Silvia, con mi coleta de siempre y mis mallas.» Allí, en el Club y vestida de Estela, no se siente tan segura. Lo que sí se siente es muy niña. Una niña que aparenta ser mayor, pero una niña al fin y al cabo.

—No, bueno, es que... he fumado un poco antes de entrar, y por eso... La garganta —se excusa, señalando su cuello.

—¿Fumas? No sabía que fumaras... No te he visto fumar nunca —afirma David, bastante sorprendido.

—Hay muchas cosas que no sabes de mí... y sólo han sido un par de caladas —se justifica ella, sin darle importancia.

—Pues no deberías fumar. Créeme. Luego no podrás dejarlo —responde el chico en tono paternal.

Ana no sabe qué contestar pero, por suerte, una voz femenina los interrumpe:

—¿Quién es esta cría? —pregunta una chica que se cuelga del brazo de David.

Éste se vuelve hacia la desconocida y responde:

—Una amiga de mi hermana.

Y, antes de que pueda presentarlas, Nerea (que así se llama la chica) dice:

—Y qué, ¿te vas a quedar a hacer de canguro, o te vienes a bailar conmigo?

David mira a Ana, pero Nerea tira de él hacia la pista. Ana se vuelve de espaldas para que él no vea que está a punto de echarse a llorar. Y no es porque David no la quiera, que también (aunque ella no lo sepa aún), sino más bien porque no se siente ella misma. En seguida le asalta una idea de entrada para su blog, que colgará cuando llegue a casa.

Nueva entrada:

Pequeña

Todos nos hemos sentido pequeños alguna vez, incluso las personas mayores. Yo no creo que sea pequeña, tengo dieciséis años, y mucha gente me dice que soy muy madura para mi edad. Pero a veces hay lugares y personas que me hacen sentir pequeña. No es que ser pequeña sea malo: que ningún niño menor de dieciséis años se me ofenda al leer esto. Lo malo no es ser pequeño, sino sentirse más pequeño de lo que uno es o desearía ser. Hay un montón de parejas que se llevan muchos años. Lo vemos todos los días en la tele y las revistas del corazón, pero ¿qué pasa cuando tu amor te hace sentir pequeña? Y, si no es tu amor, es el ambiente que le rodea. El espacio.

Hoy me he tenido que marchar de un sitio porque me sentía tan pequeña que tenía miedo de no encontrar la salida; suerte que estaba conmigo mi amiga *Bella Durmiente*, que me ha entregado la llave. Qué necesarias son las amigas. En un momento, ésta me he elevado a la categoría de gigante, como cuando Alicia se vuelve enorme al comerse una galleta en el País de las Maravillas. Igual. Hoy he aprendido algo importante. Las personas nos hacemos grandes y pequeñas con independencia de nuestra edad y, si bien Alicia crecía con galletas, nosotras lo hacemos con autoestima. Si la necesitáis, se la pedís a vuestras amigas, que tienen de sobra. Gracias, *Princess*, por estar siempre conmigo y darme de comer galletas ricas.

Firmado:

Blancanieves

Capítulo 3

> Tengo miedo a perder la maravilla
> de tus ojos de estatua, y el acento
> que de noche pone en la mejilla
> la solitaria rosa de tu aliento.
>
> Federico García Lorca

En casa de Bea

Bea sale del ascensor, saca las llaves del bolso y, por enésima vez, coge el móvil para comprobar si tiene algún mensaje o llamada entrante. Nada. Su fondo de pantalla sigue con una foto de su cantante favorita, y sin rastro de llamadas perdidas ni mensajes. «¿Qué estarán haciendo esos dos juntos tanto rato?» Con un suspiro, deja caer el móvil de nuevo en el bolso y abre la puerta de casa. No puede sacarse la imagen de la cabeza; Silvia ocupando su lugar en la supermoto de Sergio.

«Soy tonta de remate. ¿Cómo he dejado que pasara algo así?»

Se oye ruido en la cocina, pero Bea no tiene ganas de que su madre le pregunte por la cita.

Bea tiene una relación con su madre que las *Princess* envidian. Supone que se llevan tan bien porque Lucía la tuvo de muy jovencita, apenas un par de años mayor de lo que es ella ahora. Cuando piensa en ello, Bea no se lo puede creer. Ella es incapaz de verse con un bombo, ¡con un hijo! Ya ha cumplido los diecisiete y, a esa edad, su madre llevaba tres años saliendo con su padre. Bea ha tenido pocos novios pero, con la excepción de Pablo, por el que se quedó muy pillada, el resto pasarán al olvido. Sus padres le dan envidia: el que se encontraran tan pronto, el que aún se amen y sean felices con sus dos hijas, ella y su hermana mayor, Marta, que está estudiando en Londres... A veces piensa que, tal vez por eso, ella no encuentra novio, porque tiene un referente demasiado perfecto y no se conforma con cualquier cosa. Su padre trabaja mucho, viaja y casi siempre está fuera de casa, pero cuando está con su madre es una pasada. Es detallista y atento, y ayuda en casa... No tiene nada que ver con los padres de sus amigas. Su padre es el novio perfecto.

Bea cruza el pasillo. Pasa por delante de la cocina y, cuando ya casi está alcanzando su habitación, grita:

—¡Ya estoy en casa! —Y entra en su cuarto, cerrando la puerta muy deprisa y con cuidado. Quiere estar tranquila. Echarse en la cama sin hacer nada; sólo esperar a que Silvia la llame.

Se quita la chaqueta, tira el bolso encima del colchón y, tras él, se tira ella. No enciende ni el ordenador para escuchar música. Sólo se queda ahí, echada, quieta, mirando al techo, sin apenas pensar. Esperando a que pasen rápido los minutos, a que Silvia llegue a casa y la llame.

De pronto, la puerta de su habitación se abre tímidamente, y la cabeza de su madre asoma por ella.

—Beatriz, cariño, cuéntame qué te pasa —le susurra con ternura.

—Nada, mamá. Estoy cansada. Anda, cierra la puerta y

déjame tranquila. Estoy bien —contesta Bea, intentando disimular el nudo que tiene en la garganta.

En vez de hacer caso a su hija, Lucía entra en la habitación. Sin decir nada, se tira en la cama al lado de Bea y, dándole un caderazo, le dice:

—Anda, tira para allá, que no quepo.

Ese gesto hace reír a Bea, que se siente muy triste. Sabe que es tonta por sentirse tan insegura. Se siente culpable por haber sido tan cobarde, y a la vez le da rabia que ahora su amiga le robe a su príncipe. Pero no le apetece nada hablar con su madre. Suerte que Lucía es una mujer muy comprensiva y muy buena psicóloga. No le pregunta nada; se limita a estar a su lado y acariciarle el pelo con la mano.

—Te quiero —le dice Bea a su madre en tono cariñoso.

—Y yo a ti, cariño —contesta su madre, a la vez que le da un beso en la mejilla, de esos que hacen ruido.

En otra habitación, en otro edificio

—Marcos, ¿aún no has colocado tu ropa?

Marcos mira a su madre fastidiado. «Qué plasta. ¿Es que no ve que el cuarto es un completo desastre, que no tengo espacio ni para moverme? Hay tantas cajas y cajas y cajas que no sé por dónde empezar.»

—Mamá, esto es el caos, ¡la invasión de las cajas mutantes! —responde en un tono que pretende ser jocoso—. Ya lo arreglaré luego.

—Tranquilo —le calma su madre—. A ver, ¿dónde tienes la ropa?

—¿Y yo qué sé, mamá? Todas las cajas son iguales...

—¿Qué te dije de poner etiquetas en las cajas con el contenido? —le recuerda ella.

—Vale, tienes razón. No lo hice, y ahora no me aclaro. Pero ya lo haré.

La madre de Marcos es de esas mujeres hiperordenadas que quieren que siempre esté todo perfecto, pero que se niegan a ser las criadas de la familia. O sea, que ordenan y mandan todo el rato. Marcos es muy desordenado, y le gusta serlo. Tiene auténticas broncas con su madre por culpa de eso.

—Qué desastre, hijo... Los libros van en una caja más pequeña, y la ropa de invierno, separada de la de verano —dice ella mientras va abriendo cajas en plan inspectora.

—Pues yo no lo hago así —contesta Marcos.

—Pues lo haces mal —replica ella, y se prepara para soltar el típico sermón—: Mira, hijo, en esta vida las cosas sólo se pueden hacer de dos maneras: bien o mal.

—Sí, mamá, y «bien» significa como lo haces tú, ¿no? ¡Doña perfecta! —exclama Marcos, a la vez que tira un libro con rabia dentro de la caja de la ropa.

—Oye, a mí no me hables así. Un poco de respeto, que soy tu madre —responde la mujer, afectada por la actitud de su hijo.

Pero en ese momento, en el que parece que le va a caer una buena, la madre de Marcos actúa de forma muy diferente a la que le tiene acostumbrado. Marieta, que así se llama la mujer, mira a su hijo y suspira. Se sienta en la cama, se muerde los labios y le dice:

—A ver, hijo, ven.

—¿Qué? —contesta él, algo arisco. De repente, se siente como si tuviese ocho años.

—Ven, Marcos, siéntate aquí conmigo —repite ella, dando un par de palmadas en el colchón.

Marcos se sienta. Su madre se levanta y cierra la puerta. Se vuelve a sentar a su lado y lo abraza. Marcos no evita el abrazo, pero deja los brazos muertos.

—Sé que es difícil, hijo; es difícil para los dos. Pero tendremos que hacernos a la idea de que papá ya no está aquí. No quiero decir olvidarlo, ¿eh? Claro que no. Pero sí debemos empezar una nueva vida en la que sepamos estar sin él. ¿Lo entiendes? —Marieta sigue abrazándole—. Sé que papá te falta, y que es difícil cambiar de barrio y de casa, pero vamos a darnos una oportunidad, ¿quieres? —pregunta a la vez que se separa de él y lo mira a los ojos.

—Le echo mucho de menos, y no me gusta este barrio. —Marcos tiene los ojos llorosos.

Su madre calla. No quiere seguir la conversación, porque a ella también se le está formando un nudo en la garganta que le impide seguir consolando a su hijo. Marieta también necesita consuelo desde que perdió a su marido; lidiar con Marcos no es nada fácil desde entonces. Para evitar derrumbarse y echarse a llorar delante de su hijo (ya llora lo suficiente por las noches, al acostarse, con el rostro escondido entre las sábanas para apagar los gimoteos), se levanta de repente y ordena:

—Venga, no seas vago y arregla las cajas.

Marcos no soporta que su madre cambie de tema con las excusas del orden y las malditas cajas. Le indigna que ella se haga la fuerte. Eso le hace sentir débil y culpable, por no poder superar la situación. Una rabia inmensa se apodera de él.

—¡Lo haré más tarde! —exclama enfadado.

Entonces se levanta, abre la puerta de su habitación, coge la chaqueta del perchero y se marcha corriendo.

—Pero, Marcos..., ¡¿adónde vas?! —grita su madre, preocupada.

—Necesito tomar el aire, pasear, estar solo —susurra Marcos ya desde la puerta, casi para sí mismo—. Llorar sin que me oiga nadie...

Llama al ascensor, pero parece que otro vecino se le ha adelantado. Nota las lágrimas brotar; va a ser incapaz de pararlas, así que huye bajando la escalera de dos en dos, a trompicones, agarrado fuertemente a la barandilla para no caer en los saltos.

A pocos metros de distancia

Silvia está delante de su portería. Sergio la ha acompañado hasta allí.

—Gracias por traerme.

—De nada.

Ambos se quedan callados.

—Bueno... —empiezan los dos a la vez.

—Me ha encantado conocerte, Silvia —deja claro Sergio.

—¡Pues espérate a conocer a Bea! —exclama ella con demasiado énfasis.

—Ya la conozco —sonríe el chico—. Por Internet, ¿recuerdas?

—Pero no es lo mismo, ¿no?

—¿Lo dices porque no la conozco en persona? Eso no es tan importante; al menos, para mí. Sólo espero que Bea se recupere pronto y nos veamos al fin. Y hablando de eso, mira, te doy mi número de teléfono para que puedas avisarme si sucede cualquier cosa.

«He quedado de lo más superficial», piensa Silvia.

—Sí..., claro —responde con un hilo de voz.

—Dime —dice el chico, que ha sacado el móvil del bolsillo del pantalón.

Silvia le canta el número. Sergio lo marca y llama.

—Sé que estás ahí y oyes la llamada. Si no respondes, pensaré que no quieres hablar conmigo —bromea él, animándola a responder.

Silvia saca su móvil del bolso; está sonando. Es una canción muy cursi, y ella se avergüenza. Pero él le dice:

—Aunque me encanta esa canción, va, ¡contesta!

—¿Sí? —responde ella titubeante, interrogando con la mirada a Sergio, que está frente a ella.

—Ahora ya sé seguro que tienes mi móvil —le dice él a través del teléfono, y cuelga—. Ya está.

Vuelven a quedarse callados. Se miran. «Todo esto me parece muy raro. ¿Qué estoy haciendo con el novio de Bea?» Entonces, Silvia rebusca en el bolso, saca las llaves de casa y, sin dar tiempo a que Sergio reaccione, se las enseña, sonríe, se vuelve de espaldas a él, abre la puerta del portal y entra.

Una vez a salvo en la portería, se queda quieta, sin encender la luz, y observa cómo el chico se pone el casco mientras se dirige hacia la moto, sube a ella, enciende el motor, arranca y desaparece calle abajo. Entonces desbloquea el teléfono, que aún guarda en la mano, busca en llamadas entrantes, selecciona la última, le da a «Editar» y escribe: «Sergio». Acto seguido, pulsa en «Guardar contacto».

Silvia tantea la pared del portal buscando el interruptor de la luz. Se pone nerviosa; oye a alguien bajar de manera ruidosa por la escalera. Al final lo encuentra. Pero no le da tiempo de apretarlo, y no puede evitar que el chico que salta el último peldaño de la escalera arremeta contra ella. El impacto es tan fuerte que Silvia cae al suelo. Y, encima de ella, él.

—¡Ay! Pero ¡qué haces! —exclama Silvia.

El chico se levanta algo desorientado pero se recompone en seguida:

—Perdona —le responde, aunque de malas maneras, mientras hace ademán de salir por la puerta.

—Oye, pero ¿quién te crees que eres? —dice Silvia, que ya se ha levantado y ha puesto una mano en el brazo del chico para pedirle explicaciones. El muchacho se resiste, pero ella le aprieta bien el brazo—. No seas maleducado y mírame a la cara, que te estoy hablando.

El chico, entonces, se vuelve hacia ella, y en ese momento, aunque sigan en la penumbra, Silvia se percata de que debe de tener más o menos la misma edad que ella y de que está llorando. Él pega una sacudida con el brazo para soltarse de su agarre y, como Silvia se resiste, la empuja y sale corriendo.

Silvia no tarda ni un segundo en decidirse: echa a correr detrás de él.

Capítulo 4

Si yo fuese Dios
y tuviese el secreto,
haría un ser exacto a ti;
[...] tu mismo olor, y tu manera
de sonreír.

ÁNGEL GONZÁLEZ

En el Club

Ana y Estela, sentadas a la barra, no pueden parar de mirar a David y a sus amigos. Bueno, la verdad es que están más centradas en esa misteriosa chica que no deja de mariposear cerca de David. Desde que se lo ha llevado a la pista de baile, no lo ha dejado solo ni un segundo.

—Que no tengo nada que hacer, Estela, que seguro que esa chica está enrollada con David —se lamenta Ana.

—Pero bueno, ¿es que vas a tirar la toalla antes de presentar la batalla? Ni hablar. Lo que necesitas es una cerveza que te suba el ánimo, ya verás... ¡Otra cerveza, Pedro, que mi amiga se nos duerme!

—¡Marchando dos cervezas para las chicas más guapas del local! —exclama el camarero, y le guiña el ojo a Estela.

—Estela, que sabes que el alcohol me sienta fatal.

—Hija, no seas muermo. Que por un par de birras no te va a pasar nada. Bebe y piensa en cómo vamos a poner celoso a David.

Estela tiene un plan. Lo primero es conseguir que su amiga Ana se relaje lo suficiente como para convencerla de ir a la pista a bailar; cuando David la vea moverse, el resto será pan comido. Ana no es consciente de que tiene un cuerpo de escándalo. El Club está lleno de moscones, y seguro que alguno acudirá a buscar «temita».

Cuando las chicas se han terminado las cervezas, el simpático camarero les planta un par de chupitos encima de la barra.

—Invita la casa.

—Uy, no, no, no. Yo paso —dice Ana.

—Como quieras —responde el camarero—. Pero es licor de melocotón. Un digestivo. No te puede sentar mal.

—Cierto —le secunda Estela.

Ana suspira, los mira a los dos y dice:

—Está bien. Voy. —Y se traga el chupito de un sorbo—. ¿Vamos a bailar, Estela?

—¡Yuju! —grita su amiga—. ¡Allá vamos!

—¡A pasarlo bien, chicas! —les grita el camarero.

Al principio, el plan de Estela parece funcionar a las mil maravillas. Ana empieza a estar más desinhibida y a reírse, salta a la pista y no deja de bailar. Estela, que baila junto a su amiga, la observa admirada: Ana no es consciente de lo bien que se mueve y de cuántas miradas atrae. Sí; entre ellas, la de David. Estela se fija en él, y se da cuenta de que el chico, aunque intente disimular, no para de mirar a su amiga.

También se cumple la predicción relativa a los moscones: tienen varios a su alrededor. Ana sigue bailando, sin ser consciente de la atención que ha generado entre los chicos. Uno de ellos le toma la mano para bailar. Ana le sonríe. «¡Bien por Ana!», piensa Estela antes de dirigirse a los servicios.

—¡Te dejo sola, princesa. Pórtate bien, que voy al baño! —le grita Estela al oído.

Ana asiente con la cabeza sin dejar de bailar, mira al chico que está frente a ella y se acuerda de las palabras de Estela: «Dale celos a David». Así que baila con el chico, continúa sonriéndole, y deja que se acerque cada vez más a ella, hasta el punto de que se cogen de la cintura.

Parece que todo va bien hasta que Ana empieza a marearse. Entre el calor, el baile y el chupito tiene la sensación de que va a caer en cualquier momento. Entonces se para y respira un poco.

—¿Estás bien? —le pregunta el chico.

—Sí, sí... ¡Me he mareado un poco con tanta vuelta! —se ríe ella.

—¿Quieres que salgamos un rato para que te dé el aire? —pregunta él.

—Vale, sí, me sentará bien, gracias.

Ana no es nada consciente de que el plan de Estela está funcionando a la perfección. Al otro lado de la pista, David observa como su querida Ana se marcha con un desconocido. «Y van agarrados de la mano... ¿Quién será este tipo?», se pregunta intranquilo.

Unos minutos más tarde, fuera del Club

Ana está sentada en la acera, entre el Club y la churrería. Inspira y espira hondo. El chico que la ha acompañado la tiene abrazada, y su cara está apoyada en la de

Ana. «Si se volviera un poco, podría besarla», piensa, pero no quiere esperar a que ella se decida, así que le coge la cabeza, gira la cara de Ana hacia él y la besa directamente. La *Princess* se deja besar. Está tan mareada, y tiene tantas ganas de que David la bese, que se deja besar por un desconocido para sentir que la besa el propio David.

—Eh, tú, ¿se puede saber qué haces? —suena una voz a lo lejos. A Ana le cuesta abrir los ojos—. Déjala en paz.

—¿Y tú quién eres, su ángel de la guarda? —responde el chico que acaba de besarla.

—Tu peor pesadilla, como no te largues de aquí —responde la voz.

El chico que acaba de besar a Ana se mide con su adversario: el muchacho que lo reta parece más fuerte que él. Además, uno de sus amigos anda cubriéndole las espaldas, así que lo mejor es que no se enfrenten.

—Vale, vale; tranquilo, Terminator... Pero si es tu novia, átala más en corto —le suelta, antes de salir huyendo.

—¡Capullo! —grita el otro.

Ana sigue mareada. Tiene la cabeza apoyada en la pared de la churrería.

—Ana, ¿estás bien? —murmura la voz en un tono más suave y preocupado.

La chica nota una mano que le roza la mejilla. Eso consigue que abra los ojos. Y entonces se da cuenta de que su salvador es... ¡David!

—Estás borracha.

Ana lo mira, pero no responde.

—Vamos, que te llevo a casa.

Ana balbucea.

—Estás tan borracha que no puedes ni hablar —dice el chico.

Ana se avergüenza. Pero, a la vez, se alegra. Se siente como una princesa rescatada por su príncipe. En ese instante aparece Nerea, la chica con quien David estaba bailando dentro del Club.

—David, ¡estás aquí! Te he estado busc... —Se interrumpe al ver a Ana abrazada al chico—. ¿Qué haces?

—Nada, es la amiga de mi hermana, que la ha pillado gorda. Voy a llevarla a casa.

—Hay que ver con las niñatas —comenta Nerea—. No saben ni beber.

—¡YO NO SOY UNA NIÑATA! —grita Ana a modo de respuesta, pero Nerea ya ha vuelto a entrar en el Club. Entonces, Ana se dirige a David—: Yo no soy una niñata...

—Ya lo creo que lo eres —le contesta el chico—. Mírate.

—No soy una niñata —repite Ana—. Ya verás...

Y, al decir eso, se abalanza sobre él y lo besa. La iniciativa coge a David por sorpresa, pero luego le devuelve el beso a Ana y, por último, se zafa de ella.

—Estás borracha —le dice, con un tono muy tierno.

—Estoy borracha, y creo que me gustas —responde Ana. Y, al decir eso, vuelve a inclinarse hacia el chico, para volver a besarlo.

—Para, Ana.

—No, para tú —contesta ella—. Para tú. Déjame.

—Te voy a llevar a casa.

—Ya sé llegar yo sola, gracias. —Ana vocaliza fatal.

—En el estado en el que estás, lo dudo.

—Deja de decirme lo que puedo o no puedo hacer. ¡Deja de decirme que estoy borracha! —se exalta Ana.

La gente que se apelotona a la entrada del local se vuelve hacia ellos. David mira a su alrededor.

—¿Qué pasa?, ¿te avergüenzo? ¡Que te den! ¡Que te den, David, que te den! ¡Déjame! ¡Que me dejes, te digo! —Ana intenta largarse, pero David la sujeta fuerte del brazo. Ana solloza—. Déjame, déjame...

David la abraza con delicadeza y, antes de darse cuenta de lo que está haciendo, la chica se separa violentamente de él y vomita.

—No se hable más: es hora de que alguien te lleve a casa —sentencia Estela, que al salir del local en busca de Ana había permanecido a una distancia prudencial de la pareja, observando discretamente la escena, antes de decidirse a intervenir—. Nos vamos a casa andando, a ver si se te baja la borrachera un poco. Conociendo a tus padres, seguro que te esperan en casa con el alcoholímetro —bromea.

David se aleja sin despedirse de Ana.

Capítulo 5

El viento bebe viento en su revuelo,
mueve las hojas y su lluvia verde
moja tus hombros, tus espaldas muerde
y te desnuda y quema y vuelve hielo.

OCTAVIO PAZ

Unas horas antes

El nuevo vecino de Silvia corre tanto que parece que le vaya la vida en ello. Silvia ya no puede más. Ella no es deportista como Bea, que es capaz de estar una hora nadando o apuntarse a la media maratón todos los años. No, Silvia es de esas que se apuntan al gimnasio pero que luego no van nunca. Lo máximo que hace es coger la bici de vez en cuando y, si puede, siempre de bajada.

Silvia sigue a Marcos, que corre como una bala. ¿Qué le pasa a ese chico? Cuando él gira por otra calle, Silvia abandona la persecución. «Basta. Ya... no... puedo... más», se dice mientras se aprieta el costado con la mano.

Marcos mira hacia atrás y, cuando ve que la muchacha ha dejado de seguirlo, se detiene. Se arrodilla y respira hondo. El tampoco es un deportista nato. Es más de yoga y *tai chi*. Es un chico tranquilo que no sabe cómo encajar en este mundo, donde todo va tan rápido y las cosas cambian constantemente.

El lunes es su primer día en el nuevo instituto, y no se siente para nada preparado. Una clase desconocida..., entrar a medio curso... ¡Buff! Se le hace demasiado cuesta arriba. Y su madre, que parece que no entiende nada. La mujer ha sufrido mucho con la muerte de su marido, y ahora, sin comerlo ni beberlo, Marcos se ha convertido en el hombre de la casa, y eso no le gusta nada. No le gusta el barrio, ni ser el novato en el aula, ni vivir en un piso tan pequeño en medio de una ciudad. Se ahoga. Antes vivía en el campo. En una casa grande. «Éramos una familia feliz —piensa—: pero, de repente, todo se vino abajo.»

Horas más tarde, en casa de Ana

Los Castro están histéricos. Su hija Ana es muy puntual, y no se retrasa nunca. Son más de las tres de la madrugada, y no contesta al móvil. Su padre, vestido con un pijama de flores y una bata manta, no puede parar de andar por el pasillo y meter el ojo por la mirilla de la puerta cada dos segundos. La madre, sentada en el sofá, con las gafas puestas y envuelta en una manta de cuadros, se levanta y dice con tono dramático:

—Seguro que le ha pasado algo, Antonio; esta niña no suele hacer estas cosas, y menos lo de no contestar al móvil. Son las tres y cuarto. —Confirma la hora en el reloj de la entrada—. ¡Las tres y cuarto!

—Más le vale que le haya pasado algo grave, Rita, porque, si no, le va a caer una buena, ¡una buena! Somos demasiado tolerantes, demasiado —afirma el hombre mientras enciende un cigarrillo.

En casa de los Castro está prohibido fumar, y si algún día su hija fumara, seguro que no le haría ninguna gracia a su padre. Pero el señor Castro es de esos hombres que siempre hacen lo que les da la gana y, como está enfadado, y además le apetece, pues fuma.

—Cálmate, Antonio, por favor —le pide su mujer, mientras le lleva un cenicero.

—¡Cómo quieres que me calme, Rita! ¡Sólo tiene dieciséis años! Si a las cuatro no ha vuelto, llamo a la policía.

Justo en ese momento oyen un ruido de llaves intentando abrir la puerta.

—Por fin —suspira la madre.

—Ya la tenemos aquí —constata aliviado el padre, y corre hacia la puerta.

Antes de que Estela pueda abrir la puerta del todo, el señor Castro lo hace por ella.

—Muy bien, ¿tú crees que éstas son horas de llegar?

—Lo siento, papá —responde Ana, con la voz medio dormida.

—¿Se puede saber dónde estabas? Tu madre andaba preocupadísima; lleva dos horas llamándote al móvil.

—Me he quedado sin batería —se excusa Ana.

—Ahora vete a tu cuarto, pero el castigo va a ser espectacular. Dos semanas sin salir.

—Como mínimo —apunta la madre.

Ana se pone a llorar. No soporta tanta presión, y le duele mucho que su madre ni siquiera le dirija la palabra. De su padre no le sorprende: es un hombre autoritario, severo y muy firme. En cambio, su madre siempre sale en su defensa. Pero esta vez, no. Eso descoloca a Ana y la desmonta.

Estela abraza a su amiga y, seria, se enfrenta al padre de Ana:

—Perdone, señor Castro, pero todavía no le hemos dicho por qué hemos llegado tan tarde. ¿Le importa?

—Tiene razón, Antonio, deja que las niñas se expliquen —tercia la madre.

—Nos han atracado —suelta Estela con rotundidad.

—¿Qué? —exclama el padre de Ana—. ¿Quién?

—¡Dios mío! —exclama a su vez la señora Castro, acercándose a su hija y tocándole la cara—. ¿Estás bien, hija?

—Un chico, cerca del parque —explica Estela, a punto de llorar—. Nos ha robado el monedero, nos ha amenazado con una navaja y nos hemos asustado mucho. Hemos ido al Club porque nos han dicho que el chico estaba allí. ¡Teníamos que recuperar nuestras cosas!

Ana no se puede creer la película que se está montando Estela. ¡Qué buena actriz! ¡Pero si parece que le van a saltar las lágrimas!

—¿Al club? Pero ¿qué club? Ana, sabes que no tienes permiso para ir a discotecas —le dice el señor Antonio a su hija, rojo como un tomate.

—Ni permiso ni edad. Dime de qué club se trata, que los denuncio —le secunda su esposa.

—Por favor, ¡que nos han atracado! Un poco de sensibilidad, ¿no? ¡¿No ven que su hija está muy afectada?! —grita Estela, que abraza a Ana y llora para llamar la atención de los padres de ésta.

Su amiga no se lo puede creer: ella sería incapaz de hablar así a sus padres. Pero le gusta que alguien lo haga.

La señora Castro se levanta de nuevo del sofá y se enfrenta a Estela.

—Bueno, tampoco hace falta que nos hables en ese tono...

—Señora, perdone, pero es que todo fue culpa mía, y no quiero que Ana cargue con las culpas. Yo le he sugerido que entráramos en el Club, pero ella no quería. Me ha dicho que no tenía permiso, y yo la he obligado. Es culpa mía. De verdad, no la castiguen, por favor —suplica Estela, esta vez con un tono más suave.

—Ahora lo entiendo. Mi Ana es muy buena niña, no hace nunca esas cosas. Deberé pedirte que te vayas, por favor; no creo que seas una buena influencia para ella y, además, tus padres deben de estar preocupados —responde la señora Castro, mientras su marido abre la puerta de la casa e invita a la más atrevida de las *Princess* a marcharse.

—Adiós, Ana. Hablamos mañana. —Estela sale por la puerta y, sin que los Castro la vean, le guiña el ojo a su amiga.

Baja la escalera pensando: «A mis padres les importa un rábano a qué hora llegue. Eso es una suerte. No podría soportar tener a estos dos de padres. Pobre Ana, lo que tiene que aguantar». Cuando está en la calle se da cuenta de que es muy tarde y ya no hay metro. No le llega para un taxi, y no tiene más remedio que andar. «Bueno —se convence a sí misma—, el aire fresco me sentará bien.»

Unas horas antes, en casa de Silvia

Silvia ya está en su cuarto y, al ver la hora que es, no puede evitar hacer la maldita llamada. Sabe que tiene que hacerlo, pero le da cosa que su amiga note que Sergio le gusta un pelín. Se arma de valor, coge el móvil y marca: «Bea».

Antes de que suene el segundo tono, su amiga ya ha contestado:

—Silvia, por fin, ¡pensaba que no llamarías nunca!

—Perdona, es que me he liado un poco al llegar a casa.

—Bueno, ya he visto que mi futuro novio te ha llevado en moto... ¿Y qué más?

—¿Qué más de qué?

—Pues... ¿qué te ha dicho de mí?

—Bueno, que sentía que estuvieras enferma, que tenía ganas de verte y que ya quedaréis otro día.

—¿No se ha dado cuenta de que era mentira? —pregunta Bea, ansiosa.

—Para nada. Ha colado perfectamente —dice Silvia, orgullosa de su actuación ante Sergio.

—¿Seguro? Que mientes muy mal... —apunta su amiga.

—Sí, pero esta vez ha ido bien. Te lo prometo.

—Es que... como te ha llevado en moto, pensaba que luego vendrías a verme... He estado un rato en el quiosco, esperándote...

—Lo sé, Bea, pero me ha dicho que me llevaba a casa y he pensado que si le decía que no, se iba a notar mucho... ¡No quería que me pillase!

—Sí, igual tienes razón.

—Sigo pensando que lo que has hecho ha sido una tontería. Ahora estarías con él...

—Vaaaale —suspira Bea—. ¿Sabes qué? Me conectaré al chat e intentaré quedar con él otro día. Como no nos hemos pasado los teléfonos aún, ¡es la única manera que tenemos de comunicarnos!

—Me parece muy bien —resuelve Silvia, y se despide de su amiga—: Un beso. ¡Hablamos!

Silvia le cuelga el teléfono con algo de remordimientos. No ha mentido, pero ha obviado decirle que Sergio y ella sí han intercambiado los teléfonos. No sabe demasiado bien qué significa eso, pero está claro que algo..., ¿o no?

En ese mismo momento, en casa de Bea

Bea cuelga el teléfono más contenta, pero con un gusanillo en el estómago que le sigue diciendo que algo no anda bien. «Me conecto y acabamos con esta tontería de una vez.» Y, efectivamente, dos segundos después ya tiene a su Sergio chateando como de costumbre. Que si «tengo tantas ganas de verte», que «cómo te encuentras»... Todo va bien, se dice Bea. Y, sin saber cómo, ya vuelve a tener cita para la semana siguiente.

En ese mismo instante, en casa de Sergio

El chico está sentado delante del ordenador. Respira hondo, escribe *Hasta pronto* y se desconecta. A continuación, apaga el ordenador y enchufa la Play Station a la tele. Comparte piso con su primo Manu, pero parece que viva dentro de su cuarto. Allí tiene todo lo que necesita: tele, ordenador, cervezas y una cama enorme. Es su santuario. «Una partida me relajará un poco. Estoy tenso.»

Cuando ya ha matado a más de doscientos zombis, deja la partida a medias y se larga. Coge su chupa de cuero, su mochila y las llaves de la moto. A Sergio le gusta ir en moto de noche: se siente libre. Ese sentimiento de libertad también lo encuentra en su pasión. El grafiti. Sergio los dibuja en la calle. No lo hace de forma ilegal. Empezó como todos, pintando trenes y paredes sin ánimo de lucro, ¡sólo para sentirse artista! Luego empezó a dar clases de pintura y a pintar locales de forma profesional. Cobrando. Poquito, pero cobrando. Pero de vez en cuando pilla la mochila con los espráis y va lejos, muy lejos, y pinta cualquier cosa. Se siente bien. Hoy le ha tocado al puente. Está algo alejado de la ciudad, y ponerse a pintar allí es un poco peligroso. Hay guerras entre los grafiteros y, aunque él no se ha descubierto nunca, todos lo conocen. Su firma es muy buena, y sus letras son de las mejores. Le gusta mantenerse en el anonimato para luego usar su arte y ganar cuatro perras y poder sobrevivir como uno más. Esto, combinado con la escuela de arte, hace que Sergio sea un tipo feliz. No necesita demasiado para serlo. Sólo que le dejen ser él mismo. Como cuando dibuja.

Allí, debajo del puente, pinta una grafiti enorme, con muchísimos colores. Se siente muy inspirado. Eso sólo le pasa cuando está enamorado. Y en ese momento, ahí, con el espray en la mano, Sergio se pregunta a sí mismo: «Estoy enamorado, pero ¿de quién?». Al principio, Sergio ha dibujado una «S» gigante a la que, poco después, ha añadido un interrogante. Y ahora, escribe una «B» más pequeña, dentro de un corazón.

Queda claro: Sergio está hecho un lío.

Capítulo 6

Que el pozo se convierta en hueco,
que el hueco no sea otra cosa que un sueño.
Que sólo sea un intento,
que no se explica con ninguna teoría.
Que cuando lo pruebe sea salado,
que cuando lo busque
no lo encuentre,
que sea como al inicio.
Sólo deseo y ferviente.

AÍDA TOLEDO

Tres días más tarde

Hoy no es un lunes cualquiera, por lo menos para Marcos: es su primer día de instituto después de la mudanza. Desde la cocina, oye a su madre:

—¡Marcos, a desayunar ya, que llegas tarde al instituto!

El chico se despereza, cansado. Mira la habitación, aún llena de cajas por abrir.

—Pero mira qué desastre —dice su madre mientras sube la persiana con fuerza—. Levántate, holgazán. ¡Buenos días!

La mujer sonríe, y Marcos salta de la cama. No piensa demasiado en la ropa que va a ponerse: pilla los primeros pantalones vaqueros y camiseta que encuentra y se planta en la cocina, sin siquiera pasar por el baño. En la mesa tiene preparado su desayuno favorito: leche y tostadas con mantequilla y mermelada de arándanos. Pero no hay demasiado tiempo, Marcos toma de un trago la leche y coge una tostada para el camino.

Cuando está a punto de salir por la puerta, su madre lo agarra del brazo y, sin decirle nada, le da un gran abrazo.

—Que pases un buen día, Marcos.

Éste le dedica una sonrisa forzada. Sabe que su madre está haciendo un esfuerzo para que las cosas vuelvan a la normalidad y, aunque se sienta un poco mal, sabe que él también puede hacer que las cosas vayan a mejor.

—Gracias, mamá. Vendré a comer.

Por suerte, el instituto le queda a cinco minutos a paso rápido. Por la calle ve a otros chicos y chicas que van en grupo en la misma dirección. «¿Serán mis futuros compañeros?»

Las puertas del instituto, un lunes a primera hora, parecen un gallinero. Todo el mundo está charlando en pequeños corrillos. Marcos pasa desapercibido, se dirige a la puerta de entrada y busca al conserje. Debe preguntar por su tutor, pues aún no sabe dónde está su clase. El corazón le va a mil por hora. Además, nunca ha sido un chico que destaque por crear simpatía entre los profesores.

Perdido en la recepción del instituto, oye una voz entre todo el tumulto.

—¿Marcos? ¿Eres tú?

—Eh... sí. ¿Y usted es...?

—Tu tutor. Sígueme.

Sin pensarlo, el muchacho se deja guiar por los pasillos. Los estudiantes dejan paso al profesor y se fijan en Marcos. «¡Por favor, lo estoy pasando fatal!», piensa éste mientras se dirigen a su clase.

—Es aquí: segundo piso, aula 3.2. Si tienes cualquier duda, estaré en el despacho de la recepción. Me toca guardia. Creo que ahora tienes clase de matemáticas pero, de todos modos, pide los horarios a tus compañeros. —El tutor lo mira y le sonríe—. Bienvenido, Marcos.

«Perfecto: nada más llegar, clase de mates», piensa el chico.

—¿Dónde me siento?

—Donde encuentres sitio. Esto no es el parvulario.

—Entiendo —responde el muchacho en voz baja.

La clase esta medio vacía. Lo primero que hace es buscar un buen sitio para no destacar, así que se dirige hacia la última fila. Junto a la ventana encuentra un lugar que le parece perfecto. Se sienta, desganado y soñoliento aún.

«Ahora sólo toca esperar que no me coma nadie.»

De pronto suena un timbre estridente y, a continuación, una mujer vieja con gafas doradas en la punta de la nariz, vestida con un traje de chaqueta marrón oscuro, se sitúa delante de la pizarra.

«¡Qué miedo! Parece salida de una película de nazis, con esa falda verde militar y una camisa verde pistacho... Sólo le falta la boina de sargento», piensa Marcos.

Detrás de la profe de mates aparecen, como si de una procesión se tratara, todos los chicos y chicas.

—Separaos —ordena la profesora, seria—. Hoy, examen sorpresa.

—¿Qué? —exclama Marcos, como la mayoría de sus nuevos compañeros.

—¡Silencio! Coged hojas blancas.

«Estupendo —piensa el nuevo—. Éste es el principio de un gran día.»

Más tarde, a la salida del instituto

Las *Princess* hacen su reunión habitual al salir de clase. Para ellas es uno de los mejores momentos del día, y hoy tienen mucho que comentar. El fin de semana ha sido muy intenso para Ana.

—¿Y lo besaste? —dice Silvia, sorprendida.

—Sí, pero no sabía lo que hacía. Iba un poco piripi.

—¿Piripi? —se burla Estela, sonriendo—. Chica, me parece que sabías muy bien lo que hacías.

Todas las *Princess* rompen en carcajadas cuando Estela se pone a imitar los andares de Ana.

Silvia sigue sorprendida y con ganas de saber más. ¡Su hermano David con una de sus mejores amigas!

—Lo peor fueron mis padres —dice Ana, con la vista fija en el suelo—. Ayer me tocó limpiar los cristales de toda la casa como parte del castigo por haber llegado tan tarde... ¡y en ese estado! ¡Tengo los hombros doloridos! —se queja.

—Pues no os cuento la bronca que me echó su madre —interrumpe Estela—. Y su padre ¡apareció con unos pantalones de pijama de flores y una bata manta de esas que salen en la tele! ¡Os juro que me costó lo suyo aguantarme la risa!

Todas se vuelven a reír.

—¡Cómo eres, Estela! —exclama Ana, y luego añade, con dulzura—: Gracias por llevarme a casa. Eres una gran amiga.

Estela se acerca a Ana y le da un pequeño abrazo cómplice.

—No hay de qué, princesa, pero la próxima vez me marcharé antes de que salga tu padre, ¿vale? —ríe.

—Por cierto, ¿sabéis con quién he quedado formalmente este viernes? —salta Bea con algo de retintín—. ¡Con Sergio!

Sus amigas sueltan un gritito de emoción.

—Me alegro por ti, Bea, de verdad —dice Ana, contenta.

De pronto, Silvia mira el reloj. Llega tarde a comer a casa. No le gusta ser impuntual, así que se levanta dispuesta a marcharse.

—Ana, llámame después. ¡Quiero que me lo cuentes todo! —Su amiga asiente—. ¡Hasta mañana, chicas!

A decir verdad, Silvia se marcha sintiéndose algo rara, aunque la noticia del acercamiento de Ana y David no la haya sorprendido del todo. Además, conociendo a Ana, seguro que la llamará y la pondrá al día de todo. Puede ser divertido. Piensa: «No hablo mucho de amores con David, y ya era hora de que sentara un poco la cabeza. ¡Hace tiempo que sólo piensa en los estudios!». Pero la noticia de la cita de Bea con Sergio sí la ha dejado algo tocada. «¿Siento celos de una de mis mejores amigas? ¡No puede ser!»

Estela, Bea y Ana deciden ir andando hasta el parque, despacio, para poder hablar. Allí, cada una cogerá un camino distinto. A Ana se la nota más contenta de lo habitual. La delatan una pequeña sonrisa y unas mejillas más sonrosadas.

Estela, por otro lado, está algo inquieta: esta misma tarde tiene clase de interpretación con su amado profesor Leo, y no se ha aprendido una poesía. Anda algo distraída y, sin querer, le pasa un chico por el lado y le da un golpe con la mochila. Es Marcos, quien, a paso ligero, huye de esa cueva de hormonas llamada instituto.

—Oye, ¡vigila por dónde vas! —le grita Estela, sin cortarse un pelo.

Se miran un momento, directamente a los ojos. Estela nunca había visto a ese chico. «¡Es guapo! ¿Quién será?»

—Perdona, ¡no se puede ir con prisa! —se excusa Marcos, y desaparece tan rápido como puede.

—¿Habéis visto a ése? —pregunta Estela al resto de las *Princess.*

—Es ese chico nuevo del que nos hablaron, Estela, no te emociones. Dicen que es muy callado y tímido, así que no te hagas ilusiones —la informa Bea en tono directo y algo burlón—. ¡Chica, te fijas en todos!

—Los chicos son como las patatas fritas —sonríe Estela—. ¡No puedes comerte sólo una!

Sus amigas ríen; ya la conocen. Mientras, Estela piensa que, aunque Marcos lleve un pelo que no le queda nada mal y que parece interesante, en realidad ese chico tampoco es tan guapo como su profesor de teatro. «¡Leo, Leo, Leo, mi maravilloso Leo...! Este chico no te llega ni a la suela del zapato.»

—Oídme, chicas —interrumpe Ana—. Ahora que no está Silvia... ¿Os parece bien si le envío un SMS a David? ¡Me muero de ganas de quedar con él! Y, bueno..., de disculparme y... ¡verlo un rato si él quisiera! Pero llevo todo el día pensando en qué puedo decirle, y ¡no se me ocurre nada! ¿Alguien tiene alguna idea?

En ese mismo instante, a la salida de la facultad

David está comentando con Nacho lo sucedido en el Club el sábado por la noche.

—¡Tío, eres un fiera! Me despisto un momento, y te lías con las bebés de instituto.

—No te pases, Nacho. Ya te he dicho que me besó ella. Una de sus amigas vino y se la llevó a casa. Yo no sabía qué hacer. Además, ¡es amiga de mi hermana!

Se oye un pitido en el bolsillo de su pantalón. ¡Ana le ha enviado un mensaje! Concentrado, se dispone a abrirlo cuando, por detrás y por sorpresa, Nerea lo aborda en un ataque de alegría descontrolada. David la sube a caballito y dan un par de vueltas riéndose. El móvil sale despedido y cae al suelo. David baja a Nerea y le da un beso en la mejilla.

—¡Estás loca! —le dice, mientras busca el viejo móvil con la mirada.

Cuando lo recoge, ve que el mensaje de Ana se ha borrado. No le da mucha importancia. «Seguro que era un mensaje de disculpa, el típico que dice que estaba tan borracha que no sabía lo que hacía, y que nada de lo que dijo es verdad —piensa—. O a lo mejor no... ¡A lo mejor no se arrepiente de nada!» David está indeciso. Al final, decide que, si ella quiere algo, que llame. Después de lo sucedido, se muere de vergüenza. «¡Si se entera mi hermana, me mata!», piensa.

Minutos más tarde, en el parque

—¿Vosotras creéis que lo ha recibido ya?

—Hija, no seas impaciente. Díselo tú, Estela.

—«Hija, no seas impaciente» —repite Estela, bromeando.

Bea se acerca a Ana, quien mira inquieta el móvil.

—Ya sabes que después de lo que ha pasado, si le envías un mensaje, debes tener paciencia. Pero seguro que te responderá.

—¡Todos los chicos lo hacen! —añade Estela sonriendo.

Ana no dice nada. «Ojalá me diga que sí.»

En ese mismo instante, en el bar Milano

David está en la barra, esperando turno para pedir unos refrescos mientras mira el móvil; está esperando otro mensaje de Ana. Qué mala suerte. ¿Cómo se habrá borrado?

En la mesa, Nacho le habla rápido a Nerea. Antes de que David se siente con ellos, debe contarle todo lo que sabe, pues a Nerea le gusta David, y Nacho es su cómplice.

—¿David te ha dicho que Ana lo besó? ¡Pero si yo no vi nada! Además, no me lo dijo.

—Seguro que le dio corte. Ya conoces a David. Es un poco reservado con estas cosas. Seguro que fue la situación del momento.

—Debemos hacer algo —le susurra a Nacho.

—¿El qué?

—No lo sé. David está a punto de llegar. ¡No le cuentes que me lo has dicho!

—¿Estás loca?

—¡Que viene! Disimula...

Nerea le guiña el ojo a Nacho. David llega con un par de refrescos. Se vuelve hacia la barra para coger el último y una bolsa de patatas. La chica aprovecha su ausencia.

—Esa niñata se va a enterar. Si se acerca a David, nos veremos las caras, ya te digo. ¡Qué se ha creído!

—¿De qué habláis? —dice David acercándose a la mesa y mirándolos con curiosidad.

Nacho le cubre las espaldas a su amiga.

—Nada, el profesor de química de Nerea, que está como una cabra.

David no tiene ni idea, pero ni idea, de lo caro que le va a costar ese beso.

Capítulo 7

Ella, por volverlo a ver,
salió a verlo al mirador.
Él volvió con su mujer,
ella se murió de amor.

José Martí

Tres días más tarde, en el cuarto de Silvia

Las *Princess* acostumbran a quedar en casa de Silvia para hablar de cosas importantes. Para ellas es como el campamento base. Es la casa más grande de todas, la que tiene mejor conexión a Internet y la que está más cerca del insti y del bar Piccolino. En la habitación de Silvia se pueden sentar todas en el suelo haciendo corro, y poner la música a todo volumen sin que su madre les llame la atención.

Hoy se han citado porque tienen lo que ellas llaman una RPU. «Reunión de *Princess* Urgente.» Los temas del día son:

- La futura cita de Bea y Sergio, y
- el SMS que Ana envió a David.

La madre de Silvia entra en la habitación y les lleva unos sándwiches de crema de cacao y unos refrescos. Puede parecer una escena de película americana, donde la madre es superservicial con su hija y sus amigas y todos parecen ser muy felices. Pero la verdad es que para la madre de Silvia es muy importante cuidarlas. Las amigas son algo fundamental para ella, porque sabe que las buenas amigas son para toda la vida.

—Gracias, mamá —dice Silvia, mientras su madre pone la bandeja con la comida en medio de la habitación.

—De nada, hija; y ahora, a hablar de vuestros novios.

—¡Mamá! —exclama Silvia, sonrojada.

—¿Ya tienes novio? ¡Uy, cuenta, cuenta! —La mujer hace ademán de sentarse con las *Princess*.

—¡Mamá, no! —se avergüenza Silvia, mientras se pone de pie y empuja a su madre hacia la puerta.

—¡Está bien, está bien, ya me voy! Avisadme cuando empecéis a bailar; aún me acuerdo de una coreografía superchula de cuando era joven —bromea su madre para fastidiar a Silvia, y les guiña un ojo a las demás.

—Adiós, mamá... —la despide Silvia con tono imperativo mientras cierra la puerta, pone el cerrojo y suspira, aliviada.

—Tu mamá es la caña —dice Ana cariñosamente.

—Sí, claro. ¿Empezamos?

Silvia baja la persiana mientras todas se levantan dispuestas a comenzar la reunión.

A las *Princess* les gusta prepararse para una RPU. Deben estar a oscuras, sólo a la luz de las velas. Cada una debe tener consigo un objeto de valor y ponerlo en medio del círculo.

Ana siempre pone su diario; Silvia, su primer oso de peluche; Estela, una máscara de teatro de Viena que le regaló su profesor Leo, y Bea, una pulsera de plata que fue de su madre y que no se quita jamás.

Desde fuera, puede parecer algo semejante a un ritual

de brujas pero, para las *Princess*, es un acto de confianza, porque los temas que tratan, aunque a veces puedan parecer tonterías, son *top secret*. Nada de lo que se comenta en una RPU sale nunca de la RPU.

Todas saben que Sergio y Bea han quedado el sábado en un bar del centro, cerca del Milano. Esta vez no quieren que falle nada. Silvia enciende la última vela, cierra el círculo de las *Princess*, y empiezan su particular sesión.

—Bien chicas, ¿quién quiere comenzar? —pregunta la anfitriona.

Estela es la que lo tiene más claro, y se dirige directamente a Bea:

—Nena, ¡a por él! ¡Nada de hacerse la mojigata! ¡Demuestra que eres una mujer de verdad!

—Tiene razón —confirma Ana, y prosigue con una sonrisa—: Cuando lo veas, te sacas la chaqueta, le enseñas el color de tu sujetador y le plantas un morreo de esos que lo dejen seco.

Todas rompen a reír; saben que Ana no se expresa nunca de esa manera.

—Pues ya que estamos—sugiere Bea—, ¿por qué no le digo que quedemos en un hotel de esos que pagas por horas?

—Pues a mí me encantaría probarlo algún día; es una de mis fantasías recurrentes —confiesa Estela con voz morbosa, mientras el resto de las *Princess* se miran escandalizadas.

—Chicas, chicas, calma.... —susurra Ana, en voz baja—, que nos va a oír David y va a flipar. ¡Pensará que somos unas salidas!

—Tranquila —responde Silvia—, mi hermano todavía

está en la uni, llegará tarde. Creo que hoy tenía partido de baloncesto.

—¡Ay, la pobre Ana, que no piensa en otra cosa que en su enamorado! —se burla Estela. Y, aunque lo hace con cariño, la aludida salta:

—Oye, no te rías de mí, ¿vale?

Ana se ha puesto de lo más colorada.

—Que no me importa que te líes con mi hermano, Ana —le dice Silvia—. De hecho, ¡creo que me encantaría que fueses mi cuñada!

—¡Yo no me he liado con nadie!, ¿vale? Sólo fueron un beso y un SMS que me ayudasteis a escribir y que, os recuerdo, ¡no me ha respondido aún! —explota su amiga.

—¡Ahh! —gritan todas las chicas, imitándola.

—¡No dramatices, que sólo han pasado tres días! —exclama Estela—. ¡Y eso, en un hombre, no es nada!

—Un momento, un momento. —Silvia pone orden, moviendo los brazos—. ¿Le enviaste un SMS a David?

—Sí —responde su amiga, avergonzada—. No te dije nada porque me daba cosa que lo supieras...

—¿Puedo ayudar? —pregunta Silvia, con sincera preocupación—. Si me decís qué es lo que decía el SMS, igual os puedo aconsejar. Es mi hermano: os acordáis de eso, ¿no?

Silvia coge el móvil de Ana y busca el SMS.

«Ay, no, qué vergüenza —piensa ésta—. ¡Que no lo lea!»

—¡Mira que no tener WhatsApp! Mi hermano nos llevará sólo cinco años, pero a veces parece un viejo...

—¡Sí! —dice Estela, riendo—. Con ese móvil que parece una minipimer. ¡Es más grande que el mando de la tele!

—Bueno, ¡basta! —exclama Ana—. No os riáis de él, ¿vale? A mí me gusta, aunque no tenga Facebook, ni Twitter, ni tonterías de ésas. Es diferente, ¿verdad, Silvia?

—Qué te voy a contar... Es mi hermano y, aunque a veces lo mataría, como cuando se zampa mi helado sin avisar, me lo comería a besos, y es adorable, creedme.

«Yo sí que me lo comería a besos...», piensa Ana atontada mirando al techo del cuarto. Silvia la devuelve de golpe al mundo real, diciendo, en un tono más elevado:

—Bueno, ¡lo encontré! Atención al mensaje. —Se levanta para leerlo y todas la escuchan—: Dice así: *Siento lo del beso... y, si quieres, me gustaría mucho quedar contigo para contarte mi punto de vista.*

—¿Verdad que parece que le esté pidiendo cita para una reunión de negocios? ¡Lo ha acojonado, fijo! —comenta Estela.

—A mí no me parece tan mal —la defiende Silvia—. Eres sincera y, conociendo a mi hermano, la verdad es que no entiendo por qué no te ha respondido. Es un buen tío, legal. No es de esos que no contestan. Si quieres, le pregunto.

—¡No! —se exalta Ana—. ¡Como le digas algo, te mato!, ¿vale? ¡Te mato! Prométeme que no le dirás nada, porfi, porfi... —suplica Ana.

—Que no... —susurra Silvia con cariño. Se da cuenta de lo que significa su hermano para Ana—. Te lo prometo.

Su amiga respira aliviada.

—Bueno, no importa si no contesta; al menos, me da ideas para el blog, que hace días que no escribo —dice, encogiéndose de hombros y garabateando apuntes en su libreta, como si de verdad no le importara.

Silvia, Estela y Bea se quedan calladas y la observan escribir sus notas en un silencio inquieto. Se lanzan miradas cómplices y, sin que Ana se dé cuenta, se dirigen hacia ella poco a poco hasta que, entre todas, le dan un gran abrazo y rompen en carcajadas.

«Qué suerte tengo de teneros», piensa Ana mientras recibe el achuchón; no le importa nada el haber hecho un pintarrajo en la libreta, fruto de la muestra de amistad.

—No sé lo que haría yo sin vosotras —confiesa, emocionada.

—¡A lo mejor ya tendrías novio! —responde Estela a toda prisa.

—«¡David, te quiero!» —exclama Bea, burlándose de la situación.

—O puede que dijese: «¡Te quiero, Sergio!» —contesta Ana para defenderse y cambiar de tema.

—Calla, calla; qué nerviosa estoy... Este sábado estaréis conmigo, ¿verdad, chicas? —pide Bea, insegura de la cita.

—Eso no lo dudes nunca —responde Estela, mirando los ojos azules y temerosos de su amiga.

En ese mismo instante, oyen una música que viene del exterior de la habitación. No suena como si fuera un CD; es algo extraño.

—¿De dónde viene esa música? —pregunta Estela.

—No lo sé —contesta Silvia—. Parece un vecino.

Abre la persiana y la ventana, y descubren a un chico muy guapo, con el pelo larguito, que toca la guitarra. Las *Princess* se quedan mudas escuchando.

La ventana de la habitación de Silvia da a un patio interior y, justo enfrente pero en un piso inferior, ven a un chico que está sentado en su habitación. Toca una canción con la guitarra y parece que canta entre susurros. Estela empieza a saltar emocionada:

—¡Es el chico nuevo! ¡El guaperas rarito!

Al mismo tiempo, Silvia exclama:

—¡Es el chico con el que me crucé en la portería! ¡El que lloraba!

—Un hombre sensible... —murmura Estela.

—Shhhh —susurra Bea—. ¡Nos va a oír! ¡Hablad más bajito!

—¡Claro! Es el hijo de la nueva vecina... —recuerda Silvia—. Mi madre me contó la historia. Por lo visto, el padre murió y se vinieron los dos a vivir aquí, para superarlo y eso. El otro día me tropecé con él en el portal.

—Y ¿de qué murió el padre? —pregunta Estela muy seria.

—Ni idea —responde Silvia, sin dejar de mirar por la ventana—. Pero el otro día parecía muy afectado.

—¿No te lo ha contado tu madre?

—No.

—¿Seguro? —persiste Estela.

—Que noooo —asegura Silvia, harta de la insistencia de su amiga.

—¿Y si lo buscamos en Facebook? Sabrás cómo se llama, ¿no?

—Creo que se llama Marcos.

—¡Bravo! Sólo hay unos mil millones de Marcos en la red —replica Estela, con su ironía habitual.

—¿Le pregunto a mi madre? ¡Mamaaa! —grita Silvia.

—Espera, loca —le dice Bea entre risas, tapándole la boca—. Primero miremos el buzón.

—¡Claro! ¡El buzón, el buzón! —exclama Estela, animada.

En ese momento, se abre la puerta y aparece la madre de Silvia.

—Dime, hija.

—Nada, mami, nada. Perdona. —Sonríe inocente a su madre, que pone los ojos en blanco y cierra la puerta tras de sí—. ¡Ya te avisaremos para bailar!

Silvia les guiña el ojo a las chicas. Sigilosa y lentamente, abre la puerta de la habitación.

—No hay moros en la costa. —Les sonríe a sus amigas. Entonces, al disponerse a salir del cuarto, le guiña un ojo a Bea y le dice—: Has tenido una gran idea.

—Déjame a mí. Voy yo, que soy más rápida —le sonríe ésta, antes de salir corriendo.

Todas escuchan cómo la *Princess* más deportista abre la puerta de la casa y baja la escalera a toda pastilla. En el edificio hay un ascensor, pero a Bea le encanta hacer ejercicio. Siempre que puede, sube y baja la escalera a pie, y esta ocasión no podía ser menos. El resto aprovecha para seguir observando al chico; sigue tan concentrado en la música que no se percata de que hay tres chicas observándolo.

—Es un poco raro, ¿verdad? —pregunta Estela.

—¿Y por qué crees que lloraba el otro día, Silvia? —dice Ana.

—No lo sé, pero ahora me siento superculpable. Está claro que tendré que pedirle perdón —responde ella, sin dejar de mirar a su nuevo vecino.

—Oye —le espeta Estela, dándole una colleja—, ¡que yo lo he visto antes!, ¿eh, guapa? ¡Prohibido ligárselo!

—¿Cómo? —contesta Silvia—. Te recuerdo que estás e-na-mo-ra-dí-si-ma de tu querido, perfecto y estupendo Leo, ¿o no?

—Sí, pero tenemos una relación abierta —aclara Estela, riendo.

Silvia suspira.

—En todo caso —reflexiona Ana—, no sabemos nada de él. A lo mejor ya tiene novia. Un chico tan sensible y que toca la guitarra...

—¡Se llama Marcos Soler Fernández! —grita entonces Bea, medio ahogada de subir la escalera corriendo, al tiempo que abre la puerta y entra en la habitación.

—¡Aaaaaah! —gritan todas también, y se abalanzan sobre el ordenador de Silvia.

—Tranquilas, chicas, dejadme... —dice ésta—. Primero, Facebook. Es lo más fácil.

—Va, ¡conéctate! —la apremia Estela, impaciente.

—Voy, voy.

Silvia pone la contraseña sin que las chicas lo vean. Es muy celosa de su intimidad. Es de ese tipo de personas que jamás cotillearía el móvil de alguien, ni abriría una carta que no se dirigiese a ella. Por esa razón no cree correcto que las chicas, aunque sean sus mejores amigas, conozcan su contraseña. Ellas lo entienden.

—Vale, ya podéis mirar —las avisa cuando aparece la pantalla de Internet en el ordenador.

Estela es la primera que coge el ratón y entra en Facebook.

—Marcos Soler Fernández... No puede haber tantos... —dice Estela, impaciente, mientras se carga la página.

Una solicitud de amistad pendiente aparece en el icono correspondiente. De manera instintiva, Estela, como hace siempre cuando abre su sesión, dirige el cursor para ver quién quiere ser su amigo o amiga, salvo que en este caso la sesión es de Silvia.

Estela le da al botón, y todas las *Princess* pueden leer: «Sergio Sánchez quiere ser su amigo».

«¡Dios mío! ¡Me quiero morir!», piensa Silvia. A Bea le da un vuelco el corazón y dice exactamente lo que piensa, muy enojada:

—¡Lo sabía! ¡Lo sabía! ¡Sabía que entre Sergio y tú había algo! ¡Sabía que no era normal que te llevara a casa en moto! ¡Me has mentido, Silvia! ¿Cómo has podido hacerme esto?

—¡Que no he hecho nada, Bea! ¡Cálmate!, ¿quieres? Sólo me pidió el teléfono para...

Silvia no puede acabar la frase; Bea la interrumpe.

—¿Te pidió el teléfono? —murmura, furiosa—. Pues ¿sabes qué te digo? Espero que este sábado te vaya bien la cita con Sergio ¡porque yo no pienso ir!

Bea no puede evitar que se le salten las lágrimas. Todas enmudecen en la habitación. La chica recoge su pulsera del círculo y su mochila de la cama, dispuesta a marcharse con paso firme. Ninguna *Princess* está a la altura de la situación, y no pueden frenarla. Al abrir la puerta de la habitación, choca con la madre de Silvia, pero eso no impide que la chica se vaya.

—¿Se puede saber qué es ese escándalo? —pregunta la mujer, mirándolas una a una.

—Nada, mamá —responde Silvia, triste.

—¿Cómo que nada? —le contesta su madre—. A mí no me parece que no pase nada. —Mira a su hija de forma severa, pero ésta sigue callada—. Bien. Creo que ya va siendo hora de que volváis a casa, jovencitas. Se acabó la fiesta por hoy.

Con caras largas, Ana y Estela recogen sus cosas.

—Perdone, señora Ribero —se disculpa Ana, y la mira arrepentida por lo que ha pasado, y sin poder evitar pensar: «Me encantaría que algún día fuera mi suegra».

—Adiós —se despide Estela, guiñándole un ojo a Silvia y diciéndole con señas que más tarde la llamará.

La madre de Silvia entra en la estancia y cierra la ventana con decisión. Silvia piensa: «Suerte que no ha visto al chico».

—Silvia, hazme el favor de limpiar este desorden y apagar esas velas. Te he dicho mil veces que no quiero que encendáis velas en tu habitación. ¿Quieres quemarlo todo?

«La que me espera... —piensa Silvia—. Cuando mamá se enfada y empieza a hablar así, hay castigo asegurado.»

—Está bien, mamá. Lo limpiaré todo —intenta apaciguarla—. Bea es muy quisquillosa, y se ha enfadado por una tontería; créeme, mamá.

—Pues dile a tu amiga que ésas no son maneras de comportarse en casa de los demás —responde su madre, tajante.

«Puf... De la que me he librado», piensa Silvia, mientras su madre se dirige al comedor.

«¿Y ahora qué hago?», se pregunta Silvia, mientras lo recoge todo: las velas y el viejo osito de peluche del suelo. En el ordenador aparece la solicitud de amistad de Sergio.

Se tira en la cama preocupada, y con razón. Bea se ha enfadado mucho con ella y, aunque ya está acostumbrada a esos prontos, esta vez cree que se ha pasado.

«¿Agrego a Sergio o no lo agrego?»

Por primera vez en su vida siente que la amistad de una gran amiga está en juego por culpa de un chico. Pero ¡qué chico!

Minutos más tarde

Ana busca a Bea en la calle. «Se ha enfadado mucho por algo que no tiene tanta importancia. Después de todo, Silvia estuvo con Sergio, y es normal que se busquen en Facebook.»

Ana deduce que Bea habrá ido a casa andando, así que decide que ya hablará con ella, y vuelve a la suya, porque de hecho ya es tarde y, después del último día, lo mejor será no dar motivo a sus padres para que se enfaden con ella.

Entra en el metro. Le gustan los transportes públicos, porque le da tiempo a escribir. Se sienta, saca su libreta y piensa en su nueva entrada para el blog. Le quedan tres paradas para llegar a casa y una pareja que está sentada delante le despierta la imaginación.

Nueva entrada:

Esperanza

Sentada en el metro, no puedo evitar mirar a la pareja que tengo delante. No paran de abrazarse y darse besos. Son de esas parejas empalagosas que dan tanta rabia. Pero ¿por qué nos dan rabia? Supongo que es porque nos dan envidia. Al menos, a mí. Sí, lo reconozco. Me dan envidia. Como no los conozco, no puedo saber si son felices o no, pero la verdad es que lo parecen. Transmiten amor. Igual sólo llevan una semana saliendo juntos, eso diría mi amiga Estela, pero yo creo que no. Yo creo en el amor, y creo que hay parejas que se encuentran, y parejas que no lo hacen nunca. No es que quienes no tenemos pareja seamos malas personas. Ni solteronas. Yo creo que no. Igual que la mayoría de mis amigas, sé cómo me voy a casar, de qué color será mi vestido, a quién le entregaré el ramo, y cómo se llamarán mis hijos. La chica que diga que no ha fantaseado con eso alguna vez miente. A mí me gusta inventarme mi futura familia. Hoy me ha pasado una cosa muy bonita. Una mujer muy guapa me ha gritado. Nos ha gritado a mí y a mis amigas y, cuando lo ha hecho, yo no he podido evitar sonreír por dentro. Ella ni siquiera se ha dado cuenta, ni mis amigas tampoco, pero a vosotros, queridos lectores, os diré que esa mujer es la suegra de mis sueños. ¿Y por qué es la de mis sueños? Porque su hijo todavía no se ha fijado en mí. Creo que todavía no me ha visto realmente, pero, cuando lo haga, ella se convertirá en mi suegra y nos caeremos muy bien. «Qué tontería», pensarán algunos. ¿Pues saben qué les digo? ¡Que no hay que perder la esperanza!

Firmado:

Blancanieves

Capítulo 8

En el balcón, un instante
nos quedamos los dos solos.
Desde la dulce mañana
de aquel día, éramos novios.

JUAN RAMÓN JIMÉNEZ

Viernes

Para encontrar una mesa libre un viernes por la tarde en el bar Milano, debes pactar con la suerte. Se mezclan todos los alumnos de distintos institutos de la ciudad, más los estudiantes que se estrenan en sus primeros años en la facultad.

Aunque a muchos los separa tan sólo un año de estudio, se puede decir que hay una gran diferencia entre los chicos y las chicas que están en la universidad y los que no. Los universitarios hablan como personas mayores, se hacen los interesantes, y sus conversaciones tratan sobre temas relacionados con sus carreras.

Los estudiantes de instituto los respetan porque han pasado la temible «prueba» de la selectividad. Para muchos, son como seres «superiores», pero, para los temas relativos al amor, todos son iguales.

El bar Milano es el bar de moda. Las paredes son viejas y de color naranja, rellenas de cuadros de jugadores de fútbol, anuncios antiguos de refrescos y alguna que otra planta de plástico horrible concebida para dar un toque de verde al espacio. También hay una máquina de videojuegos antigua con el mítico juego del Tetris, donde el récord está por las nubes, y un futbolín que cuesta cincuenta céntimos y que para muchos es el más barato de la ciudad.

Las mesas son de madera oscura y muy rayada, y no hay silla que, al sentarte, no chirríe como una bisagra vieja. Se nota que por ese lugar han pasado millones de jóvenes. Los lavabos son la prueba de ello. Las paredes y las puertas están repletas de garabatos, unos más lúcidos que otros, y con mucha firma de grafitero *amateur*. Para que os hagáis una idea, encontrar papel de váter en ese lavabo es como si te hubiese tocado el euromillón.

La barra del bar está atestada de pegatinas y *flyers* que promocionan discotecas, y en un rincón hay una vieja minicadena que aún funciona con casetes. Los mismos casetes de siempre: Extremoduro, Dire Straits, Bruce Springsteen y Sabina, entre otros, configuran la banda sonora de lo que, para muchos, es el mejor local de la ciudad para relacionarse los fines de semana.

Desde hace relativamente poco, no se puede fumar dentro. Y, a decir verdad, es otro ambiente. Antes había una fina capa de niebla provocada por el humo de los cigarrillos que fumaban los estudiantes nerviosos y charlatanes.

Los dueños del local se han visto forzados a poner una pequeña terraza en la calle donde las mesas y las sillas están muy cotizadas. Si para encontrar un buen sitio dentro del bar es necesaria una buena dosis de suerte, para sentarte fuera necesitas ni más ni menos que un milagro.

David y Nerea están sentados a una de las mejores mesas de la terraza. ¡Un sitio inmejorable! Pueden ver quién sale y quién entra del bar, y tener controlada la terraza, por lo que pudiera ocurrir. Ambos van por su segunda bebida, aunque David ha optado por una cerveza, y Nerea, por un Martini blanco.

Ella está contenta, y le habla apasionada a su compañero de sus historias en la facultad. A decir verdad, habla tanto porque está nerviosa: espera el momento para tirarse al cuello del muchacho, cual gato remolón en busca de cariño.

—¡El profesor de química espera que aprendamos toda la tabla periódica de los elementos con sus números y pesos atómicos para el lunes! ¿No te parece increíble? ¡Yo ya no tengo tanta memoria! Soy lo más parecido a un pez en ese sentido. ¿Cómo voy a acordarme de algo que aprendí en el instituto? ¡Si no me acuerdo ni de lo que hice la semana pasada! Así que me espera un buen fin de semana... —Da un sorbo al Martini y lo deja rápidamente en la mesa metálica, mientras David bebe tan tranquilo un trago de su cerveza—. ¡Acabo de tener una gran idea! ¿Qué te parece si me echas una mano? Quiero decir, ¿y si quedamos este fin de semana para estudiar? Mis padres no están en casa. Podríamos estudiar y, después, ver una película en el proyector del comedor. —David se queda pensativo. Nerea insiste—: Necesito a alguien que me pregunte, ya sabes... «¿Cuál es el símbolo y el peso atómico del hierro?» Y yo: «Fe, 55,847». ¿Qué me dices?

David sonríe. Sabe que eso es una trampa. Sus padres se marchan el fin de semana, ella misma lo ha dicho. Y él es de esos chicos que necesitan estudiar en su casa para concentrarse. Las últimas experiencias que ha tenido en la biblioteca y en casas de amigos han sido un desastre, así que decide desviar la pregunta.

—¿Por qué no vas a la biblioteca de la facultad? Seguro que allí encontrarás a alguien con quien poder estudiar.

—Sí, pero no es lo mismo —responde Nerea con media sonrisa.

—Ya... Perdona, tengo el cuerpo lleno de sustancias químicas que necesito evacuar —le responde el chico en tono irónico—. ¿Me guardas la silla?

Nerea asiente con la cabeza, y David se adentra en el bar en busca del lavabo.

En ese mismo instante

Ana está en el baño en su sesión de estética semanal. Depilación, exfoliación facial, bañera con sales de balneario, y la radio de fondo. Es una de las pocas ventajas de ser hija única: no tiene que compartir el baño con nadie, y las sesiones de belleza pueden ser eternas. Tiene el móvil en una repisa del armario. Ana lo coge y revisa todos los mensajes enviados y recibidos. Sin respuesta de David. «¿Y si le envío otro mensaje? —No se lo piensa ni un segundo—. A lo mejor no lo ha recibido...», se dice Ana, sabiendo de antemano que es una excusa barata.

«Ahí voy. Un mensaje corto, conciso y acabado en una pregunta, para que no dude en responderme.»

Escribir un mensaje de texto es un arte; quien lo recibe no sólo puede leer el texto sino que también puede analizar el contenido, el estado emocional de la persona que lo ha enviado y lo que quiere en realidad. Ana es una experta en eso, y es consciente del paso que está dando: cuando se está enamorada no hay estrategia ni análisis que valgan. Teclea a una velocidad supersónica, respira hondo y le da al botón de enviar.

«Si no respondes a esto, me olvidaré de ti. Te lo juro.»

En la terraza del bar Milano

Nerea observa a la gente de la terraza y a los que no dejan de entrar en el bar. Como está sola, bebe algo más de su Martini, para aparentar que está haciendo algo. De pronto suena el móvil de David sobre la mesa.

Nerea lo coge sin mucho interés, sólo para distraerse, pues tiene la sensación de que la están mirando todo el rato; se siente algo incómoda sola entre tanta gente.

La expresión de su cara cambia cuando ve que el mensaje entrante es de Ana. Algo se le remueve por dentro, como si fuese una bola de golf que le sube desde la boca del estómago hasta la garganta. Siente el impulso de apretar la tecla para leer el mensaje: *Oye, siento lo que sucedió esa noche. ¿Estás bien?*

Nerea no sabe cómo encajar lo que ha leído. ¿Estarán David y la niña esa enviándose mensajes? No duda en revisar acto seguido todos los mensajes enviados por David. No ve ni rastro de Ana.

«¡Esa renacuaja! ¿Cómo se atreve?»

Nerea siente la necesidad de hacer algo al respecto. David está a punto de llegar, y no quiere que la descubra cotilleando su móvil. El corazón le va a mil por hora. «¡Esto no va a acabar así!» Sin pensarlo, poseída por la rabia y el enfado, Nerea le escribe a Ana, en nombre de David, otro mensaje corto, directo y arrollador: *¡Déjame en paz, niñata tontalaba!*

Lo envía y, a continuación, borra ambos mensajes. De esta manera, David no le contestará: ojos que no ven, corazón que no siente. Pero lo más importante para Nerea es que ha matado dos pájaros de un tiro sin que David se entere.

La chica deja el móvil encima de la mesa justo en el momento en el que ve salir a su amigo del bar con una sonrisa. «¡Por poco!» David se acerca a la mesa, bebe un trago de cerveza y mira el reloj del móvil.

—¿Has visto la hora que es? ¡Es tardísimo! Me tengo que ir pitando al baloncesto, llego tarde al entrenamiento, y antes tengo que pasar por casa a recoger la bolsa. —Nerea hace ademán de contestar, pero David se le adelanta—. No te preocupes; ya he pagado.

—Está bien, gracias —responde Nerea mientras él recoge el móvil y su mochila—. ¿Y lo de estudiar el fin de semana? —pregunta de nuevo, y también se levanta.

—No lo sé; nos llamamos, ¿vale? —dice el chico sonriendo y dándole dos rápidos besos en la mejilla.

—Vale, ¡que te vaya bien el entrenamiento! —grita su amiga al verlo marchar, e incapaz de encontrar la manera de convencerlo.

David se marcha a paso ligero. Nerea lo intimida a veces, y eso de estudiar en su casa le pone muy nervioso. El baloncesto ha sido una buena excusa para librarse de contestarle a lo del fin de semana. Nerea es muy absorbente cuando quiere, y David lo nota, y no le gusta demasiado.

Ha preferido invitarla y marcharse rápido a dar explicaciones baratas para no ir a su casa el fin de semana.

Mientras, en casa de Ana

Ana sale de la ducha relajada y tranquila, se seca y se pone su crema hidratante. Después de una semana de clases y deberes, de hablar con la gente e ir de aquí para allá, éste es, sin lugar a dudas, uno de los mejores momentos de la semana.

Antes de recoger las cosas y ventilar el vaho del baño revisa el móvil y... «¡Ha contestado! ¡Por fin!» A Ana se le dibuja una gran sonrisa. Antes de leer el mensaje ordena el baño.

«Un mensaje como éste debe leerse como Dios manda.»

En ese mismo instante, en otro punto de la ciudad

Silvia vuelve a casa arrastrando la mochila, abatida por la semana. Camina por la calle, tranquila con su Mp3, escuchando el último disco de su cantante favorita. Vuelve satisfecha de la biblioteca. Este fin de semana lo tendrá libre, pues ha acabado todos los deberes hasta el martes.

A diferencia de su hermano, a ella le va muy bien estudiar en la biblioteca. El silencio y el olor a libro viejo la ayudan a concentrarse. Además, cuando está cansada de estudiar levanta la vista y observa a otros estudiantes como ella. Le gusta imaginarse sus nombres, sus gustos y, por qué no, a veces, hasta se imagina que son sus futuras parejas.

Cuando, al fin, llega al portal de su casa, se hace un lío con el cable del Mp3 y la cremallera de su mochila, y las llaves se le caen al suelo. Al instante aparece un perro y le lame la mano. Silvia se asusta tanto que da un chillido y cae hacia atrás. Automáticamente, oye una voz que grita:

—¡*Atreyu*, no!

Silvia aún está aturdida cuando ve que alguien le tiende la mano para ayudarla a levantarse.

—Tranquila, es un perro inofensivo. Apenas tiene seis meses.

La chica se levanta por su propio pie, se toca con una mano el trasero, y su cara refleja algo de dolor.

—No pasa nada, estoy bien —dice mirando al perro, que lame desesperadamente las llaves.

—Lo siento, me he confiado y lo he dejado sin correa.

Silvia se fija por primera vez en el dueño del perro. ¡Es el chico de la guitarra! ¡Marcos! ¡El que lloraba! Silvia se toca el pelo, nerviosa.

—¿De qué raza es? —pregunta para distraer un poco la atención de su caída.

—Un Jack Russell —responde el muchacho.

—Mi padre dice que estos perros son muy inteligentes —comenta ella mientras se agacha para tocar el perro—. ¿Muerde?

—Qué va... Es buenísimo.

—¡Qué simpático es! —exclama ella cuando el perro se sube a su regazo—. ¿Cómo se llama?

—*Atreyu*.

—¿*Atreyu*? ¿Has leído *La historia interminable*? —pregunta Silvia, curiosa.

—¡Claro! Es el dragón blanco de la suerte —responde Marcos, orgulloso de su perro.

Silvia se ríe.

—Bueno, Atreyu era un guerrero en la novela —explica Silvia, en plan marisabidilla.

—¡Claro, el que ayudaba al niño protagonista!

—Bastian Baltasar Bux —apunta Silvia en tono repelente.

—A salvar Fantasía de... ¡la Nada! —exclama Marcos, al recordarlo todo de repente—. ¿Cómo he podido cometer este error? ¡Confundir a Atreyu con *Fujur*!

—Lo importante es que *Atreyu* es un nombre muy bonito para un perro —sonríe Silvia, orgullosa.

—Y tú, ¿cómo te llamas? —pregunta el chico aprovechando la ocasión.

—Silvia, ¿y tú?

—Marcos. «El vecino nuevo.» Nos hemos mudado con mi madre. Oye... —Marcos se queda pensativo un instante, y de repente cae en la cuenta de quién es realmente Silvia—, perdona por lo del otro día... Yo...

—No te preocupes. No pasa nada, ahora sé que este perro aprende de su dueño... ¡Ahí por donde pasáis, arrolláis! —ríe la muchacha, tratando de quitar hierro al asunto.

De hecho, aunque se acaban de conocer, Silvia sabe mucho más de él de lo que Marcos piensa. Para muchos podría ser una ventaja, pero lo que realmente cuenta para ella es la mirada de la persona y la manera de relacionarse.

—Bueno, supongo que vives aquí. Es la segunda vez que te encuentro en el portal.

—«Elemental, querido Watson» —responde Silvia con un comentario más propio de su amiga Estela que de ella.

—Entonces somos vecinos —confirma Marcos.

—Si miras por la ventana de tu cuarto, descubrirás lo vecinos que somos. —Silvia le guiña un ojo y se hace la misteriosa.

Pero Marcos no atiende al comentario y pregunta:

—¿A qué instituto vas?

—Al mismo que tú —responde ella—. Te he visto algún día entre clases.

—Ah... Yo no conozco a nadie aún. Bueno, sí, a ti y a la profesora de mates.

—¿La Sargento? —pregunta Silvia.

—Esa misma... —ríe el chico—. ¿Algún consejo para sobrevivir a sus clases?

—Estudiar, amigo... Yo acabo de volver de la biblioteca; si no estudias, estás muerto.

—Bueno, pues gracias por el consejo. Toma tus llaves, están algo pringosas, pero has tenido suerte de que no se las comiera ni las escondiera. *Atreyu* es especialista en enterrar objetos de todo tipo en los lugares más insospechados —dice Marcos mientras entra en el portal de la finca.

—Supongo que ya nos iremos viendo —se despide Silvia.

—O no —responde, irónico, el chico.

—¿Cómo? —replica Silvia.

—Digo que nos vemos seguramente en el instituto o en la biblioteca —contesta Marcos por decir algo.

—¿También vas a la biblioteca? Podríamos ir...

—No, era un decir —la interrumpe él con una sonrisa, y la deja con la palabra en la boca mientras sube la escalera.

Silvia se queda en el rellano con el cable de los cascos

del Mp3 colgando de una mano y las llaves llenas de baba del perro en la otra, despeinada y con la sensación de que no le ha caído muy bien a ese chico.

«Qué raro es. Cuando las chicas se enteren de que lo he conocido, seguro que flipan. Mira que querer invitarlo a la biblioteca... ¡Suerte que me ha cortado! Seguro que tiene novia.»

Cinco minutos más tarde, en casa de Ana

Cinco minutos después, Ana está echada en la cama con su pijama de Hello Kitty, nerviosa y con el móvil en las dos manos.

—Una, dos..., ¡tres! —cuenta en voz alta antes de abrir el mensaje.

Un mensaje no leído. Abrir mensajes. David. Ahora.

Ana lee.

—¿Qué? —murmura con voz entrecortada. Los ojos se le ponen vidriosos—. ¿Qué? —repite, esta vez con más rabia—. ¿«Tontalaba»?

Ana se derrumba en la cama, se abraza al cojín y rompe a llorar. «¿Por qué me trata así? ¿Qué he hecho mal? ¡Sólo quería saber cómo estaba!»

Tarde o temprano, todo lo que le pasa a Ana se acaba convirtiendo en una entrada de su blog. Y lo que le acaba de pasar se merece una redacción de esas de bombo y platillo.

Se pone delante del ordenador y abre una hoja de texto. Es de esos momentos en que los dedos le irán solos por el teclado, y sus sensaciones van a ser canalizadas en palabras. No dirá nombres, porque su blog no es como las revistas del corazón, pero sí dirá lo que piensa, su verdad y su dolor.

Nueva entrada:

Mal presentimiento

A veces, emocionarte y hacerte ilusiones con algo te puede dar un gran disgusto.

Los malos presentimientos nos acechan.

Tengo un mal fario.

Un mal presagio.

Un mal presentimiento.

No lo veo claro, tengo miedo.

Como cuando coges un avión y te dices: *Voy a morir.*

Lo sé. Voy a morir porque tengo una visión, un presentimiento, un mal presentimiento.

Pero, como diría una de mis mejores amigas, los aviones casi nunca se estrellan, ni los malos presagios siempre se cumplen.

Por eso no me queda más remedio que confiar en la vida. Pero ahora mismo he tenido un disgusto tan grande y estoy tan triste que no puedo parar de llorar.

Firmado:
Blancanieves

Y así es. Ana deja de escribir. Su llorera no la deja pensar y, aunque no está muy orgullosa de esa entrada, le gusta porque le ha salido de dentro. Le da a «aceptar» con rabia y cierra el portátil. Su blog es como ella misma. A veces necesita repasarlo ochenta veces antes de colgar una reflexión, porque quiere que sea perfecta, y otras, como ésta, se deja llevar. Le sale del alma, y ni la retórica ni las pausas ni las comas le importan un comino. Tal vez por eso tenga tantos seguidores. Porque es auténtico y le sale de dentro de verdad.

Capítulo 9

Y de lo que me alegro,
es de que esta labor tan empezada,
este trajín humano de quererte,
no lo voy a acabar en esta vida;
nunca terminaré de amarte.

Gloria Fuertes

En la zona alta de la ciudad

¿Es posible que alguien como Estela lleve más de una hora en la calle esperando a alguien? Pues sí, lo es. Y el culpable es un hombre. Leo, su profesor de interpretación. Esta mañana le ha mandado un WhatsApp citándola exactamente a las seis de la tarde en su local de ensayo. Lleva más de una hora esperando, está nerviosa y parece que ya no le quedan uñas por morder. «Maldito Leo, como me deje plantada otra vez, lo mato», piensa Estela. Mira y vuelve a mirar el móvil. Abre el WhatsApp: *últ. vez hoy 10:58*. «¿No ha abierto el WhatsApp en todo el día? ¿Se habrá olvidado de mí? No puede ser... ¡Me he puesto el tanga rosa y el top que le gusta, como me pidió anoche en el chat!»

Leo y ella acostumbran a chatear por las noches, cuando la mujer de él está dormida y los hermanos de Estela no molestan. Si supieran que coquetea con un hombre veinte años mayor que ella, fijo que le partirían la cara. Los hermanos Flores son buenos chicos, pero a su hermana pequeña, ni tocarla. Y son nada más y nada menos que cuatro. Las *Princess* los llaman los Hermanos Dalton, como esos personajes de los cómics de Lucky Luke. Piensan que Estela se entiende tan bien con los hombres por eso, porque vive rodeada de ellos.

De repente, suena el móvil. Estela contesta corriendo sin mirar la pantalla. El corazón le va a mil. «¡Ya era hora!»

—Dime —contesta despreocupada, como si no le diera ninguna importancia al hecho de que lleva una hora en la calle.

—¿Tú crees que es normal lo que me ha hecho Silvia?

—¿Bea? ¿Eres tú? —responde su amiga, incrédula.

—Sí, claro, ¿a quién esperabas con esa voz de locutora de radio de noche? ¿Qué, ensayando un nuevo papel? —dice Bea en un tono claramente borde, descargando su ira en su amiga, que no tiene la culpa de sus desgracias.

—Sí, el papel de pringada —murmura Estela muy bajito, como si hablara consigo misma.

—¿Cómo? No te oigo.

—Nada, déjalo. Acabo de salir del gimnasio y tengo poca batería —miente Estela descaradamente.

—Estoy tan enfadada...; tan enfadada y tan triste... —confiesa Bea.

—Sí, claro, me imagino... —dice su amiga, a la vez que llama por el interfono al estudio de Leo por enésima vez.

—¿Qué es ese ruido? ¿Qué haces? ¿Estás por mí o no? —la increpa la otra.

—Claro que sí, Bea, pero... Oye, te propongo un plan. ¿Por qué no quedamos esta noche con Ana en el Piccolino y hablamos de todo?

—Vale, ¿a qué hora?

—¿A las nueve? —propone Estela. Saca la tarjeta de transporte de su mochila: ha decidido que ya no va a seguir esperando a Leo.

—¿A las nueve? A esa hora tenía la cita con Sergio... ¿Crees que Silvia va a ir? —pregunta Bea; quiere averiguar si su amiga sabe algo.

—No tengo ni idea, Bea. Pero tú dices que pasas, ¿no? Pues ¿qué más te da? En todo caso, hablamos esta noche, ¿vale?

—Vale. Oye..., gracias —se despide su amiga en tono triste antes de colgar.

Estela se queda mirando un instante la pantalla, hasta que ésta se apaga. Luego, el portal de Leo. Por suerte, llega el autobús y la saca de su ensimismamiento. Entra en él y, en cuanto se sienta, crea un grupo en WhatsApp con Ana y Silvia. Un grupo de chat con tres participantes al que llama CITA SERGIO.

Después de la llamada de Bea, Estela se ha dado cuenta de que su amiga se siente realmente mal y, aunque haya aceptado quedar con ella esa noche, en realidad se muere de ganas de recuperar su cita con Sergio. La conoce, y sabe que su orgullo no la dejará cambiar de opinión. Pero Estela es muy tozuda, y ha tenido una idea para que esa cita tenga lugar. Para ello, necesitará la ayuda y el apoyo de las *Princess*.

Bella Durmiente

En línea

Chicas, Bea me ha llamado histerika

Yasmin
En línea
Me ha critikado mcho, no?

Bella Durmiente
En línea
Se niega a ir a la cita, tenemos que hacer algo

Blancanieves
En línea
Pues sí, pra una k tiene 1 cita...
Px nosotras...

Bella Durmiente
En línea
Habla x ti, princesa

Yasmin
En línea
No seas así

Blancanieves
En línea
No importa, qué hacemos?

Yasmin
En línea
Kedamos ahora en el parke?

Bella Durmiente
En línea
Guay

Blancanieves
En línea

Alguna idea?

Bella Durmiente
En línea

Pilla el iPad

Esta cita se va a hacer, sí o sí.

Blancanieves
En línea

Ok. Nos vemos ahora

Yasmin
En línea

ok

Bella Durmiente
En línea

Mua. Corto

Estela se siente muy orgullosa de su plan, aunque no puede evitar hacer una última llamada al móvil de Leo. Nada, el buzón. «Que te den», piensa. Ahora tiene cosas más importantes en la cabeza.

Minutos más tarde, en el parque

Ana está sentada en su banco favorito, repasando su última entrada en el iPad. No le gusta llevar ese trasto encima, ella es más de libretas y papeles. De hecho, el iPad ni siquiera es suyo. Es de su padre. Como se entere de que lo ha cogido, a Ana le caerá una buena reprimenda.

Estela llega corriendo, se quita los cascos de las orejas y, medio canturreando, dice:

—¡Hola, petardas!

«¿Petardas?» Ana se vuelve y descubre a Silvia, que llega justo por la otra dirección.

—Bueno —dice—, espero que el iPad sea primordial para lo que se te ha ocurrido. Ya sabes que a mi padre no le gusta nada que se lo coja.

—Sólo será un momento —la tranquiliza Estela—, el necesario para entrar en Facebook, hacernos pasar por Bea y quedar con Sergio en el Piccolino esta noche a las nueve.

—¿Y quién te ha dicho que Bea irá? —replica Silvia, que en el fondo no querría que su amiga acudiera a la cita.

—Pues porque ha quedado conmigo —resuelve Estela orgullosa—. ¡Hemos quedado para criticarte y despotricar contra ti!

Aunque Estela lo haya dicho en broma y le saque la lengua para demostrárselo, Silvia se pone triste: lo que está pasando no le gusta nada. Ni tampoco le gusta que Bea tenga una cita con Sergio, ni que esté tan enfadada con ella, ni los sentimientos que ambas cosas le provocan.

—Muy bonito todo —participa Ana—. Pero ¿se puede saber cómo entraremos en el Facebook de Bea?

—Pues entrando, Ana, entrando.

Estela coge el iPad, abre Facebook, introduce el correo electrónico de Bea y, cuando llega el momento de la contraseña, mira a sus amigas y dice:

—Prometedme que no le diréis jamás a Bea que sé esto.

—¿Te sabes su contraseña? —pregunta Ana, alucinada.

—Sí —confiesa su amiga—. Yo lo sé todo.

Estela tiene la enorme capacidad de conseguir que todo el mundo le cuente sus secretos. Es abierta, divertida y, aunque a veces parece que está loca perdida, sabe escuchar y dar buenos consejos. Su seguridad en sí misma y su actitud hacen que todo el mundo le cuente sus cosas.

—Y la contraseña es... —dice en tono misterioso—. ¡Tachán! *Pablotequiero.*

—¡Qué fuerte! —exclama Silvia—. ¡Sigue enamorada de su ex!

—¡Que no! —aclara Estela—. Tiene esta contraseña de cuando eran novios.

Una vez introducida la contraseña, se conectan al chat, y sólo les queda buscar a Sergio y esperar.

—Está conectado —susurra Silvia.

Sergio no tarda ni medio segundo en pronunciarse.

Sergio dice: Hola wapa :-)

Bea dice: Hola

Sergio dice: Cómo estás?

Bea dice: Con ganas de verte

Sergio dice: Esta vez no me dejarás tirado, no? :-(

Bea dice: No, pero tenemos que cambiar el lugar de la cita

Sergio dice: xq?

Bea dice: Ando justa de tiempo. Conoces un bar que se llama Piccolino? Me pilla más cerca

Sergio dice: El Piccolino! Jajaja, hace siglos que no me paso por ese bar. Qué haremos, pedirnos una Fanta?

Bea dice: Oye, no te burles de mí que no voy eh?

Ana le da un codazo a Estela.

—Pero ¿qué haces loca? ¡Que no es contigo con quien ha quedado! ¿Quieres comportarte?

Silvia no puede evitar reírse.

—¿Será idiota, el tío? —bufa Estela—. A mí un tío me dice eso y lo mando al carajo.

—¡Que sigue! —exclama Ana.

Sergio dice: Era una broma, perdona...
Bea dice: Sí claro. Bueno, a las 21.00. Adiós
Sergio dice: @dios ♥ smuaks

—¡Oh, qué mono! —suspira Ana.

—A mí este tío no me gusta —sentencia Estela.

—Pues es encantador —la contradice Silvia, muerta de la envidia por la cita que acaban de amañarle a Bea.

—Silvia, bonita —le aconseja Estela—, será mejor que te guardes estos comentarios si no quieres meterte en más problemas.

—Chicas, misión cumplida. Me largo. —Ana guarda con cuidado el iPad dentro de la funda.

—Eh, un momento... ¿Me vais a dejar sola con el marrón? ¿Y qué hago cuando llegue Sergio?

—A mí, teniendo en cuenta cómo se puso Bea el otro día, me da mal rollo que me vea —se excusa Silvia—. Pero si se tiene que ir..., se va.

De pronto aparece un perro de la nada y, de un salto, sube al banco y empieza a lamer a Estela en la cara.

—¡Ay, qué asco! ¡Fuera! —grita la chica.

—¡*Atreyu*, baja de ahí! —ordena Silvia, riendo.

Entonces, *Atreyu* salta encima de Silvia y le lame también la cara hasta que oye un silbido. Se baja del banco y sale en busca de su dueño, que se acerca.

Estela se queda con la boca abierta. El dueño del perro es nada más y nada menos que Marcos, el vecino de Silvia, el chico nuevo del insti, el rarito. «Demasiada casualidad. Esto empieza a ser muy extraño —piensa Estela—. Si es el destino, vamos a echarle una mano.»

Estela se levanta y se dirige hacia el chico.

—Queda claro que el perro es de lo más cariñoso... ¿Y el dueño?

Marcos se sonroja.

—¡Hola, guerrero! —exclama Silvia, acariciando al perro y mirando al chico con complicidad.

—¿Guerrero? —pregunta Ana, extrañada.

—¡*Atreyu!* —explica Silvia poniéndose en pie—. El guerrero que salvará Fantasía de la Nada. ¿Verdad que sí, *Atreyu*?

Parece que *Atreyu* la entiende, porque responde con un ladrido.

A las amigas de Silvia les sorprende la familiaridad de ella con el animal, pero deducen que Marcos y la chica ya se han conocido. «Son vecinos, es normal», piensa Ana. En cambio, Estela siente una ligera punzada de celos, pero como está acostumbrada a salirse con la suya y quiere conocer al chico nuevo, no duda ni un segundo en romper el hielo y, directamente, obligar a sus amigas a que la dejen sola con Marcos y su guerrero.

—Oye, vosotras os marchabais ya, ¿no?

Ana sonríe y se despide:

—Sí, nos vemos a las ocho y media en el Piccolino, y hablamos un poco antes de la cita, ¿vale?

Silvia titubea. Finalmente, se decide.

—Voy a casa a cambiarme. —Se despide de Marcos con una media sonrisa y le suelta—: Nos vemos.

—Por la ventana —dice Marcos con timidez.

Silvia se detiene un instante. ¿Ha oído bien? Sonríe para sí. No puede evitar alegrarse por ese encuentro casual. El otro día se quedó inquieta pensando en que tal vez no le había caído bien al vecino. En cambio, hoy parece que sí.

—Adiós, chicas, yo me quedo un rato por aquí con... Marcos, ¿no? Porque *Atreyu* ya se ha presentado —dice Estela, coqueteando—. Yo soy Estela. —Y, después de decirle eso, le planta dos besos.

Atreyu se interpone entre ellos y empieza a ladrar. Eso da pie a que Marcos, que se había quedado algo cortado, se ponga a bromear:

—Dice *Atreyu* que a él no lo has besado.

Estela no puede más que reírse y acariciar al can.

—¿Cuántos años tiene?

—Es un cachorro aún, sólo tiene seis meses. Por eso es tan juguetón. Lo compramos cuando... —El chico calla de repente.

Estela lo mira. ¿Se lo pregunta ahora que tiene la oportunidad? ¿Qué pensará Marcos de ella si es tan directa? «Pero ¡qué tontería! ¿Desde cuándo me preocupa lo que piensen los demás?», se dice. Y entonces lo suelta a bocajarro:

—¿Tienes novia?

El chico se sorprende.

—No, no, no sé... —tartamudea un poco, porque las chicas lanzadas como Estela lo ponen muy nervioso.

—¿En qué quedamos? ¿Tienes novia o no?

En ese momento, *Atreyu* divisa a otro perro y cruza la calle corriendo. Su dueño lo llama sin obtener resultado, así que el chico debe salir corriendo.

—Lo siento... El perro... ¡Adiós! —se despide gritando y alejándose de Estela, quien se queda sin la respuesta que tanto ansiaba saber.

Plantada en medio del parque, la chica piensa: «Es el segundo chico que me da plantón hoy. Espero que el tal Sergio se presente a la cita».

Capítulo 10

Sentí tu mano en la mía,
tu mano de compañera,
tu voz de niña en mi oído.

Antonio Machado

En algún lugar del centro de la ciudad

Ana y Silvia salen del parque y hablan del plan que ha urdido Estela mientras la esperan. Ana está algo insegura, y Silvia no las tiene todas consigo. A veces Estela es muy atrevida y algo manipuladora. También comentan el comportamiento de su amiga con Marcos.

—Es como si quisiera a todos los chicos para ella —explica Silvia—. Y a los que no quiere, pues para nosotras.

—Tienes toda la razón —dice Ana, mirando al suelo—. Pero debes reconocer que ha tenido una buena idea. A veces se deben hacer locuras como ésta para que pasen las cosas. Conociendo a Bea, cuando se dé cuenta de lo que hemos hecho por ella, nos lo va a agradecer.

—Esperemos que sí —contesta Silvia con sinceridad. De pronto, ve como se acerca Estela, corriendo, con una gran sonrisa—. ¡Mírala! ¡Hablando del rey de Roma!

—¡Chicas, esperadme! —resopla Estela, cansada—. Oye, tu vecino Marcos es guapísimo, ¿eh?

—Sí, es mono —responde Silvia, algo seca—. ¿Cómo te ha ido?

—Bien, más o menos... Creo que le he gustado.

—¿En sólo cinco minutos? —pregunta Ana, entre curiosa y divertida.

—Una provoca ese efecto en los hombres —contesta su amiga bromeando y guiñándole el ojo.

—Tía, eres lo más. Yo de mayor quiero ser como tú —dice Ana, alabándola.

—Pues yo no me cambiaría por nadie —comenta Silvia.

—Bueno, es una manera de hablar... —aclara Ana—. Me fascina la capacidad que tiene Estela para relacionarse con los chicos.

—Y también soy muy buena haciendo de Celestina. ¡Mi arco es mi labia, y mi flecha, mi encanto! —exclama la muchacha, gesticulando como si fuese una gran actriz.

—¿El del arco y la flecha no era Cupido? —se ríe Ana.

—Eso a Estela le da igual, ¿verdad? —dice Silvia.

—¡Pues claro! Lo importante es que tenemos una misión que cumplir y... ¡no podemos errar el tiro! Así que lo que yo haría es lo siguiente: Ana y yo nos pasamos a por Bea y la llevamos al Piccolino. Silvia, tú espéranos en el bar. Como llegaremos antes, podréis hacer las paces. Luego, cuando se presente Sergio, desaparecemos del mapa, y ya. ¿Qué os parece?

—Bien, pero antes quiero dejar el iPad en casa.

—Yo también quiero pasar por casa primero, para cambiarme —añade Silvia, quien, sin poder evitarlo, piensa en Sergio y en la necesidad de ponerse guapa.

—Vale, pero no tenemos mucho tiempo —responde Estela. Luego se dirige a Ana—: Te veo dentro de una hora en el portal de Bea.

Las chicas se disponen a irse cuando, de repente, Estela las detiene:

—¡Un momento! ¡Se me ha ocurrido una idea genial! ¿Por qué no vamos ahora mismo las tres a casa de Bea?

—¿Para qué? —replica Silvia. De repente, le parece que la ropa que lleva le queda horrible, y por nada del mundo querría que Sergio la viera así. ¡Necesita arreglarse! Pero claro, eso no es algo que pueda contarles a las demás.

—Podríamos ir a buscar a Bea y salir a dar un paseo que acabe, como por casualidad, en el Piccolino. Ya sabéis, para que la cosa sea natural y no se note mucho.

La chica intenta convencer a sus amigas. Ana duda, aunque reconoce que Estela siempre tiene buenas ideas, y que no falla nunca cuando improvisa. Sí, siempre le da un toque especial a la situación que hace que sea mágica. Podría ser divertido. Y lo de devolverle el iPad a su padre... Ya encontrará la manera de hacerlo a la vuelta. Se conoce los hábitos de su padre como la palma de su mano: cuando llega a casa los viernes, se pone el chándal y se tira en el sofá a ver la televisión mientras cena. Ana acepta el reto.

Silvia, en cambio, se muestra poco receptiva. Lleva el chándal rosa, y no es el atuendo más adecuado para presentarse en el Piccolino. ¿Cómo se va a presentar en chándal? Al final, después de unos minutos de discusión, Silvia las convence de que, en su caso, lo mejor será seguir adelante con el plan inicial: que ella vaya directamente al Piccolino. Después de cómo se enfadó Bea con ella, no pueden permitirse el lujo de que ésta vea que Silvia también ha ido a buscarla y no quiera salir con ellas.

Antes de irse, las tres amigas se cogen de las manos para desearse suerte, a la manera de los equipos de baloncesto cuando está a punto de comenzar el partido decisivo.

En ese mismo instante, en otro lugar de la ciudad

Con un albornoz azul, bien afeitado y perfumado, Sergio pasa por el comedor. Manu, su primo, está jugando nervioso a la Play Station. Se conocen tanto que, a veces, les bastan pocas palabras para entenderse. De hecho, su convivencia es bien fácil. Manu se encarga de tirar la basura, y Sergio hace todo lo demás: la compra, barrer, fregar los platos, limpiar la cocina y el baño...

—Huele a nubes... ¿No hueles a nubes? —pregunta Manu, con la vista fija en la pantalla.

—Tengo una cita con la chica del Facebook.

Manu estalla en risas.

—Ya decía yo... Tanto desodorante... ¡Si es fea, no te quejes! ¡Todo el mundo sabe que no se es tan feo como en la foto del DNI, ni tan guapo como en la foto del Facebook!

A Sergio se le dibuja una pequeña sonrisa en la cara.

—¿Quieres venir? Hemos quedado en el Piccolino.

—¿El Piccolino? ¿Me lo dices en serio? Pero ¡si íbamos allí cuando teníamos quince años!

Manu detiene el juego y mira a su primo esperando una respuesta..

—Lo sé. Pero me han citado allí —contesta Sergio, algo avergonzado.

—Entonces me interesa. Voy contigo. Nos reiremos un rato —se burla Manu—. Yo ya estoy preparado. Por mí, como si vamos ahora mismo.

—Vale, aunque he quedado dentro de una hora.

—Mejor. Así nos tomamos unas cañas y vemos cómo está el patio. Y, cuando ella llegue, si no te gusta, pues así tienes una excusa para marcharte. *Moi!*

Manu se señala de manera exagerada y alza las cejas un par de veces, de un modo muy gracioso. Sergio sonríe. Aunque aparente ser un tipo duro, en realidad su primo es lo más parecido a un animal doméstico. Siempre que tenga la Play Station, claro.

En otro lugar de la ciudad

Silvia camina, absorta en sus pensamientos. Todo lo que está pasando la hace sentir muy extraña. A veces se siente como un saco de boxeo al que todo el mundo golpea, un saco al que zarandean, y que se mueve sin saber exactamente en qué dirección. Aunque ella se cree muy resistente a cualquier tipo de golpe, hoy se siente cansada con tantas emociones.

Al cruzar la calle, ve a Marcos y *Atreyu* delante del portal de su casa. El chico está de espaldas. Silvia sonríe. «Encontrarme con este chico empieza a ser algo habitual. Me gusta», piensa. Se acerca a él, dispuesta a charlar un rato.

Marcos lleva una guitarra. ¿Habrá vuelto de tocar en algún sitio? ¿A lo mejor de ensayar con un grupo?

Silvia le da un par de toquecitos en el hombro. El muchacho se vuelve y la recibe con una gran sonrisa.

—Hola, vecina.

—Hola. ¿Qué tal el paseo? —pregunta Silvia, que se agacha para acariciar a *Atreyu* y, aprovechando que fija la atención en el perro y tiene que mirar a Marcos a los ojos, pregunta distraídamente—: ¿Y Estela, qué te ha parecido? Es una de mis mejores amigas...

—¿Quieres que te diga la verdad? Me intimida —responde el chico, tajante.

Silvia levanta la cabeza hacia él para mirarlo. Parece que no hay más que hablar, así que decide cambiar de conversación.

—¿Vas o vienes de tocar en algún sitio?

—Ni voy ni vengo —sonríe Marcos—. He vuelto a buscar la guitarra. Me apetecía volver al parque y tocar un poco mientras *Atreyu* corre.

«Me encantaría que tocase algo», piensa Silvia. Y, de pronto, las palabras aparecen en sus labios:

—Tócame algo.

—¿Ahora?

—Sí.

—¿Aquí?

—Sí —sonríe Silvia, animándolo.

—No —responde el muchacho.

A Silvia se le borra la sonrisa de la cara. Marcos es un chico extraño, a veces es de lo más simpático, y otras se muestra de lo más huraño, muy poco receptivo. El chico la mira.

—No es por ti, no te ofendas. Es como si supieses que soy un payaso y ahora me dijeras: «¡Hazme reír!». Uno no siempre está de humor.

Silvia no sabe muy bien cómo encajar ese comentario.

Por lo visto, hoy no está siendo un buen día para relacionarse con la gente, y aún le queda lo peor.

—No pasa nada —contesta la chica, confusa—. Nos vemos. Adiós, *Atreyu*.

Silvia saca las llaves y, antes de abrir y entrar en el portal, dice:

—Oye, si quieres, un día te puedes venir con nosotras. Estela es una chica con mucha energía, muy intensa, pero también es genial y superdivertida, así que no te dejes intimidar.

Y, dicho eso, se mete dentro del portal sin esperar respuesta de Marcos.

«Me voy a poner guapísima, y dentro de veinte minutos, como mucho, me plantaré en el Piccolino. —Silvia quiere cambiar su suerte, y para ello cambia de actitud radicalmente—. Pase lo que pase hoy, estará bien, y yo no tendré la culpa.»

Mientras, en casa de Bea

Ana y Estela se han presentado por sorpresa. Bea les agradece la visita, y se ponen a hablar de Sergio. Sus dos amigas consiguen que se dé cuenta de que su enfado con Silvia es injusto. Lo que le pasa a Bea es que tiene miedo de empezar una relación, ilusionarse y volver a llevarse una decepción. Lo pasó muy mal con Pablo, el primer chico de quien se enamoró. Pero, tras la charla con las dos *Princess*, decide apostar por Sergio: es un chico muy especial. Y decide también que le debe una disculpa a Silvia: entiende que Sergio la agregara al Facebook. Después de todo, ¡es amiga de ella! También es una manera de conocer mejor a Silvia.

Ana y Estela la convencen para salir un rato.

—Tienes que ponerte guapa —le ordena Estela—. Ponerse guapa y que te miren y piropeen los chicos en la calle... ¡es infalible para que te suba el ánimo!

Bea se ríe, y Estela le guiña un ojo a Ana, quien suspira aliviada. «Esta noche puede ser perfecta.»

Estela piensa casi lo mismo: «Esta noche será perfecta, ¡seguro!».

Media hora después, en el Piccolino

Silvia ha llegado la primera. Ha preferido ir con tiempo y tomarse una clara, con tranquilidad, antes de que lleguen las chicas y deba enfrentarse a los morros que le va a poner Bea y, lo que es peor, a la cita de ésta con Sergio. Hay poca gente aún. Silvia pasa entre las mesas y se sienta a una del rincón. Se quita el abrigo y lo dobla con cuidado para dejarlo encima de una silla cuando, de repente, alguien se le acerca y, detrás de ella, una voz le pregunta:

—¿Silvia?

La chica se vuelve. Es... ¡Sergio! Pero ¿qué hace él aquí ya? ¡Es imposible! ¡Aún no es la hora! La chica es incapaz de decir nada.

Algunos podrían pensar que es una cuestión del destino, o de suerte; otros, que es pura casualidad, un hecho fortuito, o un accidente... Pero lo cierto es que Sergio ha acudido a la cita demasiado pronto, igual que ella.

Sergio le presenta a su primo Manu, y ambos la invitan

a que se siente con ellos. Silvia sonríe todo el rato, pero lo cierto es que se siente como un pájaro enjaulado. Da un sorbo a la clara y se resigna: «Lo que tenga que ser, será. Hoy es uno de esos días en los que no debería haber salido de la cama».

Al cabo de algunos minutos entran Bea, Ana y Estela. Ésta es la primera que corre a buscar un buen sitio. Decide que lo mejor será que se sienten a una de las mesas que hay junto a la entrada. Las *Princess* acostumbran a sentarse en el fondo del local, pero esta vez es especial: esperan a Sergio, y Estela quiere asegurarse de que Bea lo reconozca al entrar, y él no la pille por sorpresa viéndola primero.

Silvia, que está de espaldas a la puerta, enfrascada en la conversación que mantiene con los dos chicos, no las ve.

Pasa el tiempo, Ana y Estela empiezan a impacientarse pero no pueden demostrarlo delante de Bea. A su vez, unas mesas más allá, Silvia también empieza a incomodarse: se divierte mucho hablando con Sergio y su primo, pero no deja de pensar que esa cita, en realidad, era la de su amiga Bea. ¿Qué habrá pasado? ¿Por qué no han llegado? Coge el móvil del bolsillo de su abrigo y se disculpa ante los chicos diciendo que debe ir un momento al baño.

Cuando Silvia se levanta, Estela la reconoce, y no tarda ni un segundo en reaccionar. Se levanta en seguida y la sigue al baño.

—Silvia, ¿estás ahí? —susurra al abrir la puerta del cuarto.

—¿Estela? —contesta Silvia, que sale de uno de los baños con el móvil en la mano—. ¡Os estaba llamando!

—¿Desde cuándo estás aquí?

—¡Llevo un montón de rato! He llegado temprano y...

me he encontrado a Sergio. Está con su primo, en una de las mesas del rincón. ¿Ha llegado Bea?

—¡Sí! —exclama Estela—. ¡Nos hemos puesto en la entrada para que ella lo viera nada más entrar!

—¿Qué hacemos? Tal y como se puso por lo de Facebook, Bea me va a matar por esto...

—¡Improvisación, improvisación! Vamos, Estela —se dice la chica—, eres la reina de la improvisación... ¡Piensa!

Entonces, presenta la primera opción:

—Vale, yo ahora vuelvo con Bea y Ana, y tú le dices a Sergio que Bea está a la entrada. Dile que se levante y vaya para allá y se presente sin decirle nada de ti, ¡que era una sorpresa! ¡Y tú escóndete, que no te vea! Entonces...

Silvia le corta el discurso con la palma de la mano.

—No, no, Estela. El camino más sencillo siempre es el mejor: la verdad. Estoy harta de liarla.

Silvia le cuenta su plan. Su amiga se queda pensativa unos instantes.

—De acuerdo, lo haremos como tú dices.

Pocos instantes después, Estela vuelve a la mesa con sus amigas. Ana le lanza miraditas, está de los nervios.

A su vez, Silvia se planta delante de los chicos y, sin sentarse siquiera, les dice:

—Chicos, acompañadme: quiero presentaros a unas amigas.

Sergio la mira con curiosidad. De repente ¡se acuerda de la cita con Bea! Lo estaba pasando tan bien que se le había olvidado por qué estaba en el Piccolino. ¿Habrá llegado el momento de conocer a quien podría ser su chica?

Los dos obedecen sin rechistar, y Silvia los conduce por entre las mesas hasta donde se encuentran el resto de las

Princess. En ese momento, cuatro personas contienen la respiración: Silvia, porque está a punto de descubrir si el chico que le gusta empezará una relación con una de sus mejores amigas; Sergio, que está a punto de conocer a la chica con la que ha estado chateando tanto; y Estela y Ana, que miran a Bea, que no sabe que el chico de sus sueños está sólo a unos metros de ella y que, ajena a lo que sucede porque le está dando la espalda, sigue hablando.

—Hola, Bea —dice Silvia, nerviosa. Su amiga se vuelve, la mira, y luego mira a los dos chicos—. Te presento a Sergio. Sergio, ella es Bea. Y éstas son Ana y Estela. ¡Ah! Y él es su primo, Manu.

Manu hace un gesto con la mano.

—¿Nos podemos sentar con vosotras?

Bea está en estado de *shock*, y casi no reacciona cuando los chicos, antes de sentarse, besan a cada una de ellas en las mejillas.

Manu, que huele algo de tensión entre las chicas, hace alarde de su carácter dicharachero y empieza a contarles divertidas anécdotas de todo tipo que han vivido Sergio y él. Estela se apunta a la conversación, y también les cuenta a los chicos anécdotas de las *Princess*, y parece que la cosa va fluyendo. Toman algunas bebidas más y se van conociendo poco a poco. Bea es la que se muestra más tímida, al igual que Sergio, pero no se los nota incómodos. Al cabo de una media hora, Manu se despide: ha quedado con unos amigos. Ana, Estela y Silvia no se lo piensan dos veces y aprovechan el tren de salida.

Por fin, Sergio y Bea estarán solos.

Poco después, en algún rincón de la ciudad

Leo se ha dignado por fin a llamar a Estela, quien se dirige a su casa. Le explica que lo convocaron a un ensayo a última hora, y que le fue imposible avisarla. Ella está algo resentida pero, para compensárselo, Leo le propone que recuperen la clase hoy mismo. Como él tardará algo en llegar, le confiesa que puede encontrar una copia de la llave del estudio debajo del felpudo.

«No es un sitio muy secreto —piensa Estela—. Cualquiera podría entrar a robar.» Aunque la verdad es que, si entrase un ladrón, poco podría robar, a no ser que fuese un ladrón-actor; en tal caso, el botín sería rico en máscaras y disfraces.

Leo le ha prometido llegar lo antes posible. Estela reflexiona. Está cansada, pero Leo acaba de confiarle la llave del estudio, y eso dice mucho de él. Tiene el pecho encendido. Aunque es tarde y ya volvía a casa, decide cambiar el rumbo e ir hacia el estudio. Se muere de ganas de ensayar y estar con Leo.

En tan sólo cinco minutos se planta en la puerta, recoge la llave del polvoriento felpudo y abre el estudio. Todo está en silencio. Deja sus cosas en el recibidor y entra en la habitación donde ensayan todos los estudiantes. Huele a una extraña mezcla de incienso y sudor.

Hay una oscuridad intensa, pero Estela no tiene miedo. Es una reacción un tanto extraña en ella. Se considera la persona más miedosa del mundo, pero conoce ese espacio como la palma de su mano, y eso le da una confianza absoluta en ella misma.

Se quita las zapatillas de deporte y pisa el templado

parquet. Se dirige a una pequeña minicadena y aprieta el *play*, confiando que habrá algún disco de música relajante. Así es. Suenan unas flautas y unos pequeños tambores y violines. «Perfecto», piensa Estela y, a oscuras, se dirige al centro de la habitación, se queda de pie, cierra los ojos y respira profundamente tres veces.

La concentración es algo muy importante en el teatro, y Estela es una persona más bien dispersa. Pero un buen contexto la ayuda a centrarse, aunque visto desde fuera parezca algo místico.

En completa oscuridad, Estela se concentra cada vez más, pone las manos en el vientre y separa los pies, buscando el equilibrio en el cuerpo. De pronto, percibe un foco de luz. Estela abre los ojos asustada.

—Continúa en esa misma posición —ordena Leo desde un rincón de la habitación—. Cierra los ojos y no te distraigas. Muy bien, ahora quiero que recites lentamente el monólogo en el que hemos estado trabajando, pero sólo cuando tú, y sólo tú, quieras...

Estela siente algo en el estómago. ¡Qué nervios!

«Empezaré cuando lo sienta.»

Leo baja levemente el volumen de la música.

El corazón está que se le sale del pecho a Estela. Sigue con los ojos cerrados, y trata de centrarse en la respiración, como suele hacer en las clases, pero le resulta imposible. Escucha los pasos de Leo acercarse a ella. Siente un cuerpo cálido a su espalda, y una bocanada de aliento en su oreja.

Algo muy poderoso le nace en el vientre. Le pasa siempre que está con él; de hecho, desde que se conocieron. Incluso con las conversaciones que han tenido por chat. Sus comentarios poéticos y teatrales siempre han tenido un toque sensual y erótico, pero ahora la sensación de tenerlo tan cerca es muy distinta.

Estela está nerviosa. Una cosa es coquetear, y otra, que pase algo de verdad. No sabe muy bien cómo comportarse. Sabe que liarse con Leo le puede dar muchos quebraderos de cabeza. Es mucho mayor que ella, y no hay que olvidar que es su profesor. Pero cuando parece que él se va a abalanzar sobre ella, pasa todo lo contrario.

—Siéntate, Estela. Quiero enseñarte algo. —Leo le señala un pequeño sofá con ruedas que ha colocado en medio de la sala.

—Pero ¿no iba a recitar mi monólogo?

—Siéntate —repite.

Estela se sienta, como una niña obediente. No tiene muy claro qué sucede, pero está muy excitada. Leo apaga las luces del estudio y le da a un botón. Entonces, una pantalla gigante baja del techo. «¡Cómo mola! ¿Qué es lo que me va a enseñar?», se pregunta Estela. Leo hace siempre lo mismo. La desconcierta un montón, pero, como la sorprende, le gusta. Nunca hace lo que ella espera de él. A veces no le sienta bien, como cuando la deja tirada o la hace esperar, pero otras la hace sentir como una niña en el día de Reyes. Sabe que cualquier cosa es posible a su lado, y eso le encanta.

Leo se coloca detrás de ella, como si fuera un proyeccionista. Le da al *play* y empieza la película.

—Se trata de *Empieza el espectáculo* —le explica mientras se enciende un cigarro—. Una película de Bob Fosse cuyo protagonista es un coreógrafo muy reconocido. Querer mucho el éxito te puede llevar a perder otras cosas de la vida que son muy valiosas. No lo olvides, Estela. —Da una fuerte calada y dice—: Uno no se puede dedicar al teatro sin haber visto esta película. Relájate y disfruta.

Estela no se mueve del sofá. Leo está de pie, detrás de ella. No lo ve, pero puede sentirlo. Su respiración lenta, su olor, y el sonido de sus pasos. Algún movimiento. El ruido de su mechero encendiendo una barrita de incienso, la Coca-Cola que se cae en el vaso con hielo lleno de ron...

Aunque la película es muy buena, no deja de ser tarde, y poco a poco Estela se deja vencer por el sueño hasta que termina la película. La mano de Leo irrumpe en el hombro de Estela, que yace dormida profundamente.

La chica se despierta avergonzada. No sabe muy bien cómo tiene que actuar. ¿Debe levantarse e irse a casa, o quedarse más rato? Como no lo tiene claro, se hace la dormida. Leo se acerca y la tapa con una manta. Ella sigue con los ojos cerrados, mientras oye el sonido de la cámara de fotos de Leo. «Qué fuerte... Me va a dar algo», piensa Estela, consciente de que le está sacando unas fotos. Esta noche se siente más Bella Durmiente que nunca.

Minutos más tarde, nota cómo Leo se sienta a su lado. No la toca. Sólo la mira. Estela puede sentir esa mirada. Piensa que tal vez tendría que hacer algo, pero no se atreve, y parece que Leo tampoco es tan valiente. De alguna manera, le impone respeto liarse con una chica tan joven. No la ve como una niña, ni mucho menos, pero sabe que se puede buscar un problema. Entonces, Estela se agarra de la mantita y deja al aire sus pies descalzos. Leo los coge y se los pone encima de sus rodillas. Los acaricia de una forma muy suave, muy cariñosa... Estela se deja hacer... Las caricias siguen subiendo por la pierna. Estela sigue haciéndose la dormida. Es evidente que no lo está, pero este juego les gusta a los dos. Leo sube más arriba. Hasta llegar a sus braguitas... Entonces, Estela, con los ojos cerrados, alza el cuerpo y se abraza al profesor. Éste la coge en brazos, como si de una niña pequeña se tratara, y se la lleva hacia el centro del estudio.

Ahí, él ha montado una especie de cama con cojines, incienso y unas velas rojas... La estira como si fuera una princesa y la besa en el cuello, las clavículas y el pecho, y ella se deja querer. Por fin, Estela abre los ojos. Mira a Leo y, lentamente, se desviste ante él. Sin pudor. Él ha dejado de tocarla, sólo la mira. Y, como si de un ritual se tratara, cuando ella termina, es él quien empieza a quitarse la ropa. Una vez desnudos los dos, Leo la abraza y Estela siente el calor de su cuerpo y un escalofrío que le recorre la espina dorsal. Con delicadeza, Leo vuelve a besarle el pecho para luego besarle el vientre y, con extremo cuidado, abrir las piernas de la chica. Hacen el amor. De una forma lenta y bonita. No tiene nada que ver con lo que se decían en el chat. Se miran a los ojos. Conectan. Está claro que Leo es un buen amante y sabe cómo seducir a una mujer.

La noche pasa entre la seducción y la poesía de sus caricias. Cuando al fin Estela sale del estudio, empieza a despuntar el día; ha dejado a Leo durmiendo en su lecho de amor.

«La que me va a caer en casa...», piensa.

De inmediato le vienen la fragancia y la frescura suave de la mañana y, con ésta, una ráfaga del olor de su profesor de interpretación, que debe de haberse quedado impregnada en su ropa, en su piel.

«Hoy puedo decir, por fin, que estoy enamorada.»

Capítulo 11

> Te quiero, amor, amor absurdamente,
> tontamente, perdido, iluminado,
> soñando rosas e inventando estrellas
> y diciéndote adiós yendo a tu lado.
>
> JAIME SABINES

Viernes noche

David está en su habitación, estudiando, y sus padres han ido a pasar el día con unos amigos del trabajo. Es el día perfecto para descansar de la tensión acumulada. No le apetece nada salir. Ni al Club ni al Milano. Hoy toca tranquilidad. La ausencia de sus padres se nota en la casa, que está más silenciosa, y uno tiene la sensación de ser un poco más libre.

Silvia también está en casa, pero es como si no lo estuviera; se halla concentrada, repasando los apuntes del insti y haciendo los deberes. Puede parecer un plan algo aburrido para un viernes por la noche, pero lo cierto es que ella goza de una calma y de un ritmo de estudio que se notarán en las notas finales. De pronto mira el móvil. Tiene ocho llamadas perdidas de Ana. Había dejado el móvil en silencio. No espera ni un segundo y la llama. ¿Le habrá pasado algo grave? Ana no es de esa clase de personas que te llaman obsesivamente si no contestas al teléfono.

—Hola, Ana. He visto que me has llamado. ¿Estás bien?

—¡Silvia, por fin! —contesta su amiga, algo alterada.

—¿Qué te pasa? —pregunta Silvia, con curiosidad.

—Hoy, te acuerdas, en el parque... ¡El iPad! ¡No sé si me lo he dejado en el parque o en el Piccolino! ¿Recuerdas qué hice con él? —Ana parece desesperada. Si lo pierde, le va a caer una buena.

—¡Noooo!

—He llamado a Bea y no me contesta, y Estela está todo el rato comunicando... Oye, que debo colgar. ¡Mi padre acaba de llegar a casa! ¡Adiós!

Ana cuelga el teléfono y Silvia se queda en silencio. Su amiga parecía muy preocupada, pero no le ha pedido ayuda. «Si me necesita, volverá a llamar», piensa, y pone una canción de Maná para volver otra vez a sus estudios.

Mientras, en casa de Ana

«Por favor, que no vaya a buscar el iPad...»

Ana vuelve a coger el teléfono con las manos sudorosas. Estela sigue comunicando y Bea... ¡por fin, da señal!

—¿Sí?

—Bea, ¿eres tú?

—Pues claro que soy yo. ¿Quién iba a ser, si no?

—Oye, que te quería preguntar una cosa...

—Sí, lo tengo yo —se adelanta Bea, con cariño.

—¿Que tienes el qué? —pregunta Ana a media voz, con la esperanza de que su amiga le dé la respuesta que quiere oír.

—Tu iPad, despistada...

—¡Oooh! ¡Gracias, gracias, gracias! ¡Estaba desesperada!

—Te lo habías dejado aquí, en el bar. Estaba en tu silla, pero como te has marchado tan rápido...

—¿Puedo pasarme por tu casa a recogerlo? —pregunta Ana, ansiosa—. ¡Mi padre ya ha llegado, y lo primero que suele hacer es leer la prensa en el iPad!

—Es que no estoy en casa —responde Bea, entre susurros—. Es que... ¡estoy con Sergio aún! Te tengo que dejar, me he levantado de la mesa para hablar contigo, y empieza a mirarme raro. ¡Cambio y corto!

Ana se queda un poco decepcionada. Ha cogido el iPad para que la cita de Bea saliera adelante, y ahora sus amigas no la ayudan y le va a caer encima una bronca descomunal. Y entonces, en ese preciso momento, lo que Ana más ha temido: la voz de su padre.

—Ana, ¿has cogido mi iPad? No está en su sitio...

—Sí.

Ana está muerta de miedo.

—Te tengo dicho que no me gusta nada que juegues con mi iPad. Es muy valioso y se puede romper.

Ana no sabe qué responder... Al final opta por decirle casi la verdad:

—Papá..., yo... se lo he dejado a Bea...

Menos de un minuto después, Ana está de vuelta en la habitación, castigada sin salir todo el fin de semana y, lo que es peor, sin Internet.

Mientras oye a su padre refunfuñar por toda la casa, intenta aceptar el fin de semana en cautiverio: «Habría sido peor si no lo hubiese encontrado, así que no te quejes».

Un poco más tarde

Ana sigue en su habitación, malhumorada. Ha hojeado la mayoría de las revistas viejas que guarda en su cuarto y tiene la cabeza como un bombo. Abre la puerta. Sus padres están viendo la tele en el sofá, y algo se le remueve por dentro. El iPad es lo de menos. Deambula por toda la casa algo inquieta. Llega a la cocina y abre la nevera pero no le apetece nada. En realidad le urgen unas ganas incesantes de estar con David y hablar con él, quiere que, por lo menos, le dé una explicación del mensaje que le ha enviado.

A decir verdad, se ha planteado la posibilidad de enviarle un tercer mensaje, pero no tiene saldo. De pronto se le ocurre algo. Se viste y se pone mona: una minifalda roja, chaqueta negra y botas de lluvia.

—¡Mamá, voy a darme un baño! —grita Ana desde la puerta de su cuarto. Al oír el «Está bien» de su madre, sale de éste y cruza el pasillo hasta la puerta de entrada, que abre con cuidado.

«¡Perfecto! —piensa Ana—. ¡Estoy decidida!»

En casa de Silvia

Llaman al timbre. David se apresura a abrir la puerta. Silvia, que ha levantado la cabeza de los libros para oír algo, entiende, tras un silencio largo, que debe de ser algún amigo de su hermano.

Nerea sigue empeñada en que David la ayude a estudiar toda la tabla periódica de los elementos. ¿Alguien se lo cree? Lo ha llamado hace veinte minutos y se ha autoinvitado a su casa, con el propósito de estudiar. David no ha sabido decirle que no. Si no pudo hacerlo en el bar Milano, cuando Nerea lo ha vuelto a llamar le ha sido imposible.

La pareja se dirige a la habitación de David. Detrás de ella, él la observa: Nerea está imponente, con una chaqueta larga y negra.

Nada más entrar, la chica deja la mochila al lado de la cama, se quita el abrigo y lo deja en la silla de estudio, y se echa en la cama. Lleva un minivestido de color verde que quita el aliento.

—Yo suelo estudiar en la cama. Si lo hago en la silla, acabo teniendo dolor de espalda —comenta Nerea, con una sensualidad poco habitual.

David se siente algo incómodo. ¡Le han vuelto a tender una trampa en su propia casa! ¡Esta vez no tiene escapatoria! Está más que claro que Nerea va allí con el objetivo de ligárselo descaradamente.

—¿En la cama? Quiero decir: ¿en mi cama? —responde nervioso.

—Pues claro, tonto, ¿dónde va a ser, si no...? Mira, yo me pongo en este lado y tú te pones en este otro y me preguntas. A mí me va bien cerrar los ojos, ¿vale? Así que no hagas nada que yo no haría... —sonríe ella, coqueta.

—Lo haré... Digo, no, claro... —David traga saliva.

—Si quieres, también puedes poner algo de música. Pero tranquila. Me relaja un montón estudiar con música.

Nerea se levanta; ve a David algo tenso. ¡Es como para estarlo! Nerea ha aparecido como una leona. Ha impregnado la habitación de perfume de mujer, y el chico se siente algo incómodo. Nerea, que se ha situado a pocos centímetros detrás de él, acerca las manos al cuello de David y empieza a masajeársela.

—Nerea, creo que yo no... Quiero decir..., que me siento algo extraño con todo esto... Hace mucho calor en la habitación, ¿no crees? —El chico se levanta con decisión y abre la ventana. Fuera está lloviendo a raudales.

—¿Tienes miedo? —pregunta Nerea, algo pícara.

—¡No! —exclama David con un golpe de voz—. No... Quiero decir... Verás, Nerea... Tú y yo somos amigos, ¿verdad?

—Pues claro —afirma ella.

—¡Eso es! Tú lo has dicho, somos amigos, no somos..., cómo decirlo... —El muchacho busca una palabra que no sea «novios» pero que se le parezca.

—Novios. Lo puedes decir, David, que no soy tonta. —Nerea empieza a intuir adónde quiere ir a parar el chico.

—Novios, ¡eso es!

Ambos se quedan callados. Nerea mira fijamente a David, que no sabe muy bien cómo continuar.

—Te entiendo... No te preocupes... Pensaba que... —Nerea se desarma.

—Me caes muy bien, de veras. Yo... es que ahora... no me siento demasiado preparado... sí. —Por fin, David le expresa lo que siente.

—Oye, me voy a casa.... —La chica juega su última carta.

—Te puedes quedar si quieres... Es sólo que... —Su compañero no sabe como continuar.

—¿Te refieres al sexo? —pregunta ella, siendo muy directa. Es lo mejor cuando alguien duda.

—Sí... bueno... sí... yo no lo hubiese dicho mejor —se excusa él mirando al suelo.

—Ven aquí, tontolaba. —Nerea le da un abrazo—. Es normal que estés nervioso. Las primeras veces suelen ser horribles —comenta, y aprovecha para abrazarle más fuerte y presionar su pecho con el del chico.

El viento fresco se cuela por la ventana y la abre aún más. David sale de entre los brazos de Nerea y la cierra. Los ánimos parecen más calmados. En apariencia, su amiga se va a quedar para estudiar en serio. La muchacha abre su mochila, saca los apuntes y se vuelve a echar en la cama. Ha perdido una batalla pero no la guerra. Todavía es pronto y tiene toda la noche para convencer a David. Sólo le tendrá que dar algo más de confianza y no comportarse como una actriz de película.

En ese mismo instante en la misma casa

El timbre vuelve a sonar. En su habitación, Silvia piensa: «Será otro amigo de David». Al rato, vuelve a sonar el timbre. La chica se extraña. Cuando su hermano espera a amigos responde rápidamente al interfono. Esta vez decide ir ella y ver quién es.

—¿Sí?

—Soy yo...

Silvia conecta la cámara del interfono.

—¿Ana?

—Ajá —responde su amiga, con un deje de timidez.

—¿Bajo o subes? —pregunta Silvia extrañada.

—Bueno, la verdad es que venía a hablar con tu hermano.

Silvia observa por un segundo la imagen de la cámara.

Parece que su amiga está decidida, pero, toda empapada, tiene una pinta...

—Un momento, Ana, voy a ver.

Silvia se dirige a la habitación de su hermano y entonces llama.

—¿David?

Éste responde desde la habitación, pero sin abrir. Aun así, Silvia abre la puerta con confianza, esperando encontrar a David con alguno de sus amigos. Y cuando entra... ¡ve a su hermano con Nerea, leyendo apuntes en la cama!

Silvia se sorprende tanto que cierra rápidamente la puerta. Nerea se ríe. Ojalá la hermanita de David haya creído lo que no es, porque eso facilitaría las cosas. David se levanta de la cama y abre la puerta de su habitación. Su hermana sigue delante de ésta, plantada en el pasillo.

—¿Querías algo? ¿Quién ha llamado al interfono? —pregunta.

Silvia duda.

—No, nada.

«Y yo que creía que éste iba a ser un día tranquilo», piensa Silvia.

Vuelve al interfono y, al descolgarlo, llaman a la puerta. La chica no puede dar crédito. ¡Ana!

—Hola, Silvia... —Ana se presenta calada hasta los huesos—. ¿Está tu hermano?

Silvia coge la mano congelada y mojada de su amiga, y la abraza.

—Estás empapada...

—Sí... —Su amiga sonríe con tristeza.

Silvia la conduce a su habitación sin soltarla de la mano. Al cruzar el pasillo, se acercan al cuarto de David. Se oye algo de música.

¿Será Silvia capaz de explicarle a Ana lo que ha visto en la habitación de su hermano?

Capítulo 12

¡Ojos tuyos! Ojos negros, que el amor los enfurece.
Pupilas que se dilatan ante la azul inmensidad.
Astros donde la luz se ennegrece
para que haya estrellas en la claridad.

LUIS LLORENS TORRES

En casa de Silvia

Sus padres aún no han llegado a casa. Son casi las doce de la noche y no hay por qué sufrir. Empiezan a confiar en Silvia y su hermano, porque ya son mayores y responsables.

Ella y Ana están en el lavabo. En silencio, mientras Silvia coge el secador, Ana se quita la ropa mojada y se sienta en un taburete frente al espejo. Su amiga se sitúa detrás, y empieza a secarle el pelo como si fuese su peluquera.

—Bueno, veo que no tienes uno de tus mejores días. ¿Vas a contarme qué te pasa?

Silvia está dispuesta a cuidar de su amiga. Ana es algo reservada, y por eso Silvia se da cuenta de que el hecho de ir allí a hablar con David, y tal vez a sincerarse con él y mostrarle lo que siente, ha sido un acto de valentía por parte de ella.

—Me he escapado de casa —responde Ana, seria.

Silvia apaga el secador.

—¿Qué?

—Se creen que estoy en el baño. Me han castigado por lo del iPad... Yo... no podía más y...

—¿Y? —pregunta la otra con insistencia, mirándola a través del espejo.

—Y he pensado en zanjar lo de David. Sé que le pasa algo conmigo. ¡Me mandó un mensaje horrible! Y prefiero que me lo diga a la cara a que pase directamente de mí. ¡Estoy cansada de todo esto! —Ana estalla en llantos y hunde el rostro entre las manos.

Silvia suspira buscando una solución; su amiga está pasando un mal momento y... ¡su hermano está con otra en la habitación!

«Lo primero —piensa— es mantener la calma.»

Abraza fuerte a su amiga, y le ofrece una toalla para que se seque las lágrimas.

—Debo de estar fatal si necesito toda una toalla para secarme las lágrimas —dice Ana, medio riendo y medio llorando.

—Tú sécate, que yo vuelvo ahora.

Silvia se levanta y sale del lavabo. Ha decidido agarrar el toro por los cuernos, o mejor dicho, a su hermano por los cuernos.

Cuando se acerca al cuarto del muchacho, oye música y voces. Silvia llama a la puerta.

—David, ¿puedes salir un momento?

—¡Voy! —contesta éste.

Silvia espera.

—Quiero hablar contigo —dice cuando su hermano abre la puerta con mirada interrogante.

—Ahora no puedo —responde él, dispuesto a cerrar la puerta de nuevo.

—Ahora sí que puedes. Es urgente —afirma Silvia, bloqueando la puerta con el pie.

David accede extrañado; su hermana lo conduce al comedor. Para guardar el secreto, Silvia no enciende la luz y le habla bajito.

—Oye... ¿Se puede saber qué rollo te llevas con los SMS y Ana?

David se queda mudo. No se esperaba esa pregunta.

—¿Qué?

—Lo que oyes. Yo no sé qué rollo te llevas con Ana y con Nerea, pero no puedes irte liando por ahí, y después, pasar de sus SMS. Ana es mi amiga, ¿entiendes? Si le haces daño a ella, me lo estás haciendo a mí. —Silvia refuerza su discurso con un fuerte agarrón al brazo de David.

—Pero ¿que estás diciendo? —pregunta su hermano, en voz baja.

—¿Que... qué estoy diciendo? —Silvia no sabe si su hermano se está haciendo el tonto, o si realmente es tonto—. Mira... Tengo a Ana en el lavabo. Por primera vez, no ha venido a verme a mí, sino a ti, donjuán, y quiere hablar contigo. Pero claro, tú andas demasiado ocupado en tu habitación con otra chica, que por lo visto está estudiando para ser doctora en *striptease*, y yo, la «niñata», tu «hermanita», resulta que soy la que te estoy salvando el pellejo... ¿Me sigues?

David no dice nada.

«¡Vamos, reacciona!», piensa Silvia.

Si la tarde de David ya estaba suficientemente difícil, ahora se le complica aún más. ¡Ana está en casa y quiere hablar con él! Pero ¡también está Nerea! David no está acostumbrado a emociones tan fuertes; a decir verdad, las evita a toda costa. Odia tener que afrontar situaciones comprometidas, y ahora está obligado a hacerlo... ¡y en su propia casa!

—¿Y qué quieres que haga? —pregunta por fin.

—No sé, eres tú quien debería tenerlo claro...

Los dos hermanos se quedan pensativos. David está nervioso y anda algunos pasos, a oscuras. Silvia lo observa. También ella se siente atada de pies y manos.

Mientras, en el baño

Ana se acaba de secar el pelo y, aunque aún tiene la ropa algo húmeda, se vuelve a poner el suéter. Intuye que Silvia ha ido a hablar con su hermano, pero ella no puede esperar mucho tiempo. ¡Seguro que sus padres ya se han dado cuenta de que se ha escapado!

Se mira al espejo, se peina y respira hondo. «Lo que pase, pasará. Me lanzo a lo leones...» Sale del baño y se dirige a la habitación de Silvia. No hay nadie. Cruza el pasillo y, al ver entreabierta la puerta de la habitación de David, duda. «¿Entro o no entro?» Tiene un nudo en el estómago.

La habitación huele a incienso, y la música le parece la más sensual del mundo.

Muy poco a poco, como si un hilo le saliese del pecho y la lanzara hacia la luz que se cuela por la rendija, camina hacia ella y empuja suavemente con la mano la puerta de la habitación del chico.

No se puede creer lo que ve. ¡Hay una chica tirada en la cama! Abre los ojos, que se le llenan de lágrimas. Cuando Nerea la mira se le hace un nudo en la garganta.

—Perdón —se disculpa. Cierra la puerta en seguida y corre de vuelta al baño sin poder reprimir ya las lágrimas que caen por sus mejillas. Recoge sus cosas y se pone la chaqueta mojada. Ahora sí que le da igual todo. Sólo quiere salir de esa casa.

Nerea también se ha sorprendido. Sabía que Ana era amiga de la hermana de David, pero no que tuviese tanta confianza como para entrar libremente en la habitación del chico.

«¿Será por eso que David no se ha liado conmigo?», piensa mientras se levanta para investigar.

En el comedor, Silvia siente movimiento en la casa. Su hermano sigue bloqueado. En ese instante, alguien abre la luz del recibidor: Ana se dispone a irse sin decir nada.

—Ana, ¿qué haces? —le pregunta Silvia, que ha salido del comedor.

—Me voy. Llego tarde a casa. —Ana no puede dejar de llorar.

David aparece en el recibidor. No sabe muy bien lo que está pasando, y la voz de Ana lo asusta un poco.

—Hola, Ana... Silvia me ha contado lo que ha pasado, y yo... —David intenta expresarse aunque no sabe muy bien qué decir. No sabe qué escribió Ana en el SMS que se borró y, por tanto, no sabe qué actitud adoptar, aunque se siente culpable por no haberle dicho nada a la chica.

Antes de que el muchacho pueda proseguir, se oye una puerta abrirse en el pasillo. Los tres se quedan en silencio. Nerea aparece descalza en el recibidor con una sonrisa de ganadora.

—Hola, niñas... —saluda yendo directamente hacia su amigo y cogiéndolo del brazo—. ¿Va todo bien?

Silvia calla. David también. Ana siente la rabia en el vientre.

—No podría ir mejor —responde irónicamente.

Nerea le sonríe.

—Me alegro —contesta, y le da un sonoro beso en la mejilla a David, que lo recibe como una estatua de piedra.

Ana no aguanta más y, sin decir una palabra, abre la puerta y se marcha. Su llanto es ya incontenible. Los tres, que siguen en el piso, oyen cómo baja la escalera, y los sollozos de la chica, que resuenan por el eco de las paredes frías de la finca.

Silvia tarda algo en reaccionar, pero cuando mira a Nerea sabe lo que hay que hacer: aunque lleve el pijama puesto, corre en busca de su amiga. ¿Qué más le da lo que piensen los vecinos?

—¿Seguimos estudiando? —le dice Nerea a David cuando se quedan solos. Él no responde—. No te preocupes: son niñatas; ya se les pasará...

Una vez dicho esto, y sin esperar a que el chico la siga, Nerea vuelve al cuarto, orgullosa de haberle dado su merecido a esa chiquilla estúpida.

David permanece inmóvil, callado y extrañado. Ana parecía muy dolida. ¡Había ido a verlo a él!

David, que se quiere dar algo de tiempo y asimilar lo que ha pasado, se dirige a la cocina a prepararse un café.

Se lo toma con calma. Da sorbos cortos, más lentos que de costumbre. Piensa en lo que le ha dicho Silvia sobre los SMS. Pero él sólo recibió uno. Si Ana le hubiese enviado otro, habría respondido; siempre lo hace. No es ningún maleducado. Y menos, con Ana.

Para salir de dudas, entra en la habitación y revisa el

móvil. ¿Quizá los ha mandado esta misma noche, mientras estudiaba con Nerea? La chica, que ha vuelto a echarse en la cama, lo mira.

—¿Hay más café? —le pregunta despreocupada. Tiene miedo, quiere que el chico deje de manosear el teléfono.

—¿Cómo?

—¿Hay más café?

—En la cocina. Tú misma. —David anda con la mosca detrás de la oreja.

«Todo esto me huele fatal.»

Mientras, Silvia ha bajado hasta el portal de su casa; no hay ni rastro de Ana. Llueve mucho, y su amiga ha sido más rápida. Ahora corre hacia casa llorando, con el corazón roto; sus lágrimas se confunden con la lluvia. El amor es algo muy sencillo y muy complicado a la vez.

Silvia arrastra las zapatillas; vuelve al ascensor y piensa en su hermano: «Él es bueno. Todo esto es muy raro».

—¡Eh, tú! —le grita una voz masculina que proviene de la escalera—. ¡La del pijama de rayas!

Silvia se vuelve. Sólo le faltaba eso... El portero...

—Es un muy buen día para ir en pijama por la calle —comenta la voz, estallando en carcajadas. «¡Marcos, qué vergüenza!»—. A mí me encanta ir en pijama, así que... ¡secundo tu moción! Aunque creo que te falta un paraguas a juego. —A su lado, atado a una correa, *Atreyu* ladra a la chica—. ¿Lo ves? Hasta mi querido perro piensa lo mismo.

—No... Es que yo... —Silvia no tiene ninguna excusa para salvarse del ridículo.

—¿Quieres sacar a pasear a *Atreyu*? —pregunta Marcos, siguiendo con la burla.

—Va a ser que no. No estoy para cachondeos...

Llega el ascensor y Silvia se sube, sin ganas de conversar. Marcos le sonríe, pero la chica le da la espalda. Está muerta de vergüenza.

Mientras el ascensor sube lentamente, piso a piso, la chica se mira al espejo y piensa: «Qué día llevamos. Y sólo es viernes. Presiento que este finde será movidito».

Capítulo 13

Por ahí un papelito
que solamente dice:
Siempre fuiste mi espejo,
quiero decir que para verme tenía que mirarte.

JULIO CORTÁZAR

Sábado

Después del ajetreo y las emociones de ayer, hoy es de esos sábados que parecen domingos. El día se ha ido cubriendo de nubes negras, y amenaza tormenta a media mañana.

Silvia abre los ojos, como cada sábado, sin la ayuda del despertador. Se siente más cansada de lo habitual. Desde la cama, mira por la ventana. Ve que está lloviendo y decide seguir remoloneando un rato, acurrucada bajo las sábanas. Se lo va a tomar con calma. Puede que incluso se pase todo el día con el pijama puesto.

Cuando el hambre ya ha conseguido que le rujan las tripas, se despereza y salta de la cama. Una vez en la cocina, prepara un buen desayuno con tostadas de pan integral y zumo de naranja; después ordenará la habitación para empezar bien la semana y se pondrá al día con los capítulos de esa serie que sigue por Internet. Quiere distraer la mente de todo lo que ha sucedido durante estos últimos días.

Sigue lloviendo en la ciudad. A Marcos le encanta la lluvia. Sentado en la vieja butaca de su habitación, oye la lluvia salpicar y mojar los cristales. Le gusta ver cómo se desliza el agua por la ventana. Le despierta su lado más poético.

Sin embargo, Marcos no está pasando por un buen momento. Instituto nuevo, sin amigos, sin su padre... Su habitación sigue aún desordenada y llena de cajas de la mudanza, pendientes de abrir. Siente que su única compañía es la guitarra, y *Atreyu*, que yace en un pequeño cojín en un rincón de la habitación.

Poco a poco, el ritmo de la lluvia le cala hasta los huesos. Coge la guitarra (o, como él la llama, «mi pequeña») y empieza un arpegio lento y melancólico. Cierra los ojos, y su imaginación lo transporta a otro lugar.

Está en un diminuto escenario de un bar musical repleto de gente. Él está detrás de su guitarra, que tiene colgada del cuello. Una luz cenital lo enfoca sólo a él que, sentado en un taburete, se enfrenta al público. Éste enmudece. Entre la multitud se encuentran Silvia y Estela, que lo miran expectantes.

Levanta la mano y dibuja los primeros acordes con su púa, que él mismo apoda la Púa del Destino. Empieza a cantar una melodía triste y romántica que va *in crescendo* a medida que él toca la guitarra con más vehemencia. Silvia lo mira fascinada. No es la única: a su lado, su amiga Estela también escucha admirada.

La gente le aplaude emocionada cuando acaba la canción; sobre todo, Silvia. Marcos sale del escenario con la vista fija en el suelo. Es un artista maldito de chupa de cuero y guitarra colgada al hombro. Se va del bar. La calle es fría, es de noche y las farolas blancas proyectan su doble sombra en el asfalto. Marcos oye a alguien que corre a sus espaldas y grita su nombre.

—¡Marcos, espera!

Marcos se vuelve, y Silvia se detiene a pocos metros del chico. Él calla. Espera. Es un gran artista. En los ojos de Silvia se puede observar el brillo de la admiración.

Silvia avanza poco a poco hacia él, sin mirarlo a los ojos, con la vista fija en su chupa de cuero.

—Yo..., yo...

Silvia roza la nariz del chico con la suya, lo mira a los ojos y lo besa con dulzura. En ese instante empieza a llover, pero ellos dos siguen besándose, ajenos a todo lo que pasa a su alrededor.

Marcos sale de su ensoñación. En su regazo tiene la guitarra conectada a un pequeño bafle. Se sonríe a sí mismo. «Qué cosas...», piensa mientras coge la Púa del Destino y rasguea los primeros acordes.

«Esta canción se la dedicaré a Silvia, la vecina, aquella a quien no conozco, a la niña del pijama. Me gusta...» Apunta en su libreta a modo de borrador.

—«La niña del pijama.» Parece un buen título, sí —se dice a sí mismo, y marca el primer acorde.

Marcos escribe rápidamente el primer verso. Sabe que no es muy bueno, pero, cuando lo canta con acompañamiento de guitarra, imagina que ella lo escucha y se da cuenta de que es la protagonista de la canción. A Marcos le fascina la idea, y sube el volumen del bafle y la voz a medida que toca, cada vez con más energía.

La niña del pijama
yo no sé si es buena o es mala.
Parece la guardiana de los sueños,
que mientras duermo me acompañan.

En ese mismo instante

Silvia está conectada al Msn y chatea con Bea. La conversación ha empezado de manera muy cordial, pero hay cosas que se deben hablar.

Silvia dice: Aún estás enfadada conmigo?

Bea dice: La verdad es que no... El otro día se me fue de las manos... Perdona.

Silvia dice: Perdóname tú a mí también...

Bea dice: Por?

Silvia dice: No lo sé; últimamente me sale todo mal...

Bea dice: No tienes la culpa, entiendo que Sergio quisiera que fueras su amiga en el Facebook. Eres buena, y la gente quiere tener amigas buenas.

Silvia dice: Gracias, me siento más aliviada. Y me alegro de que la cita fuese tan romántica...

Silvia envía la frase y se queda pensativa. La verdad es que no está siendo muy sincera con Bea. Se siente algo contrariada. Por una parte, se alegra de que su amiga esté tan enamorada pero, por la otra... ¿Por qué no conoció ella a Sergio antes?

Bea dice: Puede que nos volvamos a ver pronto.
Silvia dice: Uuuuh! Ya nos contarás!

Esta vez Silvia se siente algo incómoda con lo que ha escrito. Está siendo falsa. Sutilmente, induce el fin de la pequeña conversación.

Silvia dice: Oye, que debo irme. Mi mamá me llama... ya sabes... domingo, día familiar...

Bea se despide con cariño, y Silvia se desconecta sin despedirse para aparentar que está ocupada, pero en realidad no tiene nada que hacer. Se siente rara de verdad. Mira el calendario. «Espero que sea porque me tiene que venir la regla... Todo esto no me parece normal.»

Más tarde, en el parque

Ana y Estela están sentadas en un banco de piedra, comiendo pipas. Ayer fue un día especialmente duro para Ana. Su madre la ha dejado ir al parque un rato, pero debe estar en casa antes de que llegue su padre, que ha salido a hacer unos recados. Según sus cálculos, tardará unas dos horitas.

—Por si no tuviera bastante con lo de David, Bea ni siquiera me ha llamado para devolverme el iPad. —Ana ejerce el derecho a quejarse.

Estela la escucha como una buena amiga.

—No te mereces nada de esto —la consuela, acariciándole el cabello.

—Es una egoísta. Y lo de David no tiene nombre... —Ana no puede contener las lágrimas.

—Sé lo que sientes. A mí me ha pasado muchas veces. ¿Y sabes lo que me gusta hacer cuando sufro un desamor? —le pregunta Estela, mientras intenta animarla.

Ana niega con la cabeza.

—Me doy un paseo, y después me voy a tomar algo con las amigas o con quien sea. Cuando estoy en el bar me fijo en el tío que más me guste, y voy directamente y se lo digo.

Ana se ríe entre lágrimas.

—¿Lo ves, princesa...? Llorar es doloroso, pero una siempre se acuerda de reír. Es la única cosa de la que no nos olvidamos... De reír.

Ana suspira profundamente, y le responde con un abrazo.

—Vamos a reírnos un rato, que tanta pena no está de moda. No querrás que te llamemos la llorona, ¿verdad que no? —Estela se levanta del banco. Mira a su amiga, que sigue sentada y sin ánimo, y le dice—: Venga, levántate, «lágrimas de cristal», ¿o eres de esa clase de chicas a quienes les gusta ir de víctima? Fíjate, se te ha corrido el rímel y estás guapísima. Pareces una estrella de rock, así que ¡vamos a aprovecharlo y a tomarnos algo!

—Creo que no, Estela, no estoy de humor. —Ana agradece el gesto pero se siente abatida.

—¿«De humor»? ¿Has dicho «de humor»? —Estela alza las manos, como si estuviese en un gran teatro—. Si tu estado emocional depende de un chico que, por lo que me dices, parece tonto..., vamos bien, princesa. Ana, tú eres única porque sólo tú sientes lo que todo el mundo no puede sentir. «Es mucho mejor querer que ser querido y no poder sentir, porque es siempre más feliz quien más ama.» ¿Quieres que se acabe el mundo porque un chico no te hace caso? Te falta práctica, Ana. No digo que te acostumbres a eso. Una siempre sufre cuando ama y no es correspondida. Pero también aprende a llevarlo con dignidad. El mundo está lleno de gente con ganas de amarse los unos a los otros... Sí. —Estela se siente como una actriz que acaba un monólogo en un gran teatro y todo el mundo aplaude. Algunas cosas que le ha dicho a Ana son cosas que Leo le ha dicho antes en sus clases.

Ana mira a su amiga, que parece sentirse más animada. Las palabras que ésta le ha dicho le han llegado al corazón.

—Tienes razón. ¡Vamos a algún sitio! —Ana se levanta lentamente—. Pero con tranquilidad, ¡que te conozco!

Estela se tira sobre ella con el mismo entusiasmo que un bebé a los brazos de su madre. Las dos sonríen, y se marchan abrazadas y haciendo eses.

—Destino: ¡el Piccolino! —grita Estela.

Ana se ríe. Estela es imposible.

—¡Nooo! ¡Otra vez, nooo!

En otro lugar de la ciudad

Marcos sale de su casa dando un portazo con rabia. Su madre le acaba de echar la bronca porque tocaba la guitarra demasiado alto. Siempre que oye a Marcos tocar la guitarra hace algún comentario negativo, y más desde que se murió el padre del chico, que fue el primer maestro de guitarra del chaval.

Marcos sale a la calle malhumorado y a paso rápido. Le molesta muchísimo que lo interrumpan cuando está componiendo, y parece que a su madre no le gusta nada lo que toca. Busca su cartera en el bolsillo trasero del pantalón. Diez euros con setenta céntimos. Ni uno más ni uno menos.

Pensativo y con las manos en los bolsillos, piensa que debe haber algún cambio en su vida. Que ésta no debe continuar así. No conoce a nadie y le da pereza hacer nuevos amigos pero ¡los necesita! Tiene que lanzarse. Ser más abierto. Al chico se le ocurre una locura, una aventura en toda regla. Puede parecer una tontería, pero Marcos se acaba de retar a sí mismo: hoy no vuelve a casa sin haber hecho una amistad.

Pasa por delante de un bar y lee el cartel: «Piccolino». Marcos se ríe. «Qué nombre más cutre para un bar... Es perfecto», se dice.

«Allá vamos.»

Abre la puerta de cristal, se sienta directamente a la barra y pide una cerveza. Le sabe amarga, pero hoy es un día para probar cosas nuevas.

En el mismo instante, dentro del Piccolino

Estela invita a Ana a un refresco con lo último que le queda de la paga. Están sentadas la una junto a la otra, en la mesa del fondo, en dirección a la entrada. Hace rato que se distraen viendo a los chicos y poniéndoles nota. Una nota por su forma de vestir, otra por su aspecto físico y otra imaginando cómo debe de besar. Del cero al diez, sin piedad. Cada vez que emiten un veredicto se ríen sin control.

Ana se tapa la cara con las manos. ¡Si la gente supiese en qué están pensando...!

La chica se lo está pasando bien. Siempre que sale con Estela siente una conexión especial que le permite salir un poco de sí misma, de su caparazón.

Al entrar, Marcos no escapa a su juego. Ana y Estela, que lo han reconocido en seguida como el vecino de Silvia, lo puntúan. La primera en dictar sentencia es Estela: un cinco por su manera de vestir, un ocho en físico y, de beso, un... ¡nueve!

Ana es la siguiente.

—Siete, nueve y... ¡diez! —exclama.

—Entonces... —murmura Estela—. ¿Por qué no te acercas y le dices algo?

—¡Loca! —se sonroja Ana.

—¿Por qué no? La puntuación habla por sí sola. ¡En marcha, princesa! ¡Demuéstrale al mundo que estás a la altura de las circunstancias!

Ana se encoge todo lo que puede. ¡Estela es capaz de obligarla! Pero su amiga sonríe. Ya sabía de antemano que Ana no sería capaz.

—Tú mira y observa —dice Estela, mientras se levanta y se dirige con paso felino hacia la barra.

Marcos anda distraído leyendo todos los nombres de las botellas que hay en las estanterías. Definitivamente, la cerveza no le gusta. Mira el cuello de la botella y da un pequeño trago. ¡Puaj! Su aventura personal no le está gustando nada. Podría retirarse. Pero su orgullo no se lo permite. ¡Alguien se le acerca!

Desde la mesa, Ana observa cómo su amiga se acerca al muchacho y lo saluda. Parece que Marcos reconoce a Estela. Le sonríe. Hablan durante un rato. Ana aprovecha para mirar el móvil. No hay mensajes de David. Cuando levanta la vista, Estela ya regresa de su particular caza.

—¿Ya está? —pregunta Ana, sorprendida.

—Sí, mi flor de loto —contesta orgullosa su amiga.

—Cuenta, cuenta... ¿Qué?... ¡Qué! —insiste Ana curiosa.

—Cine —responde Estela, obviando los detalles.

—¿Has quedado para ir al cine con él?

—Sí, mañana domingo... —Estela le guiña un ojo.

Ana se deshace en elogios

—¡Eres una crac, eres lo más!

Ana envidia la facilidad que tiene Estela para ligar.

Entretanto, Marcos paga la cerveza y saluda con la mano a Estela. No se lo puede creer: ¡volverá a casa con el objetivo cumplido! Ha empezado mal el día, y la chica del parque ha sido la única persona que se le ha acercado amablemente, con ganas de conversar. Y la verdad, ya sea en un cine o en un bar, Marcos necesita abrirse a alguien, aunque sea a una casi desconocida.

Capítulo 14

Podrá nublarse el sol eternamente,
podrá secarse en un instante el mar;
podrá romperse el eje de la tierra
como un débil cristal.
¡Todo sucederá! Podrá la muerte
cubrirme con su fúnebre crespón;
pero jamás en mí podrá apagarse
la llama de tu amor.

GUSTAVO ADOLFO BÉCQUER

Sábado noche, en casa de Ana

Suena el timbre. No es demasiado tarde, pero en casa de los Castro no es nada corriente que llamen a la puerta un sábado después de la cena. Antonio y Rita son el típico matrimonio sin amigos que se pasan el día en casa viendo la tele. De los que consideran que salir a la calle a gastar es tirar el dinero. Y no les gustan nada las visitas sorpresa.

—¿Quién narices llama a estas horas? ¿Esperas a alguien, Rita? —pregunta el señor Castro mientras se sube el pantalón del pijama—. Que no intenten vendernos nada, porque los mando al carajo.

La señora Castro no se levanta del sofá ni contesta a su marido. Está viendo un programa de esos del corazón mientras hace un crucigrama. Ni siquiera ha oído el timbre.

Ana lo oye todo desde su cuarto, pero no se levanta de la cama. Está muy desanimada, sin ganas de hacer nada, y el fin de semana se le presenta como una enorme montaña que uno tiene que subir cuando apenas le quedan fuerzas.

De repente, oye que se abre la puerta y se sorprende al oír la voz de su amiga Bea:

—Hola, señor Castro, vengo a traerle su iPad —oye decir a su amiga.

En la entrada, Bea entrega el aparato al padre de Ana, como si fuera un trofeo. Antonio es de ese tipo de hombres que refunfuñan mucho pero que a la hora de la verdad ladran más que muerden. Se queda callado y coge el iPad.

—¿Le importa si entro a ver a Ana? Hemos quedado para ir al Club —dice Bea mientras se dirige hacia el cuarto de su amiga.

—¡Qué club ni qué club, niña! Ana está castigada. Sabe que cogerme el iPad es una falta imperdonable. Lo siento, pero te tienes que ir. —El padre le corta el camino y hace un gesto con la mano, invitándola a que se vaya.

—Lo entiendo, pero tiene que saber que quien cogió el iPad fui yo, y no ella. Vine a su casa y, sin que ella se diera cuenta, se lo cogí prestado. El ordenador de mi casa está roto y tenía que hacer un trabajo muy importante para el instituto. Ana no lo sabía. Cuando se lo conté se enfadó mucho, pero ya no podía hacer nada —intercede Bea, con una seguridad aplastante.

—A ver, a ver, a ver si lo he entendido bien... ¿Me estás diciendo que lo cogiste sin pedir permiso ni siquiera a mi hija? ¿Que lo robaste? —pregunta el señor Castro, a quien la actitud de Bea le parece de lo más descarada.

—No, señor. Si lo hubiera robado no se lo habría devuelto. Sólo lo cogí prestado. Sé que Ana me ha encubierto y, francamente, me parece muy injusto que esté castigada. Si quiere, denúncieme por robo, pero déjela salir.

—¡Ana! —grita el padre—. ¡Ven aquí!

—¿Sí? —responde ésta abriendo tímidamente la puerta de su habitación, como si no hubiera escuchado la conversación y no supiera qué está pasando.

—¿Es verdad esto que dice tu amiga? ¿Cogió el iPad sin que te dieras cuenta?

Ana guarda silencio. No sabe qué responder. Bea la mira y le hace señas para que asienta. Al final, su amiga afirma con la cabeza.

—Muy bien, hija, puedes salir, pero yo en tu lugar me replantearía tus amistades —sentencia su padre antes de dirigirse a Bea—. Y en cuanto a ti, quiero que sepas que voy a llamar a tu madre y voy a hablar en serio con ella de este asunto.

—Hágalo, señor Castro, pero deje salir a Ana. Por favor —suplica la chica.

—Ya he dicho que sí. Pero no vuelvas muy tarde, ¿de acuerdo?

Las chicas salen corriendo de la casa. La verdad es que el plan ha salido mejor de lo esperado. Suerte que Bea tiene una madre moderna a quien se le puede contar todo. Está al corriente de la historia y, si llama el señor Castro, ya sabe lo que tiene que decir. Ana se siente bien. Su amiga le ha contado que ha quedado con Sergio para cenar y ha aprovechado para llevarle el iPad. Es lo mínimo, pero podría no haberlo hecho. Se despiden con un abrazo, y Ana se marcha hacia el parque, donde se encontrará con Silvia y Estela.

Minutos antes, en casa de Silvia

Silvia se pone guapa para salir. Una falda negra con unas medias de color gris a juego con unas botas de piel y cuello alto, también negras, un cinturón de cuero marrón de esos anchos y un jersey azul ajustadito. En el lavabo se maquilla con un poco de colorete en las mejillas y pintalabios rosa, mientras escucha algo de música pop en la radio.

De pronto oye unos golpes ensordecedores que interrumpen su puesta a punto.

—¿Ya estás o qué? —Es David, y parece enfadado—. ¡El lavabo no es tuyo!

Silvia se lleva un susto de muerte y, sin querer, tira un frasco de colonia al suelo. Por suerte no se rompe, pero el susto no se lo ha quitado nadie.

—¡Tranquilo!, ¿vale? ¡Ya salgo! —responde enfadada.

—¡Pues a ver si es verdad! Voy a llegar tarde por tu culpa! —exclama su hermano dando otro golpe en la puerta.

Aunque parezca mentira, ésta es la primera conversación que tienen en toda la semana.

—¡¿Qué pasa?! —grita su madre, que se acerca con paso firme.

Silvia está de los nervios. David no actúa nunca de esa manera, salvo en situaciones muy especiales. ¿Qué le pasa?

—Nada, mamá, sólo que Silvia lleva más de hora y media en el lavabo... —responde David en tono acusador.

—¡Que ya salgo! —grita la chica desde dentro mientras recoge sus cosas.

—No discutáis, por favor te lo pido, David —pide su madre.

—¡Es que tiene tela, la niña! —responde éste.

Silvia escucha la conversación y decide no abrir la puerta hasta que termine. No quiere tener una charla de familia antes de salir de fiesta. Su madre es especialista en tener charlas de esas que no se acaban nunca, y una termina de los nervios.

Cuando cree que el pasillo está despejado, sale lentamente del lavabo sin hacer apenas ruido. Espera no encontrarse con su hermano. Pero... ¡No! ¡David está esperando apoyado en la pared del pasillo con los brazos cruzados! No tiene cara de buenos amigos. Cuando ella sale, el muchacho la empuja y entra en el lavabo. Silvia se da un golpe contra la pared del pasillo y, aunque no se hace daño, se enoja un montón.

—¡Pero qué haces, chalado! —le grita, esperando que su madre la oiga. Está harta y, además, le viene a la memoria cómo ha tratado su hermano a Ana. No es que Silvia sea rencorosa, pero la mala educación la saca de quicio.

La señora Ribero no tarda en llegar y poner orden. Silvia cree que su madre se pondrá de su parte, pero resulta todo lo contrario.

—Muy bien... Los dos castigados —sentencia Dolores en tono imperativo, y dirigiéndose a ambos—. En esta casa no permito ni gritos ni portazos ni comportamientos violentos. ¿Me habéis entendido?

—Sí, pero... —Silvia intenta justificarse, pero su madre la frena.

—¡Ni pero ni nada! No, Silvia..., éstas no son maneras... Y tú, David... —la señora Ribero tiene una actitud tajante.

—Yo, mamá, ¿qué? ¡Ha sido ella! —se excusa el chico.

—Silvia, a tu habitación. No quiero oír ninguna queja

más. Y recoge todo esto. El lavabo está hecho un asco —termina, señalando el perfume, aún en el suelo.

—Se me ha caído por culpa de David. Me ha asustado con tanto grito —dice su hija mientras seca el suelo con una toalla.

—¡Qué desastre! —bufa Dolores.

Silvia no soporta que su madre se ponga así. Se va corriendo a su habitación con lágrimas de impotencia a punto de rodar mejillas abajo. «Tengo unas ganas de cumplir los dieciocho...», piensa, y se encierra en su habitación.

—En cuanto a ti, David —oye Silvia decir a su madre desde el otro lado de la puerta—, ya no tienes edad para tratar así ni a tu hermana ni a nadie. Ya eres mayorcito para que tus padres continúen castigándote y regañándote como si fueras un crío, ¿no te parece? —Dolores mira fijamente a su hijo e insiste—: ¿Entendido?

—Sí, mamáaa... Lo sientooo... —responde él.

En ese mismo instante, en el parque

Hace rato que Ana y Estela esperan a Silvia. Miran sus móviles. No hay señal de ella.

—¿Le habrá pasado algo? Silvia es superpuntual —comenta Ana.

Estela anda distraída mirando el móvil; espera recibir un mensaje de su Leo.

—A lo mejor ya está en el Club. Le envío un SMS y le digo que vamos para allí —responde su amiga de manera automática, tecleando en su móvil.

—¿Estás bien, Estela?

Estela suspira tras la pregunta de Ana.

—¿Sabes?... Esta semana he estado pensando en algo... —responde.

—¿En qué? —pregunta Ana, curiosa.

—Estoy harta de pasarme la vida esperando. Ya me entiendes... Tengo la sensación de esperar siempre algo mejor. Y eso «mejor» no llega nunca y, cuando llega, lo hace por sorpresa.

Ana mira a la otra *Princess* sin entender mucho.

—Estás hablando de chicos, ¿verdad? —pregunta.

—Pues claro —contesta Estela, con una sonrisa pícara.

Juntas, y cogidas de la mano, las dos amigas se marchan del parque en dirección al Club.

En otro lugar de la ciudad

Silvia recibe el SMS de sus amigas. Tirada en la cama, les contesta: *¡Me han castigado! ¡Error fatal!* ☹. Se levanta y se limpia la cara con una toallita desmaquillante. Se pone el pijama con la idea de tumbarse en la cama con el ordenador apoyado en el regazo y ver alguna película. Pasa de chatear. Hoy es sábado, y eso la deprimiría aún más: ¡todo el mundo está en el Club!

Cuando cierra la persiana, y por curiosidad, mira hacia la ventana de Marcos. ¡Hay luz! Abre la ventana y escucha. No oye nada: el chico no está tocando su guitarra, ni tiene la música puesta... ¡Una sombra! ¡Silvia ha visto pasar una sombra por la ventana! ¡El vecino está en la habitación!

—Tchk... Tchk... ¿Marcos? —susurra asomada a la ventana, que da al patio interior, sin recibir respuesta—. ¿Marcos?... *¡Atreyu!*

La sombra parece acercarse, corre la cortina, y abre la ventana.

—¡Marcos! —Silvia intenta llamar la atención del vecino.

El chico levanta la vista. Esta despeinado. Le sonríe.

—¿Qué haces? —pregunta.

—Nada —responde ella—. Estoy aburrida. Todo el mundo ha salido. Han ido al Club. Me han castigado...

—Qué mala suerte —comenta Marcos. Luego pregunta—: ¿Qué es el Club?

—¿No conoces el Club? El Club Buda.

En ese momento, alguien llama a la habitación de Silvia. «Seguro que es mi madre, que me ha oído.»

—Marcos... Un segundo... ¡No te vayas! —suplica. Cierra la ventana y corre la cortina.

—Silvia, abre la puerta, por favor —pide Dolores dulcemente desde el pasillo.

La chica abre la puerta poco a poco. Su madre le habla algo cabizbaja.

—Silvia, sabes que no me gusta que discutas con tu hermano. He estado pensando..., y creo que me he pasado con el castigo. Cuando tenía tu edad, me pasaba lo mismo con la abuela. Cuando me peleaba con tu tío, ella siempre me castigaba todo el fin de semana sin salir, así que sé lo que se siente. Yo me llevaba muy mal con tu tío, y por eso no quiero que os pase lo mismo a vosotros. Sois buenos chicos, sois hermanos, y os tendríais que llevar bien.

—No nos enfadamos casi nunca, mamá —la tranquiliza su hija.

—Lo sé. Y por eso me fastidia tanto veros pelear. Quiero que estéis unidos.

—Ya lo estamos, mami. De verdad. Ha sido una tontería.

—Te voy a contar un secreto para que entiendas lo que estoy diciendo —susurra la madre, en plan misterioso—. Si coges tu nombre, el mío y el de tu hermano, verás que se pueden unir.

—¿Ah, sí? ¿Cómo? —le pregunta Silvia, emocionada, como si de pronto volviera a tener siete años.

—DAVIDOLORESILVIA —pronuncia su madre, enfatizando las letras finales e iniciales de cada nombre—. Si quieres, los puedes unir los tres. Como si fueran un solo nombre.

Silvia alucina con su madre; hace un momento la había castigado, y ahora le suelta uno de sus típicos rollos de la unidad familiar que no entiende muy bien. «¿Por dónde me va a salir ahora?» Aun así, su madre ha conseguido emocionarla con lo que le ha contado.

La chica mira con los ojos vidriosos a su madre, que continúa hablándole con tranquilidad, sin percatarse del efecto que sus palabras han producido en su hija.

—Si quieres ir al Club, te dejo. Sé lo importantes que son para ti los sábados y tus amigas... —Su mamá aún no terminado la frase cuando Silvia ya está en sus brazos, y le da un gran achuchón que la mujer recibe con mucho cariño y alegría.

—¡Gracias, mamá! ¡Eres la bomba! ¡Te quiero! —exclama la chica, mientras se viste a la velocidad del rayo.

—¡Pero no llegues más tarde de las dos! —le advierte Dolores, antes de irse al comedor.

—¡De acuerdo! —contesta Silvia corriendo otra vez la cortina y abriendo la ventana de la habitación.

El vecino sigue ahí.

—¿Qué ha pasado? Empezaba a sentirme como una paloma en mi ventana —sonríe Marcos, que hacía un rato que esperaba y creía que la chica se había olvidado de él.

—Oye... ¿Qué haces esta noche? —Silvia sonríe entusiasmada.

—Nada... ¿No estabas castigada?

—¡Castigo olvidado! ¿Te vienes al Club?

Minutos más tarde

Ana y Estela están en una mesa del Club. Hoy está especialmente abarrotado de gente. Parece que hay muy buen ambiente, y la pista de baile está bastante llena. Si pueden, las *Princess* se sientan siempre en el mismo sitio, cerca del lavabo y al lado de un bafle donde pueden esconder las chaquetas. Así se ahorran el guardarropa y les alcanza para un chupito extra.

—¿Nos tomamos la cerveza y nos vamos a la pista? —pregunta Estela casi chillando por el ruido ensordecedor de la discoteca. Ana le dice que sí con la cabeza.

Su amiga mira el teléfono y lee el SMS de Silvia. Se lo enseña a Ana, quien lo lee y, automáticamente, pone cara larga.

—Lo que te decía de la espera... Nos habríamos pasado todo este rato en el parque. —Debido al ruido, Estela habla directamente al oído de Ana, quien vuelve a afirmar con la cabeza.

En otro lugar de la ciudad

Hace rato que Bea ha llegado a casa de Sergio. Es una casa grande y vieja, pero repleta de cuadros que él ha pintado. Eso le confiere mucha personalidad y la convierte en un hogar especial. Nada más entrar ve al primo de Sergio, Manu, a quien conoció en el bar Piccolino, jugando a la Play Station.

Bea esperaba cenar con Sergio a solas, a la luz de las velas y escuchando música romántica, pero no con la tele de fondo y ruido de videojuego de zombis. Pero bueno, ¡qué se le va a hacer! Al menos, Sergio la ha invitado a su casa... Ése es un paso importante.

Sergio aparece con una tabla de quesos y patés. Abre una botella de vino tinto. La chica está sorprendida. ¡No había cenado nunca con ningún novio así! «Lo de la Play es lo de menos», se dice.

Pero las cosas como son: el televisor está en el comedor y Manu, que juega a la consola, no duda ni un segundo en apuntarse a comer con ellos cuando ve el manjar. A Bea le parece un gesto simpático pero, no nos engañemos, el primo le sobra. Ésa no era la idea que tenía de cena romántica con novio.

Sergio sonríe todo el rato. A él no le importa, le gusta dejarse llevar por los acontecimientos, así que pone otro plato en la mesa y otra copa para Manu, quien no para de gastar bromas. Bea sonríe también, aunque está algo decepcionada.

Así pues, cenan los tres. El televisor está encendido, y la Play Station en pausa. Manu comenta sus récords y sus mejores jugadas, Bea atiende con una sonrisa tensa, y Sergio come tranquilo mientras hace pequeños comentarios sobre los patés y los quesos.

Al finalizar, Manu vuelve a su juego favorito e invita a Bea a que juegue con él. La chica mira a su chico, quien, a su vez, la anima también. Como Sergio quiere fregar los platos, Bea se sienta en el sofá dispuesta a matar zombis. «¡Qué surrealista es la vida!», piensa mientras aprieta aleatoriamente los botones del mando de la consola. No tiene ni idea, pero le gustaría conseguir una buena puntuación para impresionar a su novio.

—¡Jolín, me han matado! Soy malísima. ¿Por qué no me enseñas? —pregunta, coqueteando con Sergio, quien ya ha vuelto de la cocina y ha visto el final de la partida.

—Como quieras. —Él le arrebata el mando. Y, mirando a su primo, dice—: Venga, chico, ¡vamos a demostrarle a esta señorita cómo se mata a los zombis!

Bea no sabe lo que acaba de hacer. ¡Una verdadera partida entre los chicos puede llegar a durar horas! Durante los primeros minutos, comenta las jugadas haciendo ver que le interesa, pero cuando ambos llevan más de media hora enfrascados en el duelo, Bea empieza a mosquearse. «Esto ya pasa de castaño oscuro», piensa mientras mira el reloj y se queda en silencio esperando a que Sergio se dé cuenta de lo que está pasando.

Pero pasan los minutos, y es más que evidente que él no se entera de que ella está cada vez más enfadada. Él y su primo están absortos por el juego y la televisión. Con cada pantalla que pasan, chocan los cinco, ríen como gorilas y se comportan como auténticos cavernícolas.

Bea vuelve a mirar el reloj. «Ha llegado el momento de dar un ultimátum.»

—Bueno, chicos, yo me voy al Club —dice en voz alta y clara.

Sergio y Manu siguen luchando con un gran monstruo, están nerviosos y no quitan los ojos de la pantalla.

—Muy bien... Que te vaya bien —se despide Manu sin hacerle demasiado caso.

—¿Quieres que vaya contigo? —pregunta Sergio de manera automática, sin dejar de jugar.

«¿Qué?» Bea no sabe cómo actuar. Sergio ni siquiera la ha mirado a los ojos.

—Tranquilo, quédate jugando; ya voy sola —responde. Se levanta de golpe y se despide—: Nos llamamos.

Más tarde, en el Club

¡Silvia ha llegado al Club con Marcos! Nada más entrar, lo coge de la mano para que no se pierda y va en busca de sus amigas. El chico se siente como un pez fuera del agua. No soporta ni las luces ni el ruido ni la manera que tienen todos de bailar. Siempre intentando seducir. No le gusta nada. Pero la mano de Silvia, que lo sujeta con fuerza para que no se pierda, le da seguridad. El camino hacia la pista se le hace eterno, pero le gustan las miradas que le lanza la chica para asegurarse de que está bien. Por primera vez en mucho tiempo, Marcos se siente querido.

Pero, de repente, la mano se suelta de golpe. Ya han llegado al rincón de las *Princess*, y la llegada inesperada de Silvia hace que éstas se abracen y se pongan a gritar como locas. Marcos se queda en un segundo plano, sin saber muy bien qué hacer, con una sonrisa forzada. Es entonces cuando Estela se percata de su presencia.

—¡Príncipe! ¿Se puede saber qué haces tan callado? —Mira a Silvia y suelta—: Hoy hemos cambiado a Bea por Marcos, ¿no?

—Eso es lo que tú te crees, bonita —responde Bea dando un salto por detrás de ellas, sorprendiéndolas.

—¡Ahhhh! —gritan todas de nuevo a la vez.

—Pero ¿tú no habías quedado con Sergio? —pregunta Silvia.

—Sí, pero quiero ir despacio. Me ha invitado a cenar, y luego le he dicho que había quedado con vosotras —miente Bea descaradamente.

—Y la cena, ¿qué tal? —insiste Silvia.

—Increíble. Me ha llevado a un restaurante carísimo y me lo ha pagado todo. Una pasada.

—¿Y por qué no ha venido contigo? —pregunta Ana, intrigada.

—Está bien tener novio, pero no tenemos que olvidarnos de nuestras amigas, ¿no? Prefiero ir despacio.

—Lo que dices me parece súper —la apoya Estela—. Una actitud muy madura, princesa. —Y acto seguido susurra al oído a Silvia—: O muy mentirosa.

—¡Shhh! —la acalla ésta. Ambas ríen.

El pitido de entrada de un SMS en el móvil de Estela interrumpe la conversación. ¡Es Leo!

¿Qué llevas puesto?

Estela se aleja un poco de las *Princess* y contesta a su enamorado.

Un vestido lila...

En menos de un minuto, ya tiene su respuesta:

Me refiero a tu ropa interior. ¿Algún día me dejarás que te compre algo?

Estela se lo pasa bomba. No puede parar de sonreír y de mandar mensajes, que cada vez son más subidos de tono. «Si Ana lee estos mensajes, se muere», piensa. Y sigue mandando más SMS a Leo. Se olvida del mundo, de las *Princess* y de todo, pero entonces mira al frente y lo ve, riéndose con ganas junto a la chica de siempre. Están muy cerca el uno del otro, y parece que se van a besar en cualquier momento. «No, por favor, aquí no», piensa Estela. Sale corriendo en busca de su amiga Ana. Si la dulce Ana ve esto, se hundirá, porque se trata de David y Nerea. Y lo peor es que parecen felices. Estela, a empujones, consigue llegar hasta su amiga, pero ya es demasiado tarde.

Nerea y David se están enrollando y Ana los está mirando.

Capítulo 15

¡Cómo sabría amarte, mujer, cómo sabría
amarte, amarte como nadie supo jamás!
Morir y todavía
amarte más.
Y todavía
amarte más
y más.

Garcilaso de la Vega

En la puerta del cine, cerca del centro

El cine Texas es uno de los más antiguos de la ciudad. Acostumbran a dar reposiciones, y te venden las palomitas en conos de papel de periódico a dos euros. Es auténtico. Como a Estela le gusta sorprender, confía en que llevar a Marcos a ver una película de estreno a ese cine será una buena jugada. Llega con veinte minutos de adelanto, compra las entradas y se sienta en el suelo. Desde lejos podría parecer una indigente que pide dinero. Ella es así; le gusta llamar la atención. El chico llega mucho más tarde. Ha salido de casa cinco minutos antes. Está muy nervioso y no acaba de entender por qué ha quedado con esa chica tan extraña. «Cuanto más tarde llegue, menos tendremos que hablar», piensa. Pero no sabe que, tratándose de Estela, el silencio es prácticamente imposible.

Marcos llega al cine y, antes de que pueda decir «Hola», Estela ya se ha levantado del suelo, le ha dado dos besos y, mientras lo arrastra del brazo al interior del cine, le dice:

—Venga, príncipe, ¡que llegamos tarde!

—Pero... ¿Y las entradas? —Marcos se siente algo agobiado.

—Ya las he comprado. La próxima vez invitas tú —apunta Estela, y le guiña el ojo.

El chico está un poco fuera de juego. Le gusta sentirse útil. Necesita hacer las cosas para sentirse bien, pero parece que, con Estela, ¡uno no pueda hacer nada! Una chica tan decidida, que no le da ni siquiera la oportunidad de comprar las entradas, y que se muestra tan segura de sí misma... «No sé si me encanta o lo detesto», piensa él.

—A ver dónde nos sentamos... En el pasillo y cerca de la salida de emergencia —decide Estela con autoridad—. Así, si pasa algo, tendremos tiempo de salir corriendo.

Sin rechistar, Marcos se sienta donde ha escogido su acompañante, mientras ésta sigue con su monólogo.

—En las catástrofes se salvan los que están delante. Mira los aviones. Los de la cola del avión mueren siempre. ¿Te gusta ir en avión, príncipe? A mí me da un miedo que me muero. Bueno, a ver qué tal la peli. ¿Quieres palomitas?

—No, gracias. No me gusta comer mientras veo la película —responde Marcos, con educación. En realidad, odia a la gente que come palomitas, y odia a la gente que hace comentarios en voz alta en el cine. Y algo le dice que Estela no se va a callar en toda la película.

La peli transcurre entre comentarios de Estela y los «chist» que vienen de detrás. Marcos se muere de vergüenza. A Estela le da igual que se queje la gente de las filas posteriores, sigue comentando las escenas y pone los pies encima de la butaca de delante y se relaja. «La verdad es que esta película no vale nada», piensa Marcos. Y, aunque detesta los comentarios en voz alta de la chica, reconoce que Estela es bastante graciosa.

«Este tío es un poco empanado —piensa ella a su vez—. Ni siquiera me ha tocado.» Estela no puede evitar fantasear. Imaginarse como la mano de Marcos se acerca a la suya, y se rozan un poco, luego un poco más, y entrelazan los dedos para acabar cogidos de la mano mientras siguen mirando la pantalla y se comentan la película al oído tan cerca que incluso podrían sentir uno el aliento del otro... pero no. Marcos no es de ésos. Ya está bastante incómodo como para pensar en meterle mano a Estela.

La película se acaba. El chico permanece sentado en la butaca. Sigue tenso tras haber estado, en la oscuridad, tan cerca de la chica, durante hora y media. Incluso le sudan las manos.

—Ya te vale, bonita, nos has dado la película. —Una mujer que está sentada detrás de Estela le da un toque de atención.

—¿Cómo? —contesta ésta.

—Pues eso, que no has parado de hablar —le aclara la señora.

—¡Pero si la peli no valía nada! ¿Qué más le da? —contesta Estela de malas maneras; no quiere amilanarse delante de Marcos.

—Discúlpela, señora, lo ha hecho sin querer —intercede el chico, avergonzado—. No era nuestra intención molestarla.

—No te metas, ya soy mayorcita para defenderme sola —le increpa Estela, algo borde.

—Oye, yo no...

—Déjalo, príncipe, da igual.

Marcos se siente extraño. Esta chica es demasiado. No

sabe por dónde cogerla y Estela, por su parte, no entiende que él ni siquiera haya intentado el roce mientras veían la peli. Ni un simple susurro al oído. Ni una mirada de complicidad. ¡Nada! La cita más aburrida de la historia. Pero incluso así, Marcos le sigue gustando. «Así somos la chicas —se dice—: siempre queremos repetir, aunque el chico sea una auténtica seta.»

Mientras, en el parque

Las chicas han montado una RPU improvisada para hablar de Ana y David. A ella le resultó muy duro ver al chico a quien ama besando a otra. Fue la prueba definitiva de que pasa absolutamente de ella.

—Venga, chicas, dejémoslo ya. ¡No es para tanto! —Bea intenta quitar algo de hierro al asunto.

—Muy bonito. Me gustaría ver a tu querido Sergio besando a otra, a ver cómo te sentaría —se ofende Ana.

—Perdona, pero no se puede comparar a Sergio con David.

—¡Oye, no te pases, que estás hablando de mi hermano! —Aunque ella también piensa que David no se ha portado demasiado bien, no deja de ser su hermano, y no puede evitar defenderlo.

—¿Ah, no? ¿Y por qué no, si se puede saber? —salta Ana al mismo tiempo, rabiosa.

—David no es tu novio —contesta Bea, con rotundidad.

El comentario le sienta a Ana como una patada en el estómago. Es verdad, pero ahora no está como para escuchar verdades. Está para que la apoyen, y desde que tiene novio, Bea, no empatiza con nada, se comporta como si nunca hubiera sufrido ningún desengaño. Como si nunca hubiera estado soltera. Eso pone de los nervios a Ana. Es demasiado sensible como para que alguien no se tome en serio sus sentimientos, o los frivolice. Es verdad, David no es su novio, pero eso no implica que no le duela verlo besándose con otra. Si fuera su novio, cortaría con él. Pero no puede hacer nada. Y, según Bea, parece que ni siquiera tiene derecho a enfadarse.

—A quien no se puede comparar con nadie es a mi vecino Marcos —intenta calmar los ánimos Silvia, que cambia de tercio cuando lo ve acercarse a ellas, acompañado de Estela—. Es más raro que un perro verde. Ahí viene con Estela.

La verdad es que verlos es un poema. Estela, que se acerca a paso rápido, llega con una sonrisa enorme. Marcos, con cara cansada, anda detrás de ella con la mirada fija en el suelo. Parece un perro apaleado.

—¿Qué tal, chicos? ¿Cómo ha ido el cine? —pregunta Silvia, con amabilidad.

—Muy bien; la película era buenísima. Me ha encantado —responde Estela.

—Pero ¿qué dices? ¡Si te has pasado toda la peli hablando! —la corrige Marcos. Luego, dirigiéndose a su vecina, le cuenta—: Nada, era una copia barata de *Los Goonies*.

—Es que *Los Goonies* es una obra maestra. Insuperable —apunta Silvia, con amabilidad.

—¡Ya estamos! —dice Bea—. Otro al que le van las pelis frikis de los años ochenta.

—Pues sí. Y, viendo cómo está el mundo, no me importaría pillarme la máquina del tiempo e irme a vivir al siglo xx —responde Marcos, muy en serio.

—Te entiendo. Muchas veces tengo esa sensación. De pertenecer a otro tiempo —le confiesa su vecina.

Estela está un poco desconcertada. No sabe ni qué es *Los Goonies* ni de qué narices están hablando. Sólo entiende que Marcos trata a Silvia mucho mejor que a ella. Lo que no sabe es por qué.

—Tengo que ir a casa a sacar a *Atreyu*. ¿Te vienes? —pregunta Marcos.

En un primer momento, Estela cree que se lo ha dicho a ella. Pero el chico está mirando a su amiga, que responde:

—Sí, claro, vamos. Ya tendría que estar en casa —dice ella, y coge la mochila.

Y sin que Estela se dé casi ni cuenta, Marcos ya se ha despedido de ella y se va tan feliz con Silvia, hablando de todas las películas que tienen en común.

Algo celosa, Estela decide marcharse también. Se ha puesto de mal humor. Bea, que no quiere quedarse a solas con Ana después de la discusión que han tenido, también se despide.

Ana se queda sola, sentada en su banco favorito del parque; saca su libreta y, aunque sabe que le costará mucho, decide escribir sobre lo que pasó el otro día en el Club.

Nueva entrada:

Lágrima

Lágrima: llegas sin avisar. Soy feliz, estoy bailando y he bebido más de la cuenta. No importa, ha pasado el tiempo suficiente para que me relaje y deje de pensar en ello. Gran error. Si algo te angustia, si temes encontrarte con algo o alguien, si algo te da miedo, no dejes de pensar en ello, porque entonces aparecerá. Allí estaba, de golpe y sin avisar. Ni siquiera me miró. La besaba con dulzura. Entonces surgieron unas lágrimas que desembocaron en un gran llanto. Llanto al encontrarme cara a cara con mi presente más triste. No sé ni cómo llegué a casa. Expulsé todo el alcohol que había ingerido, y triste, muy triste, me fui a dormir. Me levanté más triste todavía. ¡Llorar, reír, beber, y luego... vomitarlo todo...! ¡Eso es Vivir! Que no me avergüence nunca nada, y menos mis lágrimas. Son lo más sincero que tengo, aunque a veces las odie porque aparecen sin avisar y me hacen sentir vulnerable.

Firmado:
Blancanieves

Más tarde, en casa de Silvia

Silvia está en su cuarto y se dispone a jugar un rato con el ordenador. Se conecta a Facebook, y allí está. La solicitud de amistad de Sergio. Hace días que la tiene pendiente. Un cosquilleo le recorre todo el cuerpo. «¿Qué hago?, ¿lo agrego o no?» Sin pensarlo demasiado, le da al botón de «aceptar». En menos de un minuto, Sergio ya le ha escrito por el chat:

Sergio dice: Hola! Qué alegría encontrarte. No estaba seguro de que me agregaras.

Silvia dice: Y por qué no?

Sergio dice: No sé.

Sergio dice: Cómo estás? ☺

Silvia dice: bien, y tú? Bea me contó que la cita muy bien no?

Sergio dice: Sí. Todo según lo previsto.

Sergio dice: Y tú? Me gustó encontrarte en el bar. Fue gracioso.

«"Gracioso". Vaya palabra más cutre para definir nuestro encuentro...», piensa Silvia.

Silvia dice: Te parezco graciosa?

Sergio dice: Nooooo, me refiero a que nuestros encuentros son divertidos. Inesperados. Me gustan las cosas inesperadas.

«Pues lo llevo claro. Yo que siempre hago lo que se espera de mí...», piensa la chica.

Y sin saber cómo, se cuentan sus vidas. Comienzan preguntando por la familia y acaban hablando de cine, arte, comida japonesa e incluso se revelan el signo del horóscopo. Los dos son tauro. Tonterías, pensarán algunos. Pero Silvia es de las que piensan que no hay nada mejor que dos signos iguales como pareja. «Bea es escorpio. No pega ni de coña con tauro. Demasiado controladora.»

En ese mismo momento, en un piso inferior

Marcos está en su cuarto tocando la guitarra cuando su madre le interrumpe entrando en la habitación sin avisar ni llamar a la puerta. Como de costumbre.

—Ya paro, mamá —suspira Marcos dejando la guitarra encima de la cama.

—No, hijo, no es eso —responde ella.

—¿Ah, no?... ¿Qué ocurre?

—Nada, sólo quería charlar un rato contigo. ¿De dónde vienes?

—Del cine. —El chico no tiene muchas ganas de contarle a su madre su cita con Estela.

—¿Has ido solo? —insiste ella.

—Con una amiga del instituto.

—¿Sólo una amiga...? —deja caer su madre. Le gustaría someter a su hijo a un interrogatorio de primer grado para sonsacarle todo y confirmar lo que sospecha: tiene a una chica en la cabeza. No se lo dirá nunca, pero la verdad es que, cuando el chico está enamorado, toca mucho mejor la guitarra. Parece que el amor saca lo mejor de él. Y aunque parece que a la señora Soler le moleste la guitarra, en realidad le encanta, sólo que le recuerda a su marido, y eso, a veces, hace que se ponga triste—. ¿Has ido con Silvia, la vecina? —insiste.

—No. —Marcos calla; su madre sigue esperando. El chico suspira y, aunque no soporta a su madre cuando se pone cotilla, añade—: Con una amiga suya. Se llama Estela. ¿Quieres saber algo más?

—¿Y cuál de las dos te hace tilín? —sigue chinchando la señora Soler.

—Mamá, por favor...

—Bueno, no es normal que siempre vayas con chicas. Alguna te gustará, ¿no?

—Pues no, mamá —aclara Marcos—. Es sólo que me llevo mejor con las chicas. No es nada malo, ¿no?

—Claro que no, hijo.

Su madre llega a la conclusión de que ya ha insistido lo suficiente y se dispone a dejar al chico solo cuando éste, en un pronto, le cuenta, emocionado:

—¿Sabías que Silvia tiene una colección de películas de los años ochenta como las que tenía papá? Incluso sabe por qué *Atreyu* se llama así.

La madre de Marcos mira a su hijo pensativa. Al final, sonríe.

—Te gusta esta chica, ¿verdad?

Marcos se ha preguntado muchas veces lo mismo: ¿le gusta Silvia? Ha fantaseado con ella, y le ha escrito una canción, pero al responder aparece la verdad:

—Me gusta estar con ella pero... no sé si me «gusta».

La señora Soler, consciente de que le ha sacado mucha información a su hijo, agradece cuánto se ha esforzado éste, y decide marcharse y dejarlo solo. Marcos valora el gesto con una sonrisa. Parece que su madre está recuperando la alegría poco a poco y empieza a comunicarse con su hijo como lo hacían antes. El chico cierra los ojos un instante, coge la guitarra y vuelve a su mundo musical.

Mientras, en la calle

Bea lleva más de diez minutos esperando a Sergio. Le da apuro llamarlo al móvil porque no quiere quedar como una novia controladora, pero le da rabia que llegue tarde. Se supone que tenían que ir a dar una vuelta con la moto. Se ha puesto muy guapa. A lo mejor pasa un poco de frío, pero valdrá la pena. Se muere de ganas de abrazar a su chico. De hecho, se muere de ganas de besarlo. Cuando lleva veinte minutos esperando, decide llamarlo.

Sergio aún está en casa, abducido por una maravillosa conversación que lo tiene encandilado. Habla con una chica muy lista e inteligente. Lleva tanto rato chateando con Silvia que se le ha olvidado que había quedado con Bea. Cuando suena el móvil y aparece en la pantalla el nombre de su novia, exclama: «¡Mierda, Bea! Se me ha ido. Y ahora ¿qué le digo?». Piensa rápido, agarra la chaqueta de cuero y, mientras se la pone, atiende el teléfono:

—Bea, perdona, me han liado en la escuela de dibujo. Lo siento, ¡voy volando!

—Valeeee... Nos vemos ahora. Te espero —contesta su chica.

Entonces, Sergio entra en el chat y escribe:

Sergio dice: Me acaban de llamar. Tengo que acudir a una reunión urgente, lo siento. Te tengo que dejar

Silvia dice: Tranqui, hasta luego

Sergio dice: Nos vemos otro día por aquí

Sergio ha mentido. No sabe por qué, pero lo ha hecho. Parece que no le gusta ser el novio de Bea cuando está con Silvia.

Capítulo 16

Después que te conocí,
todas las cosas me sobran:
el sol para tener día,
abril para tener rosas.
Por mi bien pueden tomar
otro oficio las auroras,
que yo conozco una luz
que sabe amanecer sombras.

FRANCISCO DE QUEVEDO

Lunes

Como siempre, Silvia es la primera en levantarse. Aunque parezca algo raro, le gusta madrugar y prepararse con calma para ir al instituto. Una vez en el baño, se asea y maquilla sutilmente. No es esa clase de chica que va pintada como un cuadro de Picasso, pero algo de colorete y una pequeña raya en los ojos realza su belleza.

Al salir del baño, no se puede creer lo que ven sus ojos: ¡Nerea está saliendo del cuarto de su hermano! Tiene el pelo despeinado, lleva los zapatos en la mano y, de puntillas, se dirige a la puerta principal. «No puede ser...» Silvia niega con la cabeza. ¿Y su madre no se ha enterado? Hay una regla muy clara en la casa de la familia Ribero, y es tan sencilla como que está absolutamente prohibido que las parejas, y mucho menos los rollos, se queden a dormir en casa.

Silvia no da crédito a lo que ha visto. Su hermano se está pasando de rosca. Por un momento tiene la extraña sensación que no lo conoce; por lo menos, no como antes.

En la cocina desayuna algo malhumorada. Su madre está preparando café y su padre lee el diario soñoliento. Entonces aparece David despeinado y sin afeitar. Su hermana le mira seria y con cara de pocos amigos.

—Para variar, el mundo va de mal en peor —comenta el padre, mientras lee el periódico.

—Pues yo creo que gira como siempre —dice su hijo de manera despreocupada y sirviéndose sus cereales de chocolate.

—¿Y tú qué sabrás del mundo? No tienes ni idea —replica su hermana, furiosa.

—¿Y tú sí, marisabidilla? —le responde éste, con un claro tono de ataque.

—¡Basta! —los riñe su madre.

A Silvia no le gusta que le griten: sobre todo, su madre, después de la conversación que tuvieron. ¡Vaya manera de empezar la semana! Sin decir nada, Silvia se levanta, coge la mochila, permanece de pie oyendo con desgana el discurso de Dolores sobre no pelearse entre hermanos y, cuando ésta da por finalizado el sermón, sale disparada de casa para ir al instituto, aunque sea más temprano de lo habitual.

Media hora después, en el instituto

Suena el timbre que da inicio a las clases y la semana. «Este timbre me pone de los nervios; es horrible: parece que estemos currando en una fábrica», piensa Marcos escondiendo la cabeza, como si eso lo protegiera del sonido que le retumba en los oídos.

En el pasillo, los estudiantes ríen y hablan muy alto; se están contando sus grandes fines de semana. Marcos, como de costumbre, camina solo, y pasa desapercibido. A lo lejos, ve a Estela hablar con Silvia. «¿Les digo algo o paso? ¡No me apetece!» Marcos entra en el baño de los chicos para refugiarse, pero ya es demasiado tarde: Estela lo ha visto.

—¿Pasa de mí? —dice Estela, casi para sí misma, interrumpiendo a Silvia.

—¿Quién? —pregunta ésta.

—Pues ¿quién va a ser? ¡Marcos! ¡Me acaba de mirar y se ha escondido en el lavabo! ¿Será posible? —dice Estela incrédula.

—¿Cómo sabes que se ha escondido de ti? —Silvia supone que su amiga se está montando una película y que, como siempre, exagera.

—Me ha mirado. Me ha mirado y se ha ido directo al baño. Sé cuándo un chico me esquiva y no quiere hablar conmigo. —Estela parece decepcionada.

Mientras, Marcos sigue encerrado en el baño. Se sienta en el váter a la espera de que el pasillo se despeje un poco. Para entretenerse, lee las frases que hay escritas en la puerta. Hay un par que le llaman la atención:

La vida es sueño, y los sueños en sueños se quedan

Nunca se ama bastante si no se ama demasiado

Las escribe en su libreta, sin pensárselo dos veces. Nunca se sabe dónde puedes encontrar buenas ideas para escribir la letra de una canción.

En ese mismo instante, en el pasillo del instituto

Estela se niega a dejar el pasillo, y Silvia se está impacientando. La profesora de historia ya está en el aula y le molesta mucho que los alumnos entren cuando ya ha empezado la clase.

—¡Que no entro hasta que Marcos salga! —se empeña Estela. Su amiga la empuja para que entre en clase—. ¡Que te he dicho que no!

Silvia desiste y entra en el aula con los últimos alumnos. Justo antes de cruzar la puerta mira a Estela, que espera en el pasillo con los brazos cruzados. «Allá ella», piensa.

A la *Princess* más atrevida no le gusta sentirse rechazada por ningún chico... Marcos parecía especial. Vuelve a sentir una ansiedad poco usual en la boca del estómago. Para paliarla, mira su móvil, esperando encontrar algún mensaje, o algo..., pero no... Es el momento de tomar una decisión. Entrar en el baño de chicos y pedirle una explicación a Marcos o... hacer novillos e irse al estudio de interpretación. Sabe que Leo imparte una clase a primera hora, si corre aún podrá asistir y, por lo menos, podrá sorprender a su amante; seguro que así se siente mejor.

Horas más tarde, a la salida del instituto

Silvia, Ana y Bea están haciendo su corrillo habitual después de clase. Todas se preguntan dónde estará Estela, que aún no ha aparecido. Silvia tiene una teoría que todas escuchan con atención.

—Yo digo que ha hecho novillos con Marcos...

—Eso es imposible —rebate Ana—. Marcos está allí.

Ana señala a un chico que se aleja mochila al hombro.

—A veces me pregunto en qué mundo vive Estela —murmura Bea para sí misma, y mira calle arriba y abajo como si buscara algo.

—¿Estás esperando a alguien? —le pregunta Ana, quien ha percibido lo nerviosa que está su amiga.

—¿Por qué lo dices? —responde Bea, pero sonríe.

—Te noto algo... —Ana no puede acabar la frase, porque Bea sale corriendo hacia un chico que acaba de llegar en moto.

Las otras dos *Princess* se miran y caminan lentamente hacia ellos. Sergio ha ido a buscar a su amiga.

Silvia ve como el chico se quita el casco azul metálico, y a ella le parece estar viendo un anuncio de colonia: todo sucede a cámara lenta, Bea se acerca al muchacho y le da un beso.

—Os conocéis, ¿verdad? —pregunta Bea volviéndose hacia sus amigas y con una sonrisa de oreja a oreja, radiante de felicidad.

«Nos conocemos más de lo que crees...», piensa Silvia, triste. En el fondo, se siente mal por chatear con él a escondidas de su amiga.

—Pues claro... Hola, Sergio.

Éste sonríe y mira a Silvia, que no sabe dónde meterse. Bea le coge su casco de repuesto, se lo pone y se sube a la moto. Sergio hace ademán de decirle algo a Silvia, pero Bea, en su minuto de gloria, le da a la moto un toquecito con el pie y dice:

—¡Arranca el caballo! ¡La carretera es nuestra!

Sergio, motivado por su comentario, se pone el casco, enciende la moto y arranca con furia.

Las dos *Princess* ven cómo se ponen en marcha. Bea abraza con fuerza a su novio... ¡Parecen la pareja perfecta! Si durante estos días Silvia había sentido celos, ahora le asalta una rabia desbordante.

—Pues no me ha gustado...

—¿El qué? —pregunta Ana, volviéndose hacia ella.

—Pues todo.

—Oye, como no seas más clara, yo no...

Silvia explota.

—¡Pues esto! ¡Bea haciéndose la chula con un tío a quien ha conocido por Internet! Además, estoy segura de que su moto le gusta más que él.

—No seas así... Tienes razón, ha sido un pelín fanfarrona, pero...

—¿Sabes? Empiezo a estar algo cansada de todo... Quiero decir..., su enfado conmigo, este fin de semana lo tuyo con mi hermano..., que parece tonto... Y después, que Estela venga a rayarme con sus movidas, y luego hace novillos y chao, ya puede una preocuparse por ella, que le da igual, no dice ni mu... Y mientras tú y yo esperando a que nos pase algo... ¡Siempre esperando a que nos pase algo!

Ana mira a su amiga y le da un fuerte abrazo. No entiende exactamente esa explosión de Silvia, pero intenta infundirle ánimos. De pronto, Silvia se deshace del abrazo para abrir su mochila, sacar un folio en blanco de una carpeta y escribir con furia en él.

—Pero ¿qué haces? —Ana está intrigada.

—Espera... —Silvia continúa escribiendo algo que, por sus movimientos de muñeca, parece grande. Cuando acaba, guarda de nuevo la carpeta y se coloca otra vez la mochila. Decidida, levanta el folio con las dos manos.

—¿Qué has escri...? —Ana alucina cuando lo lee:

¡ABRAZOS GRATIS!

Automáticamente, se pone a reír muerta de vergüenza, y a Silvia también se le escapa la risa.

—Silvia... Ahora me recuerdas un montón a Estela.

—Pero yo no soy Estela. Soy Silvia Ribero y pienso ir hasta mi casa con este cartel. Vi un vídeo de un chico que lo hacía.

Es un acto de locura, pero funciona: un anciano se le acerca y le da un abrazo. Ana no duda en sacar el teléfono móvil y grabarlo.

Después del anciano, se le acerca una madre con su hijo, un albañil que andaba muy salido y el portero de una finca. Ana no da crédito a lo que ve, ni Silvia a lo que siente. Es la primera vez en su vida que está haciendo algo que se escapa de la norma. Es cierto que en su día vio un vídeo de Internet donde salía un chico con un cartel similar al de ella y, aunque se dijo a sí misma que debía probar aquello, nunca pensó que lo haría de verdad.

Capítulo 17

Hagan plaza, den entrada,
que viene triunfando Amor
de una batalla mortal
en que ha sido vencedor.

TIRSO DE MOLINA

En casa de Marcos, lunes por la tarde

Marcos, encerrado en su cuarto, no puede parar de leer. Ha encontrado el blog de Ana gracias a un comentario que oyó entre las chicas, y está fascinado. «¡Qué bien escribe esta chica, y qué sincera es! No le importa mostrarse triste ni afectada por nada.» El chico se da cuenta de que a él le importa demasiado lo que piensan los demás. «¿Qué más da si en el insti piensan que soy un rarito o si Estela cree que soy un soso o si Silvia...? Bueno, creo que ella es la única que me ha visto de verdad, y si ella puede hacerlo, los demás también.» Sabe que la mejor manera que tiene de comunicarse es a través de la música, pero le da pánico que los demás lo juzguen o critiquen. Tiene talento y lo sabe, pero es demasiado perfeccionista, y eso le hace encerrarse demasiado en sí mismo y no enseñar su trabajo a nadie. Después de leer el blog de Ana, se da cuenta de que eso debe cambiar. Tiene que abrirse más y enseñarle su música a los demás. Y si no les gusta, pues no les gusta. No pasa nada. Sabe que los lunes por la tarde hay torneo de futbolín en el Milano. Y aunque el fútbol le importa bien poco, piensa que tal vez estaría bien pasarse y empezar a abrirse al mundo. Se viste, coge la guitarra y sale a la calle dispuesto a comérselo. Pero no es tan valiente y necesita un poco de ayuda. Llama al interfono de Silvia.

—Vecina, ¿te vienes al Milano a tomar algo? —le propone emocionado.

—¡Pues claro que sí! Espera que llamo a las chicas. ¿Te importa?

—Para nada. —Marcos se alegra. No se siente demasiado bien después de haberse escondido en el lavabo y pasar de Estela, y piensa que, a lo mejor, ésta es una buena manera de arreglarlo.

Silvia monta a toda prisa un grupo en WhatsApp y, en cuestión de segundos, todas están citadas en el bar.

Silvia

En línea

La 1a que llegue, k pille sitio en la terraza

Unos instantes después, en el Milano

Estela, que siempre es la más rápida de todas, ya ha escogido una mesa y dispuesto sillas para todos. Sólo tiene un pequeño problema. Justo a dos mesas de distancia se encuentran David y Nerea, con otros amigos de la universidad. El bar está a tope, y es imposible encontrar un sitio más lejano. Conclusión: aquí nos quedamos.

Las chicas van llegando. Bea, con un casco de moto que

le va enorme. Ahora lo lleva a todos lados, porque nunca se sabe cuándo puede aparecer su príncipe azul a recogerla. Ana, con su libretita, se sienta de espaldas a la mesa de David para no verlo, y Silvia y Marcos llegan riendo y hablando de sus cosas mientras Estela se dice: «Qué rollo más raro se llevan esos dos».

—¿Una RPU exterior? ¡Me encanta! —Estela se dirige a Silvia sin mirar apenas a Marcos.

—¿RPU? —se sorprende el chico.

—Sí, «Reunión de *Princess* Urgente». Si quieres unirte al grupo... Un príncipe nunca está de más. Aunque, ya te aviso, el baño de aquí huele demasiado mal como para esconderse mucho rato —le responde Estela guiñándole el ojo, como de costumbre. Lo ha dicho como un comentario gracioso, medio en broma, pero en realidad le quería decir: «A mí no me la cuela nadie».

—Me gustan los baños —se desentiende Marcos—. Las paredes y puertas suelen estar llenas de poemas.

«Vaya... Parece que no se ha dado por aludido», piensa Estela.

—¿Nos sentamos? —dice Silvia.

—Sí —responde Estela. Mira a la mesa de David y le dice a Ana—: No te vuelvas, pero David no te quita la vista de encima. Te está mirando todo el rato.

—Sí, a mí, seguro... —contesta Ana incrédula, poniendo los ojos en blanco.

—Pues sí que mira, sí... —afirma Silvia—. El muy cretino... No me gusta hablar así de mi hermano, pero es que llevamos unos días de bronca, día sí, y día también.

De repente, Nerea, que se ha levantado de la mesa contigua y en dos zancadas se planta delante de ellos, interrumpe la conversación. Hace un repaso general a la mesa y, en tono altivo, dice:

—Uy, parece que hoy les han dado fiesta en la guardería... Qué honor tener a todos los bebés aquí...

—Uy... Parece que hoy han soltado a las *barbies* —responde Estela, imitando la voz de la chica—. Qué honor tener a todas las pijas aquí...

Las *Princess* se ríen. Incluso Ana, que aunque parezca que se esconda, no puede evitar mirar a Nerea. «Cómo va vestida... Con esas mallas y esos tacones de aguja. No le pega nada a David», se dice.

La verdad es que el chico está más o menos de acuerdo. No sabe muy bien cómo ha llegado a ese punto. Nerea se comporta como si fueran novios, y a él le da muchísima vergüenza reconocer que siente algo por Ana, aunque no sabe muy bien lo que es. El carácter de Nerea es muy fuerte y le da pánico cómo pueda reaccionar si nota que no quiere que sean novios formales. Aunque tenga esta actitud cobarde hacia ella, no puede evitar levantarse y hacerse un poco el machito.

—¿Todo bien, Nerea? —dice, tras haber observado el espectáculo desde la lejanía. Se siente con la obligación de intervenir.

—Sí, estas niñas, que están un poco colgadas, y las estaba invitando a sentarse con nosotros. ¿Te parece bien?

«Qué rabia de tía —piensa Ana—, se hace la buena delante de él. La muy arpía...»

—Sí, claro, podemos juntar las mesas. ¿Me ayudas? —le pide David a su hermana. Cree que éste es un buen modo de hacer las paces con ella.

Silvia no sabe cómo reaccionar. ¿Debe o no debe ayudar a su hermano a juntar las mesas? Mira a Ana, implorando una respuesta. Su amiga se quiere morir. «No lo voy a soportar... No lo voy a soportar», piensa. Estela le aprieta fuerte la mano y le dice al oído:

—Tranquila, princesa, todo saldrá bien.

Mientras se juntan las mesas, David y Ana ni se miran. Ante la actitud de ella, David siente como si la chica fuese una desconocida. Eso duele. Antes, cuando ella le gustaba y no había nada entre ellos, el chico podía fantasear y soñar sin límites, pero ahora siente que todo se ha vuelto en su contra y, además, ella se está comportando como una cría.

David mira a Nerea: es la novia que a todo chico le gustaría tener. Guapa, popular y divertida, es tan diferente a Ana que si fuesen dos planetas en el sistema solar estarían a mil años luz, como mínimo. Si pudieras elegir un planeta donde vivir, ¿cuál elegirías? ¿El planeta de Nerea o el planeta de Ana?

Estela está todo el rato pendiente de su amiga, y Nerea no le quita la vista de encima a David. Una vez todos vuelven a estar sentados en grupo, la universitaria empieza a fastidiar con preguntas ridículas:

—Y ¿qué tal, niñas?... ¿Cómo va el cole?

—El instituto —aclara Silvia—. Muy bien, gracias.

—¿Y?

—¿Ya sabéis qué vais a estudiar en el futuro? ¿Sabéis qué queréis ser de mayores? —insiste.

—Ya somos mayores —replica Estela.

—Sí claro, por eso vuestros padres ya no os tienen que dar la paga todas las semanas, ¿verdad? ¿Cuánto os dan? ¿Diez euros?, ¿quince?

—Ya basta, Nerea —interviene David. No le gusta cómo se está comportando su compañera.

A decir verdad, el clima que se respira en el Milano es tenso. Acaban de juntar las mesas, y parece como si todo el mundo quisiera fugarse. ¡A lo mejor no ha sido tan buena idea!

Capítulo 18

Comprendo que tus besos
jamás han de ser míos,
comprendo que en tus ojos
no me he de ver jamás,
y te amo y en mis locos
y ardientes desvaríos
bendigo tus desdenes,
adoro tus desvíos,
y en vez de amarte menos
te quiero mucho más.

MANUEL ACUÑA

Bar Milano

En el Milano se respira muy buen ambiente para ser lunes. El bar está prácticamente lleno, el torneo de futbolín está en marcha y reina un clima de competición y cordialidad.

La mesa donde están las chicas parece la más sosa de todas.

—No te preocupes, Nerea es estúpida... —susurra Silvia al oído de Ana.

Ana no contesta. Hace rato que tiene muchas ganas de llorar, pero lucha para no hacerlo, y resiste. No tiene por qué aguantar todo eso... Pero algo le dice que se quede. ¿Para demostrarle a David su fortaleza? ¿O que le importa poco?

Estela acaba de llegar a la mesa con otra ronda de claras.

—A ésta invito yo —dice orgullosa de sí misma, y bien alto, para que Marcos la escuche.

Todo el mundo celebra su llegada con algunos aplausos espontáneos. Marcos acepta la invitación. Es el que está más callado de la mesa. Observa atento todo lo que pasa. Le entran ganas de participar en la conversación. David se sienta junto a él. A Marcos le parece un chico muy correcto o, dicho de otra manera, un repelente. Además, es mayor que él, viste camisa de cuadros blancos y azules, lleva todos los botones abrochados y, evidentemente, va bien peinado y huele a colonia.

Marcos no suele codearse con chicos así. Para él son gente demasiado práctica y sin magia, con pocas cosas que contar, que parecen muy seguros de sí mismos cuando, en el fondo, resultan personas más bien débiles.

También mira a las chicas y observa sus gestos y miradas. Parecen muy unidas. «Se nota que se conocen bien y que son buenas amigas.»

—¡Un momento, un momento! —Silvia acalla a toda la mesa—. Ha llegado el gran momento en que Estela nos va a contar dónde ha estado cuando ha hecho novillos.

—¡Noooooo! —exclama rápidamente la aludida.

—¡Vamos, no te cortes! Si lo cuentas, yo contaré adónde hemos ido Sergio y yo... —comenta Bea.

«Ésta siempre se lo lleva todo a su terreno —piensa Silvia, que no tiene ganas de oír cómo relata su amiga las maravillas de su noviazgo—. ¡Yo, yo, yo! ¡No puede dejar de hablar de ella!»

—¡Acabo de tener una gran idea! —exclama Estela, que intenta zafarse de contar los pormenores de su desaparición—. ¿Por qué no jugamos al juego de «Yo nunca-nunca»?

—¡Síiiiiii! ¡Votos a favor! —la apoya Silvia, que levanta la mano con energía.

—El «Yo nunca-nunca» no, Silvia... —comenta David,

que sabe el porqué del entusiasmo de su hermana, y por dónde quiere ir ésta.

—¿De qué se trata? —pregunta Nerea, con un tono claro de desconfianza.

Marcos continúa callado, porque también se ha preguntado lo mismo que Nerea, pero ella ha sido más rápida. A todas las *Princess* parece hacerles mucha gracia la propuesta de Estela.

—El «Yo nunca-nunca» es un juego muy sencillo —explica Silvia—. Uno dice, por ejemplo: «Yo nunca-nunca he llevado un jersey rosa con topos azules horrible»... —Todas las chicas ríen—. Entonces, si alguien ha llevado alguna vez un jersey rosa con topos azules..., sin decir nada, bebe un sorbo de su copa. —Estela bebe de la suya—. ¿Lo veis? Ahora todos sabemos que Estela ha llevado un jersey horrible.

—Qué interesante... —dice Nerea, bajito. No las tiene todas consigo.

A Marcos le pasa igual, pero es incapaz de oponerse a las chicas.

—¿Empezamos? —Silvia parece llevar la batuta del juego y, aunque David no quiere jugar, parece que nada puede frenar a Silvia.

—Empiezo yo —dice Estela—. Yo nunca-nunca... he conocido a ningún chico por Internet, ni he acabado saliendo con él. —Silvia, Estela y Ana gritan descontroladas—. ¡Bea, a beber!

Bea, sonrosada, da un sorbo de su bebida. Bea no se lo puede creer. A decir verdad, se siente como si volviera a tener quince años. ¡Y eso que está a punto de cumplir los dieciocho!

—Yo nunca-nunca... —Es el turno de Nerea. Todo el mundo calla—... me he enamorado de alguien cuando ya sabía que no tenía nada que hacer...

La universitaria lanza una mirada maliciosa a todo el mundo. Hay un segundo de silencio. ¡A Nerea no le basta con derrotar a Ana! ¡Ahora la quiere machacar!

Silvia mira a Nerea.

—Esa pregunta es absurda —le contesta.

—¿Por? —la insta Nerea.

—Pues porque todo el mundo se ha enamorado de alguien inaccesible... —Silvia se queda en silencio y coge su vaso. Acto seguido, todos los presentes en la mesa cogen los suyos y beben. Todos menos Nerea, a quien la jugada no le ha salido bien.

—Ahora voy yo. —Turno de Ana—. Yo nunca-nunca... he sido infiel a mis sentimientos.

—¡Muy bien, Ana, me gusta! —sonríe Estela, y bebe la primera, seguida de sus otras dos amigas.

Marcos también bebe casi por obligación. Es nuevo en el grupo, y les sigue el rollo a las chicas. Observa y no habla demasiado. Le hace gracia ver cómo se comportan las *Princess*, aunque ese juego le resulte si no demasiado infantil, sí algo peligroso como para participar. Además, tiene la sensación de que el que las chicas hayan decidido jugar a eso no es baladí.

—Esta pregunta también es absurda —se defiende Nerea, que, al igual que David y Marcos, no ha bebido.

—No, no es absurda... Este juego sólo es absurdo cuando todas las personas beben... porque eso quiere decir que el «Yo nunca-nunca» que se ha planteado es una verdad universal —le responde Estela con lucidez, a lo que añade, con un punto de malicia y rentintín—: Los universitarios sabéis lo que es una «verdad universal», ¿no? Porque, si no, te lo explicamos.

Marcos se queda fascinado con la soltura de Estela, la manera con que planta cara a Nerea (que a él también le empieza a caer francamente mal, con sus aires de superioridad) y defiende a sus amigas.

—Me toca. Yo nunca-nunca... —Silvia reflexiona—... he escrito una carta en la que declaraba mis sentimientos a alguien. Un momento, quien dice una carta dice una poesía, una canción, o un cuento... Todo menos un SMS o una conversación por chat, ¿de acuerdo?

Toda la mesa se queda pensativa, recordando si alguna vez han hecho algo de lo que menciona la chica. Marcos se sobresalta. «¿Puede que Silvia escuchase la canción que compuse para ella?», piensa, mientras espera a que alguien beba para beber también. En unos segundos, Ana y Estela cogen sus vasos, así que el chico aprovecha para hacer otro tanto.

—¡Uuh! ¡Qué románticos! —exclama Nerea, que bebe la última.

—¡Mientes! —dice Silvia señalándola con el dedo.

—¿Yo? —dice la universitaria dejando el vaso en la mesa.

—¡No se puede hacer trampa! —se empeña la otra.

—¿Y cómo puedes saber si miento? —la desafía Nerea. No quiere que la descubran.

—Bueno... Es lo que yo pienso... Has sido la última en beber, y te has esperado demasiado...

—¡Momento de votar! —la ayuda Estela, lanzando una propuesta al aire—: Que levante la mano quien piense que está mintiendo.

En un santiamén, todas las chicas levantan la mano. Marcos hace lo propio; al final, este juego le está gustando y... David los sigue y levanta la mano con timidez. Nerea se ruboriza.

—Este juego, como ves, parece de niñatas, pero no lo es —le suelta Silvia—. Bueno... ¿De quién es el turno ahora?

—¡Mío! —Es Bea—. Yo nunca-nunca... ¡me he desnudado delante de una persona del sexo contrario!

—Quieres decir un novio o rollo, ¿no? —pregunta Estela con los ojos encendidos.

—Claro, compartir vestuario con chicos en los talleres de interpretación no cuenta... —responde Bea. Las *Princess* ríen con ganas—. Va, ¿quién bebe?

Éste parece ser un momento clave del juego porque toda la mesa se queda muda y quieta, y en algunas mejillas aparecen las marcas de un ligero rubor. A lo mejor, a los ojos de los demás, quien beba puede parecer un vivalavirgen, pero quizá si no beben, unos mojigatos.

La primera en beber es la propia Bea. Estela la sigue tímida. Todos se sorprenden cuando Ana bebé también.

—No estarás mintiendo, ¿verdad? —le suelta Nerea, con ganas de meter cizaña.

—No. —Ana parece convincente.

—Los hermanos o primos no cuentan, Ana, ¿verdad, Bea? —vuelve Nerea a las andadas, que no quita ojo a la más pequeña de las *Princess*.

—¡Uy, pues es verdad, que eso no lo hemos especificado!... Así que los primos y hermanos tendrán que valer, si fuera el caso —dice Bea, en claro gesto de desprecio hacia la universitaria.

Silvia se ha quedado mirando su vaso, abstraída. Ese

asunto le toca la fibra. ¡Aún no ha besado a nadie, y sus amigas ya hablan de desnudarse delante de un chico!

—¿Estás bien? —le susurra Ana.

Silvia se recompone, como si la hubiesen despertado de golpe de un sueño.

—¿A quién le toca ahora? —Silvia mira directamente a Marcos, quien le evita la mirada—. Marcos... —dice bajito.

—Déjalo ya, Silvia. —David sale en defensa del chaval, pero no porque crea que el chico lo esté pasando mal sino porque sabe perfectamente que, después de Marcos, le tocará a él, y no le apetece nada seguir con el juego.

—Eso, ¡Marcos, te toca! Y tú, David, atento, que te toca después... —Estela ha hablado.

¿Qué preguntará Marcos? Tiene la mente en blanco. Todo el mundo espera impaciente. El chico se pone nervioso. Desde que ha llegado al bar no ha podido abrir la boca para comentar nada, y ahora, de repente, es su turno, y todo el mundo está pendiente de él.

El chico inspira profundamente. Parece que ya sabe qué preguntar.

—Yo nunca-nunca... —Marcos se interrumpe. ¿Qué le pasa? Todos esperan, expectantes. Hay un silencio sepulcral en la mesa—. Yo nunca-nunca... Yo nunca-nunca he tocado una canción en público.

Todos callan sin excepción. Y entonces, Marcos aprovecha el silencio para sacar rápidamente a su «pequeña» de la funda. Estela y Bea aplauden el gesto, emocionadas. El chico se cuelga la guitarra al cuello y, sin pedir permiso a nadie, ni en la mesa ni en el bar, se sube a la silla y, lentamente, toca una de sus mejores canciones.

Todo pasó como siempre, tan deprisa.
El amor tiene mil caras
y, por lo visto, yo no lo sabía.
¿Dónde quedan ahora
las risas en las calles
y las caricias a la luna?

Los primeros versos logran que se haga el silencio en todo el bar. ¡Hasta el encargado, que está detrás de la barra, parece aceptar que alguien toque en directo! Marcos se detiene, y observa cómo la gente lo mira con ojos relucientes. Empieza a tocar otra vez, con nuevos acordes; rasguea la guitarra para ponerle ritmo al asunto. La canción cambia a un tono rumbero muy bailable.

La gente empieza a batir palmas. Estela se anima y se pone a bailar al lado de la mesa. Silvia no se corta un pelo y la sigue. Ana y Bea hacen lo mismo. En tan sólo unos instantes, casi todo el bar se pone a bailar la rumba de Marcos.

Y si te digo ven conmigo.
Ven y cógete el abrigo,
fuera hace un viento frío.
No hay nada que me separe de mis amigos.

Mientras baila, Silvia mira a sus amigas; las ve felices, y eso, a su vez, la hace feliz a ella.

Nerea no baila: hoy le han ganado la batalla, y no soporta que haya tanta alegría a su alrededor. Ana y David se miran. El chico tiene ganas de bailar, pero algo se lo impide. Ana le sonríe pero, en realidad, está abatida.

Cuando Marcos acaba, todo el bar se deshace en aplausos.

—¡Chico, te invito a lo que quieras! —grita el encargado, contento y emocionado, recordando buenos tiempos.

Estela no lo puede evitar y, cuando Marcos baja de la silla, lo abraza con fuerza. Algo le dice que el chico ha hecho un gran esfuerzo, y eso se merece una recompensa.

El chico le devuelve la muestra de cariño con un espontáneo beso en la mejilla. Estela se queda de piedra. Le viene a la mente su Leo..., su Leo... Es como si el beso de Marcos hubiese valido por mil besos de Leo...

Capítulo 19

Ni un rayo de luna
filtrado me haya.
Ni una margarita
se diga mi hermana.
Tú me quieres nívea,
tú me quieres blanca,
tú me quieres alba.

ALFONSINA STORNI

Casa de Bea. Lunes noche

La casa de los Berruezo está muy solitaria. El padre está de viaje, como de costumbre, y la madre tiene hoy club de lectura.

Nada más llegar, Bea tira el casco encima de la mesa y corre a Internet a buscar a su querido Sergio. Lo ha echado de menos esta tarde.

Sergio dice: Hola

Bea dice: Hola! Acabo de llegar a casa.

Sergio dice: Tan tarde, qué has hecho?

Bea dice: Hemos estado en el Milano jugando al yo-nunca nunca

Sergio dice: Jajaja... Qué monas!

A Bea le decepciona el comentario. Esperaba algo como «Me habría gustado estar contigo», o «Te echo de menos»...

Bea dice: pues ha sido genial. Hemos descubierto cosas

Sergio dice: ¿Como cuáles?

Bea dice: Por ejemplo, que Marcos, el chico nuevo del instituto del que te hablé, canta superbién, que Nerea, ya sabes, es una mentirosa y que Silvia jamás se ha desnudado delante de ningún chico. Bueno, es que en realidad Silvia nunca ha besado a nadie!

Sergio dice: Y qué tiene eso de malo?

Bea tiene la sensación de que Sergio está defendiendo a su amiga. Los celos se la comen por dentro y, aunque no lo piense de verdad, escribe la frase siguiente y aprieta el *Enter*, mostrándola en la ventana del chat como una bomba.

Bea dice: Será que es una estrecha.

Bea espera sorprender a Sergio con ese comentario, pero la respuesta de su novio la deja a cuadros.

Sergio dice: Pues me parece muy romántico. Significa que no se enrolla con el primero que pasa.

Bea dice: Muy bien, me estás llamando guarra?

Sergio dice: Pero qué dices!

Bea dice: Bueno, yo he besado a más de un chico y eso no significa que no dé valor a los besos que te pueda dar a ti, por ejemplo.

Sergio dice: Que sí... No te enfades, vaaaa...

Bea dice: Es que dices unas cosas...

Sergio dice: Te vienes a cenar a casa? Venga, te invito

Bea dice: Ya, con Manu. Un lunes por la noche. No gracias. No me apetece matar zombis hoy

Sergio dice: Y si te digo que... tengo comida japonesa?

Bea dice: Y si te digo que... antes muerta que comer pescado crudo?

Sergio dice: Pues te sentaría bien, con lo deportista que eres. Pensaba que te gustaba la comida sana

Bea dice: Pues ya ves...

Sergio dice: ¿Una vuelta en moto? ¿Vamos a pintar grafitis?

Bea dice: Perdona, pero no estoy como para pasar la noche debajo de un puente. Mi madre llegará de un momento a otro y me tiene que pillar estudiando. No fuera de casa

Sergio dice: Bueno chica, parece que hoy no doy ni una contigo. Qué te pasa?

Bea dice: Nada...

Bea se siente avergonzada. Sabe que tiene un ataque de celos y que su actitud desmedida está fuera de lugar.

Bea dice: Te dejo, que llega mi madre

Sergio dice: Vale, venga. ¡Alegra esa cara!

Bea dice: Adiós!

Sergio: Una sonrisa?

El usuario Bea está fuera de línea.

En el mismo instante, en casa de los Ribero

Silvia está en su habitación, algo alterada. ¡La tarde en el Milano ha sido espectacular! Pone la radio a todo volumen y baila como si le fuera la vida en ello. Está contenta porque hoy ha descubierto una parte de sí misma que le resultaba desconocida.

Se tira en la cama resoplando; está nerviosa, y tiene la sensación de que ¡es capaz de todo! En un ataque de locura, coge un cojín de su cama y le da un beso, y otro, y otro... Se imagina que es el amor de su vida...

En ese momento, alguien abre la puerta de la habitación. ¡Qué vergüenza! Es David que, harto del ruido y la música, ha decidido ponerle fin. Cuando David ve a su hermana besándose con el cojín no puede evitar romper en una carcajada. Silvia salta del susto; su hermano la ha despertado de su ensoñación romántica y exaltada.

—Ese chico... Marcos... Te ha trastornado la cabeza —le dice mientras entra en el cuarto y baja por completo el volumen de su radio—. Ahora sólo te falta desnudarte delante de... ¡tu cojín! Jajajaja...

—¡Vale ya!, ¿no? —responde Silvia, sentándose en la cama, y contraataca—: ¿Y Nerea?

—¿Nerea, qué?

—Bueno... ¿Dónde la tienes escondida? —Silvia le lanza una indirecta bien directa a su hermano.

—En su casa..., como debe ser —contesta David. Entonces, su voz cambia a un tono más suave para preguntar—: ¿Y Ana?

Silvia no se lo puede creer: ¡David está preguntando por Ana!

—¿Puedo serte sincero? —confiesa el chico, casi en un susurro.

David se sienta en la cama, al lado de Silvia. No parece muy contento y, después de unos días de rebote con su hermana, parece que quiere hacer las paces.

—Silvia, yo... ¿Me guardas un secreto?

Ella respira hondo y se acomoda en el cabezal de la cama con las piernas cruzadas, coge su osito de peluche y lo pone en su regazo.

—Pues claro —responde.

—No sé por dónde empezar... —carraspea el muchacho—. La verdad es... La verdad es que Ana me gusta... Me gusta mucho...

—Ya..., y yo lo sabía desde el día en que vino a casa por primera vez, y tú te sonrojaste... Pero llevas un montón de días haciendo el tonto, y no entiendo algunas de las cosas que has hecho.

—¿Lo sabías? —la interrumpe. Luego hace una breve pausa en la que mira a su hermana—. Y si lo sabías, ¿por qué no me dijiste nada?

—No soy tu celestina, David. Además, a ella también le... —Silvia no está segura de si debe revelar el secreto de su amiga.

—Creo que sé lo que me vas a decir... Un día de fiesta me besó..., pero como iba borracha pensé que quizá..., en realidad... no... —David no sabe muy bien cómo expresarse; sabe que su hermana probablemente esté al corriente, pero necesitaba contárselo.

—Ya... No te enfades conmigo, ¿eh?, pero... ¿Sabes cómo está Ana? ¿No has leído su blog?

David se sorprende. No sabía que Ana escribiera un blog. Su hermana lo mira, piensa. ¿Debe preguntárselo y así salir de dudas? Sí, ya que él ha sacado el tema al preguntarle por Ana, y puesto que están hablando con total sinceridad, lo mejor será que ambos lleguen al meollo del asunto.

—¿Por qué no le respondiste los mensajes? —Silvia hace la pregunta definitiva.

—¿Qué mensajes? —reacciona su hermano.

—David... ¿Eres tonto o sólo lo pareces? —Silvia se pone a la defensiva.

—¡No, en serio! —David se levanta de la cama y saca su teléfono del bolsillo—. Sé que soy algo desastre con el teléfono..., y que a veces no lo cojo..., que se me olvida llamar a la gente... ¡Pero siempre respondo los SMS!

—Pues no lo entiendo. Ana te ha enviado varios mensajes... Yo los he visto, y los he leído, ¡Ana me los ha enseñado!... ¿Tienes amnesia, o qué te pasa?

¿Es capaz su hermano de mentirle de esa manera?

Más tarde, en casa de Estela

Estela llama a Leo. Necesita llamarlo, conversar... Estela quiere mimos. Pero, para variar, Leo no responde al teléfono. En su lugar, le atiende el contestador:

Hola, soy Leo. Si escuchas esto es que estoy, pero no estoy. ¿Dónde estoy? Cuando escuches la señal, déjame un mensaje y, si no tienes prisa, escríbelo en una botella y tíralo al mar. Créeme, me va a llegar igual.

¡¡¡Piiii!!!

Estela no dice nada, y cuelga. Se agobia mucho, y más, después de haber tenido una tarde tan divertida con sus amigas y Marcos. Marcos... ¡Marcos! No se puede quitar de la cabeza la canción de Marcos...

Desanimada, se pone el pijama y se dirige a la cocina. En los fogones hay una olla con espaguetis. Los calienta en el microondas y se los come de pie, en silencio y escuchando el tictac del horrible reloj de la cocina.

No sabe muy bien por qué, pero come más rápido de lo habitual. Piensa que no le gusta nada depender tanto de alguien, y que la historia de Leo no va a ningún lado pero que, aun así, la tiene enganchada sobremanera. ¡Tampoco puede dejar de pensar en él!

Se siente extraña. Tiene mucho calor y le pica todo el cuerpo. No sabe qué le pasa. La cabeza le da vueltas, y está mareada. Como si estuviera borracha pero sin la alegría. Todo se mueve a su alrededor. No se encuentra bien, y empieza a sentir el cuerpo de una forma más intensa. Respira cada vez más rápido, y el corazón se le acelera. «¿Qué me pasa?» Está asustada, y el mareo es cada vez mayor. Tiene una sensación de irrealidad bestial, y está convencida de que va a desmayarse. Sale corriendo al baño y vomita toda la comida. Dos minutos más tarde, ya se siente mejor. El mareo ha desaparecido y el corazón ya no le late tan deprisa como antes pero, por alguna extraña razón, tiene más miedo. Como si estuviera a punto de pasar algo horroroso y ella lo presintiera.

Capítulo 20

Te lo he dicho con el viento,
jugueteando como animalillo en la arena
o iracundo como órgano impetuoso;

Te lo he dicho con el sol,
que dora desnudos cuerpos juveniles
y sonríe en todas las cosas inocentes.

LUIS CERNUDA

Viernes por la tarde

Ésta ha sido una semana llena de lecciones para todos. Marcos se ha dado cuenta, por fin, de que si confía en sí mismo, los demás también lo harán. Se siente más integrado en el grupo de las *Princess* y empieza a ver a Estela con otros ojos. Ana, aunque sigue angustiada y sin entender demasiado bien cómo alguien como David prefiere a Nerea antes que a ella, también ha aprendido algo: amar de verdad lo hace a uno afortunado. Estela lleva cinco días volcada en Leo. Han tenido sus sesiones de cibersexo habituales y han ensayado muchísimo. Aunque no se puede quitar a Marcos de la cabeza, Leo la tiene como hipnotizada. Es como una adicción muy difícil de dejar. Silvia no puede dejar de pensar en su hermano y en Ana. Está dispuesta a descubrir el porqué del malentendido que ha habido entre ellos. Por eso monta una reunión en el Milano con las chicas, su hermano y Nerea. No sabe muy bien cómo, pero Ana y su hermano tienen que acabar juntos.

Poco después, en el Milano

Los primeros en llegar son Bea y Sergio. Llevan una semana sin verse, y Bea anda nerviosa pero también con ganas de exhibirlo delante del resto de *Princess* para acallar rumores. Ambos se sientan, pillan sillas para todos y se piden una cerveza. Ella está contenta y relajada hasta que aparece Silvia. Eso le recuerda la última conversación por chat que tuvo con Sergio.

—Hola, chicos —saluda la recién llegada, quitándose los cascos y dejando la bolsa encima de la mesa—. ¿No ha llegado nadie más?

—¿No tienes bastante con nosotros? —contesta Bea.

Por suerte, Silvia no percibe el tono defensivo en su voz, distraída como está llamando a Estela y a Marcos, que acaban de entrar en el bar.

—Qué bonita la parejita —bromea Bea con ellos.

—Nos hemos encontrado por casualidad —aclara Marcos.

Lo que no sabe el chico es que a Estela no le van las casualidades. Más bien, las provoca ella. Se ha tirado veinte minutos escondida detrás de un árbol cerca del Milano y, cuando lo ha visto pasar, ha salido disparada. Han estado charlando de música durante el resto de trayecto, y la verdad es que Marcos ya no se siente tan apabullado con ella, y Estela no siente tampoco la necesidad de montar tantos números para llamar su atención. Ambos se han mostrado muy cómodos. Parece que se están haciendo amigos.

Todos llegan en cuestión de segundos. Todos, menos Ana. «Mira que como no venga», piensa Silvia. Parece que todo marcha a la perfección. David y Nerea están en la mesa de al lado; la universitaria está tan enganchada a su hermano que parece una lapa. El bar está a tope y no cabe ni un alfiler.

Mientras, en el parque

Ana deja de escribir en su libreta, mira la hora y se da cuenta de que llega tarde. Le da pereza ir al Milano y que Nerea la vuelva a humillar, pero por otro lado necesita ver a David. «Cómo puedo estar tan colgada por un tío que pasa tanto de mí...», se lamenta.

Cuando llega al bar, lo primero que divisa es la mesa donde están todos. En efecto, David y Nerea se sientan juntos, y están al lado de Silvia. Bea está junto a Sergio, y Estela, con Marcos. «Y yo, ¿dónde narices me siento yo?» De repente, le entran unas ganas tremendas de salir corriendo. Se queda plantada en medio del bar, como paralizada. La voz de Estela la despierta antes de que pueda decidirse y huya de ahí:

—Ana, princesa, ¡estamos aquí! —le grita desde la otra punta.

Ana disimula, como si no los hubiera visto antes, y se dirige hacia la mesa. Sigue sin saber dónde va a sentarse. Se siente un poco colgada. Silvia se da cuenta, y en seguida encuentra una solución para su amiga.

—Tranquila, yo te consigo una silla —la anima, levantándose y cogiendo una que tiene detrás—. La ponemos aquí. Ven.

Ana intenta pasar por en medio de las dos mesas y, sin querer, tira con la mochila una de las cervezas encima de

Nerea. Al darse cuenta, se pone tan nerviosa que se vuelve, pierde el equilibrio y se cae... ¡encima de David!

—¡Pero niña! ¿Qué haces? —la increpa Nerea.

—Lo siento, yo... —dice aturullada, sin poder levantarse. Se muere de vergüenza. El bar está tan lleno que parece cosa del destino, y Ana está encajada entre David y la silla. No se puede mover, y Nerea está fuera de sí.

—¡Este jersey era nuevo! ¡Lo has hecho adrede, mosquita muerta! —chilla, al tiempo que arranca todas las servilletas del servilletero e intenta secarse el jersey.

—¡Oye, no te pases! Mi amiga no haría nunca eso adrede —la defiende Estela.

—No, tu amiga sólo manda mensajitos tontos a los novios de los demás —suelta Nerea, sin darse cuenta de que estas palabras la acaban de delatar.

David se levanta de golpe, lo que obliga a Ana a levantarse también.

—¿De qué mensajes hablas? Yo no he recibido ningún mensaje de Ana.

—¿Cómo que no? —pregunta ésta desconcertada.

Entonces David recuerda el día en que se le borró un mensaje de Ana.

—Bueno, recibí uno y lo borré por error, pero sólo fue uno. ¿Me mandaste más?

Ana mira al chico acongojada.

—¿Qué decía? —pregunta él. Mira a Ana e insiste—: En serio, Ana. No he recibido ningún otro mensaje tuyo.

Ana tiene lágrimas en los ojos.

—¿Qué pasa aquí? Me lo puede explicar alguien? Porque yo no entiendo nada y..., y... —La chica solloza.

—¿Lo ves? Una niña, mira cómo se pone por una tontería. Déjalo ya, vámonos. ¿Cómo puedes estar pendiente de esta «tontalaba»?

Silvia la acusa con el dedo y exclama:

—¡Lo sabía!

Nerea mira temerosa a la hermana del chico que le gusta.

—No sé de qué estás hablando —intenta excusarse.

—A ver si esto te refresca la memoria —le dice Ana, fuera de sí. No puede creer que Nerea, por mucho que compita con ella por el amor de David, haya sido capaz de hacerle tanto daño. Saca el móvil del bolsillo y lee—: *Déjame en paz, niñata tontalaba.*

—No sé de qué me hablas —insiste Nerea.

—Basta, Nerea. Estás haciendo el ridículo.

David está muy serio. No se lo va a perdonar nunca.

«Qué miedo, me recuerda a papá», piensa Silvia.

—Márchate —prosigue el chico apenado, con voz de hielo—. Es lo mejor que puedes hacer.

En medio de este espectáculo, Sergio le susurra a Bea:

—¿Siempre montáis estos números, o es porque he venido yo?

—Ya sabes —le responde Silvia, que, aunque el chico haya murmurado bajito, lo ha oído—, «el mundo es un escenario». —Y le lanza una mirada cómplice.

Sergio se la queda mirando y le devuelve el gesto. Silvia no aparta la vista. Bea se queda algo mosca con ese juego de miradas. Si supiera que han estado chateando a sus espaldas, le daría un infarto, ¡y entonces sí que se montaría un espectáculo de aúpa!

Pero la escena que en esos momentos se está representando no se ha acabado todavía. David mira a Ana a los ojos y le dice:

—Yo nunca te llamaría tontalaba. Deberías saberlo.

—Ahora sí que lo sé. Lo siento mucho por haber dudado de ti —le confiesa ella, con los ojos llorosos.

—Yo sí que lo siento. Empecemos desde cero, ¿vale?

—Vale... —contesta la chica, sin saber muy bien qué significa eso. ¿Vuelven a ser... sólo amigos?

—¿Que decía tu primer mensaje? —le pregunta él.

La mesa permanece en silencio observando a la pareja como si estuvieran en el cine viendo una comedia romántica.

Ana se decide. Saca su móvil del bolso y lee en voz alta:

Siento lo del beso y si quieres me gustaría mucho quedar contigo para contarte mi punto de vista.

—¿Te puedo contestar ahora? —le pregunta David.

—Por favor —contesta ella.

El chico coge su teléfono y escribe. Al instante se oye pitar el teléfono de Ana: mensaje recibido. Ana sonríe, temerosa también de leerlo. David espera. Ana lee: *Yo no lo siento para nada*. Entonces, él acerca su mano al rostro de Ana, le aparta el pelo de la cara y, de la forma más tierna posible, la besa.

Después del beso, Ana lo mira y dice:

—Abrázame fuerte.

Todos deciden que ha llegado el momento de dejar solos a los enamorados e irse a cenar. Silvia se retira a casa. Se despide de todos y comenta que hoy le apetece ir al cine sola.

—¿Qué vas a ver?—le pregunta Sergio, intrigado.

—Aún no lo sé. —Ella le sonríe—. Me pasaré por el

Texas, las que suelen echar no están mal. ¿Vas a casa, Marcos?

—Sí, vamos. Pienso pasarme la noche componiendo. Ése es el plan que me apetece —contesta su vecino, sonriendo. Antes de marcharse, le guiña un ojo a Estela, a quien el gesto sorprende gratamente.

Sergio observa cómo Silvia sale del bar. «¿Por qué la sigo siempre con la mirada?», se pregunta con miedo a responderse. Bea se pone el casco, dispuesta a irse también. Mientras Sergio y ella salen en busca de la moto de éste, se pregunta qué emociones le esperarán esta noche. Al subir al vehículo, abraza bien fuerte al chico y se deja llevar. Le gusta cerrar los ojos e imaginar por dónde la lleva, qué camino ha escogido, qué calles cruzan. De repente, se detienen. Bea abre los ojos y se da cuenta de que su novio la ha llevado a casa. No entiende demasiado bien cuál es el plan. «Igual quiere conocer a mi madre.» Entonces Sergio se sincera:

—¿Te importa si esta noche no hacemos nada? Estoy cansado, y necesito un poco de espacio.

—¿«Espacio»? ¿Qué quieres decir? —pregunta la chica con recelo.

—Que hoy me apetece estar solo.

—Bueno, como quieras —responde ella, rebotada—. Pero no entiendo a la gente que prefiere estar sola que con alguien que le gusta.

—Si te dijera que tengo que trabajar, ¿te quedarías más tranquila?

—Pues sí —contesta Bea con algo de retintín.

—Pues esta noche necesito pintar. Llevo días sin hacerlo.

—¿Eso es un trabajo?

—No. Eso es mi vida. Me duele que no me entiendas.

Sergio coge la moto y deja a Bea con la palabra en la boca.

En el Texas

Silvia ya se ha comprado la entrada y las palomitas, y está en la tercera fila esperando que empiece la película. Se siente muy bien. Ir sola al cine le gusta muchísimo. La ayuda a concentrarse y de alguna manera se siente independiente. Está feliz por su amiga Ana, y sigue pensando que Bea y Sergio no pegan ni con cola. El cine está bastante lleno. Casi todos son grupitos y parejitas. Pocas personas van solas. Se vuelve y observa a la gente, fantasea con que conocerá a un chico guapo que también habrá ido solo al cine, y que se enamorarán. Hay una pareja de ancianos, un grupito de treintañeros, dos familias, otra parejita, y un chico que se parece a Sergio. «¡No puede ser!», piensa Silvia, y se encoge en su butaca intentando esconderse. «¿Será posible que Sergio se haya venido al cine... por mí?», se pregunta.

No se lo puede creer. No tiene claro si es su imaginación que le ha jugado una mala pasada, o si Sergio era realmente el chico de la fila siete.

Se va a pasar toda la película con un nudo en el estómago.

Mientras, en el Milano

Ana y David siguen sentados a la misma mesa, y no paran de hablar. Por fin se han relajado y parece que la diferencia de edad ya no les importe. Han desaparecido los miedos, los malentendidos y, lo que es más importante, Nerea. Están todo el rato cogidos de la mano y no pueden evitar besarse cada dos por tres. Besos eternos que saben a gloria. «Se nota que David es mayor. ¡Qué bien besa!», piensa la chica.

«Qué bien huele...», piensa a su vez él, mientras la besa en la cabeza de una forma muy cariñosa.

Ana no escribe todavía su nueva entrada, pero lo hará cuando llegue a casa.

Nueva entrada:

Enamorada

No sabría dar con la clave del amor, pero una cosa tengo clara: la confianza y la paciencia son muy importantes. Si tienes una corazonada y confías en que alguien te ama, es que te ama. No hay más. Y las personas que se aman tienen que estar juntas. La vida es complicada, y a veces los malentendidos pueden destruir el amor. Pero si tienes paciencia, todo se pondrá en su lugar. Me siento enamorada, y lo digo sin miedo y en voz alta, porque estoy enamorada de alguien que también lo está de mí. Parece una obviedad, pero no es así. Lo más difícil en el amor es amar y ser correspondido. Y, para ser correspondido, no hace falta preguntar. Con sentir, ya basta. Y yo lo siento.

¡Lo siento muchísimo!

Lo siento dentro de mí. Lo siento. Siento el amor. Qué bien estar enamorada. Por fin, estoy en paz.

Firmado:
Blancanieves

Unas horas más tarde, en casa de Silvia

Lo primero que hace Silvia al llegar a casa es conectarse a Facebook. Está intrigadísima y se muere de ganas de saber si el chico misterioso era Sergio o no. En cuanto se conecta, el chico ya está en el chat.

Silvia dice: Hola

Sergio dice: k tal? kmo a ido el cine?

Silvia dice: Bien, la peli malilla pero me he relajado, que es lo k kería.

Sergio dice: Bueno, tampoco era tan mala no?

Silvia dice: Eras tú!!!

Sergio dice: jajaja, sí, me has visto. Qué vergüenza. Pensarás k estoy colgado.

Silvia dice: xq no me has dicho nada?

Sergio dice: Me ha dado corte...

Silvia dice: komo se te ha ocurrido ir al cine a ver la peli?

Sergio dice: La verdad es k fui a verte a ti.

Silvia no está segura de si lo que el chico acaba de escribir es una broma o no, así que ella bromea también. En realidad, no quiere pensar que sí puede haber algo de cierto en lo que ha dicho Sergio.

Silvia dice: jajajaja... No me lo creo.

Sergio dice: En serio. Te mueves mucho cuando miras una película, y por lo que parece te entra frío después de comer xq te has puesto la chaqueta. Ah!, y llevas gafas...

Silvia dice: Sí, llevo gafas para leer. Si no imposible ver los subtítulos! Qué fuerte!

Sergio dice: Estás guapísima con gafas... Tan guapa que ya ves, no he podido quitarte la vista de encima.

De repente, nadie escribe en el chat. Los dos saben que lo que están haciendo no está bien. No, no está bien.

Sergio es quien lanza la pregunta:

Sergio: Te aptc k kdemos un día?

«Pues claro que me apetece —piensa Silvia—. Pero este chico va un poco a saco, ¿no? ¡Está saliendo con una de mis mejores amigas!»

Silvia dice: Y k pasa con Bea?

Sergio dice: Sí, tb me gustaría que habláramos de ella.

Silvia dice: No sé si hacemos bien Sergio. Bea es mi amiga.

Sergio dice: Por favor... mañana por tarde?

Silvia dice: Dónde?

Sergio dice: Doy clases de dibujo cerca de una placita que se llama plaza de la Libertad

Silvia dice: Qué bonito nombre. A k hora sales?
Sergio dice: A las 20.00.
Silvia dice: pues a las 20.15 en la plaza
Sergio dice: Perfecto. Nos vemos el lunes y hablamos.
Silvia dice: De acuerdo. Adiós
Sergio dice: @dios :-)

Capítulo 21

Es una lástima que no estés conmigo
cuando miro el reloj y son las cuatro
y acabo la planilla y pienso diez minutos
y estiro las piernas como todas las tardes
y hago así con los hombros para aflojar la espalda
y me doblo los dedos y les saco mentiras.

MARIO BENEDETTI

Casa de Marcos, sábado por la mañana

Suena el timbre en casa de Marcos. La señora Soler va a abrir la puerta, convencida de que es algún vendedor ambulante y, al hacerlo, la ve a ella. Una chica con una pinta muy extraña, con el pelo rojo, rastas y un *piercing* en la nariz. De entrada, no le gusta nada.

—Hola —dice Estela quitándose los cascos—. ¿Está Marcos?

—Sí, creo que está en su cuarto —contesta la madre, con la voz entrecortada por la impresión que se ha llevado al ver a la chica.

—¿Puedo pasar?

—Sí pasa, pasa, perdona —se disculpa la señora, que parece que ha visto un fantasma—. ¡Marcos, tienes visita!

El chico se despierta sobresaltado con los gritos de su madre. Está echado en la cama, con la guitarra encima, y vestido con la misma ropa del día anterior. Se ha pasado la noche componiendo y tocando hasta quedarse dormido.

Como su madre vea que ha dormido vestido, le va a caer una bronca de las de campeonato.

Estela y la madre de Marcos andan todo el pasillo de la casa sin decir nada. La chica va detrás, y la madre no hace ni un solo gesto para que la amiga de su hijo se sienta cómoda. Llegan a la habitación del muchacho y, al abrir la puerta, la señora Soler dice:

—Marcos, despierta, que ha venido tu amiga... —La mujer hace una pausa al darse cuenta de que ni siquiera le ha preguntado cómo se llama.

—Estela —contesta la chica con una sonrisa que la madre no sabe interpretar.

—Sí, perdona, que no te había preguntado. —La madre vuelve a repasar a la muchacha de arriba abajo, y luego hace lo mismo con su hijo—. Qué pinta me llevas, Marcos, ya has vuelto a dormir vestido, ¿no?

—Sí, bueno... —contesta el chico, algo avergonzado ante la presencia de su amiga.

Estela relaja el ambiente con una gran carcajada. La señora Soler la recibe con sorpresa, pero a la vez piensa que si la chica es muy extraña, su hijo lo es todavía más. «Tal para cual», piensa. Y antes de irse, dice:

—Os dejo.

Los dos chicos se miran y se parten de risa. Luego se quedan callados un rato. Marcos no entiende muy bien qué hace Estela en su casa un sábado a las once de la mañana, y ella se siente un pelín cortada.

—Así que duermes vestido... Ahora entiendo por qué tienes siempre cara de recién levantado.

—Bueno, ahora estoy recién levantado —aclara el chico—. ¿A qué se debe esta visita inesperada?

Estela no contesta y curiosea por la habitación: está llena de trastos y de cajas sin vaciar... Mira los libros, la música y los diferentes instrumentos extraños que colecciona Marcos... Descubre un piano pequeñito con un tubo.

—¿Qué es esto? ¿Cómo funciona? —pregunta curiosa, cogiendo el peculiar instrumento de la estantería.

—Es un piano que se toca con la boca. Soplas por el tubo y le das a las teclas.

—¡Como un piano de viento! ¡Qué diver! ¿Cómo se llama? —pregunta intrigada.

—Es una melódica.

—¿Melódica? —repite la chica con la boca ya metida dentro del tubo—. Parece el nombre de un grupo de música... ¡LA MELÓDICA!

Se pone a tocar. No tiene ni idea de cómo se hace, pero la chica es muy intuitiva, y parece que no le sale del todo mal. Resopla a la vez que abre los ojos con fuerza, y mira a Marcos. Entonces deja de soplar y dice:

—Doy clases de música en el teatro.

—¿Y qué instrumento tocas? —pregunta él, interesado.

—Ninguno. Doy clases de canto, quería decir. Me gusta cantar pero creo que necesitaría saber un poco de solfeo. ¿Podrías enseñarme?

—¿Yo? —contesta Marcos un poco desconcertado.

—Sí, me gustaría mucho saber algo de música. Escribo letras y tengo nociones de canto; pero de música, ni idea. Me gustaría saber tocar la guitarra, o el piano, ¡o la melódica! —exclama ella, guiñándole el ojo y con una gran sonrisa.

—¡Para, para! —le interrumpe Marcos—. ¿Te crees que esto se aprende en dos minutos? La carrera de guitarra dura más de diez años, y la de piano, ni te cuento. Yo llevo años practicando.

—¿Qué quieres decir con eso? ¿Que no me ves capaz de aprender o que no quieres darme clases?

Marcos no sale de su asombro: ¡Estela se ha presentado en su casa para que le dé clases de guitarra! Esta chica es una caja de sorpresas. La idea no le desagrada, estaría bien tener una compañera para practicar. Pero ¿no será una excusa para ligar con él? Él no es en absoluto creído, pero está más que claro que le gusta a Estela. Y a Marcos le irrita que la gente no se tome la música en serio. Para él es algo muy importante. Y, ahora mismo, no se fía de las verdaderas intenciones de Estela.

Mientras, en casa de Manu y Sergio

Sergio se ha levantado más ansioso de lo normal. No tiene clase de pintura hasta las cinco de la tarde, y hoy se ha levantado sobre las diez de la mañana. Lo habitual es que, al aprovechar las noches para pintar grafitis, no se levante antes de las doce del mediodía. Parece estresado. Pone la música a tope y se prepara un café con leche y unas tostadas. Manu se despierta con tanto ruido. Sale de su cuarto, que está junto a la cocina y, sin que su primo se dé cuenta, coge la taza de café aún caliente de Sergio y le da un sorbo.

—¡Primo! Eres un gorrón, sabes que no soporto que hagas eso.

—Me has despertado, tío. ¿Se puede saber a qué viene este follón? ¿Adónde vas tan pronto?

—Pues no lo sé. No tengo clase hasta las cinco.

—¿Has quedado con Bea? —pregunta el otro.

Antes de contestar a Manu, Sergio ya se siente mal. Se acaba de dar cuenta de que se ha levantado alegre porque había quedado con Silvia y no con Bea. Sabe que eso no está bien, pero no puede evitar sentir lo que siente. Está hecho un lío.

—No. He quedado con Silvia al salir de clase —confiesa.

—Uy... Que nos estamos metiendo en un buen lío...

—No sé qué me pasa, primo. Pero desde el primer día... Hay algo en Silvia que... Te lo digo de verdad; creo que voy a ser sincero con ella y se lo voy a contar.

—No lo hagas —dice Manu muy en serio.

—¿Por qué?

—Porque no lo tienes claro. No la cagues como siempre.

Manu tiene razón. Sergio es un chico muy impulsivo y siempre tiene la necesidad de actuar. Va demasiado rápido. Sabe que le gusta Silvia, pero también le gusta Bea, aunque las cosas entre ellos no parezcan fluir con facilidad. Su problema es que no está totalmente seguro de que le guste a Silvia.

—Necesito saber, Manu.

—¿Saber qué?

—¡Si le gusto! Si no le gustara, todo sería más fácil.

Manu se sienta a la mesa, abre el frasco de mermelada, mete el dedo hasta el fondo, lo chupa y dice:

—¡Mujeres! No podemos vivir ni con ellas ni sin ellas.

Sergio se ríe. Su primo es así. Sabe que después de esa frase tan típica y tópica les espera una buena charla.

Más tarde, en el parque

Marcos ha decidido salir a pasear a *Atreyu* con Estela. No tiene muy claro que esto de la música vaya en serio, y quiere asegurarse. Van a una zona del parque que está algo escondida, llena de palmeras y arbustos mal cuidados. A la gente no le gusta porque es una zona demasiado agreste, pero a Marcos y a su perro les encanta. Sobre todo a *Atreyu*, que sabe que puede correr con libertad y husmear por donde le plazca. Los chicos se sientan debajo de una de las palmeras, y Marcos saca su guitarra.

—¿Por qué yo, Estela? Si vas a clases de teatro, podrías apuntarte también a clases de música. ¿Por qué quieres que te enseñe yo?

—Porque ya me ha costado bastante convencer a mi familia para hacer teatro como para decirles ahora que quiero cantar. No me tomarán en serio...

—Entiendo. A veces es difícil —contesta Marcos, abrazando la guitarra.

—¿El qué?

—Pues eso. ¿Te crees que a mi madre le gusta o entiende que esté todo el día con la guitarra? Ella lo considera una pérdida de tiempo. No está nada orgullosa de mí en ese sentido.

—¿Por qué pasa eso, Marcos? ¿Por qué si aspiramos a ser médicos o abogados, nuestros padres se sienten bien, pero si queremos dedicarnos al mundo del arte piensan que nos equivocamos?

—No lo sé, pero es verdad que lo tenemos más difícil que los demás.

—¡Muy difícil! Porque, para colmo, el artista depende del reconocimiento de la gente.

—¡Exacto! —contesta Marcos, emocionado, como si lo acabara de descubrir en ese mismo instante—. Es importante que los que te quieren te digan que lo haces bien, que tienes talento, y que te apoyen... Nadie me ha dicho nunca que tengo talento, ni me ha animado, ni nada por el estilo...

—No me lo creo. ¡Pero si el otro día, cuando tocabas en el bar, nos dejaste a todas flipando! —le recuerda Estela.

—Era la primera vez que tocaba con público. Nunca-nunca, ¿recuerdas?

—Fuiste muy valiente, Marcos. Yo también soy muy vergonzosa en ese sentido.

—¿Vergonzosa, tú? No me lo creo.

—En serio. Créeme. Puedo ser muy extrovertida y habladora.

—Lo eres.

—... y a la vez ser vergonzosa.

—Quizá sí. Pero eres fuerte. Me gusta la gente fuerte.

Estela guarda silencio. Lo que le ha dicho Marcos le gusta y no le gusta. Es verdad que es fuerte, pero también es tremendamente frágil y sensible.

—Muchas veces tengo miedo —confiesa.

—¿De qué?

—De casi todo. Tú sí que eres fuerte. Has superado la muerte de tu padre.

—¿Quién te ha dicho que la he superado?

—Bueno, estás aquí.

—Sí claro, pero los días son muy duros. Tú puedes luchar para conseguir ese reconocimiento que tu familia no te ofrece. A mí ya no me da tiempo. Mi padre era el único de mi familia a quien le gustaba la música. El único que igual, algún día, se podría haber sentido orgulloso de mí. Ahora ya no tengo a nadie.

—No digas eso. Tienes a tu madre. El reto es mucho más difícil, pero no imposible. Creo que podemos intentarlo juntos. En serio, Marcos, ¿puedes darme clases de guitarra? Dame una oportunidad.

—No sé, no sé... ¿Tú qué dices, *Atreyu*? —En cuanto oye su nombre, el perro corre a su encuentro y se abalanza sobre él—. Creo que esto es un sí —le dice el chico a Estela, y le guiña un ojo.

Ocho de la tarde en la plaza de la Libertad

Silvia es incapaz de llegar tarde a una cita, pero también lo es de llegar puntual. Un cuarto de hora antes, sentada en un bar de la plaza de la Libertad, espera a que Sergio salga de la academia. Está sentada en una terraza, aunque hace un frío que pela, para poder ver al chico cuando salga. Se ha pedido un té con leche.

Saca de la mochila un libro de poemas de Mario Benedetti y se pone a leer. De vez en cuando tiene que releer algunos de los versos porque, nerviosa como está, se distrae pensando en la cita y no se entera de lo que ha leído. Bueno, la verdad es que no puede dejar de pensar en Sergio. Está realmente nerviosa. Sabe que el chico quiere decirle algo importante porque, si no fuera así, la cita no tendría ningún sentido.

El otro día, en el chat, le insinuó que quería hablar de Bea. A lo mejor le quiere preguntar cosas como qué le podría regalar para su cumpleaños, o adónde la puede llevar de viaje. Pero lo cierto es que Silvia se está haciendo ilusiones. ¿Ilusiones para nada? Tal vez sea lo mejor. No está nada bien liarse con el novio de una amiga, y Silvia, tal y como es ella, no lo haría jamás. Antes que eso, Bea y Sergio tendrían que cortar, a su amiga no tendría que importarle que Silvia empezara algo con su ex y ella tendría que estar convencida de que él es el hombre de su vida. ¡Dios! ¡Qué complicado! Toma un sorbo de té y se da cuenta de que está helado. Mira la hora. Son las ocho y media. Qué extraño... Una de las cosas que Sergio y ella tienen en común es que no suelen retrasarse. Bueno, eso es lo que le dijo él un día por chat.

Silvia se ha despistado y no ha estado todo el rato controlando la puerta, pero si el chico hubiera salido, la habría visto. ¿Y si la ha visto y se ha marchado? ¿Y si se ha arrepentido? ¿Y si Bea ha ido a buscarlo por sorpresa? Silvia no sabe muy bien qué hacer ni qué pensar. ¿Lo llama? Decide esperar unos minutos.

Esos minutos se le hacen eternos. Ya no aguanta más. Coge el móvil temblorosa y se decide. Salta el buzón de voz, y ella duda si dejar un mensaje o no; al final lo hace.

Hola Sergio, soy Silvia. Nada, que estoy aquí en el bar de la plaza, delante de la academia. Bueno, no sé... Espero un rato más. Supongo que estarás liado con una reunión o algo, ¿no?

Cuelga el teléfono con un mal rollo enorme. No tiene demasiado claro que él esté en la academia. Son casi las nueve de la noche. Entonces observa a un señor que sale; parece el conserje. Cierra la puerta con llave y se marcha. Está claro. No queda nadie dentro, y Sergio no se ha presentado.

Silvia deja el dinero del té con leche encima de la mesa y se marcha corriendo.

—¡Chica, que te dejas el cambio! —le grita el camarero.

—¡Para ti! —contesta Silvia desde lejos con la voz entrecortada.

Está muerta de frío. No tiene ganas de hablar con nadie. Sólo quiere que pasen las horas para encontrar una respuesta en su móvil. Entonces se decide. Lo apaga y se mete en el primer cine que encuentra. No sabe ni por qué ha entrado. No le importa. No quiere pensar.

Unas horas antes, en casa de Sergio

Sergio y Manu acaban de comer. Están con los cafés cuando llaman a la puerta. Es el vecino, Vladimir, que va allí con una botella de vodka. Acaba de llegar de Moscú y lo quiere celebrar con sus vecinos.

—¡Vladimir! Has vuelto —dice Sergio, emocionado.

—Chicos, os he echado de menos. Un chupito para celebrarlo.

Vladimir también pinta, aunque lo suyo es ser pintor de fachadas. Lleva más de tres años viviendo en España y, gracias a Sergio y Manu, habla un castellano casi perfecto. Es el típico vecino que se presenta sin avisar, que tiene una novia diferente cada mes y a quien le encanta el fútbol. Lo han echado mucho de menos en los dos meses en que ha estado fuera. Es de esas personas que parece que no están, pero que hacen tanta compañía que en seguida se las echa en falta. Les explica que su familia está bien, que no sabe cuándo podrá volver y que se alegra de que todavía vivan en el piso de al lado.

Tres chupitos más tarde, Sergio se da cuenta de que llega tarde a sus clases.

—Chicos, me tengo que marchar.

—Pero si sólo te has tomado tres chupitos de nada —bromea Vladimir.

—En serio, que tengo que dar clase y conducir. Un profesor que llega a clase borracho no queda nada serio.

Sergio sale a la calle un pelín mareado. Tal vez no tendría que coger la moto, pero son casi las cinco, llega tarde a clase, y luego ha quedado con Silvia. ¿Qué le va a contar? ¿Que no ha cogido la moto porque iba bebido a las cinco de la tarde? Ni hablar.

Se pone el casco. Sube a la moto y le da gas. Parado en un semáforo a dos manzanas de la plaza, se pone a pensar en Silvia. No tiene muy claro lo que le va a decir. Tal vez tenga razón Manu y, en el caso de no tener las cosas claras, lo mejor sería no hacer nada, pero entonces tendría que anular su cita con ella.

Mientras piensa en todo eso, el semáforo se ha puesto en verde y el chico sigue ensimismado. Entonces, el coche de detrás le pita muy fuerte. Sergio se asusta y cae de lado. Es un golpe tonto, pero la moto le cae encima, le aplasta la pierna contra el bordillo y hace palanca. Sergio pierde el conocimiento.

Menos de media hora después, se encuentra en el hospital, a punto de que lo operen de urgencia y con una posible retirada de carné por superar la tasa de alcohol permitida.

Capítulo 22

¡Qué bonita es la princesa!
¡Qué traviesa!
¡Qué bonita
la princesa pequeñita
de los cuadros de Watteau!
Yo la miro, ¡yo la admiro,
yo la adoro!
Si suspira, yo suspiro;
si ella llora, también lloro;
si ella ríe, río yo.

MANUEL MACHADO

En el gimnasio municipal, domingo por la mañana

Bea no puede parar de correr. Lleva un montón de rato corriendo y parece que le va a saltar el corazón. No le gustan demasiado las cintas, ella es más de correr en la calle, pero a veces las luces, los coches o los árboles la distraen. En la cinta del gimnasio puede correr, y nada más que correr. Parece una modelo. Con sus mallas negras, su coletero rosa y su top apretado blanco a juego con las zapatillas. También lleva un pulsímetro en la muñeca para medir los latidos de su corazón.

A su alrededor sólo ve gente mayor.

«¿Quién va al gimnasio un domingo por la mañana? Viejos y gente rara», se dice. Lleva todo el fin de semana sin salir, y superagobiada, pensando en Sergio. Le pidió espacio, así que ella no piensa llamarlo. Lo tiene claro. Es demasiado orgullosa.

—Chica, para, que llevas más de una hora —le dice un monitor.

—Sí, creo que ya tengo suficiente —contesta Bea resoplando, y aprieta el botón de *stop* de la máquina.

Salta de la cinta, bebe agua y, sin cambiarse siquiera, vuelve a casa. Por el camino, sopesa la posibilidad de llamar a Sergio, pero sigue pensando que no es una buena idea. «Cuando llegue a casa me conecto al Messenger.»

Y así lo hace. Al llegar, lo primero que hace es encerrarse en su cuarto y abrir el ordenador. Ni rastro del chico. Curiosea en su pestaña de favoritos buscando alguna web interesante para leer. Y se encuentra con el blog de Blancanieves. Parece que Ana ha colgado una nueva entrada:

Nueva entrada:

Mirada de Princesa

Tiene mirada de princesa. La veo, la observo y me pregunto: «¿Dónde estará el fallo?». Creo que no lo hay. ¿Será ése el fallo? Hay que encontrarlo para intentar superarlo. Pero ¿cómo superar algo que es demasiado perfecto? No se puede.

Tenía ese sentimiento hace un tiempo, cuando mi amado no estaba conmigo, sino con ella, con la mujer perfecta. Yo me sentía mal, y no hacía nada más que lamentarme. Su perfección me creaba mucha inseguridad y me convertía en más imperfecta aún. Hasta que un día se descubrió el pastel. La mirada era de princesa pero el corazón lo tenía de bruja. Y mi envidia se convirtió en compasión.

Moraleja: Créetelo. Te quiere. Y no pienses nunca nunca en que otra es mejor para tu príncipe. Tú eres la princesa y puedes llegar a tener tu propio reino. Sólo tienes que ser buena y confiar en el amor.

Firmado:
Blancanieves

Bea no se lo puede creer. Parece como si Ana hubiera escrito esta entrada para ella. ¡Qué fuerte! Sin pensarlo, coge el teléfono y llama a Sergio. Se lleva una sorpresa mayúscula cuando contesta una voz de mujer.

—¿Dígame?

Bea se queda callada, comprueba en la pantalla que está llamando a su chico y, al ver el nombre del chico allí, reacciona:

—Sí, hola, quería hablar con Sergio.

—¿De parte de quién? —pregunta la voz.

—De Bea.

Le gustaría decirle que es su novia, pero no tiene ni idea de con quién está hablando. Y entonces la voz le confiesa que es la madre del muchacho, y le explica que su hijo ha tenido un accidente.

—No es nada grave, pero va a tardar en volver a andar. La operación ha sido de urgencia, y muy larga. Ahora está en la UCI. En un par de días podrás venir a verlo.

Destrozada, Bea cuelga el teléfono. Se siente paralizada. Gritaría. Lo único que se le ocurre para paliar ese dolor es volver al gimnasio a correr dos horas más.

Mientras, en la calle

Ana y Estela han decidido ir de compras. Ahora que Ana tiene novio, debe cuidar su *look* más que nunca. No disponen de demasiado presupuesto pero, con quince euros, Estela es capaz de encontrar las gangas más gangas.

—Me parece que en esta callecita había un *outlet* que estaba superbién —comenta Estela dando la mano a su amiga.

—¿Estás segura de dónde nos metemos? Estos callejones me dan un poco de miedo.

—Tranquila, princesa, yo te protejo —bromea la otra *Princess* mientras la agarra del cuello como si fuera su novio. En realidad, ella también está un poco asustada, pero no puede mostrarse débil delante de su amiga.

Entran en el callejón. Hace un día soleado, pero como la calle es tan estrecha, parece que ha oscurecido de golpe. Hay un par de mendigos tirados en el suelo y una pareja hace extraños intercambios en la siguiente esquina. El olor de la calle también ha cambiado.

—¡Qué peste! ¿Podemos salir de aquí, por favor? —suplica Ana, que está muerta de miedo.

—Tranquila, casi hemos llegado. Yo diría que era por aquí..., o no, por allá.

Ana está aterrorizada: su amiga se ha perdido. Cuando están a punto de dar media vuelta y deshacer el camino, oyen una música que les resulta familiar. Claro, es una versión de una vieja canción que les encanta. Sobre todo a Estela.

—Es un cantante callejero. ¡Cómo mola! —dice emocionada—. Me encanta esta canción...

Las chicas, que sienten curiosidad por conocer al cantante, se acercan algo más para poder verlo porque hay un contenedor entre éste y ellas que se lo impide. Se llevan una sorpresa mayúscula cuando descubren la identidad del músico.

—¡Es Marcos! ¡Agáchate! —susurra Estela al tiempo que agacha la cabeza y obliga a su amiga a hacer lo mismo.

Marcos no se ha dado cuenta. Le gusta mucho cantar en la calle, y en ese barrio en particular. Un barrio pobre, donde nadie le va a juzgar y donde no se va a encontrar a ningún conocido. Y, de este modo, también se saca algunos eurillos extra que no le vienen nada mal (quiere comprarse una guitarra nueva). Pero hace esto muy de vez en cuando. Quizá los mendigos no sean el mejor público, pero el hecho de salir de casa, sentarse en medio de la calle y cantar es una terapia para él.

Cuando en el juego de *nunca-nunca* dijo que jamás había cantado en público, en realidad mintió. Lo que pasa es que cantar en la calle ante viandantes que en realidad no le prestan atención no es algo que él considere cantar en público. Él se refería al público que observa sus movimientos, escucha la letra y melodía de sus canciones y que, de alguna manera, lo analiza y valora.

Marcos sigue cantando a su aire sin saber que esa mañana sí tiene un público real. Estela y Ana siguen escondidas detrás del contenedor, con los ojos como platos y la boca abierta, como si se hubieran colado en el ensayo de su artista favorita. Entonces, Estela no puede evitarlo: cierra los ojos y empieza a cantar. Ana la mira, incrédula. Su amiga canta cada vez más alto, hasta el punto de que Marcos la oye.

«¿De dónde vendrá es voz? —piensa, mientras canta—. No está nada mal, tiene ritmo y no desafina —En el segundo estribillo, Marcos se calla para dejar cantar a la chica misteriosa—. Vamos a ver si ella sola se atreve...» ¡Claro que sí! No sólo se atreve sino que también se levanta de su escondite y se acerca a él. Ana, agazapada aún detrás del contenedor, la sigue con la mirada y ve cómo su amiga se descubre ante Marcos, que casi deja de tocar de la sorpresa. Pero no. Se sobrepone y continúa tocando la guitarra, y la chica canta cada vez más alto. Llega el gran momento final. Marcos vuelve a cantar, y su voz se complementa perfectamente con la de Estela. Parece que hayan cantado juntos toda la vida. Ana se apresura a sacar su móvil y grabarlos en vídeo. «Silvia tiene que ver esto», se dice.

La canción termina. Ana sale de su escondite, Marcos sonríe y Estela le dice, feliz:

—¡Dame un abrazo bien fuerte!

Estela y Marcos se acaban de declarar sin saberlo.

Capítulo 23

Mis deseos igualmente
que por divina te admiten,
como a deidad te veneran
y como a deidad te piden...
... a la primavera hermosa
que en tus mejillas asiste,
en siempre floridos mayos
goce perpetuos abriles.

CALDERÓN DE LA BARCA

Lunes por la mañana

Sergio se despierta dolorido en la cama del hospital después de haberse pasado la noche sumido en un sueño profundo. Abre los ojos, se siente confuso. Intenta moverse, pero le duele todo el cuerpo. Poco a poco toma conciencia de dónde está y de qué le ha pasado.

Con un gran esfuerzo y ayudándose de ambas manos, levanta la sábana para descubrir el cuerpo envuelto en una bata de cuadros. Tiene la pierna derecha cubierta de vendas blancas y cuando intenta moverla un poco, le asalta un dolor insoportable.

Sergio se vuelve a recostar, respira hondo y clava la mirada en el techo. Le entran ganas de llorar. Está asimilando lo que ha pasado, aunque aún está desorientado. Es de esa clase de personas que rara vez enferman; de hecho, ni siquiera conoce a su médico de cabecera, y la última vez que pisó un hospital fue cuando nació una prima lejana, y lo hizo por puro protocolo familiar.

Son casi las nueve y media de la mañana cuando entra en la habitación una enfermera de unos cuarenta años. Sergio la mira, callado; ella recibe su despertar con una gran sonrisa y le acerca una bandeja con comida. El chico le responde con timidez mientras la mujer arregla un poco la cama para que esté más cómodo y dispone la bandeja cerca de él.

Se abre la puerta de nuevo, y entran su madre y su primo. Al verlo despierto, se dirigen tímidamente hacia él con una sonrisa triste. Su madre le acaricia el pelo con los ojos vidriosos. Manu le coge la mano derecha. Y ambos hablan a la vez. Están nerviosos y, en realidad, aunque no callan, no saben qué decir. En la habitación se respira una mezcla de alegría, compasión y temor por lo que podría haber pasado.

Sergio no tiene demasiadas ganas de hablar. Su madre le cuenta que estuvo cinco horas en el quirófano, y que es normal que se sienta cansado. También le cuenta cómo sucedió todo y el susto que se llevaron en un monólogo de casi veinte minutos.

Para Sergio es como si le contasen una película de la que él es el protagonista pero de la que no recuerda nada. Se siente como si, de alguna manera, todo volviese a funcionar después de una larga hibernación.

Con mucha lentitud, come sin ganas la gelatina roja que le han preparado para desayunar mientras su madre le da el parte médico.

—Te has fracturado la pierna por tres sitios. Los médicos te han puesto una placa de hierro en el interior y han dicho que tienes para unos tres meses de rehabilitación. También han dicho que has tenido mucha suerte.

Sergio suspira tras la sentencia de su madre; se mira las manos, las abre y las cierra.

—Tienes razón. He tenido mucha suerte. Mis manos están bien. Aún puedo pintar.

La habitación se queda en silencio. Su madre y Manu observan los gestos del muchacho. Lo que acaba de decir no parece propio del Sergio a quien conocen, sino de un hombre cansado y mayor. Su madre le sonríe. Es normal que se digan esa clase de cosas cuando uno ha sufrido un accidente. De hecho, suele pasar; después de tener un accidente, uno no sabe muy bien lo que debe decir, porque los hechos hablan por sí solos.

Manu rompe el silencio, y abre un maletín de cuero negro.

—Mira lo que te he traído. Los médicos nos han dado permiso, y creo que te será de ayuda. Es el mío y te lo dejo... —Manu le sonríe mientras abre su ordenador, lo enciende y lo pone en la mesita de noche.

Sergio mira a su primo y, con la voz ronca, le dice:

—Gracias primo, tú siempre piensas en todo.

Al mediodía, al salir del instituto

Las *Princess* se reúnen en la puerta del instituto, formando un corrillo con las mochilas en el centro. Escuchan atentamente a Bea, quien les cuenta aturdida la noticia del accidente. No tiene mucha información al respecto. Sólo sabe que, aunque el accidente ha sido grave, su novio se encuentra bien.

Bea se pone a llorar desconsolada. Ana no tarda en abrazar a su amiga. Estela se acerca también y le pone la mano en el hombro para consolarla. La única que no se mueve es Silvia, quien, después de recibir la noticia, ha quedado demasiado impactada como para mover ningún músculo. Es incapaz de reaccionar. Sergio no se presentó a la cita por culpa de un accidente. ¿Quién tiene la culpa de un accidente? Si lo pensamos con frialdad, es evidente que Silvia no tuvo la culpa, pero aun así no puede evitar sentirse muy mal, puesto que él había quedado con ella.

Bea sigue llorando; Silvia siente el dolor de su amiga pero, por primera vez en su vida, ¡es incapaz de decir nada! Las lágrimas le caen por las mejillas. Son lágrimas como las de Bea, pero las suyas tienen un origen muy distinto.

Ana la mira y se percata de cuán desencajada tiene la cara. Entonces Silvia se abalanza sobre las chicas, y las une a todas con un gran abrazo. Bea se siente querida y muy apoyada.

—Gracias, *Princess*, no sé qué haría sin vosotras...

—Estamos aquí para lo que haga falta, ya lo sabes. —Ana intenta calmarla con sus palabras.

—Pues ya os he dado la buena noticia... Me voy para el hospital. Después os llamo.

Bea deshace el abrazo, se pone la mochila y pide un taxi. Las chicas la observan en silencio.

Silvia sólo tiene ganas de irse a su casa para seguir llorando.

Poco después, en la habitación de Silvia

Aún no se puede creer lo que ha sucedido. Ni tampoco sabe cómo actuar ahora. ¿Qué debe hacer? Su primer impulso es encender el ordenador y conectarse al chat. Puede parecer ilógico, e incluso absurdo. Si no se ha atrevido a contarles lo que siente a sus amigas, ¿a quién se lo va a contar? ¿A un desconocido de la red?

Revisa sus amigos conectados en Facebook, Ana está entre ellos y... ¡Sergio también! Silvia no da crédito a lo que está viendo. ¿Puede que el chico se dejara encendido el ordenador antes del accidente? Por puro instinto, hace clic en el nick de Sergio y se abre una ventana de chat en blanco. Decide escribir la típica pregunta de comienzo:

Silvia dice: Estás ahí?

La chica no quita el ojo a la pantalla cuando, en apenas unos segundos, aparece otro texto en la ventana:

Sergio está escribiendo...

Las pupilas de Silvia se dilatan. ¡Sergio está en el chat!

Sergio dice: Hola
Silvia dice: Sergio, eres tú?
Sergio dice: Sí, estoy en el hospital.

Silvia pega un brinco de la silla y grita con una sonrisa de oreja a oreja. ¡Si está en el hospital con un ordenador es que se encuentra bien!

Silvia dice: Y cómo te encuentras?

Espera respuesta, pero ésta no llega.

En el mismo instante, en el hospital

Bea ha entrado en la habitación 301. Es la hora de comer, por lo que la madre y el primo de Sergio no se encuentran allí. Se acerca a su novio y lo abraza, llorando. El chico la consuela estrechándole fuerte la mano. Después, cierra el ordenador para que ella no descubra con quién estaba chateando. Aunque, a su parecer, si lo descubriese no debería pasar nada (porque es normal que la gente quiera saber cómo se encuentra uno después de lo sucedido), algo le obliga a escondérselo a Bea.

La chica se lo come literalmente a besos, y lo acribilla a preguntas:

—¿Y qué pasó? ¿Te acuerdas de algo? ¿Te duele? ¿Cuánto tiempo debes estar con la pierna así? ¿Y la moto?

Sergio responde cada una de las preguntas con frases muy cortas.

—No me acuerdo de nada. Dicen que me caí solo, la pierna me duele mucho, pero me dan calmantes. Dicen que tengo para unos tres meses, y la moto está bien, pero creo que la voy a vender. Es una moto vieja y ahora estaré mucho tiempo sin poder llevarla.

Bea escucha las respuestas simples y desganadas de un Sergio abatido. Puede parecer una tontería, pero ella esperaba llegar al hospital y cuidar a su chico, esperaba que la hubiera recibido con una gran sonrisa después del susto.

Pensaba que se alegraría tanto cuando ella entrase por la puerta después de su última charla que le diría que la quiere y que la ha echado mucho de menos y que se equivocó y que en realidad no necesita ningún espacio, tan sólo estar con ella. Después de todo, ¡ella ha temido tanto por su vida! Pero la realidad es diferente.

El paciente no está muy comunicativo. Tras unos momentos de silencio, Bea se levanta de la silla y echa un vistazo a lo poco que hay que ver en una habitación de hospital. Sergio, que ha cerrado los ojos por el dolor que le provoca la hinchazón de la pierna, tiene la gran suerte de estar solo en una habitación doble con una ventana con vistas a un parque.

La chica mira por la ventana, por hacer algo. Piensa en que, aunque se empeñe, su relación con Sergio no va viento en popa. Cuando se vuelve, ve el ordenador. Sería una buena idea ver algunos vídeos divertidos, o jugar a algún juego para distraerse mientras su novio descansa.

En el preciso instante en que Bea coge el ordenador, Sergio abre los ojos y ladea la cabeza en busca de la chica.

«Si lo ve, casi mejor», piensa Sergio, esperando una reacción de ella que no se hace esperar.

—Estabas chateando con Silvia... —susurra la chica, sin nada de ímpetu.

—Sí, me acabo de conectar y me ha preguntado cómo estoy.

—No sabía que chateabas con ella...

—Ella nos presentó formalmente. También puedo ser su amigo, ¿no?

—Sí, si yo no digo nada. —Bea intenta tener una actitud conciliadora al respecto. Siente que Sergio ha tenido mucha suerte y, como cualquier persona que visita a un enfermo en un hospital, siente que la vida es muy frágil, y que más vale ser comprensivo que ponerse celoso por una tontería.

De todas formas, se le han pasado las ganas de navegar por Internet y darle conversación a Sergio. Entiende que el chico no se encuentra muy bien, además habla un poco raro, como si estuviese dormido. Aún se le notan los efectos de la anestesia y el paso por el quirófano.

La *Princess* se sienta a su lado y le da la mano, Sergio la toma y cierra los ojos. Bea lo mira y le acaricia el brazo con dulzura. Al poco rato, el chico se duerme y ella decide marcharse para dejarlo descansar. Sale contenta, tiene la sensación de que mejorará rápido.

Cuando Sergio se despierta, no ve a nadie en la habitación. Ladea la cabeza buscando a Bea, y piensa que ha ido al baño, pero tras unos minutos de espera deduce que se ha ido. Con las pocas fuerzas que tiene coge el ordenador de la mesita y ve la ventana del chat abierta y recuerda que la visita de su novia había interrumpido su conversación con Silvia.

Sergio dice: Eo?

En el mismo instante, en la habitación de Silvia

Entra un mensaje. Silvia, que está intentando echar la siesta, se levanta rápidamente de la cama al oírlo. ¡Es Sergio!

Silvia dice: Hola de nuevo!

Sergio dice: Perdona por haber tardado tanto, es que ha venido Bea a verme...

Silvia se avergüenza. Se siente superculpable por lo que le ha pasado al chico (después de todo, el accidente ocurrió la tarde en que se habían citado) y si, además, Bea se entera de que sigue en contacto con su novio, puede ser el fin de una gran amistad.

Silvia dice: Bea es muy buena

Sergio dice: Sí, lo es

Silvia dice: Sabes que dentro de poco será su cumpleaños?

Sergio dice: Pues no, no lo sabía.

Silvia tarda algo en contestar. Ahora más que nunca, quiere medir sus comentarios. Si por ella fuese, le preguntaría mil y una cosas del accidente, pero no lo quiere atosigar. Y, aunque siente que éste no es el mejor momento, también le gustaría hablarle de lo que siente por él. Así pues, decide suavizar la situación y pensar en cosas bonitas y alegres.

Silvia dice: Creo que propondré a las chicas que le montemos una fiesta de cumpleaños y, si vienes, de paso celebramos tu recuperación.

Sergio dice: Buena idea. Pero si hacemos una fiesta debe ser sorpresa

Silvia dice: GUAY!!!! ☺ Con globos!!!!

Sergio dice: Pastel...

Sergio dice: Regalos! 🎁

Silvia está contenta. Nota a Sergio animado y con ganas de hacer cosas. ¡Y Bea se merece una fiesta a lo grande! Después de lo que ha pasado siente que, aunque le guste ese chico, es mejor respetar a su amiga y su relación para evitar conflictos. ¡No puede dejar perder a una amiga como Bea!

Sergio dice: Oye si quieres puedes venir a verme... y así lo preparamos todo.

Silvia duda.

Silvia dice: Vale, pero si quieres también lo podemos hacer por chat.

Sergio dice: No quieres venir a verme?

Silvia lee esta última frase queriendo, más que nunca, descifrar su significado. Pero está decidida a no dejar que sus sentimientos se interpongan entre Bea y ella.

Silvia dice: No es eso, pero me siento un poco culpable por lo que te ha pasado... y sólo quiero que tú estés bien, que Bea esté bien y que los dos estéis bien. Lo digo en serio.

Silvia ha intentado dejárselo lo más claro posible. No quiere seguir jugando a algo que sabe que puede acabar de manera muy peligrosa.

Sergio dice: Tú no tiraste la moto Silvia, pero te entiendo.

Silvia dice: Gracias. ☺

Sergio dice: Lo de venir a verme lo decía porque me

temo que estaré muchas horas solo en esta habitación e Internet no es lo mismo que en carne y hueso.

Silvia reflexiona. Lo que quiere es que Sergio se ponga bien, ¿no? Así que contesta:

Silvia dice: De acuerdo, prepararé una pequeña lista de cosas e iré a verte para preparar la fiesta
Sergio dice: ☺

Silvia se siente más aliviada. Le ha podido decir la verdad a Sergio, aunque le sigue pareciendo un chico de lo más encantador. Ya no se siente culpable, y lo de la fiesta le parece una muy buena idea para superar todo esto.

Sergio se desconecta. Aún no han quedado, pero los dos saben que el chat los volverá a unir pronto.

Capítulo 24

Un roce apenas, un contacto eléctrico,
un apretón conspirativo, una mirada,
un palpitar del corazón
gritando, aullando con silenciosa voz.

Nicolás Guillén

Lunes por la tarde, en la casa de Marcos

Marcos ha limpiado y ordenado su habitación porque no quiere que Estela se lleve una mala impresión de él. Es la primera vez que lo hace desde que se han mudado, pero lo que él no sabe es que a la chica le da un poco igual. El desorden es una cosa que tienen en común. Si Marcos viera su habitación la entendería, porque parece una de esas tiendas de mercadillo donde toda la ropa está apilada en un montón desordenado.

Marcos y Estela se han sentado en el centro del cuarto. El chico, con su guitarra en el regazo, rasga los primeros acordes de una vieja canción que compuso hace dos veranos. Estela escucha muy atenta.

—¿Te gusta?

—Sí, mucho... ¿Tiene letra? —Marcos busca entre sus libretas una hoja vieja y arrugada. Es la partitura de la canción. Está llena de borrones. La muchacha la mira como si fuese un pergamino viejo. Su amigo vuelve a tocar la canción canturreando por encima. Estela le sigue, intentando afinar.

«No suena nada mal —piensa él, mientras canta y oye la segunda voz de Estela que se mezcla con la suya—. Tiene muy buen oído: aún no ha escuchado toda la canción y parece que se la sepa.» Estela se concentra en el sonido de la guitarra y la voz de Marcos, y su mirada navega por la partitura. La verdad es que está disfrutando un montón. En momentos así se siente realmente libre, sin la necesidad de pensar en nada. Sólo la música y ella.

La tarde transcurre lenta. Los chicos han entrado en un bucle muy especial. Como en una especie de burbuja en cuyo interior se oye música. Estela coge una maraca de la colección de instrumentos del chico, y eso ayuda a dar un poco de ritmo a la melodía. Marcos, entusiasmado por el giro inesperado que ha tomado la canción gracias a la intervención de la chica, enseña a Estela todas las canciones que ha compuesto, y las cantan una a una. La muchacha agradece ese gesto de confianza... ¡Son unas diez canciones! ¡Qué majo! Por momentos, sus voces parecen una sola, que es capaz de todo. Estela también improvisa, y la verdad es que no se le da nada mal.

Cuando ella cierra los ojos para coger el tono de las canciones, Marcos aprovecha para mirarla. Ante él hay otra persona muy distinta de la que conoció en el parque. Sus rastas le parecen diferentes, incluso su mirada, su voz y cada uno de sus gestos cuando canta.

A Estela le pasa un poco lo mismo. Ha descubierto que, en realidad, el vecino de Silvia es una persona tierna y sensible. La trata con cariño. La chica siente que existe cierta compenetración entre ambos. Sin embargo, en algunos momentos, mientras canta, no deja de pensar en Leo, en *su*

Leo. Tiene en común con Marcos el que ambos son apuestos y sienten pasión por el arte: el profesor, por el teatro, y el chico, por la música.

La única diferencia es lo que le hacen sentir. Para Estela, Leo representa el ídolo. El mero hecho de tener la oportunidad de escucharle la hace sentir especial. Pero ése es también el problema: ella es muy expresiva, y necesita a alguien con quien poder hacerlo. Y, sobre todo, ¡Leo está casado! Y, para una persona como Estela, a quien le encanta saltarse las normas, es muy fácil enamorarse de lo prohibido.

A lo mejor es demasiado pronto para predecir que la *Princess* más rebelde se esté enamorando de Marcos, pero lo que sí es real es que los dos tienen una conexión artística increíble.

El chico ha ido al baño y al rato vuelve con unas croquetas caseras y unos refrescos para merendar. Tiene la intención de aprovechar para hacer un pequeño descanso.

—Las ha hecho mi madre —comenta sobre la comida—, y son las más buenas del mundo.

—No, gracias —rechaza Estela.

—¿No?

—Es que no tengo hambre.

—¿No tienes hambre? —repite él, sorprendido. ¡Él es una lima!

—No...

—¿A qué hora has comido? ¡Son casi las ocho y media!

—¡No tengo hambre! ¿Vale?

El chico deja el plato junto a Estela, que está sentada en el suelo. Este cambio de humor lo ha cogido por sorpresa. La muchacha se da cuenta de inmediato.

—Perdona... Yo no...

—Da igual. No tienes hambre, eso es todo; no pasa nada.

Pero sí que pasa. Estela se siente mal. Las croquetas huelen de maravilla, pero tiene el estómago cerrado. Observa cómo Marcos saborea una con los ojos cerrados y, como si fuese un acto de magia negra, la ansiedad se apodera de la chica.

—¿Estás bien? —pregunta él, que ya se ha comido la croqueta y la mira preocupado.

—Me siento rara...

—¿Qué te pasa?

Estela mira a su alrededor y, sin poder evitarlo, de repente dos lágrimas se dejan caer por sus mejillas y hacen que se le corra el rímel.

En ese mismo instante

Bea está a punto de acabar los deberes. Le ha costado concentrarse. La visita al hospital no ha sido nada especial. Sabe que Sergio está aturdido por el accidente, pero esperaba algo más de alegría por su parte.

La tarde se le está haciendo interminable. Piensa en volver al hospital pero el horario de visita ya ha finalizado. Tampoco tiene tiempo para llamar a ninguna amiga, y lo único que puede hacer es ver alguna película, o la televisión, o navegar por Internet. Como tiene el ordenador en la habitación, elige conectarse en la red. Siempre sigue la misma rutina: primero abre su programa de música favorito para escuchar música, después lee el correo electrónico, revisa Facebook y, si tiene tiempo y se acuerda, también echa un vistazo al blog de Ana.

Desganada, abre Facebook. No tiene ningún mensaje, y sólo noticias de invitaciones horribles de juegos *online*. Entonces dirige el cursor al chat y ve a Pablo, su ex novio, con una foto nueva. Le pica la curiosidad, y entra en su muro. Fisga en su álbum de fotos y ve una foto de ellos dos cuando aún eran novios.

Le invaden los recuerdos. La red de redes sirve para establecer conexiones con la gente, pero cuando la conexión se pierde, como es su caso, la embiste una inevitable ola de sensaciones. Mira su estado y... ¡¿Qué?! ¡¿Pablo tiene una relación?! Una relación con... ¡¿Bea?! No puede ser... ¡Su ex novio no ha cambiado su estado de Facebook! ¿Será posible? ¿Es dejadez, o puede que aún sienta algo?

Bea se decide. Le enviará un mensaje pidiéndole explicaciones.

Hola, Pablo:
Sé que ya hace mucho tiempo de lo nuestro. Pero hoy, no me preguntes por qué, he entrado en tu álbum de fotos y nos he visto a los dos en esa fiesta de San Juan en la playa.
Entonces, llámame curiosa ☺, he mirado tu estado, y me he llevado una gran sorpresa al ver que sigues teniendo una relación conmigo. Puede parecer una tontería, pero te pido por favor que lo cambies.
Espero que estés bien.
Un abrazo,
Bea

Respira aliviada. ¡Lo ha hecho! Pablo fue uno de esos novios que la volvieron loca, pero también aprendió mucho de él y de esa relación. Después de esa historia de amor, se dijo a sí misma que nunca jamás volvería a tropezar con la misma piedra.

Se enamoró locamente de él y puso todas sus esperanzas en esa relación. Se entregó al máximo. Él la animó a confiar y creer en el amor. A no tener miedo. «Se puede tener miedo de todo, pero nunca del amor», le decía siempre Pablo. Y Bea se entregó tanto que jamás pensó que aquella historia podría salir mal. Veía al futuro padre de sus hijos, se imaginaba de viejecita junto a él, e incluso habían hablado de los nombres que pondrían a sus bebés. Estaban enamorados y eran felices. Pero un día, sin que ella se lo esperara, Pablo la dejó. Le rompió el corazón, y convirtió a la dulce Bea en esa chica que a veces se muestra orgullosa y dura. Una desconfiada. Fue un golpe duro, y tardó mucho en superarlo. Cuando piensa en él, incluso ahora, le invade una enorme tristeza en su interior. Rabia, confusión y pena. Se sintió culpable durante mucho tiempo pensando que había hecho alguna cosa mal. No podía entender cómo podía Pablo preferir estar solo antes que con ella. Con lo mucho que ella le quería. Si, aun queriendo tanto a alguien, éste te deja, es que no estás haciendo bien algo.

El mensaje que le acaba de enviar será la primera noticia que Pablo tendrá de ella en muchos meses.

Poco después

Marcos no sabe cómo socorrer a Estela. Hace unos minutos que no deja de llorar. Es la primera vez en su vida que una chica se pone a llorar delante de él. «¿Habré hecho algo mal?» Le da mucho corte acercarse a ella. ¿Qué debe hacer? ¿Abrazarla? Pero ¿qué le pasa?

Estela se seca las lágrimas y le sonríe:

—Lo siento... Yo no quería...

—Mmm... Tranquila... Te entiendo... —Y el chico se repite: «¿Te entiendo? Pero ¿qué he dicho? ¡Qué cagada! ¡Pero si no entiendo nada!».

Estela le agradece su comprensión.

—¿Sabes qué me pasa? —le susurra.

—¿Qué...?

—No se lo dirás a nadie, ¿verdad?

—No... Di...

—Que hace días que no como demasiado..., y...

—¿Y?

—Pues que el otro día vomité..., y...

—¿Y?

«Pero ¿por qué estoy repitiendo lo que dice ella?», piensa Marcos mientras fuerza una sonrisa.

—Marcos... En serio... Tengo mucho miedo... Bueno, ya sabes..., de tener problemas con la comida y eso...

El chico la escucha atento. La mira a los ojos, le coge la mano y le dice:

—¿Has ido al médico?

—No...

—¿Y desde cuándo te pasa?

—Sólo hace unos días... —responde Estela, intentando que no parezca tan grave.

—¿«Sólo» unos días? Y... tú..., tú... ¿te ves gorda?

—¿Por qué lo preguntas? ¿Me ves gorda? —responde ella, algo a la defensiva.

—Eh, eh..., que sólo quiero ayudar... Te lo decía porque

yo te veo normal; de hecho estás un poco delgada para mi gusto, pero normal...

—Pues no sé... Gorda, lo que se dice gorda no me veo... Bueno, está esto... —Estela se toca los cachetes, y los dos se ríen.

—¡Eso lo tienen la mayoría de las chicas! ¡Algunas más y otras menos! Además, dime si te gustan esas modelos que parecen esqueletos y andan como zombis pensando que están superbuenas porque llevan vestiditos horribles y caminan por una pasarela de moooda... de moooda. —Marcos anda por la habitación moviendo la cadera exageradamente, imitando las modelos profesionales con un toque payaso mientras va cantando—: Estoy a la moooda... porque yoooo estoooy a la moooda... Moooda...

Estela no puede parar de reír, se coge el estómago con las manos porque le parece demasiado. El chico también se ríe, se acerca a ella y le da un achuchón.

—Tú qué vas a ser una vomitona... ¡Tú lo que eres es una llorica!

Estela se hace la ofendida entre risas, coge un cojín y le pega en la cabeza. Marcos se defiende con las manos.

—Eh, no te pases... —se ríe el chico—. Además, ahora tendrás que pasar la prueba de fuego.

—¿La prueba de fuego?

—Sí. Ahora mismo vas a coger una croqueta de mi madre y te la vas a comer... y después veremos qué pasa...

Estela mira a Marcos con admiración. ¡Ese chico se preocupa realmente por ella! Además, lleva razón. Así que, aunque no tiene mucho apetito, coge una croqueta del plato.

—Si después del primer bocado salgo corriendo al lavabo...

—Estela, no vayas por ahí... —la interrumpe él, serio.

—... ¡sabremos que esta croqueta es de bacalao!

Marcos ha caído de cuatro patas. Se ríe y, para devolverle la jugarreta a su amiga, esta vez es él quien le da con todo el cojín en la cabeza.

—Déjate de coñas y come.

Estela degusta las maravillosas croquetas de pollo de la madre de Marcos. ¡Están buenísimas! El chico mira a Estela, complacido.

—¿Lo ves?

Estela se sonroja y coge otra croqueta.

—¡Tú come también, que te voy a dejar sin ninguna! —le sonríe.

Pero Marcos tiene otros planes: quiere mostrarle la canción que está componiendo, la que empezó pensando en Silvia, a quien se la quería dedicar. Le canta las dos primeras estrofas y lo deja ahí: si siguiera cantando aparecería el nombre de su vecina en alguno de los versos siguientes, y eso le da vergüenza y, de algún modo, al estar con Estela, también le incomoda.

Ella la escucha con la boca abierta.

—¡Es preciosa! ¿La puedo cantar contigo?

Martes por la tarde

Hace rato que Silvia ha llegado a casa después del instituto. Después de comer como una reina (un arroz caldoso buenísimo que ha hecho su madre), ahora está en su cuarto barajando las posibilidades que da de sí la tarde.

Como es una chica ordenada, lo primero que hace es

una lista. Es una costumbre que tiene cuando se siente algo ansiosa.

OPCIONES:

1. Estudiar (empezar por biología y acabar con matemáticas)

2. Siesta + Estudiar

3. Estudiar un rato y llamar a Ana para dar una vuelta, después acabar los deberes

Silvia se detiene para releer las tres primeras opciones. Hay algo que no la convence. La siesta está bien siempre y cuando no sea más de media hora. Cuando se despierta de una siesta maratoniana se levanta de muy mal humor.

Después están los deberes. Los dichosos y aburridos deberes. No es que a Silvia le aburra estudiar. Todo lo contrario; conociéndola, los va a hacer igualmente, aunque tiene ganas de hacer algo nuevo... pero ¿qué?

Silvia da la vuelta al papel y apunta:

LISTA DE LISTA

La «lista de lista» se la enseñó su madre para que se organizara mejor. Una cosa es la lista de prioridades que una debe o quiere hacer, y otra es una lista de esas cosas que uno sabe que le gustaría hacer pero que no debe dejar que se antepongan a las verdaderas obligaciones. En la «lista de lista» también se pueden poner cosas fantásticas como si tu vida fuera una película de ciencia ficción.

1. Pintar de color rosa el techo del cuarto y cambiar la distribución de los muebles

2. *Comprar mucho algodón y hacer un peluche gigante*
3. *Preparar una cena de gala para la familia*

La chica se da cuenta de que, aunque las opciones le parecen divertidas e irreales, no dejan de ser cosas que puede hacer en casa. En casa... Como si no hubiera un mundo fuera. No nos engañemos, Silvia lleva un rato barajando una posibilidad que le cuesta afrontar. ¿Será capaz de escribirla en su lista?

La chica se queda pensativa. Deja la lista encima de la cama y repasa la agenda para ver qué tareas tiene. Si tiene muchas hará una cosa y si no... «Creo que voy a cometer una locura», piensa.

Poco después, en el hospital

El pobre Sergio continúa en cama. Pero se le nota más contento. Ha hecho caricaturas de las dos enfermeras que le atienden, así como muchos esbozos abstractos, y se ha ganado la simpatía de toda la planta del hospital.

Además, hoy le han dado una buena noticia. ¡Podrá irse a casa en tres días!

Su madre lo tiene todo preparado para que su «niño» vuelva a casa. A Sergio no le gusta nada la idea de estar en casa de su madre después de haberse independizado, pero la necesidad de que lo ayuden en la rehabilitación es evidente. Y, si algo sabe el chico, es dejarse cuidar. ¡Sobre todo, por su madre!

Hoy también ha recibido la visita del director de la escuela de dibujo. Se ha mostrado muy comprensivo y le ha dicho que se tome todo el tiempo que requiera para recuperarse. Sergio ha agradecido mucho el gesto. Y es que el director de la escuela es muy exigente y perfeccionista, el típico jefe que siempre parece estar enfadado y que sólo tiene un «no» por respuesta. De hecho, el chico lo respeta tanto que, al verlo entrar en la habitación, ¡ha hecho ademán de levantarse!

Tras la marcha del «jefe», se ha sentido aliviado, y también alegre. Es muy bonito sentir que la gente te tiene tan presente en momentos difíciles. También ha recibido muchas llamadas de amigos a quienes había llegado la noticia del accidente.

Y, aun así, los días en el hospital son tan eternos que, cuando no es hora de visita, el chico tiene todo el tiempo del mundo para pensar, leer, ver películas, navegar por Internet...

Ahora está sentado en la cama, haciendo un dibujo. La pierna no le hace tanto daño como por la mañana. Se oyen dos golpes suaves en la puerta, pero Sergio está tan concentrado en sus garabatos que no los oye. La puerta se abre, y el chico sigue sin advertir una presencia en la habitación.

—¿Hola?

Sergio se asusta tanto que da un respingo y clava el lápiz en la hoja.

—¡Silvia! —exclama al levantar la mirada y ver a la chica—. ¡Qué susto!

La muchacha está de pie en un rincón de la habitación. Lleva una pequeña maceta de margaritas.

—Perdona, no quería asustarte... —se excusa ella, y le ofrece las flores.

—¡Ahhh! ¡Qué dolor! —Sergio se toca la pierna, tiene la cara algo desencajada por las punzadas—. No te preocupes... Pasa...

—Te he traído un regalo. —Silvia deja la maceta en la mesita auxiliar—. He pensado que te alegraría...

—Gracias... no te esperaba... —El chico se peina con la mano. El dolor va remitiendo.

Silvia lo observa. Se lo había imaginado de otra manera. Con la pierna escayolada atada a una polea, con la cabeza llena de vendas y heridas por todas partes, como en las películas. Pero la realidad es que Sergio está muy mono. Sin afeitar, algo despeinado y con un estuche con los lápices y hojas con dibujos de colores en su regazo... ¡Es como si fuera un niño pequeño! Eso enternece un montón a Silvia. ¡Le encantan los niños!

La chica se acerca a él.

—¿Qué dibujas? —pregunta, mirando los dibujos.

—Nada... Tonterías para pasar el rato.

—¿Éste está acabado? —Silvia señala un dibujo de una puesta de sol preciosa.

—Sí, este dibujo representa la puesta del sol el día que tuve el accidente... Me la perdí... —El chico le sonríe.

Silvia coge el dibujo y sus ojos reflejan la admiración por su arte. Sin pensarlo busca en el estuche del chico. ¡Qué suerte, hay cinta adhesiva! la muchacha no lo duda ni un segundo: cuelga el dibujo en la pared que hay frente a la cama.

—Bonito cuadro —sonríe el chico. Y luego, ofreciéndole todos los dibujos a Silvia, añade—: Me gusta la decoración.

Ella distribuye encantada todos los dibujos por las paredes de la habitación acatando las directrices del paciente.

—Un poco más a la derecha... Céntralo. No, súbelo un poco...

Ahora, en las paredes de la habitación hay colgados unos diez dibujos abstractos que, en su conjunto, forman una extraña nube de colores.

Para observar mejor la obra de Sergio, la chica se coloca junto a él.

—Siéntate —dice el chico dejándole algo de espacio en la cama—. Desde aquí se ve mucho mejor.

Ella accede. ¡Están en la misma cama! Sus brazos se tocan.

Al principio Silvia está algo incómoda: su brazo izquierdo está apresado entre su cuerpo y el del chico. La mejor manera para sentirse bien cómoda es... ¡rodear con su brazo el cuerpo de Sergio!

—¿Qué ves? —pregunta él, con la mirada fija en sus dibujos, como si ella no se hubiera movido.

—Mucho color... Parece una montaña...

—Yo veo como una cara...

—¡Es verdad! ¡Una cara! —responde Silvia fascinada.

De pronto alguien entra en la habitación. Los chicos se vuelven hacia la puerta y... Sorprendida, Silvia abre los ojos de una manera desmedida. Bea permanece inmóvil en el umbral, con la mano aún en la manija. Los tres permanecen en un silencio breve que sienten interminable.

«¡Tierra trágame!», piensa Silvia, y entonces se levanta de la cama.

—¡Hola, Bea! —saluda el chico al tiempo que su compañera de juegos se pone en pie.

—Hola. Hola, Silvia —responde Bea, mirando fijamente a su amiga mientras se quita la chaqueta, muy seria.

—He..., he venido a ver... lo y... estábamos... —tartamudea la otra.

—Me da igual, Silvia.

Si fuera un avestruz, ahora mismo Silvia metería la cabeza bajo tierra. Nota que su amiga está enfadada y se siente como si le hubiera puesto los cuernos. «Lo mejor será explicarse —piensa—. Hacerle entender.»

—Bea, esta tarde he pensado en pasarme por el hospital para...

—Ya. —La otra no quiere oír excusas.

—Bueno, pues nada, yo ya me iba —se despide Silvia, derrotada.

El ambiente en la habitación es irrespirable. Silvia sólo quiere irse y dejar sola a la pareja. Sin hablar, y mirándola fijamente todo el rato, Bea espera que se ponga la chaqueta... Está más que claro que cree que sobra alguien en esa habitación. Silvia se despide de Sergio sin acercarse a él y darle dos besos. Cuando se dirige a Bea para dárselos, como tienen por costumbre las *Princess*, su amiga le aparta la cara.

Silvia se va de la habitación con el corazón en un puño. En cambio, Sergio está más tranquilo. Sabe que su novia tiene un ataque de celos, pero también sabe que no ha hecho nada malo. Además, Silvia no había ido sólo para verlo sino para preparar la fiesta sorpresa del cumpleaños de Bea.

—¿Te parece bonito?

—¿El qué? —responde el chico.

—Pues todo esto... ¿Qué me estás ocultando, Sergio? —Bea cruza las manos como si fuera una profesora de secundaria a punto de echar una bronca a sus alumnos.

—Ya lo verás... —El chico le guiña un ojo, para intentar que ella sonría.

—¿Ya lo veré? —Bea no entiende esa respuesta, ni se la esperaba.

—Sí. Ven aquí, que quiero darte un achuchón. —Sergio abre los brazos—. ¡Y alegra esa cara, que me han dicho que saldré dentro de tres días!

Bea se acerca malhumorada. El chico le da un abrazo con tanta fuerza que la deja sin respiración.

—¡Ay! ¡Me haces daño!

—No te enfades con Silvia. Somos amigos, ¿recuerdas? Ha venido un rato... ¡No me prohibirás que tenga visitas! ¡Estar aquí es de lo más aburrido!

—Noooo, no es eso... Lo único es que me lo podría haber dicho.

—Ya sé que sois amigas, pero no tenéis por qué contaros lo que vais a hacer siempre, ¿no?

Bea entra en razón aunque no deja de estar algo mosqueada con la iniciativa de Silvia.

Poco después

Silvia camina lentamente hacia su casa. «Esta vez sí que la he liado bien...» Está triste, pero no porque Bea se haya enfadado con ella, ni porque haya sido incapaz de intimar más con Sergio.

Lo que la apena es reconocer que ¡siente tanta envidia de Bea y Ana! Ella también quiere tener novio. ¡Quiere una relación con alguien especial! ¡Alguien que la cuide y la enseñe a besar! También está un poco cansada de complacer a los demás y derrochar tanta amabilidad para... ¡Nada! Parece que siempre acaba siendo la amiga perfecta, pero nada más.

Sin quererlo, ha entrado en una espiral de negatividad. Se siente fatal consigo misma. Ha ido a ver a Sergio con la excusa de la fiesta de Bea. ¿Se puede ser más ruin? «¡Te lo mereces, por tonta! A partir de ahora seré sincera conmigo misma.» Silvia recapacita. Aún tiene tiempo de arreglar la situación. A partir de mañana empezará a organizar la mejor fiesta de cumpleaños de Bea, con o sin Sergio, porque está más que claro que este chico ya está pillado.

Capítulo 25

Porque tus ojos son bellos,
porque la luz de la aurora
sube al Oriente desde ellos,
y el mundo su lumbre dora.
Tus labios son un rubí,
partido por gala en dos...

JOSÉ DE ZORRILLA

Poco después

Bea llega a casa cansadísima. La visita a su novio ha sido decepcionante. No tiene ganas de hablar con Silvia sobre lo sucedido, ni tampoco siente que tenga que disculparse. Aún siente celos. ¿Qué pasará entre ellos dos? Además ella tampoco conoce tanto a Sergio como para confiar en él al cien por cien.

Por otro lado está Silvia, una de sus mejores amigas. A su modo de ver, tiene una evidente doble intención. Sergio es un chico muy guapo y muy seductor. ¿Habrá caído Silvia en sus redes?

Bea está hecha un mar de dudas. Aunque su novio le haya jurado que no hay nada entre ellos, desconfía. Es normal, ¿no? Que tu mejor amiga quede con tu novio sin que tú lo sepas es para pensar mal. Pero ¿qué hacer en esa situación? Está claro que Bea no quiere compartir a Sergio con nadie más, ¡es su novio! ¡Los novios no se comparten!

Decide darse una ducha para calmarse un poco. Le relaja un montón sentir como el agua caliente le cae en la cabeza y le tapa los oídos. Se imagina que está dentro de una gran cascada del Amazonas, y eso la tranquiliza.

Ya en la ducha, oye la puerta de casa abrirse. ¡Ha llegado papá! Ha estado fuera de viaje de negocios un par de semanas y ella tiene un montón de ganas de verle. El ánimo le cambia. Se pone el pijama y se seca el pelo con la toalla a la velocidad del rayo. Sale corriendo del baño y se tira a los brazos de su padre.

—¡Bea! ¡No sabes cuántas ganas tenía de abrazarte!

—¡Y yo!

—Tu madre me ha dicho que tu chico está en el hospital...

—Sí, vengo de visitarlo; está mejor, aunque tiene para tres meses de rehabilitación.

—Pues ya sabes lo que te toca, hija. A cuidarlo —le aconseja el padre, mientras deja la chaqueta en el perchero.

—Bueno, ahora se va a ir a vivir a casa de su madre unos días.

—¿No vivía con ella?

—No... Está independizado y vive con su primo. Pero se quedará un tiempo con su madre hasta que mejore y se pueda valer por sí solo.

—Eso está bien. —Su padre le sonríe y acaricia el pelo aún húmedo de su hija—. No sé por qué, pero este tal Sergio me gusta. No como el otro...

—¿Pablo? —Bea conoce bien a su padre cuando se pone en ese plan. Se acuerda perfectamente del nombre de su ex novio. Lo que pasa es que no le gustó nunca.

—Eso, Pablo. Qué desastre de chico.

—Papá, no sigas por ahí, por favor...

El instinto protector de que hace gala su padre le resulta cargante a veces, y hoy más, ya que, después de lo que ha ocurrido en el hospital, no está del mejor humor del mundo.

—Hija, soy tu padre y puedo decir...

—Papá, basta.

—Sergio me gusta, y...

—¿Y tú qué sabes de él? —Su padre se queda en silencio—. No, en serio, ¿qué sabes de Sergio? Sólo sabes que ha tenido un tonto accidente de moto que le ha destrozado la pierna... ¿Y qué más? —Su padre no sabe cómo responder a su hija, a quien ve muy alterada—. ¡Ni conoces a Pablo, ni conoces a Sergio, ni nunca vas a conocer bien a ninguno de mis novios porque estás más tiempo viajando que en casa!

—Chiquilla, no me hables en ese tono.

Bea estalla y se pone a llorar. Su madre ha salido de la cocina y, al verla así, se acerca a ella y la abraza. La chica le corresponde hundiendo su rostro en el jersey.

—Menudo recibimiento... —susurra su padre mientras se marcha hacia el dormitorio matrimonial, y deja a Bea y a su madre abrazadas en el comedor.

En ese mismo instante

Ana está en su habitación. Lleva puesto el pijama de Hello Kitty. Su madre está en la cocina, y su padre ve las noticias en la televisión. Es casi la hora de cenar, y ya es costumbre familiar hacerlo en pijama. Como dice su padre:

«Cenar y a dormir», una máxima inquebrantable en su familia.

Son casi las nueve y media de la noche, y Ana recibe una llamada a través de Skype. ¿Quién será? No sabía que tuviera el programa abierto, y sólo lo ha usado muy de vez en cuando para hablar con las *Princess*, sobre todo cuando acababa de instalarlo. Ahora prefieren el chat.

La llamada aparece con un nombre raro: H2oForever. Ana decide aceptar la llamada. Se abre la imagen. ¡¡¡Es David!!!

—¡Hola, Ana!

La chica desaparece de la cámara del ordenador. Se ha escondido para que David no la vea ¡en pijama!

—¿Estás ahí? —pregunta él, confuso.

En el ordenador de Ana se ve la cara de David, iluminada por una lamparita.

—¡Sí! ¡Estoy en pijama!

El chico ríe.

—Deja que te vea...

Ana suspira y, algo tímida y peinándose el pelo con las manos, se acerca de nuevo al ordenador. Al fin y al cabo, David es una persona muy especial para ella y, de alguna manera, Ana quiere mostrarse ante él tal y como es, ya sea en pijama o vestida de calle.

—¿Cómo me has encontrado?

—Estoy utilizando el ordenador de Silvia, te he visto y...

—¡Anaaaa, a cenar! —oye la chica gritar a su madre desde la cocina.

—¿Ésa es tu madre?

—Sí... Le gusta chillarme desde la cocina... —Los dos se

ríen—. Lo siento pero me está llamando una causa mayor. Tortilla de patatas y ensalada de pasta.

—Vale —responde David con amabilidad.

Ambos callan.

—¿Estás bien?

—Sí, sí... Lo único es que... ¿Me concedes dos minutos para darte una sorpresa?

Ana siente mucha curiosidad.

—¡Claro! —exclama mientras cierra la puerta y vuelve corriendo a sentarse en la silla con los pies encima de la mesa.

David desaparece del visor de la cámara, Ana está expectante. De repente, se oye una voz grave:

—¡Señores y señoras, estén muy atentos porque el mini espectáculo va a empezar!

En la pantalla aparece un calcetín de color verde con dos ojos hechos con botones. Ana se ríe. ¡Nunca se habría imaginado a David haciendo de titiritero! El calcetín se dirige a Ana:

—Veo que hoy tenemos un público maravilloso con ganas de oír una historia maravillosa. ¿No es así?

—¡Sí! —dice Ana emocionada, como si fuese una niña pequeña.

—Había una vez un calcetín que había perdido su pareja de calcetín. ¡No se confundan! ¡No estamos hablando de los calcetines de Cenicienta! ¡Porque Cenicienta no llevaba calcetines!

Ana está alucinando. ¡David no es un chico de letras!

—Un día, el calcetín se fue a por un poco de queso... Mmm..., a los calcetines nos pierde el quesooo... Me encantaaaa el quesooo... Y, cuando volvió, ya no estaba. Si nunca tienen un calcetín sin pareja en su cajón, que sepan que hay otro calcetín que lo está buscando. Por cierto..., yo también soy un calcetín que busca su pareja, un titiritero me puso unos botones y ahora puedo ver... y puedo buscarla..., pero como antes estaba ciego, ¡ahora no puedo reconocerla! ¿Me podría ayudar usted?

—¡Pues claro, señor calcetín! —Ana se siente como una niña. Va hacia el cajón y saca un calcetín de color violeta y se lo pone en la mano como si fuera un títere de guante—. Hola, ¿me andabas buscando? —dice con una voz muy fina, y enseñando el calcetín a la cámara.

David mira su pantalla y empieza a reírse. ¡Su chica le ha seguido el juego!

—Ana, ¿no me has oído? —La madre de la muchacha entra en la habitación de su hija y la ve con un calcetín puesto en la mano derecha delante del ordenador—. ¿Qué haces?

Ana cierra rápidamente la pantalla del ordenador y deja colgado a David.

—Nada, mamá, chorradas con mis amigas —le contesta, sonrojada.

—Vamos, que tu padre está esperando...

Ana obedece. No sabe cómo reaccionarían sus padres si se enterasen de que tiene una relación con un chico. Sobre todo su padre... La última vez que la vio con un muchacho se puso hecho una fiera porque se los encontró besándose en el portal de su casa. ¡Besándose! Todo hay que decirlo, su padre es de la vieja escuela, y su madre tampoco es de gran ayuda, puesto que le chiva todo. Esta vez casi la pillan in fraganti, y por eso ha tenido que dejar colgado a David. Después le enviará un SMS para disculparse. «Espero que no se moleste —piensa Ana, mientras se dirige al comedor—. La próxima vez pondré el pestillo; tengo que ir con más cuidado.»

En ese mismo instante

Estela y Marcos chatean por Internet. Están intentando concretar un día para hacer otro ensayo. Los dos están muy motivados para seguir cantando. A medida que hablan, comparten enlaces de grupos y música que les gusta.

Silvia aparece en medio de la conversación, y Marcos no duda en agregarla al grupo. A Estela no le importa que su amiga hable con ellos, pero habría preferido continuar charlando a solas con Marcos.

Silvia dice: komo va?
Marcos dice: Estábamos compartiendo música.
Silvia dice: Guay. ¿Estela?

Estela tarda en contestar. De pronto le da pereza iniciar una conversación a tres.

Estela dice: Sí, estoy aki
Marcos dice: Silvia, sabes k el otro día estuvimos tocando con Estela?
Silvia dice: K bien!
Marcos dice: Sí.

Estela está sentada delante de la pantalla, sin saber qué puede añadir a la conversación. De hecho, le tenía una sorpresa preparada a Marcos, pero ahora, con la llegada de Silvia, se le ha cortado el rollo. Eso no quiere decir que esté enfadada con ella, ni mucho menos: Estela no es tan celosa como Bea.

Le invade una sensación extraña. Como cuando sale de fiesta y está hablando con alguien que le interesa mucho y aparece el típico amigo perdido que está solo y se mete en la conversación por el morro. La única diferencia es que esta vez ni están de fiesta, ni su amiga ha entrado por el morro. Silvia ha sido invitada con todas las de la ley. Es entonces cuando ésta decide que ya es hora de irse.

Silvia dice: chicos perdonad que me voy! Mi madre me llama para hacer una sesión de cine familiar... Hasta mañana!!!!

Silvia se ha desconectado...

Estela lee el mensaje de Silvia con la mosca detrás de la oreja. Una de dos: o su amiga ha dejado la conversación por una peli de verdad, o ha visto claramente que sobraba. A juzgar por la manera en que se ha despedido, Estela cree que se ha dado cuenta. Silvia no suele salirse del chat con tanta rapidez. Es más..., cómo decirlo..., educada. Silvia no se desconecta nunca sin haber escrito unas diez veces un «Chao», «Mua». «Buenas noches»... ¿Tendrán telepatía las *Princess*? Estela sonríe: con telepatía o sin ella, ¡tiene vía libre! Y como Silvia ya no estorba... ¡es el momento de la sorpresa!

Estela dice: Marcos? tas aki?
Marcos dice: Sí... Dónde estabas?
Estela dice: Baño...

Estela miente descaradamente. ¿Y quién no ha mentido alguna vez en la red?

Marcos dice: Silvia se ha ido ya...
Estela dice: Ah... oye...
Marcos dice: K!
Estela dice: He pensado en una tontería...
Marcos dice: K
Estela dice: Nada... hay un concurso de bandas sonoras en la tv...
Marcos dice: Y?
Estela dice: Participamos?
Marcos dice: OK
Estela dice: Seguro?
Marcos dice: Sí. K tenemos que hacer?? ☺

Estela no se lo puede creer. Viniendo de un tipo tan alternativo como Marcos la respuesta ha sido hiperrápida.

Estela dice: Enviar una balada de amor grabada y ya... si les gusta ya nos llamarán.
Marcos dice: OK

La chica no da crédito. En primer lugar, porque no pensaba que él aceptaría su propuesta, y después, porque ya tenía preparados unos tres argumentos para convencerlo y no ha tenido que usar ninguno. Increíble... Su primer trabajo en común. Estela se deja llevar por la imaginación, y se ve como una superestrella del rock junto a Marcos. Todo sería maravilloso.

Poco después

Ana ha cenado con sus padres y se ha retirado a su cuarto. Enciende el ordenador. David no está conectado. Ana mira el móvil. ¿Le envía un SMS o no se lo envía? Al final piensa en algo mejor... Mucho mejor...

Nueva entrada:

TE ENCONTRÉ

Querido calcetín:

Hace tiempo que te marchaste, pero yo nunca perdí la esperanza. Mi vida ha sido un auténtico calvario desde el día en que desapareciste de mi vida. Me dejaste. Nunca supe por qué, pero nunca dejé de quererte. Me obligaron a emparejarme con otros, de otros colores, texturas y tallas. Una vez, incluso con uno de color rojo con topos. No formábamos una buena pareja. Éramos opuestos. Los calcetines emparejados somos prácticamente iguales. Perdemos el sentido si nos separan. Solos, sin nuestra pareja, perdemos nuestra razón de ser, y la mayoría de las veces acabamos en la basura. Por suerte, a mí me encontró un chico al que le gusta mucho jugar con títeres. Me dio unos ojos y la posibilidad de ver. Ver más allá. Y mirando y buscando, te encontré. No sé si eres mi pareja ideal, si estaremos juntos toda la vida o si acabaremos, como tantos otros, en el cubo de la basura. Sólo sé que te quiero, y que me siento afortunado. Por fin te encontré.

Firmado:
Blancanieves

Capítulo 26

Juventud, divino tesoro,
¡ya te vas para no volver!
Cuando quiero llorar, no lloro...
y a veces lloro sin querer.

Plural ha sido la celeste
historia de mi corazón.
Era una dulce niña, en este
mundo de duelo y aflicción.

RUBEN DARÍO

Miércoles por la mañana

Las *Princess* llegan por separado a clase, sin pasar por el Piccolino. Cada una acude desayunada de casa, y parece que no es el día más propicio para reunirse y cotillear antes de entrar. Ana está en su nube, pensando en su calcetín; Bea y Silvia siguen enfadadas, y Estela está contenta con su nuevo proyecto con Marcos, pero también tiene esa extraña sensación en su interior que apenas la deja comer.

Son las 8.57 y toca clase de mates. Ana ya está sentada a su pupitre, escribiendo en su libreta, cuando aparece Crespo, uno de los chicos con más éxito del insti. Es el clásico guaperas, con el pelo rubio y pinta de surfero que se cree que todas están loquitas por sus huesos. El típico personaje a quien se supone que ninguna chica le puede decir que no. Si estuviéramos en una peli americana, él sería el capitán del equipo de baloncesto y Ana, la repelente a la que no miraría nunca. Pero no estamos en Estados Unidos, y ha pasado algo, porque el chico, por primera vez en todo el curso, le dirige la palabra.

—Hola, ¿qué haces? ¿Escribiendo para tu blog?

—¿Perdona? ¿Me..., me..., me lo dices a mí? —pregunta la chica, alucinada porque alguien como él le dirija la palabra.

—Pues claro... ¿Alguien más escribe un blog aquí? —pregunta el chico, haciéndose el gracioso y mirando a su alrededor.

—No lo sé. Supongo que sí —contesta Ana, sin entender muy bien qué intenciones tiene Crespo, cerrando su libreta y abriendo el libro de mates.

Entonces pasa algo absolutamente inesperado. El chico abre su mochila, la pone encima de la mesa, saca un paquete y se lo da.

—Para ti.

Suena el timbre y el muchacho se dirige a su sitio, no sin antes mirarla de reojo con picardía. Pero ¿de qué va esto? Ana está absolutamente desconcertada. No sabe qué contiene el paquete, y tendrá que esperar a que termine la clase para descubrirlo. Se da la vuelta y observa a Estela, que lo ha estado viendo todo desde lejos y le hace un gesto para que se lo explique.

Ana se encoge de hombros y mira al frente. La profesora acaba de entrar en el aula.

A la misma hora

El padre de Bea se dedica a las ventas. No sabemos muy bien qué es lo que vende, pero se pasa media vida con el coche arriba y abajo. En su último viaje, el coche lo dejó tirado un par de veces y, antes de que le vuelva a pasar, decide llevarlo al mecánico. Un colega le ha recomendado un nuevo taller que, al parecer, es barato y de confianza. Con los coches pasa lo mismo que con los médicos: hay que confiar en ellos.

En cuanto entra se queda fascinado de lo limpio que está todo. Por lo general, los talleres están sucios y huelen a aceite y gasolina. No es que éste huela a flores, pero el nivel es bastante digno. Parece que sólo hay un mecánico. Sus pies aparecen debajo de un coche.

—Perdona, chico, ¿te pillo en mal momento?

—Bueno, si me da un par de segundos, salgo —dice la voz que se esconde debajo de un Seat Ibiza.

—¡Hecho! No sé qué le ocurre a mi coche, pero pasado mañana salgo de viaje y necesito que esté arreglado —comenta el señor Berruezo, mientras comprueba si tiene mensajes nuevos en el correo electrónico de su Smartphone.

—Bueno, no se preocupe, si hace falta le dejo un coche de los míos.

«Un chico eficiente —piensa el señor Berruezo—. Me da una solución antes de que aparezca el problema. Eso me gusta.» Se queda mirando el local, que es bastante grande y está bien situado. De repente, alguien le toca la espalda.

—Usted dirá —dice el chico limpiándose las manos de grasa con un trapo.

El padre de Bea se vuelve, y se lleva una sorpresa mayúscula cuando se da cuenta de que el chico es Pablo, el ex novio de su hija. Parece que ha crecido, ha montado un negocio y se ha convertido en alguien responsable.

—Pablo, ¿eres tú? ¿Cómo estás, chaval? —dice el hombre con simpatía.

—¡Señor Berruezo! No me lo puedo creer... —El chico lo mira fijamente—. Vaya, vaya... Para empezar, le diré que no soy ningún chaval. En cuanto a ¿cómo estoy? Bien, todavía me estoy recuperando de lo que me hicieron.

El padre de Bea es incapaz de reaccionar. Parece que el chico no está para tonterías. Va directo al grano. No parece el niñato que salía con su hija hace unos años.

—Erais muy jóvenes...

—No. Su hija era muy joven. Yo soy prácticamente el mismo. Ahora tengo trabajo, sí, y vivo solo. Pero sigo siendo el mismo.

—Chico... No me guardes rencor. Tienes que entenderlo. Bea era muy pequeña y tú le llevabas... ¿cuántos años?, ¿cinco? Era imposible.

—Eso es lo que usted se creía. Yo adoraba a su hija —dice el chico, que alza el tono de voz y se vuelve a secar las manos grasientas con el trapo.

La verdad es que los dos tienen su parte de razón. No es que Pablo fuera demasiado mayor para Bea, pero sus padres creían que ésta no tenía edad de andar con novios, todavía era una chiquilla. Este argumento nunca le ha cuadrado a Bea, porque sus padres se conocieron muy pronto y siempre han sido muy felices. Pero eran otros tiempos, en los que las mujeres sólo podían marcharse de casa si se casaban, y no tenían por qué estudiar si no querían. Los padres de Bea quieren que su hija sea una mujer independiente, libre y feliz. Y aunque Pablo era un buen chico, no les gustaba que estuviera tan unido a su hija. En dos palabras: tenían miedo. De alguna manera, presionaron al chico para que la dejara. También manipularon un poco a Bea para que ésta aceptara que aquello era lo mejor para ella.

Le decían que era muy dominante y que no la quería de verdad.

Lo cierto es que el padre de Bea ve al chico, unos años después, y se da cuenta de que quizá fuera un pelín duro con ellos. Sobreprotegió a su hija, pero no se le puede culpar por ello. ¿Acaso no es lo que hacen todos los padres?

Unas horas más tarde

Suena el timbre y las chicas van directas a la mesa de Ana. Ésta les hace una seña para reunirse en los aseos. Cuando llegan, la primera que habla es Estela.

—Anda, ¡ábrelo! ¿Qué será?

—No me puedo creer que Crespo haya hablado contigo. ¿Qué te ha dicho? ¿Qué te ha dicho? —pregunta Silvia, intrigada.

—¡Que ha leído mi blog! —exclama Ana, sorprendida.

—No sé de qué te sorprendes —le dice Silvia—. Te hemos dicho mil veces que ¡todo el insti lee tu blog!

—Es verdad... —la secunda Bea, que mira a su amiga, pero se acuerda de que sigue enfadada con ella y baja la vista.

Ana no dice nada más, y abre el paquete poco a poco, como para hacerlo más emocionante. Las caras de las chicas son un poema. Sólo Ana entiende lo que pasa. Dentro del paquete hay... ¡un calcetín!

—¡Qué fuerte! —dice.

—¡Qué asco! ¿Creéis que estará limpio? —bromea Estela.

Entonces Ana las invita a leer su blog y les cuenta la

historia del calcetín. Lo que no tiene demasiado claro es qué narices tiene que hacer con él. Y entonces, cuando están a punto de marcharse, Ana guarda el calcetín dentro del paquete y, al hacerlo, se encuentra con una tarjeta que dice:

Te encontré. Si me llevas puesto, eso significará que me quieres.

Todas las chicas gritan a la vez, y no pueden parar de reír. Este tal Crespo parecía un supercreído, pero por lo visto es un chico romántico.

—¡Es brillante! —exclama Estela, emocionada—. Sin saberlo, Ana ha creado un nuevo código de amor: si te gusta alguien, le das tu calcetín y, si éste se lo pone, es que está por ti. ¡Genial!

—Sí, genial, lo que nos faltaba. Mi novio lleva una escayola —ironiza Bea—. Será alguna señal divina.

—No digas eso —le dice Silvia con dulzura.

—Yo digo lo que me da la gana —le contesta la otra, enfadada.

Es evidente que las chicas están de mal rollo. Lo mejor será volver a clase y calmarse un poco.

Después de las clases, todo el mundo se ha enterado del asunto del calcetín. Las chicas con novio ya se han intercambiado los suyos y, en cuestión de horas, ya se puede saber quién tiene novio y quién no en el insti. Todo el mundo está como revolucionado, y la entrada de Blancanieves tiene más visitas y comentarios que nunca.

Al salir de clase, lo primero que hace Ana es llamar a

David, quien de alguna manera ha creado esta nueva moda entre los adolescentes. Estela se marcha en bici, y Bea y Silvia se separan sin decirse ni adiós. Bea está muy triste; le espera comida familiar en casa y no le apetece nada conversar con sus padres. Y lo peor es que no tiene ni idea de la sorpresa que le va a deparar la charla del mediodía.

Hora de comer, en casa de los Berruezo

Bea puede comer con sus padres muy pocas veces al año. Primero, porque casi siempre come en el insti, y después, porque el padre no está casi nunca. Hoy es un día especial, pero Bea no está de humor. Llega, se encierra en el baño y espera a que la mesa esté puesta. Sabe que, si sale, su madre la va a obligar a ayudar: poner los platos, cortar el pan, lo que sea... Mientras, su padre está tirado en el sofá, viendo las noticias. Como esto la saca de quicio, espera el grito de rigor:

—¡A la mesa! —grita Lucía—. ¡La comida ya está lista!

Bea sale del baño, se sienta a la mesa y, sin decir ni una palabra, coge el tenedor y corta un trozo de la lasaña de verduras. Es uno de sus platos favoritos pero no hace ningún comentario al respecto. Entonces el señor Berruezo, que nota que su hija no tiene un día demasiado comunicativo, decide (no sabemos si acertadamente) contarle que ha visto a su ex. A Pablo. Le explica con bastante entusiasmo: que el chico le ha sorprendido; de alguna manera, le quiere decir a su hija que lo siente. Siente la bronca del otro día, y siente haber sido tan duro con ella en el pasado.

—Perfecto, ahora resulta que Pablo era el chico perfecto, ¿no? —murmura Bea con rabia.

—Que no, hija, no te pongas así. Te lo cuento porque he pensado que debías saberlo —aclara el padre.

—Muy bien, ¿y me puedes decir qué me aporta ahora esta información? ¿En que mejora mi vida saber esto?

—Bueno..., no lo sé. Pensaba que te alegraría —repite serio el padre, mientras mira a la madre para que le eche un cable.

—Me costó mucho superarlo, ¿sabéis? —les dice Bea, mirándolos a ambos—. Me dijisteis que Pablo no era bueno conmigo. Y ahora resulta que es el novio ideal.

Bea está a punto de echarse llorar.

—Nadie ha dicho esto, Beatriz. Creo que estás haciendo una montaña... —le replica la madre.

—Sí, sí, seguro. La culpa siempre es mía.

—Nadie habla de culpas. Hace tiempo de lo de Pablo, y la gente crece, madura... Tú eras muy pequeña, Bea, hicimos lo que creímos correcto y mejor para ti y, quizá, gracias a eso, Pablo es mejor persona —aclara la madre—. ¡Pero si hablabais de iros a vivir juntos, sin un duro, y tú eras menor de edad! ¿Qué sería ahora de vosotros?, ¿eh? Tú, sin estudios, y él... —Su madre calla. Luego mira a su hija y prosigue—: ¿Crees que tendría el taller si hubiese seguido contigo?

Bea ya no puede más. Se echa a llorar y, cuando hace amago de irse a su cuarto, su madre la coge del brazo y la abraza fuerte. En cuestión de segundos, el padre se levanta y hace lo mismo. La familia Berruezo se funde en un gran abrazo. A veces son duros los unos con los otros, pero está claro que se quieren. Lo que no saben es que Bea no llora sólo porque recuerda su pasado más triste, sino porque su presente tampoco es muy halagüeño.

En la habitación de Marcos

Estela está sentada en la cama de Marcos y, mientras éste ensaya unos acordes con la guitarra, ella no para de escribir en su libreta. Si alguien los viera, pensaría que llevan años ensayando juntos. Ni siquiera tienen nombre como grupo, pero buscan una sintonía a través del concurso de la tele.

—No sé si daremos la talla —duda el chico.

—¿Perdona? Nada de inseguridades, Marcos, ¡vamos a por todas!

—Es que llevamos aquí todo el día y ¡no me sale nada! Estoy superagobiado. ¿Te importa si salgo un momento a tomar el aire con *Atreyu*? —pregunta, dejando la guitarra en la cama.

Estela capta perfectamente que quiere ir solo y, sin tratar de impedírselo, deja que se vaya.

—¡No tardes!

—Tranquila; serán diez minutos como mucho —contesta él, cerrando la puerta.

De repente, Estela se encuentra sola en la habitación. Todo el mundo sabe que, cuando dejas a alguien solo en el espacio de otra persona que le gusta, lo primero que va a hacer es curiosearlo todo. Y, en efecto, Estela no puede evitar cotillear en la librería, abrir cajones, buscar fotos, archivos... ¡Lo que sea! La cuestión es encontrar algo que le demuestre que Marcos está por ella. Y, de repente, lo encuentra: una libreta roja de terciopelo cerrada con una goma del mismo color, con el nombre de Marcos marcado en una esquina. No es la primera vez que la chica ve esa libreta. Marcos la lleva siempre encima, y escribe cosas en el momento más inesperado, y Estela sabe que él guarda allí sus más valiosos secretos, sus reflexiones más profundas y sus pensamientos más oscuros. Cuenta hasta tres y la coge. «Sólo una página», se dice. Sabe que eso no está bien pero, aun así, la abre de golpe de manera aleatoria y lee lo que aparece en la página que la fortuna ha escogido por ella:

La niña del pijama
yo no sé si es buena o es mala.
Parece la guardiana de los sueños
que mientras duermo me acompañan;
será porque me protege desde la ventana.
Silvia, mi amiga y mi guardiana.

Estela cierra bruscamente la libreta y le da un vuelco el corazón. Empieza a respirar muy fuerte y siente que se está mareando. Le invaden unas enormes ganas de llorar, pero no sabe muy bien por qué. De pronto, supone que Marcos esta enamoradísimo de Silvia y se siente muy desgraciada. Deja la libreta donde la ha encontrado, e intenta llegar hasta el baño. Le cuesta. El mareo cada vez es mayor. Siente su pulso acelerarse, le sudan las manos y la cabeza le da vueltas. Cuando por fin llega al baño, se encierra en él, se tira al suelo y se abraza a la taza del váter. No puede parar de llorar. Le duele el pecho, algo le aprieta muy fuerte ahí, y no sabe lo que es. Se siente realmente mal, con el estómago revuelto. Abre la tapa y vomita lo poco que ha comido durante la mañana. Tira de la cadena y, aunque sigue triste, parece que se sienta un poco mejor. Suena el teléfono. Es un nuevo SMS de Leo: *¿Cómo va a sorprenderme mi chica hoy?*

Estela lo lee un par de veces y, por primera vez en su vida, decide no contestar. Parece una tontería pero ella no ha dejado nunca de contestarle los mensajes a Leo. En cambio, él puede tardar lo que le plazca en responder o, directamente, no hacerlo.

Estela, tumbada en el lavabo de la casa de Marcos, reflexiona sobre los chicos que hay en su vida y lo poco que parece significar para ellos en realidad, y se siente muy desgraciada.

En la otra punta de la ciudad

Silvia pedalea tan rápido que parece que la haya alcanzado un rayo. Hace unos instantes ha recibido un SMS de Sergio que le pide que vaya a verlo a casa de su madre, pues necesita su ayuda. No hay nada que le guste más a Silvia que ayudar a los demás y, aunque sabe que está jugando con fuego, no puede evitar ir a verlo. Siente el cuerpo inundado de mariposas; es una sensación que le encanta y a la vez le horroriza. Ella es muy comedida en todo lo que hace, y siempre intenta hacer las cosas bien, pero, por una vez, siente que hay algo superior a ella que la impulsa. Está viviendo una aventura que no sabe adónde la va a llevar y, aun así, no puede dejar de sonreír. Al fin, llega. La casa de la madre de Sergio está ubicada en la zona alta de la ciudad: aunque el chico parezca algo bohemio, en realidad es de buena familia.

Temblorosa, Silvia llama al interfono. No contesta nadie, pero le abren la puerta. Sube hasta el ático, y le atiende una señora regordeta con rasgos filipinos y un delantal gris.

—Pase, señorita; el señorito Sergio la espera en su cuarto.

—Gracias —contesta la chica, un poco cortada.

De camino a la habitación del chico, Silvia puede ver un sinnúmero de obras de arte, cuberterías de plata expuestas en vitrinas, platos enormes colgados de la pared... La chica observa todo atentamente hasta llegar a su destino. La sirvienta llama a la puerta con los nudillos, y se oye la voz de Sergio:

—Adelante, Gladys.

Ésta abre la puerta y deja paso a Silvia, que entra. Sergio, que está sentado en una silla de ruedas, con la pierna enyesada estirada, dice:

—Gracias, Gladys.

La sirvienta asiente y se va, cerrando la puerta tras de sí. Silvia no se lo puede creer. Nunca habría imaginado que Sergio tendría una criada, no parece de esa clase de chicos. Nadie diría que es un pijo, sino todo lo contrario. «Claro que uno puede ser normal y tener una familia con dinero, ¿no?», se dice Silvia.

—Bueno, ya estoy aquí. Me tienes intrigada... ¿Qué es lo que quieres? —le pregunta al chico, a la vez que se sienta encima de la cama.

—Necesito que me ayudes con el regalo de Bea —contesta Sergio, contundente.

Esa frase le cae a Silvia como un jarro de agua fría en

toda la cabeza. Llevaba media hora subida en la bici mientras iba para allá, imaginándose todas las cosas románticas que le podría decir Sergio. Está claro que se ha montado una película.

—Yo intento ayudar en lo que quieras, pero Bea y yo estamos enfadadas —le recuerda la chica.

—Lo sé. Pero eso no me importa. Bueno, claro que me importa. Quiero decir... que necesito que me ayudes como amiga.

—¿Como amiga? —pregunta Silvia.

—Sí, pero como amiga mía.

Otro jarro de agua fría. Ahora dice que son amigos. «Si un hombre te quiere como amiga es que no tienes nada que hacer», piensa. Entonces, se arma de valor y pregunta:

—¿Qué hay que hacer?

—Necesito tu opinión. Había pensado llevar a Bea a un lugar muy especial el día de su cumpleaños. Un mirador que hay a las afueras de la ciudad. Allí hay un banco de piedra que me gusta mucho, y desde el que se puede ver toda la ciudad. Ahora está lleno de pintadas horribles. La gente es de lo más incívica, ya sabes. La idea sería volver a pintarlo con motivos de amor y con un mensaje explícito para ella. ¿Crees que le gustaría? Y... ¿qué puedo poner?

—Bufff... —Parece que Silvia se va a desmoronar en cualquier momento—. No sé, chico, eso es cosa tuya. Tú eres el artista...

—Tengo claro el dibujo, lo que no sé es qué escribir. No sé qué le puede hacer ilusión. ¿Qué querrías tú leer?

—Es complicado... ¿Te quieres declarar?

—No lo sé. Igual sí. Pero ¿qué significa declararse? —pregunta Sergio.

—Pues comprometerte con ella, confesarle tu amor, decirle que la amas, que quieres pasar el resto de tu vida con ella, que quieres que tu sueño se convierta en realidad.

—¿Sueño? —pregunta Sergio inquieto—. ¿A qué te refieres?

—Que sueñas todas las noches con ella antes de ir a dormir y que te gustaría levantarte todos los días viendo su cara, sintiendo su olor, y tocando su piel. Y que lo que más deseas en esta vida es que el sueño se convierta en realidad —contesta Silvia.

—Qué bonito —contesta el chico con sinceridad, mirándola a los ojos, admirado.

—Es lo que pienso cuando estoy enamorada de alguien, que me gustaría ser lo primero que viera al despertar y lo último que viera antes de irse a dormir y que no fuera...

Entonces, los dos exclaman a la vez:

—¡Un sueño!

Mientras, en la habitación de Marcos

Marcos llega de pasear a *Atreyu* y se da cuenta de que algo anda mal. Estela lleva la chaqueta puesta y parece que estaba a punto de marcharse. Está muy pálida y tiene los ojos llorosos.

—¿Qué te pasa, Estela? —le pregunta.

—Nada; no me encuentro bien...

—Pero ¿así, de golpe? —se sorprende el chico—. ¿Qué tienes?

—Estoy mareada. Prefiero irme —contesta ella.

—Pero ¿por qué?

Estela no puede evitar el llanto. Marcos la abraza en seguida, consciente de que le está pasando algo grave. De un tiempo a esta parte, su amiga come poco, se marea con frecuencia y está muy pero que muy sensible. De alguna manera, tiene el presentimiento de que tal vez haya hecho algo malo. Es muy raro, ha bajado al perro diez minutos, la ha dejado sola, y ella se ha puesto así.

—Perdona, pero ¿tiene algo que ver conmigo?

—Lo siento, Marcos... Yo...

—¿Qué?

Estela le confiesa que ha leído la canción de amor a Silvia. Marcos no dice nada. Apoya su mano derecha en el hombro de Estela para consolarla pero, en el fondo, no le gusta que ella haya traicionado su confianza. Ésa es su libreta personal. Su libreta más íntima.

Capítulo 27

> El día que me quieras tendrá más luz que junio;
> la noche que me quieras será de plenilunio,
> con notas de Beethoven vibrando en cada rayo
> sus inefables cosas,
> y habrá juntas más rosas
> que en todo el mes de mayo.
>
> Amado Nervo

Jueves, a primera hora de la tarde

Hace algo de viento en el parque. Los niños chillan y corren por la zona de los columpios, los más pequeños se entretienen haciendo castillos de arena. Las *Princess* tienen la tarde libre y están sentadas en su banco de madera muy calladas. Silvia está en una punta, Ana, Estela y Bea en la otra. En silencio, todas miran a los niños jugar como si estuvieran en un gran cine.

Ana ha acudido con Silvia, y Estela con Bea. Todas saben que Silvia y Bea están picadas. Como en todo grupo de amigas, cada una tiene su punto de vista acerca de lo que ha pasado. Bea se lo ha contado todo a Ana y a Estela por teléfono. Lo mismo ha hecho Silvia. Pero tanto Ana como Estela no están a favor de nadie. Ellas dos también han hablado y se han puesto de acuerdo para que sus amigas se reconcilien. Por este motivo han llevado a las chicas al parque por separado.

La que está más resentida por esta situación, aunque

parezca mentira, es Ana. A ella no le gustan los conflictos entre amigas. El mero hecho de pensar que se podría romper su relación le pone muy triste. A Estela tampoco le gusta mucho que sus amigas discutan, y menos por un chico.

Pasan los minutos y nadie se ha atrevido a decir nada, pero todas están con la palabra en la punta de la lengua. A Silvia y a Bea se las nota inquietas. De pronto ven a unos niños de unos ocho años jugando al corre que te pillo. El que va primero tropieza, se cae al suelo y pierde el zapato, el otro no tiene tiempo de frenar y se cae encima del primero.

Todas miran el suceso. La verdad es que ha sido una caída muy cómica. El primero en caerse busca su zapato, y el segundo, al levantarse, tiene toda la boca llena de arena.

¿Quién de las chicas reirá primero?

Estela se aguanta la risa con la mano, Ana mira para otro lado contagiada por su amiga. Silvia dibuja una sonrisa, y Bea es la primera en soltar una risotada.

—Mmm... Arena... Qué rica... —bromea Estela.

Bea se troncha de risa y no puede parar, y al cabo de un rato le duele tanto la barriga que se la sujeta con las manos. Al resto de *Princess* les sucede lo mismo.

—Si usted quiere adelgazar, haga la dieta de la arena. ¡Proteínas, hidratos de carbono y alta en fibra! —Estela pone voz de locutora publicitaria.

—¡Me meo! —exclama Ana con lágrimas en los ojos.

Los niños se levantan y, al ver a las chicas reír, se contagian de su risa tonta. Y, como son niños, en seguida retoman el juego: el pequeño con la boca llena de arena saca la lengua como si fuera un monstruo y empieza a perseguir a su compañero.

—Es alucinante... Los niños son la repera... —dice Ana a modo de reflexión.

—Y que lo digas... —le sigue Silvia.

—Es como una metáfora de la vida, ¿no? —comenta Estela—. Mirad, un niño persigue a otro niño, el primero se cae y el otro se cae con él. ¿Será que lo que perseguimos nos hace tropezar con la misma piedra?

Todas las chicas se quedan pensativas. Estela se ve obligada a añadir otro comentario porque ve que nadie la ha entendido.

—Estoy hablando de chicos, amigas... ¡Chicooooos!

En ese instante se oye un pitido de móvil. ¡Un SMS! Todas buscan en sus bolsillos y sacan sus teléfonos a la vez. ¡Son tan amigas que parece que hagan una coreografía! Tres de ellas vuelven a guardar el móvil. Bea no.

—Hablando de hombres... A ver si adivináis quién me ha enviado un SMS...

—¿Quién? —pregunta Estela mientras Silvia piensa: «Por favor, que no sea Sergio. ¡Que no sea Sergio!».

—Pablo...

—¿Tu ex? —se sorprende Ana.

—El mismo.

Todas se quedan calladas. Todas piensan lo mismo pero no dicen nada. Pablo es el verdadero amor de su vida. Bea puede estar ahora ilusionada con Sergio, piensan todas, pero lo de Pablo no lo tiene superado. Una simple llamada la puede dejar hecha polvo durante un mes. Pero ella, que es una chica muy orgullosa, se muestra fuerte y hace ver que no le importa demasiado, y sus amigas le siguen la corriente, sin querer hurgar más en la herida.

—¿Y qué quiere? —insiste Estela.

—Leo textualmente —dice Bea mirando el móvil—: «¡Hola! ¿Qué tal? ¡Hoy he visto a tu padre en el taller! Me ha traído recuerdos... Y tú, ¿qué tal».

—Ha repetido dos veces «qué tal»... Quiere algo —afirma Estela, experta en SMS.

—A lo mejor se ha despistado —sugiere Ana, para quitar hierro al asunto.

—En todo caso, sabremos si quiere algo si le escribes un SMS. Si responde rápido y con una pregunta al final, tiene interés. —Estela, como siempre, pone el punto y final a sus reflexiones.

Bea escucha a sus amigas. Se siente algo desilusionada con la vida en general. Por culpa de Pablo discutió ayer con su padre, además su ex aún no ha cambiado su estado en Facebook, así que en su perfil todavía consta que tiene una relación con ella. Después están Sergio y su maldita convalecencia. A Bea le encanta la actividad, y no le gusta hacer de enfermera de nadie, y menos de alguien de quien no tiene nada claros sus sentimientos. Y ella, ¿tiene claro lo que siente? Pero es incapaz de contarles todo esto a sus amigas.

—De perdidos al río... —suspira. Escribe un SMS de respuesta a Pablo y, antes de enviarlo, lo lee en voz alta a sus amigas—: «Yo-bien-coma-me-alegro-por-mi-padre-y-por-ti-puntos-suspensivos-tú-qué-tal-interrogación». Y envío.

—Buena respuesta, Bea —dice Estela mirando al horizonte—. Le damos a Pablo tres minutos.

Mientras tanto, Silvia sigue en silencio. No se ha atrevido a comentar nada porque no quería pelearse con Bea. Siendo estrictos, ella no ha hecho nada malo. Es cierto que le gusta Sergio, pero ¡no se lo ha dicho a nadie, y no piensa hacer nada al respecto! Respeta a su amiga... Además, desde ayer ha decidido olvidar esta historia, que no la lleva a ningún lugar.

—Ha contestado. ¡Ha contestado! —exclama Ana después de oír el toque del teléfono de Bea—. ¿Qué ha dicho?

Bea desenfunda su teléfono como si fuese una pistolera. Estela sonríe.

—Lo que yo decía.

—Chicas, no os lo vais a creer. ¿Lo leo?

—¿Y tú qué creeeesss?... —responde Estela irónica.

—«Te necesito» —Bea alucina. Su ex novio le envía un SMS diciendo esto.

—Debe de estar borracho o algo... si no, no me lo explico —concluye Estela, que también está flipando.

—Nooooo... ¡Esperad! ¡Este mensaje es de Sergio! Oooohh... ¡Me necesita!

—Ya decía yo... —responde Estela.

—¿Seguro que no es Pablo? —pregunta Silvia, con algo de esperanza, aunque no quiera reconocerlo y hace unos minutos se haya dicho a sí misma que iba a olvidarse del novio de su amiga.

—No, no, es Sergio —constata Bea, orgullosa.

Tres de las *Princess* siguen exaltadas y comentando el intercambio de mensajes. Silvia escucha la conversación. No cree que su presencia en el parque dé para mucho más. Está clarísimo que Bea no le dirige la palabra y que Sergio está enamorado de su amiga. Esta clase de mensajes no se van escribiendo así como así. La verdad es que tiene ganas de irse para su casa, pero en este momento lo ve muy difícil. Si se marchase ahora le daría la razón a Bea y todas sus amigas sospecharían de ella.

De pronto suena su teléfono. ¿Quién será? ¡Marcos! ¡Su salvación!

—¡Hola, vecino!

Estela mira a Silvia con curiosidad. ¿Para qué habrá llamado Marcos a su amiga?

—Hola, Silvia. Ejem... No te quería molestar.

—No, no... Qué va... dime.

—¿Estás en casa? Es que me gustaría comentarte algo importante.

—Pues no, no estoy en casa, pero ahora mismo voy para allá. Dame diez minutos. Estoy en el parque.

Silvia cuelga el teléfono. ¡Por fin tiene excusa, una vía de escape! Se despide de las chicas con prisas para evitar dar dos besos a Bea. Ana mira a Silvia y hace ademán de acercarle la mejilla, pero ésta se hace la despistada. Cuando su amiga se marcha, Bea mira al suelo, porque en realidad no quiere despedirse de ella. Estela se limita a alzar la mano y mueve los dedos a modo de adiós. La llamada la ha dejado algo inquieta.

A los pocos minutos de haberse ido Silvia, el resto de *Princess* deciden volver a casa. Hoy nadie está de humor, y además todas coinciden en que tienen que hacer los deberes.

Poco después

Silvia llama al timbre de la casa de Marcos. Él la recibe en la puerta, pero no la invita a pasar. Parece preocupado.

—Gracias por venir. Es que el otro día estuve con Estela y...

—¿Y?

—Nada, pues que me preocupó.

—¿Por? —Silvia no sabe por dónde van los tiros.

—Es que estuvimos hablando y... ¿Sabes si Estela tiene problemas con la comida?

—¿Qué? —Silvia no da crédito a la pregunta de Marcos.

—Así que vosotras no habéis notado nada raro... El caso es que me contó...

Silvia y Marcos se quedan charlando un rato más en el rellano. Los dos llegan a la conclusión de que Estela no tiene ningún trastorno alimenticio real, aunque últimamente ande haciendo el tonto con la comida, pero seguro que le pasa algo y, si no lo averiguan y la ayudan, podría acabar teniendo un problema de verdad.

—Oye, Marcos, veré lo que puedo hacer. Tú estate muy atento, ¿vale?

Silvia se despide y se dirige a casa preocupada. ¿Cómo es posible que Estela y ella sean amigas y se le haya pasado por alto? «Tengo que hacer algo.»

Al poco rato

Silvia ha llegado a su casa y no deja de preguntarse: «¿Qué le pasará a Estela?». Abre el ordenador de manera automática y escribe un correo a Ana con copia a Bea. Lo que le ha dicho Marcos es demasiado fuerte para andar con chiquilladas y berrinches, así que tanto Bea como ella deberán aparcar su enfado por el bien de su amiga Estela.

Hola

En este correo no he incluido a Estela por una simple razón. Como sabéis, cuando estábamos en el parque me ha llamado Marcos. He quedado con él y me ha dicho que estuvo hablando con Estela y... dice que puede que ella tenga algún problema grave.

Cuando me lo ha dicho me he quedado flipando pero ¡lo que dice Marcos parece lógico! Últimamente come poco, está adelgazando y también se marea demasiado... En fin... Chicas, estoy preocupada. Creo que esto es motivo de una Reunión de Princess *Urgente. ¿Qué decís?*

Besos,

Silvia

P.D.: Por cierto, Bea, aprovecho para decirte que me perdones, que no lo he hecho con mala intención.

Silvia envía el mensaje, y se siente un poco mejor. Estela se merece que sus amigas le echen una mano. Además, de esta manera también podrá hacer las paces con Bea.

Un par de minutos después ya le han respondido las dos. Ana está muy sorprendida y preocupada. En su mensaje dice explícitamente que deja su agenda libre para que la reunión se celebre lo antes posible. Bea es la siguiente en contestar. Ha leído el mensaje de Ana y coincide en que deben reunirse cuanto antes. También añade que el tema es demasiado peliagudo como para tratarlo por chat o por teléfono.

Silvia les escribe de nuevo: *Si es una RPU es una RPU! Propongo quedar en media hora en mi casa.* Ana y Bea confirman la asistencia. Silvia arregla su habitación y avisa a su madre de que las chicas irán un rato y que haga favor de no interrumpirlas.

Silvia está algo alterada. Ana y Bea irán a su casa para tratar un tema delicado. Sabe que Bea y ella tienen un asunto pendiente y que deben hablarlo. Aunque Bea haya aceptado ir a su casa, el hecho es que Silvia se ha disculpado por escrito y su amiga no ha respondido aceptando las disculpas.

Capítulo 28

Pues sobre aquello volviendo
del sentir que te decía,
sabrás que te estoy queriendo
ya hace tres años, María.

JOSE MARÍA GABRIEL Y GALÁN

Sobre las ocho y media, más o menos

Ana y Bea llegan juntas a casa de Silvia. Aunque Silvia y Bea están dispuestas a colaborar y dejar de lado su rencilla por el bien de su amiga Estela, se respira algo de tensión en el ambiente. Las chicas se encierran en la habitación de Silvia. La persiana está bajada y, en el centro del cuarto, hay una vela roja prendida.

Las chicas se quitan los abrigos y los dejan encima de la cama. Sin casi mediar palabra, se sientan en el suelo formando un triángulo que rodea la vela, en el centro, como si fuese un ritual de brujitas buenas. Silvia hace ademán de coger las manos de sus compañeras para empezar la Reunión de *Princess* Urgente. Ana le da la mano, pero Bea se resiste.

—Al grano, por favor. —Parece que Bea está harta de tanta pantomima *made in Princess.*

—Marcos me ha llamado, y dice que Estela...

—Eso ya lo sabemos, Silvia —responde Bea, a la defensiva.

—Bien, pues si ya sabemos el tema que hay que tratar... ¿Qué hacemos? —Ana intenta relajar el ambiente.

Las tres *Princess* se quedan pensativas, y dejan que un gran silencio se cierre sobre la habitación. Las tres miran fijamente la vela, como si les tuviera que dar alguna respuesta. Es un asunto muy peliagudo. Los trastornos alimentarios no son ningún juego de niños. Están muy preocupadas por Estela.

En silencio, cada una busca una posible solución. Ana resopla y mira a Silvia.

—¿Llamamos a un médico? —comenta.

—Venga, por favor... —responde Bea en un tono bastante maleducado.

—Oye, no te pases... Al menos es la única que ha dicho algo con sentido —le planta cara Silvia, harta de la actitud de su amiga. Empieza a estar un poco cansada de su mal carácter. Lleva unos días intentando que Bea la perdone, y ésta no sólo hace caso omiso sino que, ante una situación tan grave como la de Estela, que debería hacer que dejaran sus rencillas a un lado, se presenta en su casa y se comporta de esa manera tan desagradable. «Por ahí sí que no paso», se dice.

—Claro, Silvia. Vamos a llamar al médico ahora mismo y le decimos: «Hola, señor médico: Tenemos una amiga que creemos que está enferma pero no lo sabemos muy bien. ¿Puede usted venir a casa? No, no, señor médico, en casa no está la enferma, sólo estamos nosotras, sus amigas... ¿Puede venir, por favor? Es urgente...». —Bea se ríe de su ocurrencia. Le ha parecido un comentario muy lúcido.

Silvia la mira incrédula. «No puedo más —se dice—. Está insoportable.»

—Pero ¿qué te pasa? —Silvia pasa al contraataque.

—Nada —responde ésta, mirando al techo.

—Nada no, ¡te lo digo en serio! ¿Yo qué te he hecho? —insiste Silvia. Está resuelta a llegar hasta el final. Se da cuenta de que si no arregla de una vez por todas el problema que tiene con su amiga no van a poder ponerse de acuerdo y solucionar el asunto de Estela.

Ana observa a ambas. Silvia está mirando fijamente a Bea, que le esquiva la mirada. Por primera vez Bea está siendo confrontada abiertamente por una de sus mejores amigas y parece muy nerviosa. Mueve los pies y no sabe adónde mirar. Ana no puede aguantar tanta presión. Cada segundo que pasa parece una eternidad y Bea no quiere responder a Silvia.

—Yo pienso que Estela debe...

—Ana, ¡un momento! —Silvia interrumpe el comentario de Ana con la mano. Está decidida: ahora o nunca—. Bea, ¿me puedes contestar, por favor?

Ana enmudece. Ella quería evitar esa situación tan embarazosa. Pensaba que hablando de Estela podría calmar los ánimos o por lo menos distraer la atención del conflicto. Pero Silvia va lanzada.

—Da igual... —Bea por fin responde pero no concreta nada.

—Yo creo que no da igual. Si queremos ayudar a Estela primero tendremos que arreglar lo nuestro, ¿no te parece? Porque así no vamos a ninguna parte.

—Silvia tiene razón. —Ana se muestra dispuesta a abrir la caja de Pandora: es la única manera de que sus amigas se reconcilien por fin—. Si te digo la verdad, yo tampoco te entiendo...

—Claro, ¡ahora tú ponte de su parte! —Bea se siente atacada, parece que sus amigas conspiren contra ella—. Sabes perfectamente que Silvia me está intentando robar a Sergio... ¡Y no me digas que no, Silvia!

—Vale, he chateado con él y fui a verlo al hospital sin consultarte, pero no sabía que te lo tomarías tan mal. Además, yo lo conocí en persona antes que tú, ¿o es que no te acuerdas? ¡Y eso fue por hacerte un favor!

—¡Eso es mentira! —salta Bea, enfadada.

—¿Ah, no? —pregunta su amiga, exaltada.

—¡No! ¡Te aprovechaste!

Ana intenta mediar.

—Bea, recuerda que ella lo hizo por ti... ¿Y sabes por qué lo hizo? —Ana deja un silencio para que Bea responda; pero ésta calla, así que Ana prosigue—: Lo hizo porque eres su amiga, no para ligarse a tu novio.

—Bea... Sergio me parece un chico diez, pero sólo somos amigos... y eso no me lo puedes prohibir... He intentado pedirte perdón de todas las formas posibles cuando, quizá, ni siquiera debía hacerlo... porque eres mi amiga... Eres demasiado celosa, Bea, reconócelo. Dime, ¿qué es lo que tengo que hacer? ¿Arrodillarme? —Silvia se pone a llorar.

Ana se acerca a ella y la consuela acariciándole la espalda, y después le da un abrazo. Bea observa a sus dos amigas. Sin poder evitarlo, también brotan lágrimas en sus ojos. Se da cuenta de que Silvia lleva parte de razón: los celos la están cegando.

Silvia se deshace del abrazo: necesita sonarse la nariz. Bea se seca las lágrimas de un manotazo.

—Arreglemos esto, por favor, ya no puedo más... —dice

Silvia con tono conciliador—. Y si no puedes perdonarme, mejor lo dejamos, porque yo no puedo seguir así.

A Ana se le encoge el corazón. ¿Será éste el final de las *Princess*? Con el corazón en un puño, mira a Bea esperando que ésta recapacite y reaccione. ¡Las *Princess* no pueden dejar de ser amigas! ¡Son un equipo! ¡Casi hermanas!

Bea suspira.

—Está bien —dice—. Hay algo en mí que me dice que tienes algo con Sergio... Una conexión... Vosotras decís que son celos..., pero hay algo que me dice que no..., que la conexión que tienes con Sergio va más allá de mis celos y de mi... relación con él. Pero supongo que no me queda otra que confiar en ambos.

—Gracias —susurra Silvia—. Aunque me muriera por Sergio, yo nunca haría nada.

—Lo sé. —Bea no puede contener las lágrimas—. Soy una estúpida. Sergio me gusta y, con lo del accidente, tengo miedo de perderlo... Tú eres una de mis mejores amigas, no sé cómo he podido dudar de ti...

Bea se acerca a Silvia y se funden en un gran abrazo, lleno de emoción. Silvia solloza. Ahora sí que cree realmente que acaba de sacrificar el amor que siente por Sergio por la amistad que la une a Bea. Sabe que su amiga ya no le guarda rencor, y eso la hace feliz, pero también, entre sus brazos, siente una soledad absoluta. ¿Es que nunca va a vivir un amor? ¿Por qué le priva la vida de ello? ¿Por qué sus amigas sí y ella no? ¿Es que no van a besarla nunca? Los sollozos de Silvia acaban en llanto.

—Vamos, no seas boba —le susurra Bea—. No te pongas así, lo siento mucho, de verdad... Siento ser tan cabezota a veces...

—No, si no es eso... —balbucea la otra hipando—. Es que... ¡nunca tendré novio!

—No digas eso... —intenta consolarla Ana.

—¡Es verdad! Tú estás con David, Bea con Sergio, y Estela sólo tiene que chascar los dedos y... —Silvia se seca las lágrimas—. Todos los chicos me quieren sólo como amiga. Voy a acabar como aquellas solteronas rodeadas de gatos.

—No digas eso, tonta... —la compadece Ana—. Siempre estás ahí para echar una mano a los demás, y eso es buenísimo. Mira, por ejemplo, ahora. Estamos aquí gracias a ti. Estela lo está pasando mal, y sólo tú has sido capaz de reunirnos... Y vamos a arreglarlo gracias a ti. ¡Ya lo creo que lo vamos a arreglar!

—¿Y el tema chicos —le contesta Silvia—, quién me lo arregla?

—Esto no se arregla... —Bea le acaricia el pelo con cariño—. Con los chicos, una tiene que ser paciente. Ya te llegará, no te preocupes.

—Pareces mi madre —dice Silvia con una sonrisa triste—. Siempre me dice lo mismo.

—Pero ¿a ti te gusta alguien? —pregunta Ana.

El silencio se vuelve a apoderar de la habitación. Sin quererlo, Ana ha dado en el clavo. En la mente de Silvia sólo aparece Sergio, Sergio, ¡Sergio! Pero es imposible confesarlo después de lo que ha pasado con Bea. Así que, al final, calla.

Ana y Bea se miran con complicidad: saben que cada cual lidia con su batalla interior de la mejor manera posible, y parece que su amiga sí sufre por amor pero aún no está preparada para compartirlo con ellas. Es la primera vez que Silvia llora ante ellas por un tema relacionado con el corazón. Parece mentira. El amor es uno de los temas recurrentes para las *Princess*. Para todas ellas, el amor tiene una importancia vital, y ni Ana ni Bea habían dado importancia hasta ahora al hecho de que Silvia no ha tenido ninguna experiencia de ese tipo. Pensaban que ella se lo tomaba con más calma, pero no sabían que en realidad su amiga lo está deseando con todas sus fuerzas.

—¿Quieres el calcetín de Crespo? A mí no me gusta... —Ana sonríe a Silvia.

—¿Quieres que me ponga el calcetín de Crespo? —responde la otra mientras se tapa la boca para evitar soltar una carcajada.

—¿Por qué no? A ver qué pasa... —Ana busca en su mochila y saca el calcetín cogiéndolo con mucho cuidado y sólo con el índice y el pulgar de la mano derecha, como si estuviera sucio. Todas las chicas se tapan la nariz con las manos—. Crespo es guapo, ¿sí o no?

Sus amigas afirman con la cabeza.

—Pues ya está. Si el amor no viene a ti, tú irás a él. Y él es Crespo... —Ana deja el calcetín junto a Silvia.

—Esta estrategia es propia de Estela —susurra ésta a Bea.

—¿Y tú qué crees? Estela me ha enseñado mucho —dice Ana—. Yo siempre he esperado que alguien viniera a mí sin tener que hacer nada. Estela me ha enseñado que si esto no te funciona tienes que ir tú a ver lo que pasa. Y a esto se le llama jugar. ¿Qué me dices?, ¿aceptas el desafío? —la reta, arqueando las cejas, como si fuera la presentadora de un concurso de televisión.

Silvia mira el calcetín. Lo coge. «¿Por qué no? Puede que funcione —piensa—. Y si no, ¡tampoco pierdo nada!» Sin embargo...

—¡Pero a mí no me gusta Crespo!

—¡Da igual! Pero ¿lo encuentras guapo o no? —pregunta Bea.

—Sí...

—Pues no se hable más. No tienes nada que perder. Te vas a poner este calcetín y a ver qué pasa y, como diría Estela, ¡será divertido!

Ana sonríe a Silvia, y esto la anima. Hay veces en que una debe hacer locuras para precipitar los acontecimientos, y nota que su amiga se contiene demasiado. Si Silvia decide apostar, lo peor que puede suceder es que Crespo se muera de vergüenza y le pida que no se lo ponga, nada más. Pero, por lo menos, Silvia habrá puesto algo de su parte para que el amor, ese «ente» tan codiciado, ese Cupido caprichoso, escuche a su amiga de una vez.

Silvia se siente algo mejor: ¡por fin se lo ha contado a sus amigas! Ahora ya saben que no le resulta fácil verlas tan contentas con sus novios, mientras ella sigue sola. Y lo del calcetín es lo de menos, será motivo para pasar un buen rato con las *Princess* y echarse unas risas con ellas... ¡Una alocada aventura más para el recuerdo! Lo más importante es que ha hecho las paces con Bea, y que sus amigas la han escuchado.

—Bueno, y al final ¿qué hacemos con Estela? ¿Llamamos al médico o qué? —Bea retoma el tema que las había reunido pero esta vez con energía positiva.

—¿Y si hablamos con ella las tres? —dice Silvia.

—No sé, igual se siente presionada, ¿no creéis? —Ana muestra su duda—. ¿Y si la llamamos primero para tantearla?

—Pero ¡¿no la llamaremos todas a la vez?! —responde Bea.

—Pues claro que no, loca. —Ana parece haber cogido la iniciativa—. Yo haría lo siguiente. Silvia, tú llamas a Estela desde aquí. Pones el manos libres. Se lo cuentas todo, más que nada porque Marcos es quien ha hablado contigo. Nosotras nos limitamos a escuchar, pero si necesitas ayuda durante la conversación, te ayudaremos. Podemos apuntarte cosas en un papel. ¿Qué me dices?

Silvia piensa, y luego asiente. Bea parece aceptar el plan.

—Llámala y pregúntaselo como amiga. Es el camino más sencillo. ¡Buena idea, Ana! —resuelve, y levanta la mano para chocar los cinco con su amiga.

Silvia se levanta en silencio y se marcha de la habitación sin decir nada. Ana y Bea se miran.

—Pero ¿adónde ha ido? —pregunta Ana.

Bea no tiene tiempo de responder: Silvia aparece con el teléfono inalámbrico de casa. Vuelve a cerrar la puerta con el pestillo y se sienta delante de ellas.

—Decidme el número. No me lo sé de memoria.

Ana busca en la agenda de su móvil y, en lugar de recitarlo, enfoca la pantalla hacia Silvia, que lo marca en silencio.

—Atentas, que me tendréis que ayudar, ¿vale?

Sus amigas asienten. Al oír el tono de llamada, Silvia se pone un dedo en los labios para pedir silencio a sus amigas, pero no hace falta, permanecen calladas.

—¿Sí? —Oyen responder a Estela.

—Hola, Estela, soy Silvia.

—Ah..., ¿qué haces?

—Poca cosa... Perder el tiempo intentando concentrarme en hacer los deberes, ya sabes.

Estela se ríe.

—¿Qué haces tú? —pregunta Silvia.

—Pues tres cuartos de lo mismo. ¡Qué tarde tan larga!

Ana y Bea se miran. Bea susurra:

—Anda, díselo, ¡dís..!

Ana le tapa la boca. Las tres chicas deben sofocar la risa.

—¿Qué pasa? —pregunta Estela, a quien ha parecido oír algunos ruidos extraños.

—No, nada... —Silvia pega un manotazo a sus amigas.

—¿Silvia? ¿Silvia? ¿Estás ahí?

—Sí, sí... Perdona —responde ésta.

Ana garabatea algo en un papel y se lo pasa a su amiga. Silvia intenta leerlo pero no entiende nada. Ana trata de decírselo moviendo la boca pero sin emitir ningún sonido. Silvia no puede evitar reírse.

—¿Qué te pasa? ¿De qué te ríes?

Silvia no responde.

—Oye, ¿hay alguien más contigo?

Silvia mira a las dos *Princess* que están con ella en la habitación: una esconde la cara en un cojín y la otra se la tapa con las manos. Le parece una situación muy cómica. ¿Qué debe hacer? A las otras les ha cogido un ataque de risa y ya no le sirven de ayuda. Tendrá que decidir ella qué contarle a Estela, que espera al otro lado de la línea.

—Estela, si te digo la verdad, estoy con Ana y Bea en mi casa...

Al oír sus nombres a las dos chicas se les borra la sonrisa de inmediato. Bea niega con la cabeza.

—Pero ¿qué estás haciendo? —murmura.

—Y por lo visto os lo estáis pasando de maravilla a mi costa, ¿no?

Silvia se pone seria.

—Saludad, chicas.

—Hola, Estela —dice Ana.

—Hola —le sigue Bea.

—Holaaaaa —responde Estela.

—Te hemos llamado por una cosa —le explica Silvia seria, mirando a sus amigas.

—Sí, dime —dice la otra sin ser consciente de lo que está a punto de decirle su amiga.

—Verás... Ejem... No sé por dónde empezar... La verdad es que hemos estamos preocupadas por ti... No queremos que te enfades por lo que te vamos a decir, pero es que últimamente no te vemos bien... Quiero decir que...

—Te vemos muy delgada —le susurra Bea al oído.

—Te vemos muy delgada... y nos preguntamos si estás bien... Porque si hay cualquier cosa, un problema que nos tengas que contar...

—Sólo queremos saber si estás bien —dice Bea guiñando el ojo a Silvia.

—Estamos aquí para lo que sea —añade Ana.

Las chicas permanecen aguardando respuesta. La habitación se queda en silencio. Las tres *Princess* reunidas escuchan con atención, pero el otro lado de la línea telefónica ha quedado mudo. Estela no dice nada.

—¿Estás bien? —pregunta Silvia. Siguen sin obtener respuesta—. ¿Estela?

Oyen carraspear a Estela.

—Sí, es sólo que... —La voz de su amiga suena temblorosa. Las chicas se miran sorprendidas, Estela es la *Princess* más fuerte de todas y no están acostumbradas a verla derrumbarse de esta manera—. ¿Me podéis guardar un secreto?

Las tres muestran las palmas de sus manos para que nadie cruce ningún dedo y, sólo entonces, dicen: «Sí».

—Hace días que no me viene la regla y estoy preocupada... Mi profesor de teatro...

—¿Leo? —preguntan todas al unísono.

—Sí. Pues... Ya podéis imaginaros... No os lo conté porque me sentía un poco rara y mal por todo. Aunque en ese momento lo disfruté y era lo que deseaba, ahora no me siento muy orgullosa de ello... Él está casado y, aun así, a veces me envía SMS y nos llamamos... No es que esté enamorada de él, pero sí enganchada. Me sube mucho el ego y la autoestima pensar que un hombre como él, tan mayor y tan inteligente, se fije en alguien como yo. Pero a veces también me siento un poco utilizada. Me llama cuando quiere, me dice que me marche cuando menos me lo espero, sólo me habla de sexo... y eso me provoca mucha ansiedad.

—¿Y has vomitado alguna vez? —Silvia va al grano.

—Sí..., pero no lo he hecho queriendo, ¡os lo juro!

El silencio vuelve a invadir la habitación. Las chicas intuyen que su amiga está llorando al otro lado del teléfono. ¡Ojalá pudieran abrazarla ahora, darle un buen achuchón entre todas para que supiera que puede contar con ellas! Pero Estela sigue lejos, en su casa, al otro lado de la línea, y las chicas no pueden decirle nada. Preocupadas, se miran entre ellas. Bea hace gestos a Ana, señalándola con el dedo para que diga algo que calme a su amiga. Ana es la más reflexiva y pausada, y por eso a menudo es quien encuentra las palabras justas; es especialista en tranquilizar a los demás en los momentos difíciles.

—Estela, escúchame bien —empieza Ana con mucho cariño.

Estela la interrumpe.

—Y el otro día fui a casa de Marcos, y pensó que era bulímica, o lo que sea, por no querer comer una croqueta de pollo, y ¡es horrible, porque Marcos me gusta mucho! Yo no quiero que piense esas cosas de mí pero ¡tampoco puedo contarle la verdad!

Todas las chicas se sorprenden ante la declaración que acaban de oír. Ana asiente como si lo entendiera todo... No cabe duda de que su amiga está hecha un lío.

—Estela, en primer lugar, intenta tranquilizarte un poco. Sólo voy a hacerte una pregunta más, ¿vale?

—Vale —responde ésta, llorosa.

—¿Cuántas veces has vomitado la comida?

—Unas tres.

—¿Y te ves gorda o flaca?

—Normal, Ana, ya lo sabes... Yo siempre he estado delgada ¡aunque tenga un culazo!

Todas las chicas sonríen.

—¿Y con Leo, qué? —insiste Ana.

—Leo es malo, chicas. Es muy buen profesor, pero para mí es malo...

—¿Te sientes acosada?

—Noooo, qué va... Pero estoy muy enganchada. Es como una droga que no puedo dejar, pero lo peor es que él me administra las dosis. Decide cuándo puedo tomarla y cuándo no. Y yo no tengo ni voz ni voto. Es horrible. Cuando no estoy con él, a veces siento esta angustia tan grande en mi interior. Me mareo, se me acelera el corazón y siento náuseas. La verdad es que cuando me dan esos ataques soy incapaz de comer nada. Y luego está esto de la regla... No quiero ni pensarlo.

—¿Quieres que vayamos mañana al médico? —propone Bea.

—No. Bueno, a veces se me retrasa... Así que prefiero esperar un poco... Pero bueno..., al fin y al cabo, estoy bien...

—Si tú lo dices, nos lo creemos —dice Silvia—. Pero recuerda que las *Princess* estamos aquí para lo que haga falta, ¿vale?

—¡Gracias, chicas! ¿Qué haría yo sin vosotras? Os tengo que dejar, mi madre me espera para preparar la cena.

—Está bien. Te queremos, ¿vale? —dice Ana—. Chicas, ¡a la de tres!

—¡¡¡TE QUEREMOS!!!

—¡Yo también os quiero, *Princess*! ¡Muas! Gracias por estar a mi lado.

Las tres *Princess* reunidas en la habitación de Silvia oyen colgar a Estela y se miran.

—Analicemos la situación —resuelve Ana.

—¿Qué piensas? —pregunta Silvia.

—Está muy claro, no tiene bulimia ni nada de eso. Pero vayamos por partes. Estela es nuestra amiga, ¿no? Y como amigas nos lo contamos todo, ¿verdad? *Okey*, no nos ha dicho lo de la regla ni lo de Leo. En cierto modo, es normal. Pero lo más importante es... ¿cómo nos hemos enterado de que quizá Estela tenía problemas con la comida?

—Por Marcos —responden las otras dos al unísono.

—Exacto: por Marcos. Y también nos ha dicho que él le gusta. Y, a su vez, Marcos le ha dicho a Silvia que Estela tiene un problema... ¿Qué nos dice eso de Marcos?

—¿Que se preocupa por Estela? —tantea Silvia.

—¡Exacto, mi querida Silvia! Y si él se preocupa por ella es porque...

—¡Estela también le gusta! —exclama Bea con alegría.

—*Yesssss!* —sonríe Ana, con picardía.

—¡Claro! Es verdad. A Marcos le gusta Estela, y no sabía cómo decírmelo... y la mejor manera de hacerlo ha sido contarme todo esto.

—Yo creo que sí —afirma Ana.

—Qué tonta he sido —se compadece Silvia.

—De tonta, nada —la riñe Bea—. Has hecho lo correcto. De todas formas, a partir de ahora estaremos más atentas con ella, por si acaso... ¡Para que luego digan que hay amores que matan! Este Leo no me gusta nada.

Capítulo 29

Te quiero como gata boca arriba,
panza arriba te quiero,
maullando a través de tu mirada,
de este amor-jaula
violento,
lleno de zarpazos
como una noche de luna
y dos gatos enamorados
discutiendo su amor en los tejados,
amándose a gritos y llantos,
a maldiciones, lagrimas y sonrisas
(de esas que hacen temblar el cuerpo de alegría).

GIOCONDA BELLI

Sábado por la mañana

Parece mentira lo rápido que transcurren las semanas. Uno no se da cuenta y pasa de los temidos lunes al bendito sábado por la mañana a una velocidad abrumadora. Silvia se queda echada en la cama unos minutos más, pensando en ello. Adora los fines de semana. Sin horarios, sin presiones, y con dos días para disfrutar al máximo de su tiempo libre, aunque debe dedicar parte de ese tiempo a estudiar.

Remolonea un poco antes de levantarse. Es una cosa que le encanta y ¡a quién no le gusta! Se abraza a su cojín rojo corazón. Uno que tiene bracitos y que le gusta especialmente, porque imagina que quien la abraza es un chico. Se relaja y sigue pensando.

Lo primero que le viene en mente es su amiga Estela. Ayer viernes se encontraron después de clase con las *Princess* y volvieron a tocar el tema. Almorzaron todas juntas en un bar cerca del instituto y resolvieron que Ana es una crac, tenía razón en todo. La ansiedad de Estela es una manera de manifestar su inquietud por todo lo que está viviendo. Hay gente que libera la tensión yendo al gimnasio, hay otro tipo de gente que la descarga viendo películas por Internet y comiendo pizzas congeladas, y hay otras que lo somatizan, como Estela. «Ver para creer.»

Después piensa en Bea y Sergio. Aunque se siente algo confusa, está contenta. Por una parte, por fin, ha podido recuperar la amistad con Bea. Su amiga es muy testaruda y, cuando se trata de chicos, le cuesta cambiar de opinión. Pero Silvia lo ha conseguido. Después está Sergio... Sergio... La chica suspira, agarrada a su cojín. No evita fantasear un poco con él. Deja volar su imaginación y ve retazos de lo que sería estar con él: una vuelta en moto, un grafiti dedicado... La sonrisa del chico aparece con toda claridad ante ella y Silvia suspira. Pero es demasiado responsable e interrumpe esas fantasías que no la llevan a ninguna parte levantándose de la cama inmediatamente. «Basta, esto no puede ser», se dice.

Como cada sábado, sigue su ritual de higiene en el baño: depilación de piernas a lo bruto; es decir, con cuchilla de afeitar. Aunque los pelos le crezcan más fuertes, la sensación de tener las piernas lisas y frescas sin sufrir no tiene precio. Luego, ducha y mascarilla para el pelo. Aún con la toalla enredada en la cabeza y el albornoz rosa puesto, vuelve a la habitación. Entonces, algo en el suelo llama su atención: es el calcetín de Crespo. La chica esboza una sonrisa. «¿Me lo pongo o no me lo pongo? Igual me da suerte.» Decidida, se lo pone. Para ella, ese calcetín es el símbolo del amor.

Sale de su habitación preparada para que todo el mundo le grite: «¡Guapa!». Viste jersey gris de cuello vuelto ancho y, debajo de éste, un top de color negro con unos brillantes que dibujan la palabra *Black*; tejanos de pitillo y calza unas deportivas. Lleva el pelo bien planchado recogido con una pequeña diadema de color negro. Es un *look* premeditado: después de desayunar quiere ir a dar una vuelta por el centro comercial, y ya se sabe que en los centros comerciales es de ley ir bien arreglada.

Al entrar en la cocina se encuentra a su hermano David con su amigo Nacho. Están hablando de fútbol. Silvia mira a su hermano sonriendo. Sabe que ayer David quedó con Ana y cuando ve un chupetón en su cuello no puede evitar toser para esconder una pequeña sonrisa. Su hermano se da cuenta de que Silvia lo ha visto, aunque lleve el cuello del polo subido para disimularlo. David no suele llevar así este tipo de prendas.

Nacho mira a Silvia mientras toma su café con leche descafeinado. Ella se siente observada. Mientras David habla con su amigo, la chica nota cómo este último no le quita ojo. Al principio se siente algo incómoda, pero después se mira en el reflejo de la ventana y ve que realmente está guapísima. Y claro, le sube la autoestima, se siente más segura y también se muestra más sonriente. Se prepara su zumo de naranja con todo el estilo que pueda tener una persona que exprime naranjas.

—Tu hermana sí que se sabe cuidar —dice Nacho a David, mientras Silvia da un sorbo al zumo.

—Pues claro, tío, es una chica —contesta David—. Ellas siempre se cuidan más que nosotros... Y son más limpias... Son tan diferentes de nosotros que a veces pienso que son de otro planeta.

Nacho se ríe.

—Oye, David —sonríe Silvia burlona y con cierta picardía, intentando caer en gracia a Nacho—, ¿cómo te fue ayer con tu extraterrestre personal?

—¿Qué?

—Bueno, yo tengo mis dudas acerca de si era una extraterrestre o una vampira... Aunque una cosa sí está clara: ¡ese chupetón que llevas en el cuello sí es de otro planeta! —Silvia le guiña el ojo a su hermano, que se sonroja de golpe. Nacho, sorprendido, se lanza al cuello de su amigo.

—¡No me digas! ¡A ver! —exclama. David se esconde el chupetón con la mano—. ¡Tío, esto no me lo habías contado! ¡Qué pasada! ¿Con quién ha sido?

David se pone nervioso y toma su café de un trago para no tener que hablar. Pero su amigo no tiene prisa y espera a que termine, interrogándole con la mirada.

—No es nadie, no tiene importancia... —David se levanta dando por zanjado el tema. Antes de salir de la cocina, se dirige a su amigo—: Espérame aquí que recojo mis cosas y nos vamos, ¿vale?

—Vale..., ¡E.T.! —ríe Nacho. Entre chicos, a veces no hace falta comentar ningún detalle de la noche anterior: con una simple marca en el cuello basta para fardar con los amigos.

—Hombres... —murmura Silvia, aunque lo suficientemente alto como para que la oiga Nacho.

—Hombres, ¿qué? —contesta el chico.

—Nada, he dicho «hombres» y ya está —responde ella, que no esperaba que él dijera nada.

Los dos se quedan en silencio. Silvia no sabe qué decir. Nota que Nacho de pronto está algo tenso. Mueve la pierna izquierda arriba y abajo como si estuviera nervioso antes de empezar un examen. Esto es habitual en los chicos. Se muestran como gallitos con sus amigotes pero cuando están con una chica a solas, se les bajan los humos. Nacho, aunque sea mayor que ella, no es una excepción.

En cambio, Silvia se siente tranquila con él; al fin y al cabo, es su casa, su cocina, y está tomando su zumo de naranja. Tiene la situación controlada, y además, aunque parezca una tontería, se ha puesto el calcetín de Crespo. ¿Será por eso que Nacho está pendiente de ella?

En ese mismo instante

Bea se acaba de levantar. A diferencia de Silvia, lo primero que hace Bea al levantarse es encender el ordenador y revisar el correo y Facebook. Es consciente de que no es una buena costumbre, que está demasiado pendiente del ordenador. A veces tiene la sensación de estar esperando un mensaje divino, como si estuviera a punto de recibir un gran premio de alguna lotería que, por supuesto, no llegará nunca.

A veces bromea con sus amigas sobre que está enganchada a la red. No sólo pasa muchas horas delante de la pantalla sino que a veces siente la necesidad de levantarse en seguida de la cama al despertar únicamente para abrir el correo.

En su bandeja de entrada tiene un mensaje nuevo de alguien que no conoce. En el asunto pone: «Hola!!».

Bea lo abre, esperando encontrar el típico mensaje de *spam*, pero no: lo que lee la deja patidifusa.

Hola Bea:

Soy Pablo, sí, «tu» Pablo. Como ves, he cambiado de dirección de correo electrónico. Ya sabes, uno se va haciendo mayor y, sin darse cuenta, conserva una dirección que con el paso del tiempo se vuelve ridícula.

Pensé en no cambiarla; al fin y al cabo, me la abrí cuando estaba contigo. Pero ahora he decidido cambiarla por cuestiones laborales.

A partir de ya... éste es mi correo personal. Por eso te escribo, para que así no perdamos el contacto. Cosas de la vida, tu padre también lo tiene. ¡Ahora es mi cliente! ☺

Un besooooo!

P de Pablo.

Aunque ya ha terminado de leer, Bea sigue con la mirada fija en el mensaje que le muestra la pantalla. Le da al botón de responder. Pero responder ¿qué? Por el tono del mensaje y el SMS de esta semana, está claro que el chico quiere retomar el contacto con ella. Pero ¿con qué intención?

Bea piensa una respuesta, pero no le sale nada. Tiene la mente en blanco, como la pantalla. De repente le invaden los recuerdos y siente cierta melancolía. Con Pablo sentía que su corazón le salía del pecho, y una alegría desbordante. Es el único chico que la ha hecho sentir especial ¡para toda la vida!

No es que ahora tenga dudas pero, inevitablemente, no

deja de comparar su relación actual con Sergio con la que tuvo con su ex. Pero ¿qué le puede contestar?

Después de unos minutos barajando posibilidades, Bea coge su móvil. Al fin y al cabo es otro tipo de comunicación.

Hola, ☺ he recibido tu email. Guardado en contactos. Gracias!!

Bea lo envía sin pensar. Por teléfono, el mensaje implica más urgencia, porque siempre llevas el aparato contigo. Con el ordenador es diferente. Bea ha abierto la comunicación con Pablo de otra manera. ¿Será el inconsciente?

En algún lugar de la ciudad, al mediodía

Silvia está de camino al centro comercial. No tiene prisa y anda distraída mirando escaparates. No tiene necesidad de comprar nada pero nunca le falta la curiosidad. Al pasar por una tienda de instrumentos le viene en mente Marcos. Coge el móvil del bolso y busca el nombre del chico en su agenda de contactos. Llama. Él sólo tarda dos tonos en responder. El chico no hace mucho que se ha despertado.

—Te quería contar una cosa —dice Silvia—. He hablado con Estela sobre el tema que me comentaste.

—Ah, ¿y? —Marcos parece interesado.

—Creo que no debes preocuparte, no es nada... Estela anda un poco estresada entre las clases del insti y de teatro... Eso es todo.

—¿Estás segura?

—Sí, tranquilo.

—Ahora he quedado con ella para ensayar... ¿Le comento algo?

—Yo creo que no hace falta. Tampoco es cuestión de hacer una montaña de todo esto...

—Si tú lo dices... ¡Espera un momento! —Marcos deja colgada a Silvia un pequeño instante al teléfono—. ¡Estela acaba de llegar! ¡Qué coincidencia!

—Vale, pues te dejo. ¿Nos vemos luego y paseamos a *Atreyu* juntos?

—Claro, nos damos un toque. ¡Es una suerte que seamos vecinos!

—¡Sí!

—¡Chao!

Marcos cuelga. Silvia respira aliviada y continúa su paseo. Le agrada pensar que sus amigos se preocupan los unos de los otros. Además, pensándolo bien, Marcos le pega muchísimo a Estela. ¡Los dos son artistas! «A ver qué pasará...», se dice Silvia justo antes de entrar en el centro comercial.

En ese mismo instante

Estela sube lentamente la escalera a casa de Marcos. No parece muy feliz. Marcos, que la espera en el rellano, se percata de ello. Piensa en Silvia y en lo que le ha dicho.

La chica le da dos besos y un pequeño abrazo y, sin que él le diga nada, se dirige directamente a su habitación.

Marcos la sigue a lo largo del pasillo, y le pregunta:

—¿Cómo estás?

A lo que ella responde, sin detenerse ni mirarle para contestar:

—Bien... Algo cansada, pero bien.

El chico anda a la expectativa. Estela llega a su habitación, abre la puerta, entra y deja el abrigo y la mochila en el suelo y, sin pedir permiso, se tira en la cama.

Marcos la mira. No sabe qué significa todo aquello. ¿Es sólo que está cansada? ¿Estará enfadada con él por haber hablado con Silvia?

—¿Quieres ensayar? —pregunta en un susurro.

—Psí... —responde Estela sin mucho entusiasmo—. Podemos cantar esa canción, la última que hiciste, aquella que le dedicaste a... Silvia.

Marcos reflexiona antes de contestar. Quiere encontrar la respuesta adecuada:

—Es simplemente una canción para una gran amiga... Eso es todo.

—Ya... Una amiga...

—Sí, ¿por qué no? Es la primera persona que he conocido aquí... y se merece una canción. —Marcos se calla y la mira con los ojos entrecerrados—. ¿Estás celosa?

—¿Yo? ¡Qué va!

—Por si te sirve de algo, no me gusta Silvia. Bueno, me gusta como amiga... ¡Somos vecinos! No me digas que te estás comiendo el coco por una tontería así..., ¡por una canción que no significa nada!

Estela bosteza como si no le importara, pero no puede evitar sonreír para sus adentros. La actitud de Marcos parece creíble y a Silvia ya la conoce, es buena, nunca daría cancha a Marcos sabiendo que él le gusta. Lo que le pasa es que le gustaría que él tuviera algún detalle especial con ella, como la canción que escribió para Silvia. ¿No comparten ellos algo especial? Entonces ¿no se merece ella también una melodía?

—¿Me escribirás una canción algún día?

Marcos sonríe. La verdad es que ya está haciendo una pero, si se lo dice, no sería ninguna sorpresa.

—Puede que algún día. Te lo tienes que ganar... —El chico le guiña un ojo, y ese simple gesto consigue despertar una sonrisa en la chica que, como empujada por un muelle, se levanta de la cama y dice:

—¡Venga, manta! Vamos a ensayar esa dichosa canción.

Marcos le devuelve la sonrisa y, sin decir nada, coge la guitarra y toca los primeros acordes.

Les espera un rato en completa sintonía con la música.

Poco después

Bea sabía que enviando un SMS a Pablo cabía la posibilidad de abrir la veda a un cruce de mensajes por el móvil, y así ha sido. El chico le ha enviado algunos mensajes divertidos del tipo: *K tal tu mañana?* o *Sé feliz! :D* que Bea ha respondido mientras hacía sus quehaceres matutinos en casa.

Pero en este momento ha recibido un mensaje algo más especial. Una propuesta de juego. Cuando Pablo y ella estaban juntos, lo hacían a menudo. Esta vez, su ex le ha propuesto un juego muy inusual con unas reglas poco corrientes: *Yo te llamo y tú te limitas a escuchar. Si eres tú la que me llama; yo sólo escucharé. Quien llama, habla. Quien habla, cuelga.*

Es la manera que tiene el chico de establecer una comunicación más real con Bea, que hasta el momento ha sido reacia a mantener el contacto con él. A ella le parece divertido. «¿Por qué no?», se dice. Además, si no le gusta lo que dice Pablo, interrumpe el juego y cuelga. Tampoco está para tonterías.

Bea le envía un SMS con un simple y seco *OK*. En seguida recibe una llamada de Pablo. Bea deja el móvil sonar unos cuantos tonos, sólo para divertirse un poco más, y ponerlo algo nervioso, pero al final lo coge. Al principio, Pablo calla también, pero cuando habla, surgen de sus labios las palabras más hermosas:

Me gustaría decirte muchas cosas,
cosas como: «Te echo de menos»,
«tienes unos ojos preciosos»,
«dame un abrazo».

Te lo digo cada día,
aunque no estés,
aunque sé que no estarás.

Eres como el silencio. Estás pero no estás.
Eso me gusta porque todo lo que me gustaría decirte
lo susurro en silencio y lo pienso al callar.

Pablo cuelga. Bea se queda pasmada. ¡Qué poema tan bonito! ¡Y qué voz, casi no la recordaba! Bea se queda pensando. «¿Será que Pablo intenta conquistarme con uno de sus juegos?» En realidad a Bea le encantan esos juegos porque le hacen sentir más viva, llena de magia. Entonces piensa en Sergio, él nunca ha tenido un detalle romántico así.

La chica no tarda ni veinte minutos en devolver la llamada. Cuando él atiende, le vuelve esa sensación pasada de cuando estaba enamorada de él y se pasaban hablando por teléfono eternamente. Ahora, con Sergio, no es así. Su novio no es de hablar mucho por el móvil.

Pablo espera; Bea lee el escrito que se ha preparado:

Me gusta, me gusta lo que dices, pero no lo entiendo. Pues yo no soy silencio. Estoy aquí, y mi corazón al segundo llama a la puerta de mi pecho. Ya ves, querido Pablo. Yo también sé hacer poesía. Aunque no entienda tus intenciones y aunque no entienda tu juego.

Bea cuelga, ¡la ha clavado! «¡Olé, olé y olé! ¡Qué bien me ha quedado!»

Capítulo 30

Espejo de mi carne, sustento de mis alas,
te doy vida en la muerte que me dan y no tomo.
Mujer, mujer, te quiero cercado por las balas,
ansiado por el plomo.

MIGUEL HERNÁNDEZ

Sábado noche

De vuelta en casa y después de ducharse y haber cenado una sopa de verduras riquísima que ha hecho su madre, Estela se relaja en el sofá dispuesta a pasar una noche de sábado tranquila. Por primera vez en muchos fines de semana no quiere salir. Mira la agenda del instituto y, como siempre, tiene un montón de tareas pendientes. Con tanto ajetreo emocional ha dejado de un lado sus estudios y ¡eso no puede ser! ¡Debe estudiar algo! No nos equivoquemos, ella nunca ha sido una estudiante que destaque por sus buenas notas. Siempre ha sido más bien de aprobado justo. Pero la chica tiene remordimientos. Le gustaría estar al día de todo, de las lecturas y los deberes del instituto, de las escenas del teatro, de sus relaciones...

Pero ella no es tan organizada como Silvia, que se hace una lista de prioridades prácticamente para todo lo que hace. Estela es más instintiva; resuelve siempre lo primero que le causa más engorro. En este sentido es como un bombero: primero apaga el fuego y después limpia la zona de escombros. Pero lo que Estela no sabe es que si mantuviese la zona libre de escombros no habría fuego que apagar. Son distintas maneras de ver la vida.

Ahora mismo la prioridad es Leo. Llevan unos días sin verse y Estela siente la necesidad imperiosa de hablar con él, decirle algo así como: «Leo, ya no te quiero. Me voy de tu vida. Espero que seas feliz. Dejo las clases de interpretación. Lo nuestro ha ido demasiado lejos... Espero que lo comprendas, estoy sufriendo por algo que sé que nunca podré tener. Adiós, Leo».

La chica busca el nombre de su profesor en la lista de contactos del móvil. Llama tres veces pero Leo no contesta. ¡Con lo que le ha costado decidirse y ahora el hombre no se digna ni a contestar el teléfono! Por suerte vivimos en una sociedad bien comunicada. Si falla la primera opción siempre se puede recurrir a una segunda: Internet. Y si no, el clásico «cara a cara» también resulta muy práctico y muchas veces es lo más eficiente. Diciéndoselo en persona correría el riesgo de volver a dejarse engatusar por él (Leo es muy manipulador), pero le encantaría poder hacerlo y decírselo todo de frente, aunque fuese llorando, da igual.

«En fin, si Leo no contesta le enviaré un correo», piensa mientras abre su sesión. Teclea su dirección de correo electrónico y su contraseña a la velocidad del rayo. Busca entre sus contactos y, cuando empieza a escribir a Leo, se le abre una ventana en el rincón de la pantalla. ¡El profesor se ha conectado!

Estela se deja llevar por su instinto y acerca el cursor en el recuadro donde aparece conectado su profesor.

Estela dice: Ey

Aprieta «Enviar» y espera una respuesta que no llega.

Estela dice: Te he llamado

Debajo del *nick* de Leo aparece el texto:

Leo está escribiendo...

Estela suspira, sabe que le espera una larga conversación. Su corazón se acelera. Es evidente que Leo es el causante directo de su ansiedad.

En ese mismo instante

Silvia recibe un SMS. Antes de leerlo piensa en que a lo mejor es de alguna de las *Princess* dispuesta a salir un rato, es sábado por la noche y no estaría mal ir a dar una vuelta, aunque sea por el centro.

La sorpresa mayor llega cuando ve que el SMS lo ha enviado Nacho: *Tengo entradas para un concierto. Te apuntas?? Nacho.*

Silvia alucina. Nacho tiene su teléfono porque un día se lo dio David, por si no se localizaban, pero nunca le había dicho nada. ¿Será hoy su día de suerte? Silvia le contesta: *Me lo dices a mí o se lo dices a David?* Nacho no tarda ni treinta segundos en contestar: *A ti... Te recojo en media hora?* La chica ni se lo piensa y contesta: *OK. Hasta ahora!* ☺

Es increíble cómo cambian las cosas. Ayer Silvia estaba

llorando porque quería una oportunidad y hoy mismo como por arte de magia se la plantan en sus narices. ¿Será el calcetín del amor que le habrá dado suerte? Nacho no es un chico que destaque por su belleza pero es simpático, amigo de su hermano, lo ha visto muchas veces por casa y hoy en el desayuno ha pasado algo entre ellos dos. Silvia no sabe el qué, pero algo ha pasado seguro.

La chica se encierra en su cuarto, sólo dispone de media hora para prepararse y quiere estar despampanante. Lo primero que hace es quitarse el calcetín del amor de Crespo. Ya le ha traído la suerte que necesitaba. Además, Silvia quiere ponerse unos botines ajustados, y ese calcetín es de deporte; la combinación quedaría horrible. Al final, la chica elige este conjunto: botas de caña alta negras con un poco de tacón, minifalda y medias negras, un jersey de algodón de color lila y un abrigo negro de invierno que le llega hasta las rodillas. El maquillaje es sutil. Algo de colorete en las mejillas, sombra de ojos azul marino y brillo de labios incoloro con purpurina.

—¡Mamá, salgo un rato! —grita Silvia desde su habitación.

—Muy bien, cariño. ¡No llegues tarde! —le responde su madre, que se acerca al dormitorio de su hija—. ¿Con quién vas?

—Con Nacho. Vamos a un concierto y volvemos.

La madre da su consentimiento, y Silvia la besa en la mejilla y sale de la habitación. David, cuyo cuarto está junto al de su hermana, sale de éste como una flecha directo a la chica.

—¿Con quién has dicho que ibas a salir? —le pregunta.

—Con Nacho. ¿Pasa algo?

David se queda mudo y observa a Silvia, que está delante del espejo poniéndose unos pendientes dorados de aro ancho.

—¿Y vas a ir vestida así?

—¿A ti qué te parece? —contesta su hermana sin dejar de mirarse al espejo.

—Vigila a Nacho, que tiene las manos largas y va muy salido, yo te advierto... Y si además te vistes como un zorrón...

—¡Oye! Que a ti te guste ir tirado y vestir siempre con vaqueros o ropa de gimnasio no quiere decir que una no pueda lucir como quiera. —Silvia es tajante.

—*Okey*, hermanita, yo ya te he avisado.

Silvia hace caso omiso de la advertencia de su hermano. Es más, le entra un cosquilleo en el estómago. ¿Puede ser hoy la noche mágica? ¿Puede que hoy la besen por primera vez?

Mientras, en casa de la madre de Sergio

Bea hace compañía a su chico. Están tumbados en el sofá mirando una película de acción estadounidense, donde los tiros sobrevuelan las cabezas de los protagonistas y el mundo depende sólo de ellos y de una bomba atómica múltiple que debe ser desconectada.

Sergio, con la cabeza apoyada en el regazo de Bea, que le acaricia el pelo con las yemas de los dedos, está medio dormido. La película ha empezado hace unos diez minutos y ella ya tiene claro que se va a aburrir soberanamente. Le gustan las comedias románticas en las que la pareja protagonista se conoce de manera fortuita y se odian a primera vista, pero luego se enamoran y, por mucho que se empeñen en ocultarlo y mentirse a sí mismos, al final acaban por admitir lo que sienten. Pero, en este caso, quien elige es el enfermo.

De pronto suena su móvil. Bea lo saca del bolsillo para responder.

—¿Quién es? —pregunta Sergio soñoliento.

Ella no responde. En la pantalla del móvil lee ¡PABLO!

—¿No lo coges? —dice el chico, que vuelve a cerrar los ojos.

«¿Qué hago? —piensa ella—. ¡Si lo cojo, Sergio se olerá algo, seguro!» Mientras, la melodía *pop* de su móvil sigue sonando.

—Bea, ¿estás dormida? —insiste Sergio, dándole un golpecito en el brazo.

—No, no... —responde la chica, al mismo tiempo que respira hondo y acerca el móvil a su oreja.

Si Bea quería ver una película romántica, la está viviendo en carne y hueso. ¿Qué pensaría Sergio si supiera que Pablo, su ex, quiere hablar con ella un sábado por la noche? Bea se va a arriesgar. Aprieta el botón de «Responder» y cierra los ojos con fuerza. Se oye una música de piano de fondo y en unos segundos aparece la voz de Pablo que sigue con el juego:

Mensaje en una botella. Hubo un hombre enamorado de una princesa inaccesible que cansado de buscarla decidió tirar un mensaje al mar para que el destino se lo hiciera llegar.

Los años pasaron y ese hombre no recibió respuesta hasta que un buen día esperando divisó una botella arrastrada hacia la orilla por las olas. Era la misma botella que había tirado años atrás, con el mismo mensaje intacto. El hombre lo leyó en voz alta:

«Quería decirte desde hace mucho tiempo que te extraño, que no sólo te quiero sino que te amo. Espero a la orilla del mar a que regreses aunque pasen cientos de años. Los sentimientos que albergo en mi corazón nunca cambiarán porque son fuertes y únicos y son solamente para ti, mi princesa.»

Dice la leyenda que cuando el hombre acabó de leer su mensaje ya era viejo y dos lágrimas le brotaron de los ojos. Entonces una mano le tocó la espalda. Era la princesa, que había ido a pasear por esa orilla y, al fin, oyó su mensaje de amor.

Bea escucha cómo Pablo cuelga el teléfono. La chica pasa de escuchar el sonido del piano y el cuento de su ex novio al ruido ensordecedor de una triste película de acción. Suspira. Tiene sentimientos encontrados.

—¿Quién era? —pregunta Sergio sin mucho interés.

—Nadie... No era nadie —responde Bea automáticamente, y se siente algo culpable.

Poco después

Estela lleva un rato conversando por chat con Leo. Por más que lo haya intentado convencer, su profesor dice que no puede quedar con ella esta semana. Estela está alterada y hace rato que ha decidido contarle lo de la regla, ya sea por chat o por código Morse.

Leo dice: No te pongas así...

Escribe él después que Estela le haya dicho que no irá a la próxima clase de interpretación.

Leo dice: Te estaremos esperando todos. ☺

Estela dice: He dicho que no, Leo. NO VOY A IR MÁS!!!

Leo dice: Pues te lo vas a perder. Había pensado en ti para la próxima obra de teatro que voy a montar...

Estela dice: Me da igual Leo. Tú lo que quieres es otra cosa... para mí no eres un profesor de teatro de verdad.

Leo dice: Me ofende usted, querida.

Estela dice: Aunque me hables al estilo medieval. Adiós, Leo.

Leo dice: Vamos, princesita, sabes que te amo. ¿No me digas que tú no me quieres?

Estela dice: Sí, puede que te quiera un poco. Pero me quiero más a mí.

Estela cierra la conversación y dirige el cursor a sus contactos, para bloquearlo. Después abre Facebook, y también lo borra de sus amigos. Al hacerlo, cierra los ojos y echa la cabeza hacia atrás. «¡Lo he hecho! ¡Lo he hechooo!» Acaba de romper su relación con Leo. Sabe que lo va a echar de menos y que, en momentos de debilidad, sentirá que lo ha perdido todo, pero también va a ganar en calidad de vida y, sobre todo, en salud. Las náuseas han desaparecido de golpe.

Cuando la chica cierra el ordenador no puede evitar pensar en Marcos. Es como si su corazón ya estuviera libre de peajes para amar y ser correspondida. Sin darse cuenta, canturrea la canción que han estado ensayando por la mañana. Se siente feliz. Hacía días que no canturreaba por casa, y eso, tratándose de Estela, significa que está encontrando su camino, aunque siga sin venirle la regla.

Capítulo 31

Viene, me digo siempre. Bella y nocturna, digo,
y está a mi lado y viene. Y en la noche descanso
junto a su pecho, al borde de su pecho, al remanso
de su cálida sombra sirviéndose de abrigo.

ELVIO ROMERO

Sábado noche

Si hiciésemos una encuesta a nivel mundial y preguntáramos a la gente qué noche de la semana prefieren, seguro que ganaría la noche del sábado. Es la noche más perfecta de la semana, por muchas razones, aunque la principal es que el domingo es festivo para casi todo el planeta.

Para la mayoría de gente joven, la noche del sábado es vital. Es la noche de la esperanza, la noche en que siempre pasa algo, la noche que se recuerda durante la semana siguiente. Es la noche de conocer gente, amigos, la noche de la aventura y, cómo no, del bailoteo antes ensayado en la habitación.

Silvia está preparadísima y muy contenta. Hace demasiados sábados que no tiene ganas de salir, o que sale sin ganas, pero el SMS de Nacho le ha abierto las puertas a algo que estaba esperando desde hace tiempo. La chica siempre ha fantaseado con salir un sábado noche con un chico, ir a bailar o al cine y después... besarse hasta las cuatro de la madrugada en el parque, donde queda con las *Princess*, y pasar al día siguiente por el mismo parque, ver el banco vacío y pensar: «Ayer estuve en ese banco con mi amor... ¡El banco es el único testigo!».

Le tiembla todo el cuerpo sólo de imaginarlo. Silvia aprieta los puños y los dientes. Está tremendamente nerviosa, en el buen sentido. Tiene ganas de pasárselo bien. Tiene ganas de que alguien la cuide y esté por ella. ¡Tiene ganas de BESAR y que la BESEN! Pero debe calmarse.

La chica está en una pequeña plaza, a veinte minutos de caminata hasta su casa. Está esperando a Nacho y, como es habitual en ella, llega cinco minutos antes. Estos cinco minutos le parecen eternos. Silvia repasa mentalmente la situación en la cocina por la mañana. Está segura de que ha pasado algo entre ella y el chico. Algo..., pero no sabe muy bien lo que es.

¡Nacho! ¡Cómo no se había fijado antes! La chica no deja de pensar en él como si fuera ese jersey tan caro que has visto en las rebajas pero que no tenías dinero para comprar y que, ya en casa, no dejas de visualizar porque lo quieres. ¡Lo quieres!

La espera se le hace cada vez más incierta. «Tranquila, va a llegar», se dice la chica mientras mira la hora en el teléfono móvil.

—Guapa, ¿tienes fuego? —Un chico con una gorra de hip hop amarilla, cargado con un collar dorado acabado en un dólar con diamantes blancos (de plástico) y unos pantalones anchos caídos, se le acerca con un andar un poco vacilón.

—Mmm... No —responde Silvia tímidamente; inconscientemente, sujeta el bolso contra su vientre.

—¿Y estás sola? —Parece que el chico tiene ganas de conversar pero a Silvia le inquieta. Además, casi no frecuenta esta zona, aunque esté cerca de su casa. Eso quiere decir que no le es nada familiar, ni tampoco conoce a la gente. Si en este mismo instante le dijesen que está en otra plaza de otra ciudad, no tendría más remedio que aceptarlo.

»Oye, ¿se te ha comido la lengua algún gatito? —El chico insiste, pero parece inofensivo.

—No. Estoy esperando a un león —responde ella segura de sí misma.

—¿Un león? ¿Y no prefieres un tigre? —le sonríe el chico con sensualidad.

—Tú no eres un tigre —contraataca ella—. Los tigres no llevan una gorra amarilla como ésa.

El chico, sorprendido, se quita la gorra.

—¿Y ahora, mejor? —Parece que va a por todas.

—Ni mejor ni peor. —Silvia se está defendiendo bien. La conversación le calma los nervios que habían aparecido durante la espera. Además, el chico no es nada más que un ligón de parque, se le nota a mil leguas que tira la caña a todas, y que rara vez pesca algo.

A lo lejos, ¡por fin!, ve llegar a Nacho. Silvia se alegra y le hace una señal con la mano. Nacho le responde con una sonrisa.

—Bueno, supongo que ya ha llegado tu león —dice el desconocido.

—Sí, ahí viene, y vigila que es muy territorial. —Silvia le sonríe. El galán hace ademán de irse con una despedida al estilo rap moviendo las manos y poniendo cara de: «Eh, nena, estoy aquí cuando tú quieras que esté aquí».

Nacho se acerca a Silvia, le da dos besos y sigue con la mirada al chico que hablaba con ella, que se aleja.

—¿Quién era?

—Nadie —responde la chica—. ¿Dónde es el concierto?

—¿El concierto? ¡Ah, sí! ¿Qué te parece si primero vamos a tomar algo? Conozco un bar que está muy bien y ponen música y eso.

—¿Es para mayores de edad?

—Sí, pero tranquila, que yo te cuelo. Si te preguntan por el carné, di que te lo has dejado en casa. Eso siempre funciona.

Silvia sonríe. Nunca ha entrado en un bar para mayores de dieciocho, y eso la hace sentir importante. Pero tampoco deja de inquietarle un poco. Si la descubren, es muy probable que quede como una niña, y esa idea no le gusta demasiado. Sobre todo, delante de ¡su primera cita!

—Tranquila, nunca piden los carnés, y si los pidiesen, harán la vista gorda contigo.

—¿Por qué?

—Pues porque estás guapísima.

Silvia baja los ojos y nota como le suben los colores. ¡Nacho le acaba de decir que está guapa! Es la primera vez en su vida que un chico le dice una cosa así y en el estómago siente mariposas. Le recuerdan al día que subió en la moto de Sergio. Rápidamente espanta esos pensamientos de la mente, como si quisiera olvidar de golpe que una vez se enamoró del novio de su mejor amiga.

La pareja camina unos diez minutos por diversas callejuelas. Hablan de muchas cosas, se les nota algo nerviosos. «Tú habla para que no parezca que estás nerviosa», se dice Silvia mientras piensa en multitud de temas de conversación. Todo para evitar ese típico silencio tenso que, al fin y al cabo, significa que uno no está cómodo con la otra persona.

Por fin llegan al bar. Es un bar con nombre de perro: Labrador. Es un local algo oscuro pero, por suerte, no hay nadie en la entrada, por lo que Silvia respira tranquila. El bar es muy alargado y tiene una gran barra al lado derecho. Las pocas mesas que hay están ocupadas.

—¿Nos sentamos a la barra? A mí me gusta sentarme ahí —comenta Nacho.

—Yo no me he sentado nunca a una barra... —dice sinceramente Silvia.

—Siempre hay una primera vez para todo, ¿verdad?

Silvia asiente con la cabeza. El chico tiene toda la razón. Siempre hay una primera vez para todo pero... «¿Cuándo llegará mi primer beso?», piensa la chica mientras deja la chaqueta en un gancho que está a la altura de su taburete.

—¿Qué quieres tomar? —pregunta Nacho.

—No sé... ¿Qué hay?

—De todo... ¿Quieres un cubata?

—¿Un cubata? —Silvia alucina, no porque no sepa lo que significa un cubata, sino porque nunca se ha tomado uno ella sola. Como máximo, un chupito o una clara.

—Sí. Yo voy a tomarme uno. Si no te apetece, puedes tomar algo más suave.

—Bueno, me gustan las claras.

—Pues eso está hecho.

Se les acerca un camarero con muchos tatuajes. También tiene toda la cara llena de *piercings*. Parece que es amigo de Nacho porque se saludan efusivamente con un fuerte apretón de manos.

Nacho y Silvia hablan durante más de una hora. En el transcurso del tiempo el bar se va llenando de gente con unos *looks* muy diferentes a los del Club. El ambiente está cada vez más cargado y la música suena tan fuerte que tienen que chillar para entenderse. Aunque Silvia se siente cómoda y «mayor» por estar la noche del sábado en un local tan oscuro y ensordecedor, preferiría un lugar más tranquilo. ¿Quizá en el banco del parque?

Algunas personas saludan a Nacho. El chico los atiende con una cortesía y amabilidad extremas. Silvia se da cuenta de que cuando él está a punto de acabar su cubata aparece el camarero y se lo rellena. Ella aún no se ha terminado su clara y el chico lleva tres cubatas.

—Oye, Nacho, ¿por qué te sirven todo el rato sin que lo hayas pedido? —dice la chica, casi chillando.

—¡Porque el camarero es mi primo! —le responde gritando a su vez en la oreja de Silvia.

—¿Y el concierto?

—¿Qué concierto? —responde él.

Silvia se hace la sorprendida porque cree que Nacho le está tomando el pelo: el típico jueguecito de hacerte creer que no vas a ir a un sitio para después desmentirlo. Un juego muy tonto, pero que muchos chicos utilizan para sacar una sonrisa a las chicas. Silvia decide continuar con lo que ella piensa que es una artimaña.

—Sí, el concierto. Hemos quedado para ir a un concierto, ¿recuerdas?

Nacho sonríe como si ella le hubiese contado un chiste buenísimo.

—¿Qué pasa? —dice la chica.

A él, la pregunta le da risa. Llegados a ese punto, Silvia

no entiende muy bien su reacción, pero cuando ve que su primo le pone otro cubata empieza a entenderlo.

—¿Por qué no te tomas otra cerveza o lo que quieras? —Nacho da un sorbo a su copa y asiente con la cabeza al ritmo de la música que suena por los altavoces de ese tugurio.

—No... Va en serio... —insiste Silvia.

—Sí, yo también lo digo en serio. Tómate otra copa, y después vamos.

Silvia accede a las órdenes de Nacho. «Al fin y al cabo, es sábado, y puede que el concierto empiece tarde», piensa. Entonces aparece el camarero y le sirve otra clara, la mira y después le guiña el ojo a su primo. Ese gesto no gusta nada a Silvia. Le parece que le han hecho una encerrona.

El bar está ya abarrotado de gente, y Nacho se le acerca cada vez más con la excusa de que no tiene espacio. Aunque Silvia se siente invadida deja que él se acerque. Llegado el momento, Nacho le dice algo en la oreja, algo que Silvia no logra entender. Debe de ser algo muy gracioso porque él no para de reírse. Silvia intenta entenderle pero no puede, así que se acerca un poco más a él para mitigar el ruido del local y escucharle mejor... Entonces Nacho acerca su cara a la suya y, poco a poco, acerca sus labios a los de la chica...

Silvia nota a Nacho muy cerca. Su olor, su barba, su mejilla, el alcohol... «¿Va a ser éste el momento? —se pregunta—. ¿Va a ser éste mi primer beso?» Y, sin que tenga tiempo a reflexionar, Nacho la besa. Es un medio beso, porque él la besa a ella, pero Silvia sólo se deja besar, deja que los labios del chico rocen los suyos pero es incapaz de devolverle el beso. De hecho, casi al instante de rozarle la piel, Silvia retira la cara en un acto reflejo que deja al chico más que sorprendido.

Silvia no está contenta con el comportamiento de su cita. Ella no se lo imaginaba así en absoluto. No es que sienta que le ha faltado al respeto, simplemente no le gusta la manera en que se le ha acercado el chico. Silvia tiene la sensación de que no es la primera vez que ha engatusado así a una chica, y odia sentirse otra más.

Entonces Nacho lo intenta de nuevo pero esta vez de manera descarada. Acerca sus labios a Silvia: ella lo esquiva de nuevo con un gesto de la cara. Este movimiento de cabeza es conocido como el «movimiento de la Cobra» en la jerga de los chicos. La «Cobra» consiste en que una chica evita el beso de un chico moviendo la cabeza como una serpiente.

Silvia se pone más nerviosa. La actitud de Nacho no le está gustando nada pero, sin saber por qué, es incapaz de reaccionar como debería y pararle los pies; sólo es capaz de seguir sonriendo para no quedar mal.

—¿Vamos al concierto o qué? —pregunta exasperada.

—No hay concierto, Silvi... Pero aquí se está muuuuy a gustooo, ¿nooo?

«Lo que me faltaba», piensa ella mientras recoge sus cosas. Eso sí que es faltarle al respeto.

—¡Me has mentido, Nacho!

—¿Y qué querías que hiciera? ¡En la cocina me estabas pidiendo a gritos que te besara!

—Pero ¿qué estás diciendo? —Silvia no lo puede creer.

—¡No te hagas la mojigata ahora! —Nacho la rodea con fuerza con los brazos, pero la chica se libera de él dándole un pequeño empujón. Se pone el abrigo y se marcha rápidamente de ese bar del que no recuerda ni el nombre (¡ni ganas de acordarse!).

Vuelve a casa con paso decidido. Está realmente decepcionada y lo que es peor, engañadísima. No deja de pensar en todas las acciones de Nacho: la amistad con su hermano, su comportamiento en la cocina y la actitud tan burda en el bar. Hay que ver cómo cambian las personas según dónde estén.

Cuando le quedan menos de cinco minutos para llegar a casa, Silvia intuye algo y se vuelve. Agudiza la vista y ve en la lejanía una silueta que está al final de la calle. ¡Es Nacho!

—¡Silvia, ven! ¡No me dejes solo, por favor! ¡TE QUIEROOO!

La chica se asusta y echa a correr. No le gusta nada todo eso. Se siente como Caperucita, y Nacho es, evidentemente, el lobo malo. Cuanto más corre la chica, más deprisa va él.

—¡Déjame en paz! —grita ella, a quien el miedo atenaza cada vez más.

No tarda ni un minuto y medio en recorrer el camino a casa, que suele llevarle cinco minutos. Ha corrido cuanto ha podido con sus botines de tacón. Nerviosa, abre el portal de su casa. Sube la escalera corriendo y, al llegar a casa, se encierra rápidamente en su habitación.

David está en casa y ha oído el portazo. Mira el reloj. «Qué extraño, aún es temprano», piensa.

—Silvia, ¿estás bien?

—¡Déjame! —llora la chica, sin querer abrir la puerta de su habitación.

—Silvia, ¿qué ha pasado?

Aún desde el otro lado de la puerta, su hermana responde sollozando:

—Tenías razón... ¡Nacho es un imbécil!

Al oír el nombre de su amigo en boca de su hermana, al oírla llorar de esa manera, no puede evitar que la rabia se apodere de él.

—¿Qué te ha hecho? —pregunta encendido, entrando en la habitación aunque ella no le haya dado permiso—. ¡Dime! ¿Qué te ha hecho?

Silvia, a quien aún le dura el susto, continúa llorando. Su hermano se sienta junto a ella en la cama y le pasa el brazo por la espalda. La chica apoya la cabeza en su pecho y, entre sollozos pero algo más tranquila, se lo cuenta todo. David se indigna y se enoja mucho.

—Esto no acabará así... —El chico ha dictado sentencia. Tiene unas ganas irreprimibles de romperle la cara a quien hasta ese mismo instante había sido su amigo. ¿Cómo se ha atrevido a hacerle eso a su hermana?

—También ha sido por mi culpa, David —murmura Silvia—. Tú me has avisado y yo, que sólo quería pasarlo bien, no te he hecho ni caso... No sé, y después, al encontrarme en esa situación... me he asustado, eso es todo... Por favor, no hagas nada de lo que puedas arrepentirte... Por favor.

David abraza fuerte a su hermana.

—¿Estarás bien?

Silvia asiente. Él la mira, la besa en la mejilla y sale de la habitación. La chica se queda un rato mirando al vacío, triste, luego resuelve que lo mejor es darse una ducha caliente para que lo que queda del susto desaparezca por el desagüe.

«Suerte que mamá no se ha enterado de nada», piensa antes de quedarse dormida.

Domingo por la mañana

Son las once y media y Silvia aún no ha salido de la habitación. Aunque hace rato que se ha despertado, se ha quedado surfeando por Internet. Sigue en la cama, con el ordenador en el regazo y su cojín rojo con forma de corazón a su lado. Ese viejo cojín la acompaña siempre en los buenos y malos momentos. Le gusta abrazarlo cuando se siente sola y notar que, en cierto modo, con esos minúsculos bracitos de peluche, el cojín le devuelve el abrazo.

Su familia ya anda trasteando por la casa. Oye abrirse la puerta del cuarto de David. Y unos pasos. Alguien marca un número de teléfono en el fijo.

—¿Nacho, eres tú? —Al oír la voz de su hermano, a Silvia le da un vuelco el corazón y abraza su cojín—. Tío, ¿de qué vas? ¿Cómo que de qué hablo? Ayer mi hermana me lo contó todo. La llevaste al Labrador, ¿verdad? ¡Eso es un tugurio! Y después ¿es cierto que la seguiste hasta casa? —David hace una pausa, parece que Nacho se está explicando—. Mira, te lo diré una vez y sólo una vez: si tocas a mi hermana, te las verás conmigo, ¿entendido? No, no, no me vengas con excusas... ¿Lo entiendes o no? —David vuelve a callar esperando confirmación de Nacho—. Entonces todo claro. ¡Ah!, y otra cosa: procura no cruzarte en mi camino porque, de momento, ¡no te quiero ni ver!

David cuelga el teléfono y Silvia, desde su habitación, no puede evitar ahogar su llanto en el cojín.

David vuelve a su habitación. Está algo exaltado. Ha defendido a su hermana y daría lo que fuera para que ella estuviera bien. Aunque Nacho siempre bromeaba con lo de que las chicas eran como los *kleenex* y David había presenciado algún que otro ataque directo de su amigo a alguna chica en el Labrador, nunca hubiera imaginado que sería capaz de tratar así a su hermana. ¿O en el fondo sí lo sabía? ¿Por qué, si no, advirtió a su hermana? Sea como fuere, ahora sí que le ha quedado claro qué clase de amigo tenía.

David se siente tenso, necesita desahogarse con alguien y piensa en Ana, la dulce y comprensiva Ana. Echado en la cama, la llama. En menos de veinte minutos su novia ya está al corriente de todo. Él le cuenta que Silvia está muy triste y que siente pena por ella.

A Ana no le hace falta que le repitan que una de sus amigas está en apuros para acudir en su ayuda.

—Oye, tengo una idea —le dice a su novio—. ¿Le puedes preguntar a tu madre si podemos hacer una fiesta de pijamas en tu casa?

—Ana... ¿tú crees?

—Ahora mismo llamo a las *Princess* y que cada una convenza a sus padres. Si nos presentamos de sorpresa por la tarde y nos quedamos a dormir con ella seguro que le levantaremos los ánimos.

—Dicho así, suena bien, sí.

—¿Se lo puedes preguntar a tu madre? Dile que no le diga nada a Silvia, ¡que queremos que se lleve la sorpresa!

—Ella estará encantada, ya lo sabes.

—Pues ¡hecho! ¡Voy a llamar a las chicas! ¡Ah!, y David...

—¿Sí?

—¡Te quiero!

Ana cuelga el teléfono, emocionada por la sorpresa que le espera a Silvia y por lo que acaba de confesarle a su chico. Por su parte, David se ha quedado con una sonrisa boba y el teléfono aún pegado a la oreja aunque su novia haya colgado. ¡Tiene a la mejor chica del mundo! Esta tarde, cuando lleguen las *Princess*, la cogerá de la mano un momento sin que las otras se den cuenta, la arrastrará por el pasillo hasta su cuarto y, sin que ella lo espere, la besará. Y entonces, David se da cuenta de una cosa: si las chicas hacen una fiesta de pijamas en casa, eso quiere decir que... ¡Ana y él pasarán toda la noche bajo el mismo techo! ¡¡¡Uuuhhhhh!!!

Al cabo de un rato

En menos de una hora, las *Princess* están avisadas y en pie de guerra. A Estela le encanta la idea y sus padres ya le han dicho que sí. A Bea le ha costado un poquito más pero en cuanto ha conseguido el consentimiento paterno se ha animado a preparar la bolsa.

La madre de Silvia, que no sospecha nada del estado de su hija y de la «Operación Rescate» puesta en marcha por sus amigas, también ha confirmado que las chicas pueden pasar la noche en casa. Aunque ha dejado muy claro que nada de trasnochar, pues el lunes las *Princess* deben madrugar para ir a clase.

En su habitación, ajena al plan urdido por todos, Silvia espera a que pase el domingo y, con él, su desengaño.

A media tarde

Las *Princess* han quedado en el parque. Ana, Bea y Estela se han citado un poco antes de que llegue Silvia, para ponerse al día de lo sucedido. Han escondido sus mochilas detrás de unos matorrales para darle una sorpresa.

La cuarta *Princess* aparece con cara larga. Sus amigas tienen sentimientos encontrados: por un lado están contentas por lo de la fiesta de pijamas pero, por el otro, al ver el ánimo de Silvia, su entusiasmo decae.

Pasan las dos horas siguientes sentadas en su banco escuchando atentamente a Silvia relatar su historia. Cuando ésta acaba, se abre un debate en torno a los chicos. Silvia, que al contar su noche con Nacho ha pasado por todos los estados posibles (el de incredulidad: «¡Y va y me dice que no hay ningún concierto!»; el de espanto: «Y yo corría y corría porque ¡pensaba que me iba a hacer algo!», y el de rabia: «¡Que se vayan todos a tomar por...!»), acaba incluso por reírse de sí misma.

—¡Tendría que haberme ido con ese rapero feo con los pantalones caídos! Al lado de Nacho era de lo más romántico..., y, además, por nuestro aniversario ¡seguro que me regalaría un collar con un dólar super molón con varios brillantes!

Las *Princess* sonríen. Parece que, poco a poco, y tras compartir las penas con las amigas, el ambiente se ha distendido. Es entonces cuando Ana aprovecha:

—Silvia... ¡Te hemos preparado una sorpresa!

—¿Ah, sí? ¿Cuál?

—Cierra los ojos. —Silvia sigue las órdenes de Ana que, alzando las cejas y dirigiendo la mirada hacia las mochilas, da a entender a sus amigas que las saquen de su escondite. Estela se levanta del banco y las lleva.

—¡Ya puedes abrir los ojos! —dice Ana, sonriente.

Silvia los abre y ve las tres bolsas ante ella.

—¿Queréis ir a la biblioteca en domingo?

—Noooooo.... —dice Estela—. ¡Esta noche hay fiesta de pijamas en tu casa!

—¡Tenemos permiso! —exclama Bea mientras Ana afirma con la cabeza.

—¿Y la mía? ¿Os habéis olvidado de la mía? —pregunta Silvia preocupada.

—¡Todo arreglado! —la tranquiliza Ana contentísima—. ¡Tu madre también lo sabe!

Silvia está tan contenta que suelta alguna que otra lágrima. ¡Es precisamente lo que necesitaba! Ana la abraza, después Estela se les une y al final Bea cierra sus brazos alrededor de todas.

«¡Tengo las mejores amigas!», piensa Silvia, feliz.

Poco después

Silvia y sus amigas llegan a casa. La madre de la primera ha hecho bocadillos para cenar, así les resultará más fácil comer en la habitación, que ha dejado preparada con un colchón extra en el suelo y sábanas y un montón de cojines para que las chicas celebren una señora fiesta de pijamas.

Las chicas están maravilladas de lo acogedor que la madre de Silvia lo ha dejado todo y, en menos de un minuto, ya se han puesto el pijama y discuten qué película van a ver.

—Mamá... ¿te he dicho ya que te quiero? —dice Silvia orgullosa y plantándole un beso a su madre.

Su madre, Dolores, sonríe y, antes de cerrar la puerta tras de sí, advierte con dulzura:

—No vayáis a dormir tarde, que mañana hay que madrugar.

La madre las deja solas. Las chicas están muy alegres. Estela y Bea repasan las películas de Silvia e intentan ponerse de acuerdo en su elección. Ana enciende el ordenador de Silvia, se siente inspirada.

—¡Acabo de tener una gran idea! —exclama. Sus amigas callan para que siga contándoles—. ¿Por qué no escribimos en mi blog?

—Pero si es tu blog... —comenta Bea.

—Por eso mismo. Propongo que cada una escriba un trozo. Será nuestro primer escrito juntas.

Las chicas aceptan la idea encantadas. ¡No podrían estar más unidas!

Nueva entrada:

Amistad (*escrito a ocho manos*)

Ocho manos son las que escriben.

Son las manos y los dedos de cuatro amigas.

Cuatro corazones amigos.

La amistad es lo mejor que hay, es un sentimiento muy parecido al amor. ¡De hecho entre amigas también hay amor! ¿Y qué es el amor?

Una pesadilla
Estela

Una bendición
Ana

Algo nuevo por descubrir
Silvia

Algo difícil de encontrar
Bea

El amor es también la amistad que nos une a las cuatro. Amigas para siempre

Firmado:
Las *Princess*

Capítulo 32

¡Cómo me dejas que te piense!
Pensar en ti no lo hago solo, yo.
Pensar en ti es tenerte,
como el desnudo cuerpo ante los besos,
toda ante mí, entregada.
Siento cómo te das a mi memoria,
cómo te rindes al pensar ardiente,
tu gran consentimiento en la distancia.

PEDRO SALINAS

Lunes

Son exactamente las siete y cincuenta y tres minutos. Las *Princess* duermen en la habitación de Silvia. Las noches como ésta son muy especiales para ellas. No es lo mismo dormir todos los días sola en tu habitación que juntarte con tus amigas y, antes de dormir, estar charlando hasta que se te cierren los ojos. ¡El placer que produce una fiesta de pijamas no tiene precio!

A las siete y cincuenta y cinco, la madre de Silvia entra en el dormitorio con una radio a medio volumen en la que suena una canción de moda. La mujer abre la persiana para que las chicas se despierten. Al sentir los primeros rayos de sol, se van desperezando. A todas les cuesta varios bostezos abrir los ojos y, al hacerlo, los cierran inmediatamente cegadas por la luz. Cuando finalmente logran vencer el sueño, se miran y se sonríen. Las *Princess* están contentas de verse por la mañana.

Estela es la que más remolonea y se tapa con un cojín.

Siempre le ha costado despertarse y hoy no va a ser menos. En cambio, Bea siempre es la más rápida en vestirse y ordenarlo todo; es como si las mañanas la activaran. La hacen sentir viva. En menos de diez minutos se ha vestido y ha doblado sus sábanas. Ana agradece muchísimo la música y se viste medio bailando. Silvia hace lo mismo e improvisan un pequeño baile por la habitación.

—¡Estela, despiertaaaa! —dice Silvia medio canturreando con cariño, pero Estela hace caso omiso, continúa durmiendo profundamente. Entonces Bea se planta de un salto en el colchón de Estela y se tira encima de su amiga dormilona, y Ana y Silvia siguen su ejemplo formando una montaña en cuyo pie se encuentra Estela.

—¡Parad! ¡Noooooooo! —grita la chica debajo de ellas medio riendo porque Ana le está haciendo cosquillas—. ¡Ya me levanto, ya me levanto!

Estela estira los brazos, bosteza y se frota los ojos hinchados. Mientras, Silvia sube el volumen de la radio al máximo y Bea y Ana bailan como si estuvieran en el Club. Silvia observa a sus amigas en su cuarto. «Ojalá fuera así siempre», piensa emocionada.

Entonces se oyen tres toques en la puerta.

—¿Quién es? —pregunta la anfitriona.

—¡David! —gritan todas entre risas menos Ana, a la que miran burlonas.

—¿Puedo pasar?

Las chicas miran a Ana. «¡Buuuuuuh!», exclaman. Ana se ha puesto roja como un tomate. Ayer fantaseó que su novio la venía a buscar durante la noche y se iban los dos a la habitación del chico para dormir juntos. David la abrazaría toda la noche y le diría cosas bonitas y le acariciaría el pelo hasta que ella se quedara dormida. Y ahora que el chico quiere entrar, no puede evitar pensar en que las chicas le están leyendo el pensamiento.

—¡Parad ya! —suplica.

—Está bien. —Silvia baja el volumen de la música y abre la puerta sólo un par de dedos, lo justo para encontrarse con la mirada de su hermano—. ¿Qué quieres? —pregunta, como si su hermano hubiera interrumpido algo sumamente importante.

—Bueno, yo...

¡David parece nervioso en su propia casa! A Silvia le gusta ver así a su hermano. La hace sentir fuerte, como si fuera él el pequeño. Ahora ella controla la situación y de alguna manera puede hacerse la madura ante él.

—Aclárate, David, que aún nos estamos vistiendo. —Lo marca con chulería.

—Sólo quería ver si estabais listas y... que dice mamá que el desayuno ya está preparado y...

—¿Y? —responde Silvia, pícara, poniéndoselo difícil—. ¡Vamos, responde! —le azuza. David oye como el resto de *Princess* ríe detrás de la puerta y se ve incapaz de lidiar con la situación—. ¿No querrás ver a Ana, verdad? Claro, has venido a eso, ¡a desearle los buenos días con un beso! —Silvia ha dado en el clavo. El resto de chicas sigue riéndose por lo bajinis. David se sonroja. Sí, la verdad es que ha estado toda la noche pensando que su chica dormía a sólo unos metros de él, y tan pronto ha despertado, ha sentido la necesidad de verla. Y es que cuando uno está enamorado desearía estar con la persona amada siempre. Y es así como, sin ninguna razón aparente, David se ha plantado delante de la puerta de su hermana: ha sentido unas ganas irreprimibles de ver a su chica. Y aunque consigan ponerlo colorado, en realidad le da igual lo que piensen su hermana y sus amigas, porque él les diría: «Ésta es mi cueva y ésta es mi loba. Aquí mando yo y quiero verla».

Pero con lo que David no cuenta es que, además de avispadas, las *Princess* son juguetonas, y no van a perder la oportunidad de pasar un buen rato a su costa. Estela aparta a Silvia de la puerta de un culazo. Mira al chico con picardía y, con la voz aterciopelada como si fuese una actriz de telenovela, le dice:

—Estimado conde: la princesa se está vistiendo de gala para el desayuno. Vaya usted primero al comedor real. Estará conmigo en que la belleza es algo que se hace de rogar... Así que, ¡buen viento, mi señor! —Y, dicho esto, cierra la puerta en las narices del muchacho.

—Pobre David, no sabe dónde se ha metido —le susurra Ana a Bea.

—¿Has visto la cara que ha puesto tu hermano? —comenta Estela, que choca los cinco con Silvia.

—¡Y que lo digas! Nunca lo he visto tan..., tan..., ¡no me sale la palabra! Tan... ¡C-O-L-G-A-D-O! —deletrea Silvia como si fuese una animadora de un equipo deportivo.

Ana pone los ojos en blanco y se cubre la cara con un cojín rojo. Bea y Estela gritan: «¡Uuuuuh!».

—¡Venga, chicas, parad! —pide Ana, muerta de vergüenza.

David ha vuelto a su cuarto, ha ordenado su habitación por si acaso su chica acababa entrando en ella. También, se ha echado la colonia que sus padres le regalaron las navidades pasadas y que ¡aún no había estrenado! Para él, que Ana esté en casa por primera vez desde que salen representa una ocasión especial y debe prepararse para ello. No es que David quiera aparentar ser una persona que no es, pero nunca está de más dar la mejor impresión. Aunque es un día cualquiera, él se ha esmerado en el vestir: pantalones vaqueros, zapatillas deportivas, y una camisa de manga corta de color lila por fuera del pantalón. ¡Y se ha peinado con gomina! Si tenemos en cuenta que el chico tiene la costumbre de ir con el chándal de baloncesto a todas partes y casi nunca suele ponerse camisa, para toda su familia hoy David parece que estuviera invitado a la gala de los Oscar.

—¡Chicas, a desayunar! —grita la madre de Silvia desde la cocina.

La única de las *Princess* que oye la llamada es Ana:

—Silvia, tu madre nos llama.

—Sí, es una pesada... Siempre hace igual. —Silvia no acostumbra a hablar así de su madre. ¡Le encanta que haga eso, que siga cuidando así de ellos! Además, lo hace todas las mañanas. Pero a veces los jóvenes se comportan así: están con los amigos y se permiten comentarios que, en realidad, no son verdad.

—¡No digas eso! —la regaña Ana.

—Silvia tiene razón, a veces las madres son unas plastas... —interrumpe Estela dando su opinión.

—Por no hablar de los padres... ¡Ellos sí que tienen tela! —añade Bea sonriendo.

—Yo conozco a mi madre como a la palma de mi mano. Cuando grita desde la cocina quiere decir que el desayuno está en la mesa. Y cuando mi madre avisa con un grito es que el desayuno que ha preparado... ¡Es increíble! ¡Ya veréis! —Silvia se peina con las manos y abre la puerta de la habitación. Las *Princess* van desfilando una a una. Estela le hace cosquillas a Ana, que va primera, y ésta la mira con complicidad. La pequeña de las *Princess* está nerviosa porque lo más seguro es que David esté en la cocina y tendrán que desayunar todos juntos lo que ha preparado su... ¡su suegra!

Cuando llegan a la cocina se encuentran la mesa redonda tapada con un mantel floreado rosa y rojo. Encima del mantel hay una bandeja con pan tostado, mermeladas de fresa y melocotón, mantequilla, zumo de naranja y dos platos rellenos de cruasanes chiquitines hasta los topes.

—Muchas gracias, señora Ribero —dice Ana con un hilo de voz por la vergüenza, puesto que nada más entrar ha buscado a David, se ha encontrado con la mirada de la madre de Silvia clavada en ella, y se ha puesto de lo más nerviosa.

—No me llames señora, niña. ¡Será que no has desayunado veces en esta casa! Me llamo Dolores, eso ya lo tendrías que saber... —La madre de Silvia se dirige a Ana con cariño y cercanía, pero la chica lo recibe insegura. ¿Sabrá que ha empezado a salir con su hijo y no quiere ceder terreno ante ella? ¿Tendrá miedo de que David no se aplique en los estudios, si anda pendiente de ella?

—Perdón —susurra.

—No hay nada que perdonar, Ana, por favor. Anda, siéntate y come. —La chica ejecuta la orden de la madre de Silvia con la vista fija en el suelo—. ¡Y alegra esa cara, que parece que te hayan robado el alma!

La muchacha no sabe dónde meterse. Sonríe forzadamente. «¡Que alguien me saque de aquí!», piensa mientras mira a sus amigas. Pero las *Princess* parecen no haber dado importancia a los comentarios de la mujer, el desayuno les llama mucho más la atención.

Lo que Ana no sabe es que la madre de Silvia intenta ser simpática con ellas. Son las amigas de su hija y quiere caerles bien, hacerlas sentir como en casa. Aún no sabe nada de lo de Ana y David pero, de saberlo, sería la misma de siempre; incluso le alegraría la noticia, porque piensa de Ana que es una chica muy buena y centrada.

Obviando cómo ha sentado el cruce de palabras entre Ana y Dolores a la chica, en la cocina se respira muy buen ambiente. Las *Princess* se sientan y la madre de Silvia deja encima de la mesa unas tazas de color azul y una jarra de leche caliente.

—¿Y el té? —pregunta Silvia.

—¿Té? —se extraña Estela.

—Sí, té. Me he acostumbrado desayunar té con leche. Está buenísimo. ¿Queréis probarlo? —contesta la otra orgullosa de sus hábitos.

Estela y Bea asienten, pero a Ana no le gusta la leche, y calla.

—Ana, ¿y tú? —pregunta Silvia.

Ana no sabe qué responder. El primer contacto con la madre de Silvia no le ha sentado muy bien, y ahora teme que si dice que no le gusta la leche, le caiga peor y le suelte alguna.

—¿Eh? ¡Ah, sí, sí!... Con leche... Sí. —La chica no sabe por qué acaba de responder eso. No puede ni oler la leche, y para quedar bien tendrá que pasar un mal trago, nunca mejor dicho.

Dolores coloca una bolsita de té en cada una de las tazas y después sirve la leche caliente.

—¡Cuidado, chicas, que está hirviendo!

—Gracias, mamá. ¡Eres la mejor!

—Sí, muchas gracias, señora Ribero —dice Ana—. Digo, Lola... No, Do-Dolo-¡Dolores!

Las *Princess* se ríen a carcajadas. Se dan cuenta de que su amiga está muy nerviosa y que por eso no da ni una. La mamá de Silvia le sonríe con ternura y le acaricia el pelo.

—No te preocupes, Ana. Cuando tenía tu edad, mis amigas y todo el mundo me llamaba Dolo.

—¡Eso no lo sabía! —comenta Silvia, sorprendida—. ¿Te llamaban Dolo? ¿Y por qué no Lola? ¡A mí me gusta mucho más!

—Cuando era una niña como vosotras...

—Mamáaaa... ¡que ya no somos unas niñas! —aclara Silvia.

—Lo que iba diciendo... Cuando yo era una MUJERCITA como vosotras, vivíamos en un pueblo. Todas las tardes después del colegio mi madre, tu abuela Rosita, me daba unas pesetas para ir a comprar el pan y merendar. ¡Me acuerdo tanto de esas tardes en el pueblo!

—¡Mamá, ve al grano, por favor! —Silvia le vuelve a dar un toque de atención. Sabe que si la dejan hablar, la mujer podría estar contando anécdotas de su pasado durante horas.

—A eso iba, hija... Por las tardes me juntaba con mis amigas. Nos llamábamos las Rosas.

Bea, Estela y Ana exclaman al unísono:

—Uaaalaaa...

—Qué nombre más bonito, ¿verdad? —añade Dolores—. Un día, después del colegio, la abuela Rita me dio ¡cincuenta pesetas! Eso para la época era una barbaridad.

Pero mi madre necesitaba cambio. Así que fui a comprar el pan y la merienda con mis amigas pero me despisté y no recogí la vuelta. Nosotras teníamos la costumbre de merendar junto a una fuente, antes no teníamos parques como ahora. Cuando nos sentamos oímos un hombre que decía: «¡D-D-DOL-DOLOOOO-DO-DOLOOOO!». —La madre de Silvia empieza a imitar la voz del panadero y a poner caras raras. *Las Princess* se parten de risa—. Mis amigas y yo empezamos a reírnos como hacéis vosotras ahora, a reírnos y a correr para huir del panadero que... nos perseguía para devolverme el cambio

—¿Y por qué te llamó así el panadero? —pregunta Silvia, que no conocía esta historia.

—¡Porque era tartamudo!

Las chicas no pueden aguantar las lágrimas de la risa. Ana también se ríe con ganas, pero algo más contenida. Y como ha sido su comentario el que ha dado pie a que la madre de Silvia contara esa anécdota, siente que, en el fondo, la mujer se está burlando de ella.

De pronto entra David en la cocina. Cuando Silvia y su madre lo ven vestido tan formal, sus carcajadas aumentan. Bea y Estela se contagian fácilmente de su risa. El chico se detiene, inseguro. «¿De qué se estarán riendo? —piensa—. ¿Tendré algo en la cara? ¿La bragueta abierta?» Antes de que pueda asegurarse de que no es así, Ana le sonríe y le saluda.

—Buenos días, David —medio susurra, con un tanto de formalidad.

—Buenos días, Ana —responde él, tímido.

El resto de *Princess* los observa, y no pueden evitar que les entre la risa tonta. Ana lo está pasando realmente mal, y les lanza una mirada suplicante que significa: «Chicas, ¡no me hagáis esto!». David, por otra parte, aparenta normalidad, coge un cruasán y se sirve un vaso de zumo de naranja.

—¡Pero qué guapo se ha puesto mi niño! ¿Has quedado con alguien, quizá? —pregunta Dolores, que se le acerca y le pellizca la mejilla como solía hacer cuando su hijo era pequeño. La enternece ver cómo crecen sus hijos.

David no sabe qué responder. Hay veces en que las madres tienen un sexto sentido, pues también han pasado por situaciones similares en el pasado. Pero esto no quita que el chico se ponga algo nervioso y se beba el zumo de naranja de golpe.

—Bueno, yo ya me voy, tengo prisa —se excusa, intentando evitar la trampa mortal.

—Pero ¿hoy no tienes clase por la tarde? —Dolores está dispuesta a sonsacarle.

—Bueno, yo... Ejem... Quiero ir a la biblioteca, eso... A la biblioteca, sí... A estudiar... Y también tengo que acabar un trabajo, sí... —El balbuceo del chico es tan evidente que su explicación resulta del todo increíble, pero a su madre le basta: no piensa seguir insistiendo. Si David no quiere contar nada, mejor dejarle. Además, también debe tener en cuenta que están las chicas ahí, quizá por eso él no quiera confesar lo que ella se teme: que tiene una cita con una chica.

Aunque la realidad es otra. David suele aprovechar los lunes para dormir un poco más. Para él son como un segundo domingo; la vida universitaria a veces tiene esos privilegios. Pero hoy, sabiendo que Ana estaba tan cerca, le ha sido imposible conciliar el sueño.

—¡Adiós! —se despide David—. Adiós..., Ana...

Todas las chicas miran a Ana y exclaman:

—¡¡¡Uuuuuhhhhh!!!

David se marcha andando con algo de chulería para disimular la vergüenza y medio cruasán en la boca por los nervios. Ha dicho que se iba a la biblioteca y aunque ése no fuera el plan inicial para su mañana de lunes, tendrá que ejecutarlo si no quiere quedar como un mentiroso.

—Creo que aquí pasa algo que, de momento, se me escapa... —dice la madre de Silvia mirando a Ana—. Pero tarde o temprano me enteraré... Así que ¡mucho ojo!

—Mamáaaaa... —Silvia conoce muy bien el tono con que su madre le habla a su amiga. Es un tono pícaro, y cuando su madre se pone en ese plan es ¡insufrible!

—Deja, hija, que ¡aquí hay tomate!

—Mamáaaaa..., ¡son casi las ocho y cuarto! —Silvia intenta salvar a la *Princess* más tímida y qué mejor que apelar al horario del instituto.

Ante la noticia, Dolores se levanta y coge unos bocadillos ya envueltos en papel de plata.

—¡Hay uno para cada una! ¡Y acabad de desayunar rápido o llegaréis tarde a clase!

«¡Gracias, Silvia!», piensa Ana, que no sabía si era peor afrontar una conversación de amores con Dolores o tomarse el té con leche que, al final, ha podido dejar sin probar y sin que nadie se diera cuenta de ello.

—Vamos, chicas, ¡que llegamos tarde! —exclama Silvia dando un sorbo de su taza y cogiendo un cruasán para el camino—. ¡Gracias, mamá!

Todas las *Princess* se levantan y Bea y Estela aprovechan que la anfitriona ha cogido otra pasta para hacer lo mismo. No es cuestión de quedar mal.

—Ana, ¿no te tomas el té? —pregunta la madre de Silvia al recoger las tazas y ver que la de ésta sigue intacta.

La chica no sabe qué responder. Toma el bocadillo, sonríe y siente que no puede hacer más que sincerarse con Dolores.

—Es que... no me gusta nada la leche...

La madre de Silvia se da cuenta de lo mal que lo está pasando la muchacha.

—Ni a mí tampoco, Ana.

Entonces, la mira a los ojos y le sonríe.

Capítulo 33

En voz baja decir, amor, tu nombre,
junto a ti, a tus oídos, a tu boca.
Y ser ese animal
feliz que junta sus mitades.
En voz baja o sin ella, muda
la boca revertida a su unidad:
silencio inaugural que a verbo y carne
otorga nueva vida.

PABLO ARMANDO FERNÁNDEZ

Lunes tarde

Estela llega a casa después del instituto. Se siente cansada pero llena de energía. Es como si el lunes hubiese llegado después de unas largas vacaciones en una isla del Caribe. La noche en casa de Silvia ha sido como vitaminas para el alma. Se siente como si le hubiesen sacado un peso de encima.

La semana pasada cortó, por fin, con Leo. No fue una decisión fácil y está muy orgullosa de ello. Pasar la noche con las *Princess* le ha ido muy bien para coger nuevas energías. Pero cuando se deja a una persona que has querido mucho, aunque sea por decisión propia, una tiene momentos de todo. Ella dejó a Leo, pero tiene la sensación de que él la había dejado mucho antes. Si él la hubiese amado de verdad, ella jamás hubiera roto esa relación. Una relación basada en las palabras. Nunca nadie le dijo tantas veces que la amaba, ni nadie le había escrito tantas poesías de amor, ni le había regalado tantos momentos románticos. Pero no era amor de verdad. Sólo palabras. Y las palabras, como dicen, se las lleva el viento. Para Leo, Estela era un bonito divertimento y, cuando ella se dio cuenta, tuvo que hacer acopio de fuerzas y dejarlo, por su bien. Sufriendo mucho, eso sí. Pero sabía que debía hacerlo: antes de querer a alguien, uno debe quererse a sí mismo.

La chica abre la nevera y toma una manzana. No hay nadie en casa y los sonidos se amplifican. La chica está de pie en la cocina y cierra los ojos para oírlo todo mejor: la nevera, un vecino que tose, un portazo, la cisterna de un váter... Puede parecer una locura, pero si algo la caracteriza es hacer cosas como ésa, buscar siempre lo extraordinario en lo cotidiano, un punto de vista diferente. En el teatro ha aprendido mucho. Esa clase de ejercicios de escucha la ayudan a percibir el mundo de otra manera.

Continúa con el pequeño ejercicio improvisado y coge la manzana y la muerde lentamente, con los ojos aún cerrados. Puede notar el crujido de la carne de la fruta y como su frescor llega a sus labios. Mastica lentamente y nota como todos los pedacitos se convierten en un zumo que refresca su boca. Da un segundo mordisco a la manzana.

Por un momento se le aparece la imagen de Leo. En realidad todo eso se lo ha enseñado él y le encanta. ¿Puede que sea una manera de recordarlo? De pronto siente un vacío en su interior. En efecto, el bajón por el desamor de Leo ha hecho mella en ella.

Aún comiendo la fruta, tranquila, se dirige a su habitación. Ve una de las máscaras que utilizaba en las clases de interpretación colgada en la pared. Otra vez piensa en Leo. La chica se echa en la cama y se deja llevar por los recuerdos. Leo... Leo... Leo... Imposible olvidarse de Leo.

Le entran ganas de llamarlo pero ¿qué le diría? Estela empieza a ponerse nerviosa. ¡Lo echa de menos! «Y eso es muy normal —se dice—. Pero debes evitar llamarle o contactar de nuevo con él.» Entonces la chica repasa mentalmente todas las cosas que le hicieron sentirse mal hasta recordarse a sí misma por qué tomó la decisión de acabar su aventura con Leo:

1. Está casado
2. No me contesta el teléfono y sólo me llama cuando le conviene / le apetece
3. Me trata como una cría
4. Es mucho mayor que yo
5. Siempre tiene una respuesta para todo
6. ¡Lo quiero! ¡Lo quiero! ¡¡¡LOOOO QUIEROOOO!!!

... pero él no me quiere

Se vuelve para el otro lado de la cama como cuando no puede dormir. Suspira y unas lágrimas caen por sus mejillas mojando las sábanas. Estela ha caído en lo que se podría llamar el «post-amoratorio».

El «post-amoratorio» es parecido al postoperatorio de los hospitales. Después de la operación, los enfermos sufren lo que los médicos denominan el postoperatorio: es la fase en que el paciente se recupera de la operación. La gente que vive este proceso suele sentirse aturdida y dolorida, y esos síntomas pueden durar días, semanas o meses. Un ejemplo reciente es Sergio.

El «post-amoratorio» es lo mismo pero con el amor. Cuando se deja a una persona que has querido mucho se dice que tu amor hacia ella no ha cambiado. Sientes prácticamente lo mismo. Lo único que ha cambiado es que ya no vas a estar más con aquella persona. No vas a tener más contacto o por lo menos no el contacto que tenías antes, pero los sentimientos perduran. Están allí y no se pueden obviar. Duele mucho hacerte a la idea de que esa persona no estará en ese lugar tan especial de tu corazón. Es una especie de vacío que uno tiene que llorar para poder dejar espacio libre para la persona que, en un futuro, ocupe su lugar.

Estela da rienda suelta a un llanto silencioso en su casa libre de gente. Es como si estuviera en un gran desierto donde las personas representan el oasis de agua fresca. Se siente sola y piensa en Marcos. Eso le alegra el corazón. Marcos es su oasis y además:

1. Tiene mi misma edad
2. Le encanta la música
3. Es divertido y raro
4. Me escucha y me comprende
5. Tiene un perro encantador

Después de hacer esa pequeña lista mental sobre el chico, Estela se seca las lágrimas con la manga del jersey. En el desasosiego que la invade le surgen algunas preguntas referentes a Leo y a su estado «post-amoratorio». Son preguntas muy frecuentes que todo el mundo se hace después de dejarlo: «¿Se habrá olvidado de mí? ¿Qué estará haciendo en este momento? ¿Lo estará pasando mal? ¿Habrá encontrado ya a alguien?».

La chica se levanta de su cama de sopetón. «Eso sí que no —se dice—. Por ahí si que no paso.» Estela hace un pequeño ejercicio de autocontrol respirando tres veces profundamente. Quiere evitar a toda costa pensar en cosas que no sabe si están pasando en realidad. Pero lo cierto es que se siente un poco mal consigo misma.

Son casi las cinco de la tarde y le suena el móvil. «¿Será Leo?» No, es Marcos. Su corazón da un pequeño vuelco.

—¿Sí? —contesta frotándose los ojos.

—¡Hola! Mira... Te llamaba por si querías quedar esta tarde. He preparado un pequeño estudio de grabación en mi habitación, y este fin de semana he compuesto una canción pensando en el concurso de la tele.

—¡Qué me dices! —responde la chica sonriendo.

—Sí, bueno... no es de Grammy pero puede quedar resultona.

—¡Eres un crac, Marcos!

—Se hace lo que se puede... Pero ¡aún no la has escuchado!

—Seguro que es buena.

—Entonces, ¿te va bien quedar hoy?

Estela duda unos instantes.

—No, no puedo; tengo teatro.

—Oh, qué lástima... Pues nada, nos vemos mañana y lo hablamos en el instituto, ¿vale?

Marcos se despide de la chica, que también cuelga. Estela se siente rara de verdad. Hay algo que no le encaja en todo esto. ¡Un momento! ¡Pero si no tiene clase de teatro! Le dijo bien clarito a Leo que ya no volverá, y hoy es lunes... ¡Lunes de teatro!

La chica vuelve a coger el móvil y busca a Marcos en sus llamadas recibidas para devolverle la llamada. Los tonos van sonando y, de pronto, salta el contestador con una voz un poco sosa y con pausas muy largas:

Hola, has llamado a Marcos. Ahora no estoy. Deja tu mensaje. Gracias.

Estela se ríe. Es un mensaje muy insulso, pero muy del estilo de Marcos también. Él no es una persona que se deje conocer fácilmente, y su contestador es la prueba de ello. El de Leo, por ejemplo, era más extrovertido y más teatral, pero Estela lo escuchó tantas veces que al final encontraba de lo más falsa toda esa pantomima exagerada. Sí, ¡qué rabia le daba!

Suena el «piiiiiiiiiiiip». Ahora es el turno de Estela:

—¡Marcos! Soy yo... Sí que voy. Andaba distraída y pensaba que tenía clase... ¡pero no! Me paso alrededor de las seis por tu casa, *okey?* Cuando oigas el mensaje, si estás de acuerdo, hazme una perdida. Eso quiere decir que sí. Si no, me llamas y vemos, ¿vale? ¡Un besooooo!

Cuelga. Le queda una hora para adelantar los deberes de mañana. Se dirige a su escritorio y deja el móvil encima de la mesa. Lo mira fijamente. Sigue dando vueltas a la cabeza. «¿Lo hago o no lo hago? —piensa—. Lo voy a hacer, y lo hago por mí», se convence. Vuelve a coger el teléfono y busca en sus contactos la letra «L» de Leo.

Eliminar contacto.

La chica toma aire y lo deja ir cerrando los ojos. Aprieta el botón de «Aceptar».

¿Está seguro que quiere borrar el contacto de su lista?

Vuelve a suspirar esta vez pensando cómicamente: «¡Sí que cuesta sacar a Leo de mi vida!», y le da al botón del «Sí».

Contacto eliminado.

Estela mira la pantalla y se queda abstraída en la frase «Contacto eliminado». Le parece una frase curiosa porque, aunque haya eliminado a Leo de su agenda, aún se siente muy ligada a él. Pero, como dijo en su día un sabio:

«La tecnología no entiende de sentimientos aunque el amor es una gran tecnología». Poco después, Estela recibe la llamada perdida de Marcos.

En ese mismo instante

Silvia está concentrada, estudiando. Como Estela y las otras *Princess*, se siente más ligera de lo habitual. De repente suena el tono de mensaje en su móvil. Silvia lo oye pero hace caso omiso. No es que pase del teléfono y del mundo pero tiene bien claro que si está estudiando sólo responde a las llamadas. Si son mensajes, pueden esperar. Si no, la distraen y empieza a chatear y del móvil al Messenger hay un paso minúsculo.

De pronto vuelve a entrarle otro mensaje. Silvia hace un esfuerzo. Tiene una especie de lucha interna. Sabe que si mira el móvil, perderá la concentración, ¡con lo que cuesta concentrarse! Este segundo tono la inquieta un poco más pero continúa estudiando.

Cuando pasan diez minutos su móvil vuelve a sonar. Silvia se ríe. «Pero ¿qué pasa? Hoy estoy de lo más solicitada, ¿no? Si quieren algo que llamen.» La chica ha tomado una decisión.

Al finalizar los ejercicios de inglés repasa la agenda por si le queda algo pendiente. ¿A lo mejor matemáticas? ¡Noooooo! ¡Ya ha terminado! Con un movimiento rápido coge el teléfono, marca el pin y... ¡Sorpresa! Los SMS eran de... ¿Nacho?

¿Tres mensajes? ¿Qué querrá? Silvia los abre uno por uno.

Silvia estás ahí?

Ey... K siento lo de la otra noche... de verdad... lo siento...

Me perdonas?

Podría contestar, y también podría no hacerlo. Silvia se lo piensa. Es cierto que Nacho se lo hizo pasar mal, la engaño e intentó besarla pero, por lo que dice en los mensajes, parece que está arrepentido de verdad. Una persona no envía tres mensajes casi seguidos a alguien pidiendo disculpas, si no se siente realmente mal.

Silvia decide contestar y escribe: *Ok, no te procups. Sta olvidado.* Es un buen mensaje. No le está dando coba y tampoco le echa la culpa de lo que pasó. Además, si lo piensa fríamente, gracias a ese desafortunado encuentro las *Princess* pasaron un domingo de fábula. Silvia se ríe cuando piensa: «Pero ¡si tendría que darle las gracias!».

Poco después

Estela sale de casa. Tiene un trecho hasta la de Marcos y, como le gusta callejear, se toma un tiempo extra aunque tarde un poco más en llegar. Se nota algo cansada. Puede que más de lo habitual. Es normal, el «post-amoratorio» es lo que tiene: cansancio repentino, tristeza por sorpresa, ganas de llorar de golpe y por las cosas más bobas...

La chica se da su tiempo. Se para ante una panadería, entra y pide un cruasán de chocolate. «¡Dos en un día!», piensa mientras recuerda el que se ha comido esa mañana en casa de Silvia. Al salir de la panadería, oye la voz del panadero:

—¡Señorita! ¡Se olvida el cambio!

Estela se vuelve. ¡Había pagado con un billete de cinco euros! Estela regresa a la panadería, recoge su cambio y sonríe pensando en la madre de Silvia y su historia de niña, el panadero y «¡D-D-DO-DOLOOO!». Jajaja... Hay que ver cómo es la vida. ¡Le ha pasado lo mismo!

La tarde está empezando a caer y la luz del sol toca los últimos pisos de los edificios. Estela observa maravillada como la luz brilla en los ventanales de las casas, pues le gusta caminar mirando hacia arriba. Cuando llega a un semáforo se detiene como todos los peatones y cierra los ojos intentando percibir todos los sonidos que le ofrece la calle, los coches, los viandantes...

Hoy se siente más especial que de costumbre. Es como si alguien le hubiera dado alas para pensar libremente, o algo parecido. Pero este tipo de sensaciones tal cual vienen, tal cual se van. Prueba de ello es que, sin darse cuenta, y dejándose llevar por los ruidos y por su vista fija arriba, Estela se encuentra en la calle donde está el estudio de teatro, como si estuviera conectado de manera instintiva a esta ruta.

Se para en medio de la vía algo sobresaltada, y gira sobre sus pasos para deshacer el camino. «Creo que hoy no es mi día», piensa mientras camina en la dirección correcta.

Al cruzar la calle observa a alguien a lo lejos que le resulta muy, pero que muy familiar. ¡Leo! ¡Es Leo! ¡Como siempre llegando tarde al estudio! Camina muy rápido y se dirige al mismo paso de zebra por donde ella se dispone a cruzar. «¡Tierra trágame!» Sus piernas no le responden; el semáforo está a punto de ponerse en verde. Se encontrarán cara a cara. Estela respira profundamente al tiempo que observa a Leo caminar presuroso para aprovechar el semáforo en verde y no tener que detenerse y esperar.

El hombrecillo de color rojo del semáforo lanza destellos, y da paso al hombrecillo verde. Los peatones cruzan el paso, Estela entre ellos. Al otro lado Leo, que camina abstraído por las prisas. El corazón de la chica late tan rápido que podría confundirse con los motores de los coches que están esperando para cruzar.

Leo pasa a escasos metros de ella. No la ha visto. Estela tampoco quería que la viera. Podríamos decir que ese momento es una metáfora de su relación: caminos diferentes que confluyen en un momento y luego siguen cada uno su dirección.

Unos minutos después Estela llega a casa de Marcos, que la espera hace rato. El retraso tampoco ha sido para tanto, ocho minutos, pero el chico está nervioso. Marcos lo tiene ya todo preparado. La habitación está llena de cables. En una silla tiene una pequeña mesa de mezclas. El ordenador está con un programa de edición y hay dos pies de micro colocados para que Estela cante y él toque. La habitación parece un estudio de grabación casero.

—¿Te gusta? —pregunta orgulloso de su despliegue técnico.

—Bueno, si funciona..., guay. Oye, Marcos... ¿Te importa...? Necesito ir un momento al baño.

Pero Estela no le da tiempo a responder y sale de la habitación.

Aunque a Marcos le extraña la actitud de la chica, aprovecha su ausencia para revisar todos los cables por última vez, y asegurarse de que todo funcione bien. Él sabe mejor que nadie que si la técnica falla, la grabación se puede ir al garete.

Pasados diez minutos, Marcos se inquieta. Estela debería haber salido ya del baño. Empieza a sospechar que pasa algo raro. La chica ha mostrado más énfasis al hablar con él por teléfono que viendo todo lo que Marcos ha preparado en su habitación. Aunque él no necesita el reconocimiento de los demás, por lo menos esperaba que Estela, al ver los micros, el ordenador y la mesa de mezclas, aparentase sorpresa o, por lo menos, alegría. Pero no ha sido así.

El muchacho decide ir a ver qué pasa y, con paso sigiloso, se acerca a la puerta del baño. Acerca la oreja a la puerta y oye unos pequeños sollozos. Marcos da dos golpes suaves y pregunta con cariño:

—Estela... ¿Estás bien?

—¿Eh? Sí, sí, estoy bien... Salgo en seguida...

El chico decide esperarla fuera del baño. Cuando Estela abre la puerta, Marcos la recibe con una sonrisa. Ella le devuelve una sonrisa triste.

—No te preocupes, estoy bien; sólo que llevo un día que tela marinera... Y sólo me faltaba esto...

—¿El qué? —pregunta él.

—Cosas de mujeres.

—¿Cosas de mujeres?

—Cosas-de-mujeres —responde Estela, recalcando cada palabra y alzando las cejas. Su amigo no se da por enterado—. Marcos: tengo la regla.

—Ah... —responde él sorprendido con la frescura con que lo dice ella—. ¿Eso quiere decir que no podrás grabar?

—No, Marcos, esto quiere decir que llevo todo el día loca, sin saber por qué, y ahora descubro que es por tú-ya-sabes.

—Pero ¿podrás cantar?

—Pero ¿qué pregunta más tonta es ésa? Cantaré mejor que nunca. ¿Quieres que te lo demuestre?

Capítulo 34

El hombre moreno y alto
con voz de viento salino
le dice mientras su talle
aprieta como un jacinto:
—Llevo tu nombre en el brazo
tatuado desde niño
y en el corazón un ancla
de juramento perdido.

RAFAEL DE LEÓN

Sábado, en la cocina de casa de Silvia

—¿Qué día es hoy? —pregunta David a Silvia.

—Sábado —contesta su hermana, mientras toma tranquila su té con leche.

—¿Ya estamos a sábado? ¡Qué rápido pasa el tiempo! —El chico se pone la mano en la cabeza. Silvia lo observa desde su silla. David se acaba de levantar y lleva los pelos que parece un puercoespín. ¿Tan despistado anda su hermano?

—¿Qué día creías que era? —pregunta dando un sorbo de su taza.

—No lo sé... —responde éste a la vez que se prepara un vaso de leche con cacao—. Pero a veces tengo la sensación que el tiempo pasa superrápido. No me doy cuenta y ¡zasss!, lunes, y ¡zasss!, sábado.

Silvia piensa. Su hermano tiene toda la razón. Los horarios del instituto rigen su vida de tal forma que uno no se da cuenta de que el tiempo se pasa volando. El sábado y el domingo parecen eternos comparados con los días de diario.

—¿De qué están hechos los sábados? —Silvia sorprende a su hermano con una pregunta muy poco usual.

—No sé, de... ¿fiesta? —David sonríe. Cree que ha dado en el clavo.

—Puede ser... Yo diría que de libertad. —Silvia toma otro sorbo de té. Su hermano se queda callado y comparten unos minutos de silencio. De alguna manera ambos llevan razón pero lo que ha dicho Silvia ha calado hondo en ellos.

—Libertad... Libertad para hacer lo que quieras, como quieras y cuando quieras. Libertad para levantarte tarde, quedar con las amigas, poder estudiar en cualquier momento..., ¡no tener que ir al instituto!

—Silvia... ¿Estás bien? —pregunta David curioso.

—Sí, sí... Sólo pensaba en voz alta y me has hecho reflexionar... Nada más.

La chica se levanta de la mesa tranquila. Pasa junto a su hermano, que está sentado tomándose su leche con cacao, y le acaricia suavemente la espalda por detrás. Con paso lento pero constante se dirige a su habitación. Se siente en calma, y algo más pensativa de lo habitual.

Ya en su dormitorio, sentada en la silla del escritorio, abre el ordenador y se da cuenta de que esta semana apenas ha visto a las *Princess*. En el instituto sí, pero no han quedado para ir al parque, ni para pasear... sólo se han visto en clase. Eso le hace pensar en un pequeño detalle: siempre que han quedado de un tiempo a esta parte ha sido porque ha pasado algo. Algo negativo. El accidente de Sergio, lo suyo con lo de Nacho, la ansiedad de Estela, el bajón de Ana con David... y aunque después se haya arreglado todo, queda como un poso raro. Sabe que si hubiera pasado algo, las *Princess* se habrían llamado y habrían quedado, pero parece que si no hay temas que resolver, no se echan tanto en falta.

Antes las *Princess* quedaban, quizá no todos los días, pero sí con mucha frecuencia, y por el simple hecho de quedar, de estar juntas. Ir al cine, tomar algo, lo que fuera. Ahora Estela anda todo el día con Marcos, Ana con David, y Bea con Sergio... Los chicos de sus sueños. ¿Y ella? Ella se siente sola y echa mucho de menos a sus amigas.

Silvia abre el Messenger: ni rastro de las *Princess*. Es que ni siquiera hay mensajes de: *Eh... ¿Cómo estás? ¿Hacemos algo este sábado?* Apaga el ordenador y se tira en la cama. Abraza su cojín en forma de corazón de rojo terciopelo y mira el techo como si fuese el horizonte. La chica está mortalmente aburrida. «Libertad... Libertad para aburrirse», susurra.

De pronto vibra el móvil. Lo coge. ¿Sergio? ¿Qué querrá?

Hola! Cómo estás? Oye, lo de la fiesta de Bea sigue en pie? Es mañana!

Con tanto ajetreo, la chica ni se acordaba. ¡La fiesta de Bea es mañana! ¡AAAHHHH! Ninguna de las *Princess* ha dicho nada en toda la semana. Tampoco Bea, aunque es normal que ni siquiera mencione lo de su cumple, porque no le gusta cumplir años y tampoco le gusta organizar su propia fiesta; pero este año será distinto...

Silvia consulta la hora en el móvil y decide tomarse su tiempo para contestar. Veinte minutos le parecen bien. No quiere que Sergio piense que ella está a su servicio o, dicho de otra manera mucho más sincera, no quiere que Sergio piense...¡que anda pendiente de él!

La verdad es que no estaría mal que se reuniera con Ana y Estela. Podrían preparar la fiesta entre todos, y así Silvia compartiría algo de responsabilidad. Puede que David quiera ayudar también, o algún otro amigo de Bea... ¡Falta tan poco!

A Silvia le cambia el ánimo. Preparar la fiesta la llena de buena energía y también es una buena excusa para quedar con las chicas, para pasarlo bien y cambiar la costumbre actual de quedar sólo para cortar fuegos. Sin pensarlo, llama a Sergio.

—¿Sí?

—Eh, Sergio. —Silvia está tumbada en la cama y pretende sonar de lo más casual. En realidad, se da cuenta de cuánto le apetecía oír la voz del chico.

—Hola, Silvia. ¿Has recibido mi mensaje?

—Sí. Oye, ¿cómo estás?

—Bien... Un poco pachuchillo. La pierna ya no me duele tanto y esta semana he salido a la calle. Me tendrías que ver. Parezco un viejo de ochenta años... En fin...

—Poco a poco.

—Sí, eso dice todo el mundo. Claro que, mientras pueda pintar, todo está bien.

—Pues te llamaba porque... —Silvia se queda en blanco. «Y yo ¿por qué lo habré llamado? Seré tonta...»

—¿Porque tenías ganas de hablar conmigo?

«¡Maldita sea!», piensa ella levantándose de la cama. ¡Sergio es más listo de lo que pensaba!

—Bueno... —Intenta ganar tiempo. ¿Qué pasaría si le

confesara que sí?—. La verdad es que... ¡Sí, eso, tenemos que organizar la fiesta de Bea! He pensado que..., que... —«¡Venga, Silvia, piensa!»—... Si quieres, podríamos quedar para prepararla.

—Ya. Por eso te he enviado el mensaje —responde Sergio con una sonrisa burlona que Silvia no puede ver pero sí percibir por el tono de voz utilizado por el muchacho.

La chica no sabe qué responder y la línea queda en silencio durante unos segundos. De repente se le ocurre una propuesta muy buena que la salvará de meterse en la boca del lobo:

—Sí, lo sé, iba a proponerte que quedáramos esta misma tarde. Llamaré a las chicas y, a lo mejor, a algún otro amigo de Bea, y nos reuniremos en mi casa. Mis padres no están.

—Ah, bien... Me parece bien... ¡No pensaba que serías tan rápida!

Silvia se sonroja.

—¿Puedes?

—A ver, un momento que miro la agenda —bromea Sergio—. Hoy tengo que correr una maratón y creo que acabaré sobre las cinco. Me ducho y voy para allá.

A Silvia se le escapa una pequeña carcajada.

—Entonces ¿a las seis en mi casa?

—Perfecto.

Cuando Sergio se despide de ella, Silvia da un salto de alegría. «¡Manos a la fiesta!» En menos de cinco minutos llama a Estela y a Ana. ¡Ambas pueden! Además, les entusiasma la idea. Ana le ha dicho que llamará a Miguel, un amigo de Bea que, por lo visto, estará superdispuesto a participar. Silvia ha dado un aviso: *LA FIESTA SE VA*

A CELEBRAR MAÑANA. LLAAAAAMAAAAAD A TOOOOODOOOO EL MUUUUUNDOOOO!!!!!

Las 18.00 h en casa de Silvia

Llaman al timbre. Llegan Ana y Miguel. Aunque no sean amigos, Silvia lo conoce del insti. En clase parece un chico majo. No es muy guapo (por no decir que es feísimo, tiene la cara llena de acné). En clase, algunos idiotas lo llaman Ferrero Rocher, como los bombones, por los granos y porque es obeso.

No podemos decir que sea el marginado del curso, porque esos comentarios se la traen al pairo. Es un chico feliz, o por lo menos siempre sonríe y tiene un «buenos días» para todo el mundo. A Silvia le encanta que quiera participar.

Cinco minutos después llega Estela con Marcos. Silvia, que los nota algo diferentes, los hace pasar a la cocina. ¿Habrá pasado algo entre ellos? Marcos es su vecino y podría haber llegado solo cuando quisiera. En todo caso, se les nota contentos.

David se apunta también a la reunión. Se sienta al lado de Ana y le da la mano por debajo de la mesa. Todos esperan a Sergio. Sin él no tendría mucho sentido que empezaran a organizarlo todo, así que aprovechan ese tiempo muerto para hablar y ponerse al día. Silvia sirve unos refrescos y patatas fritas para picar. Miguel no se corta y empieza a comer. Silvia lo mira y piensa que realmente parece un chico particular. ¿Por qué será tan amigo de Bea?

Por fin suena el timbre. Es Sergio. Aunque fuera el más interesado en la reunión, ha llegado el último, pero es más que comprensible: va muy lento con las muletas. Silvia sale a esperarlo en el rellano. Mira la puerta del ascensor impaciente y nerviosa. Ve el botón de encendido. A la chica le late fuerte el corazón. Lleva días sin ver a Sergio, desde que fue a visitarlo al hospital. Sigue las pesadas cuerdas del ascensor subir hasta que, al fin, aparece la cabina y el aparato se detiene. Silvia abre la puerta para ayudar a salir a un torpe Sergio con muletas.

Ambos se miran. El chico sonríe, y a ella le brillan los ojos.

Se saludan con un fuerte abrazo. A Silvia le encanta que haya venido. Él se comporta como si hubiera entrado en esa casa un millón de veces. Carga con una mochila que Silvia le coge en seguida. Al hacerlo, roza la mano del muchacho. Se miran, y sus ojos centellean. Puede parecer una tontería, pero esos pequeños detalles hacen que la vida sea mágica.

Todos reciben a Sergio con alegría y abrazos. Hace algún tiempo que no lo ven, y el chico se ve obligado a hacer un pequeño monólogo para contarles cómo se encuentra, cómo tiene la pierna, la vuelta a casa de su madre, el hospital, el trabajo, el estado de la moto... Por un momento parece un presentador de las noticias. Pero lo más importante es que está contento y tiene muchas ideas para la fiesta de mañana. Le despierta su parte más creativa y original. Los colores vivos de los globos y las serpentinas, la gente, las sorpresas, el pastel, los regalos y la celebración de un cumpleaños son una combinación excelente para que el chico active su gran imaginación.

Minutos después

Las chicas se organizan rápido. Los chicos deciden, a modo de lluvia de ideas, qué pica-pica y bebidas necesitan. Ana llama al Piccolino, con cuyo dueño Sergio ya había hablado, para confirmar que a la tarde siguiente pueden celebrar la fiesta allí y, sobre todo, para conseguir que la comida puedan llevarla ellos para que les resulte más barato que encargar el *catering* en el bar. Y es que Ana tiene la habilidad de conseguir cosas increíbles. Esta vez, también se ha salido con la suya: los chicos llevarán el pica-pica y el Piccolino pone las bebidas, que cada uno pagará según consuma. Es un buen trueque. Ellos llenarán el bar y seguro que el Piccolino hace más caja que un domingo normal.

—¡Chócala, Ana! —exclama Silvia con la mano en alto, para que su amiga choque los cinco.

—¡A las seis de la tarde en el Piccolino! Me han dicho que podremos apagar las luces para darle una buena sorpresa a Bea y que nos reservan la sala del fondo. ¡Bea alucinará! —comenta Ana, emocionada.

—Chicas, ¡tengo una idea! —Sergio salta emocionado y, a la pata coja, se acerca a su mochila que está en el suelo, la recoge y la pone encima de la mesa. Todos lo observan expectantes. Abre la mochila al tiempo que dice—: He pensado que estaría bien... ¡que nos pusiéramos máscaras! He hecho unas plantillas de cartón. He traído tijeras y papel reciclado de colores. Hay tres tipos de plantillas. —El chico se dispone a presentarlas una por una—. La primera es un sol, la segunda, una luna, y la tercera, una estrella. ¿Qué os parece?

—¡Me encaaaaantaaaa! —grita Silvia abrazándolo y deshaciendo el abrazo a toda prisa, sonrojada.

Sergio le aprieta la mano y le sonríe, mirándola a los ojos. Es sólo un segundo pero Silvia siente que significa algo.

—¡Pues todos a trabajar! —dice Estela.

Se organizan en apenas unos minutos: mientras Marcos sale a comprar serpentinas y globos, los demás se dividen las tareas. Entre Miguel y David recortan las máscaras y les colocan las gomas. Las chicas preparan un gran pastel de galletas y chocolate. La idea es hacerlo en forma de corazón. Y Sergio ayuda aquí y allá. Está supercontento y excitado. Hacía mucho tiempo que no estaba con tanta gente a la vez y pasándolo tan bien. Ha pagado un precio muy caro por su convalecencia: la soledad. Aunque Bea lo haya visitado, la mayoría de las veces han acabado discutiendo por cualquier tontería; así que se ha sentido muy alienado la mayor parte del tiempo. Por eso ahora se siente realmente bien, y piensa que la fiesta es la mejor (y quizá la última) oportunidad para intentar que, por fin, su relación con Bea despegue o... haga que él se dé cuenta de que, en realidad, deberían dejarlo.

Cuando el pastel está en el horno, Ana y Silvia aprovechan para hacer algunas llamadas a compañeros de clase para que hagan cadena y corran la voz. También escriben un correo invitando a todos a la fiesta.

Asunto: Fiesta cumpleaños de Bea... ¡Mañana!

Hola a tod@s!
Mañana celebramos el cumple de BEAAAAAAAA!!!!!!!

Lugar: Bar Piccolino

¡ES UNA FIESTA SORPRESA!

Hora: sobre las cinco y media allí. Bea vendrá sobre las seis.

Traed algo para picar. Nosotras nos encargamos del pastel.

Reenviad este email a todo el mundo que creáis necesario. La vamos a liar! Y ni una palabra a Bea!!

Hasta mañana!

Ana, Silvia y Estela.

P.D: no hace falta traer regalo. Vamos a hacer un bote común de 5 euros por persona. Nosotras ya hemos pensado en uno y se lo regalamos entre tod@s! ☺

IMPORTANTE: NO COLGUÉIS EL EVENTO EN FACEBOOK, QUE SE VA A ENTERAR!!!!

En unos segundos empiezan a llegar las primeras confirmaciones de asistencia, que muestran los ánimos y las ganas de fiesta que tienen todos.

Al rato vuelve Marcos de hacer la compra. Llega algo tenso y un poco serio. Deja las bolsas en el suelo.

—Son nueve con sesenta y cinco. Hay globos, serpentinas y confeti para una fiesta mayor...

—Hora de la recolecta —dice Ana para todo el mundo.

Todos hurgan en sus bolsillos para dar su parte a Marcos. Estela no lleva dinero encima y se acerca al chico para disculparse. Es entonces cuando nota que a éste le pasa algo. Él la mira inquieto y, antes de que ella hable, dice:

—Estela, ¿puedes venir conmigo un momento? —La chica accede. Marcos sale al pasillo. Se pone enfrente de ella y la coge de las manos—. Tengo que decirte algo importante... —dice mirándola fijamente. La chica se sonroja. «¿Va a declarárseme ahora?»—. Cuando estaba comprando los globos y todo eso he recibido una llamada... ¡Y si te digo de quién, te vas a morir!

—¡Cuenta! —exclama Estela, nerviosísima.

—¡Nos han seleccionado para participar en el concurso! —Estela pone los ojos como platos, boquiabierta. Está tan emocionada que es incapaz incluso de chillar. En vez de eso, empieza a saltar como una loca. Marcos la sujeta con fuerza para que le siga prestando atención—. ¡Escucha! ¡Escucha!, que aún no he terminado. La mujer me ha dicho que en principio no nos habían seleccionado pero que un cantante se ha dado de baja y nosotros éramos los primeros suplentes.

—Ah... —Esa información no ha sentado muy bien a la chica.

—Parece que el chico al que habían elegido no puede concursar por no sé qué de derechos de autor y entonces vamos a tocar nosotros.

—Y... ¿Cuál es el problema?

—Pues que tocamos mañana... y no podremos ir a la fiesta de Bea. Si te soy sincero, este concurso me importa muy poco. Creo que prefiero tocar en la fiesta.

Marcos se pone serio de verdad.

—Pero ¡qué dices! ¡Ésta es nuestra oportunidad! ¿A qué hora tenemos que estar ahí?

—Sobre las cuatro para prepararnos. La señora me ha dicho que nos enviarán un taxi.

—Pues no se hable más... Mañana por la mañana ensayamos y ya está.

—¿Y la fiesta? —pregunta el chico no muy convencido.

—¿La fiesta? Para mí cada día es una fiesta, Marcos. Pero no todos los días se tiene una oportunidad así. ¡Es la tele! ¿Entiendes?

Marcos sonríe: Estela lo ha convencido. Ambos vuelven a la cocina. Todos están haciendo sus labores mientras escuchan con una sonrisa en los labios a Miguel, que está acabando de contar un chiste:

—... y entonces el caracol le dijo a la pelota de baloncesto: «Tú sí que estás bien protegida pero ¿no te duele cuando botas?».

David se parte de risa.

—¡Eh, eh! Un momento de atención, por favor... Marcos y yo tenemos una noticia que daros.

Silvia y Sergio, que estaban poniendo las últimas gomas a las máscaras mientras hablaban de pintura y grafitis, se vuelven hacia ellos.

—Bueno..., ejem..., por dónde empezar...

—¿Estás embarazada? —suelta Miguel a lo bruto y con intención de bromear, sin saber por el calvario que ha pasado Estela durante esa última semana.

—Noooo, Miguel. Creo que el que está embarazado eres tú... —contraataca Estela, y consigue silenciar al chico. Todos se ríen—. A ver... Marcos y yo enviamos una canción para un programa de la tele, ¿vale? Aquél de «¡Tu Sintonía!» Buscan una sintonía para una nueva serie de adolescentes. Quien gane el concurso tocará la canción en directo. Y... ¡nos han seleccionado!

Todos gritan y saltan alborozados. Presa de la emocion, Estela también salta con ellos. Sergio choca los cinco con

Marcos. Todos se abrazan como si estuvieran viendo un partido de fútbol y su equipo hubiese marcado en el último minuto.

—Un momento, ¡UN MOMENTOOOO! PARAD —ordena Estela. Todos callan de nuevo—. Hay un problema... —sus amigos le miran. La tensión aumenta—, y es que... bueno..., por cuestiones que ahora no vienen al caso, tenemos que tocar mañana si queremos participar, y eso significa que no podremos ir a la fiesta...

Silvia deja de prestar atención a su amiga y continúa con su trabajo. Lo que ha dicho Estela le ha dolido. Pero no porque no quiera que concursen sino porque se había hecho a la idea de que todas las *Princess* estarían en la fiesta. Sería una bonita manera de reunirse todas de nuevo y sólo... ¡para celebrar algo!, en vez de hacerlo porque hayan pasado cosas malas, como venía ocurriendo de un tiempo a esta parte.

—Vosotros id y ganad, y después lo celebraremos todos juntos. ¡El cumple de Bea y vuestro éxito! —los anima David.

Pero Estela ya han percibido la reacción de Silvia, a la que no deja de mirar.

—Sí, eso, Estela —intenta animarla Ana—. Id y hacedlo lo mejor que podáis... Vais a estar geniales. —Sin embargo, ella está algo decepcionada: sabe que ese concurso es muy importante para su amiga, y la apoyaría al cien por cien si no fuera porque... no es la primera vez que Estela las deja plantadas cuando sucede algo importante.

Entretanto, Marcos mira a Estela con cara de: «¿Y qué esperabas?». Aunque todos entiendan que es per una causa de fuerza mayor, la noticia ha hecho que se resientan los ánimos. Poco a poco, todos vuelven a sus tareas. Estela aprovecha para acercarse a Silvia.

—Oye, Silvia, yo... —La chica no sabe cómo empezar, ni si debe disculparse.

—No digas nada, Estela. Todo está bien. Tú eres la artista, y debes aprovechar la ocasión. —Silvia no puede evitar que le caiga una lágrima. Sergio, que se encuentra a su lado, le pone la mano en la espalda y se la acaricia lentamente mientras le susurra de manera cariñosa:

—Eh, eh... No pongas esa cara... Todo va a salir bien... y será una gran fiesta, ya verás.

—No es eso, Sergio. Es que tenía ganas que estuviéramos todas juntas. Sólo eso. —Silvia se seca las lágrimas con la mano—. Pero lo entiendo. Claro que lo entiendo —afirma, dirigiéndose a su amiga—. No te preocupes, Estela. Estoy muy orgullosa de ti. —Silvia se acerca a ella y le da un abrazo. Su amiga se emociona.

Sergio, que ha presenciado toda la escena, afirma con la cabeza. «Silvia no sólo es sensible sino que también es muy inteligente y comprensiva», piensa, sin darse cuenta de que, por mucho que se empeñe, siempre que está con ella admira alguna faceta de su carácter y que eso sólo puede significar una cosa: que la chica le gusta mucho.

—¡Eh, chicos, mirad! ¡Dos tías que se están enrollando! —exclama Miguel, chistoso.

Silvia y Estela se vuelven hacia él sin deshacer el abrazo.

—¿Quieres pasar un buen rato con nosotras, cariño? —dice Estela, poniendo una voz supersensual.

—Atrévete... Mmm... Mmm... Mmmiguelito... —murmura Silvia, siguiendo la broma de su amiga. Al ver la cara de pasmarote que se le ha quedado al chico, no puede aguantar la risa. Al final, Miguel se ríe también.

Si lo suyo era una broma para apaciguar los ánimos, lo ha conseguido con creces.

Capítulo 35

No me culpes:
vi luz en tu alma y entré...
Es cierto,
no toqué timbre,
no golpeé.
Supuse que esperabas mi llegada.
Lo siento.
Si prejuzgué,
fue sin mala intención,
debes creerlo,
Como sea, estoy aquí:
prepárate.

Raquel Garzón

Domingo. ¡Feliz cumpleaños, Bea!

Una no cumple dieciocho años todos los días. Los dieciocho marcan un antes y un después en la vida de una persona. Para empezar, cumplir los dieciocho significa muchas cosas. Cuando llega el día del cumpleaños, una ya es mayor de edad oficialmente. Eso quiere decir: libertad. Puedes sacarte el carné de conducir, entrar en discotecas por la noche, y tener acceso a tarjetas de crédito. Pero los dieciocho años, la libertad, vienen de la mano de la responsabilidad: debes empezar a cuidar de ti mismo.

La mayoría de edad supone cambiar de estado. Una fecha marca el principio y el fin de un ciclo. Se pasa de ser adolescente a adulto por el simple hecho de cambiar un dígito.

Bea se despierta relativamente temprano. Una mezcla de alegría y melancolía le invade el corazón. «Feliz cumpleaños, Bea», se dice a sí misma. El día del cumpleaños es especial para todo el mundo. Ese día mucha gente tiene sensaciones extrañas y diferentes que no se repiten durante el año. Es el día en que el presente impone su presencia con intensidad y rigor. Durante todo el día uno recuerda constantemente todo lo que ha vivido e imagina lo que le queda por vivir. En esos momentos es importante que te feliciten, pues ¡has completado un año más! ¡Y hay que celebrarlo!

Pero Bea no comparte esa opinión. A ella le pesa cumplir años. No le gusta demasiado pensar que se hace mayor. Además, no se siente muy cómoda cuando la gente se le acerca y exclama: «¡Felicidades!». «Si tienen que felicitar a alguien, sería más lógico que felicitaran a mi madre —piensa—. Al fin y al cabo, es ella la que decidió tenerme, y puede acordarse de mi nacimiento. ¿Yo qué celebro? ¿Que estoy viva?»

La chica se levanta de la cama. En su casa todavía están durmiendo. Ayer no salió, y hoy se siente llena de energías. Aunque Bea no lo quiere reconocer, en realidad se siente así porque es su cumpleaños.

Se enfunda el chándal y sale a la calle. A Bea le gusta correr. Tiene un par de rutas definidas. Hoy es domingo, y decide tomar la que pasa por el parque. Se siente ligera. Cuando lleva veinte minutos corriendo se sorprende al notar que no acusa el cansancio. Una sensación indomable e invencible le recorre las venas, se siente fuerte y poderosa.

Poco después

Silvia se despierta una hora antes de que suene el despertador. Ayer fue un día muy especial para ella, y está muy contenta. Hoy le espera un gran día. La fiesta de Bea le hace especial ilusión.

Remolonea en la cama abrazada a su cojín mientras repasa todo lo que sucedió ayer. No puede evitar pensar en Sergio. Después de ultimar los preparativos para la fiesta, lo acompañó hasta la calle a coger un taxi.

Silvia repasa ese momento: Estuvieron hablando ni más ni menos que ¡dos horas! en la calle. No es que no pasara ningún taxi pero, de alguna manera, una cosa llevó a la otra y hubo un instante en que el tiempo se dilató. Silvia nunca había mantenido ninguna conversación tan larga con chicos. Se sentía tan cómoda con él. Confiada. ¡Eso es mucho! Siempre que ha estado con algún chico a solas siempre andaba pendiente de algo, nerviosa, pensando en qué decir y sin dejarse llevar, sin ser ella misma.

Al cerrar los ojos ve los del muchacho. ¡La mirada de Sergio es espectacular! Pero, ante todo, mucha calma. Sergio está con Bea, y eso es un hecho. Los sentimientos de Silvia permanecen en secreto. Sólo los puede compartir con su cojín favorito, y con nadie más. Se siente como si tuviera una cajita en cuyo interior sólo pudiera mirar ella. Por un lado lo disfruta, pero por el otro, le gustaría compartirlo con el resto, aunque no debe hacerlo porque no quiere hacer daño a sus seres queridos.

Son las once de la mañana en punto y le suena la alarma del móvil. La apaga. De alguna manera le viene bien que haya sonado, así se despierta de la ensoñación en la que estaba sumergida. Cuando te gusta una persona y piensas en ella es como soñar y, a veces, ¡cuesta mucho salir de ese sueño cuando ya estás despierto!

«¡Manos a la fiesta!» Lo primero es lo primero. Ducha, desayuno y puesta a punto. Sobre las doce llamará a Bea. Tiene la intención de quedar con ella en el parque a las cinco, charlar de cosas intrascendentes sin tocar el tema del cumpleaños e ir a tomar algo al Piccolino con cualquier excusa. Esa idea le encanta. «¡Bea alucinará!»

En ese mismo instante

Bea ha llegado a casa. Se da una ducha y, mientras se seca el pelo, oye a sus padres levantarse de la cama. Sale del baño y se viste en la habitación. Su familia no es como la de Silvia. Ellos no hacen vida en la cocina porque no hay demasiado espacio. La familia Romero suele reunirse en el comedor. Y ahí es donde Bea encuentra a sus padres al salir de la habitación: su padre lee el diario con una taza de café en la mano y su madre, una novela superventas de esas que le encantan de más de cuatrocientas páginas. Ambos van aún en pijama.

Al verla, Lucía, su madre, se levanta amorosa y le susurra al oído:

—Feliz cumpleaños, hija. —Está emocionada. ¡Su hija se hace mayor! Con los ojos llorosos, la abraza con todo el amor del mundo.

El padre deja el periódico un instante para levantarse y abrazar también a su pequeña.

—Feliz cumpleaños, mujercita.

La chica sonríe y les da las gracias.

Sus padres cruzan una mirada cómplice. Lucía abre uno de los armarios del comedor y saca una caja envuelta en papel de regalo. Bea sonríe.

—¿Qué es? —pregunta.

—Ábrelo... —responde su padre, con una mirada enigmática.

Bea examina la caja. No pesa mucho y no es muy grande. Está envuelta en un papel de flores de colores. Sus padres observan con ilusión cómo abre el paquete Bea, con mucha parsimonia y sin romper el papel de regalo.

—¡Un móvil! —exclama Bea sorprendida.

—Con conexión a Internet... —comenta su padre, orgulloso—. ¿Es el que querías?

Bea no tiene palabras. El móvil es de los mejores que hay en el mercado.

—Hemos pensado que te iría bien...

—¡Gracias! —Para agradecérselo, la chica se arroja a los brazos de su padre, y él la acoge como cuando tenía cinco años. Le acaricia el pelo con la mano.

—Ahora ya eres mayor, hija —murmura casi para sí, porque no acaba de creer que su hija tenga ya dieciocho años—. Y eso significa responsabilidades. Tu madre y yo hemos decidido que ya es hora de que dejemos de darte una paga. ¡Es el momento de que te busques la vida!

Bea se zafa del abrazo de su padre, sorprendida.

—Entonces ¿cómo voy a pagar las facturas del móvil?

Su madre sonríe y le ofrece un sobre. Bea lo abre.

—¡Una tarjeta de crédito!

—Hay algo de dinero para que aguantes hasta que encuentres trabajo.

Bea no sabe qué decir. La tarjeta es gris, y lleva su nombre. Dentro del sobre hay algunos papeles que debe firmar. Se trata del contrato de la tarjeta. Bea lo intenta leer, pero hay mucha letra pequeña y está demasiado emocionada como para concentrarse.

—Y eso no es todo... —comenta el padre, que saca otro sobre.

Bea no sabe qué esperar. Deja la tarjeta junto a la caja del teléfono móvil y se dispone a abrir la tercera sorpresa. Hay un papel. Lo lee en voz alta:

—«Vale para: ¡¡¡EL CARNÉ DE CONDUCIR!!!» —La chica grita emocionada y salta encima de sus padres—. ¡¡¡Gracias, gracias, gracias, GRACIAS!!!

—Te lo dije, Lucía. Este regalo es el que le hace más ilusión —afirma su padre, que disfruta al ver a su hija tan feliz.

Al cabo de un rato

Silvia está en su escritorio, delante del teléfono móvil. No está acostumbrada a mentir, y se concentra en que no se note. ¡La llamada a Bea debe ser perfecta! Busca en sus contactos y llama. Automáticamente le sale una voz que dice: *El teléfono al que usted llama está apagado o fuera de cobertura en este momento. Inténtelo de nuevo más tarde.* «Qué raro», piensa Silvia. No sabe que Bea ha apagado su viejo móvil para probar con el nuevo.

Mientras tanto

Estela está en casa de Marcos. Los dos están supernerviosos. ¡Hoy van a la tele! Uno enfrente del otro, ensayan la canción y la modifican un poco. Estela no se la sabe muy bien aún. Cuando la grabaron, ella leía del papel; hoy tiene toda la mañana para aprendérsela.

Marcos la toca una y otra vez, pero la chica no es capaz de memorizarla. Está tan nerviosa y tensa que incluso, en algunos momentos, desafina. Para cantar es necesario estar tranquila y relajada, y Estela, ahora, es la antítesis de eso.

—No sé si puedo, Marcos... —se lamenta ella, parando a media canción.

—¡Pero si es muy fácil!

—¡Ya lo sé! —suspira la chica—. Intentémoslo de nuevo.

Marcos vuelve a tocar.

—Tendrías que haber entrado hace rato... —Él deja de rasgar la guitarra.

—¡Ay! ¡Lo sé! No me sale... —La chica se levanta de la silla y da una vuelta sobre sí misma, como si buscara algo en la habitación del chico. El muchacho la observa tranquilo. Comparado con Estela, él no está nervioso. Aunque también sienta el estómago revuelto, al lado de ella parece un monje zen.

—Tranquilízate. Créeme, así no saldrá bien... Estás pensando más en el rollo de la tele que en cantar conmigo.

—Tienes razón, pero ¡no sé cómo concentrarme!

La chica suspira, pone los brazos en jarras y se queda mirando a Marcos. Es como si le pidiese: «Oye, Marcos, toma tú el timón, porque yo no controlo este barco». Marcos la mira fijamente y, de repente, exclama:

—¡*Atreyu*! ¡Ven! —El perro aparece corriendo y se planta delante de su dueño, moviendo la cola. El chico se dirige a su mascota—: ¿Quieres ir a dar un paseo? ¿Vamos? ¿Sí? ¡Éste es mi *Atreyu*!

El perro ladra.

—¿Quieres ir a dar un paseo con *Atreyu* AHORA? —Estela se muestra algo furiosa.

—¿Por qué no? Ambos estamos tensos, y nos vendrá bien tomar algo de aire.

—Lo que nos vendrá bien es ensayar.

—¿De qué sirve ensayar si no eres capaz ni de entrar cuando toca?

—Oye, no te pases...

—Estás nerviosa. Tranquilízate. —Marcos no sabe lo que acaba de decir...

—¿Que me tranquilice? ¡Que me tranquilice, dice el tío..! —Estela habla para sus adentros—. Tenemos que tocar una canción y ¿me dices que me tranquilice?

—¡Cálmate, por favor! Sólo te pido que vayamos a pasear a *Atreyu* un cuarto de hora para relajarnos un poco. Y luego volvemos a ensayar. Eso es todo.

—Yo no voy, Marcos. Esto no me parece profesional. —Estela se subleva.

—¿Profesional? ¿Desde cuándo es esto profesional? ¡Dímelo!

El chico ha dado en la diana. Estela enmudece; quiere responder algo pero no le sale. En realidad tiene miedo. Miedo de que todo salga mal. Miedo de que a la gente no le guste. ¡Ha soñado tanto con ese momento! Marcos se acerca a ella para consolarla. Estela está llorosa y balbucea.

—Es que... si no sale... Y si yo salgo y... tú después... La fiesta de Bea... y...

Marcos se pone frente a ella, la agarra de los brazos y la mira. Trata de calmarla, pero no lo consigue. Lo de *Atreyu* no ha funcionado, y ahora tiene a la chica delante, medio delirando, a punto de llorar, sin encajar bien las frases, nerviosa y...

El tiempo se detiene. De pronto, todo se detiene. El mundo deja de girar, las mariposas interrumpen su aleteo, una gota de agua no llega al suelo... Marcos acalla a Estela con un dulce beso. De esos que hacen que el mundo se detenga.

Mientras tanto

Silvia vuelve a llamar a Bea. No contesta. Tiene el móvil apagado. Decide llamar a su casa. Revisa su agenda, pero no encuentra el número. Normal. Hace siglos que no llama al fijo de su amiga.

Entonces recuerda una vieja agenda de teléfonos de los tiempos en que aún no tenía teléfono móvil. Se pone a buscar por la habitación. Encuentra la agenda junto a unos álbumes de fotos de cuando era pequeña. Busca entre las páginas amarillentas y ¡ahí está!

Vuelve a probarlo. Salta el tono.

—¿Sí?

—Hola, buenos días. ¿Está Bea?

—No, se equivoca.

«Silvia, piensa, ¡piensa!» Se rasca la cabeza. Llama a Ana y tampoco le contesta. Se empieza a inquietar. Busca soluciones... La primera que se le ocurre es plantarse directamente en casa de Bea. Pero esa opción cantaría demasiado. Lo guay es que quede con su amiga como si se tratara de una tarde más. Si se presenta en casa de Bea, seguro que ésta se olerá algo.

Por más que piensa, no se le ocurre nada más. Necesita que alguien cercano a su amiga le eche una mano y esa persona sólo puede ser... ¡Sergio! No se lo piensa dos veces y coge el teléfono. En unos segundos ha hablado con el chico, pero éste tampoco sabe qué decirle. No tiene el teléfono de los padres de Bea.

Ahora ya hay dos personas pensando en el problema. A Sergio se le ocurre llamar a información y pedirlo. Deja a Silvia en espera, y llama desde su móvil. La llamada es en vano: información no da los números de teléfono de particulares.

Entonces Silvia se acuerda de que su madre ha llamado a la de Bea para concretar alguna de las salidas de las chicas.

—¡Qué buena idea! ¡Eres lo más! —exclama Sergio.

Al otro lado del aparato telefónico, Silvia se sonroja.

La chica estaba en lo cierto: su madre tiene el teléfono móvil de la madre de Bea. Esto le abre otra posibilidad a Silvia. Puede llamar a Lucía, la madre de Bea, y contarle lo de la fiesta, para que los ayude y les haga de cómplice. Incluso ¡podría ser ella quien la llevase al bar Piccolino!

Silvia hace la llamada pertinente.

—¿Sí?

—Buenos días, Lucía. Soy Silvia, la amiga de Bea.

—Ah, sí, ¡hola! ¿Cómo estás, bonita?

—Bien. Perdone, pero he estado llamando al teléfono de Bea y no me contesta. ¿Está en casa?

—Sí. ¿Le digo que se ponga?

—No, no, nooo... Verá, es que hoy... —Entonces, Silvia le cuenta emocionada lo de la fiesta sorpresa. Lucía la escucha con atención. La chica le ofrece la posibilidad de que sea ella quien lleve a su hija al bar por la tarde. Al principio Lucía se muestra algo reticente, pues no suele salir a pasear con Bea, ni mucho menos proponerle que se tomen algo en un bar para jóvenes, pero Silvia la convence alegando que es «por una buena causa».

La madre acaba aceptando. Silvia le da la dirección del bar, y quedan a las seis en punto. También le da su teléfono por si hubiera algún problema. La madre lo apunta todo.

Lo primero que hace Silvia cuando cuelga es llamar a Sergio y contárselo todo. Quiere oír otra vez eso de: «¡Eres lo más, Silvia!».

Las cinco y media de la tarde

En el Piccolino hay un montón de gente. No sólo están los amigos de clase, sino también la gente que viene a pasar la tarde en el bar. Todo el mundo se ha puesto guapo, como si fuera una tarde de sábado. No deja de ser una fiesta informal, pero es un buen momento para socializar y conocer al resto de los alumnos de fuera del insti.

Silvia ha llevado el pastel y la bolsa con las máscaras. Ana lleva otras máscaras que ha comprado.

—Mira, Silvia, he pasado por un chino y he visto estas máscaras de Cenicienta. ¡No lo he podido evitar y las he comprado todas!

—¡Buena idea! Hay mucha gente, seguro que no sobrarán. ¡Yo quiero una!

En efecto, al ver las máscaras que han llevado las chicas, todo el mundo quiere una. No tardan en acabarse. Incluso el dueño del bar ha pedido una, y se la pone, divertido.

Como sucede en todas las fiestas sorpresa, la espera está llena de alegría y de tensión.

—¡Un momento todo el mundo, por favor! —Ana se sube a una silla para dirigir al personal—. Falta poco para que llegue Bea. Quiero que alguien vigile en la puerta para que avise al resto cuando la vea llegar. ¡Tenemos que estar preparados! Y con las máscaras puestas. Que ella no sepa quiénes somos. Cuando el de la puerta dé el aviso, apagaremos las luces y, cuando entre, las abriremos y gritaremos: «¡FELIZ CUMPLEAÑOS, CENICIENTA!». A ver... ¿Hacemos un ensayo? Una, dos y... ¡tres!

Todo el bar exclama al unísono: «¡FELIZ CUMPLEAÑOS, CENICIENTA!».

—¡Perfecto! Ahora sólo queda esperar. ¡Atentos!, ¿vale?

Ana baja de la silla, se oyen los murmullos de la gente, ansiosa para que empiece todo. Sergio y Silvia ponen algunas mesas en línea y colocan el pica-pica que va llevando la gente. Patatas fritas, aceitunas, sándwiches, tortillas de patatas, croquetas, un pastel de chuches...

Entonces Silvia recibe una llamada al móvil. Son las cinco y cincuenta y cinco de la tarde. ¡Es la madre de Bea!

—¡Silencio todo el mundo! —Silvia alza la voz y la gente baja el volumen—. ¿Sí? Dime... ¿qué...? ¿Dónde está el bar? Pues cerca de la plaza. Llegas a la plaza y lo buscas... Se llama Piccolino... ¡Picholino no! PIC-CO-LI-NO. —David y Miguel miran a Silvia y se ríen—. ¿Qué? Un segundo..., pero ¿dónde estás? ¿En la calle? ¿Y Bea? ¿Contigo? Bueno... De acuerdo... Hasta ahora.

Silvia cuelga el teléfono, algo seria.

—¿Qué pasa? —pregunta Ana.

—No lo sé..., pero la madre de Bea me ha llamado, y ¡tenía a Bea al lado! Para mí que se ha enterado de lo de la fiesta... La mujer hablaba, y ha dicho mi nombre, y la palabra «fiesta»... ¡Vaya fiasco!

—A estas alturas, ya es tonto preocuparse, Silvia —la consuela Ana.

—Dice que tardan cinco minutos —comenta su amiga.

—Muy bien. ¡GENTE! —Ana vuelve a tomar el mando—. ¡TODOS PREPARADOS Y A SUS PUESTOS! ¡LUCES CERRADAS! ¡NO VALE TOCARSE! —Eso provoca una gran risotada por todo el local—. ¡BEA ESTÁ AL CAER!

Capítulo 36

En amor se transforma cuanto hacemos
todo lo que tocamos y sentimos,
lo que soñamos y lo que vivimos,
cuando nos vemos, cuando no nos vemos.
Ebrios de amor las alas y los remos
sólo para esas horas existimos,
abrazando los ramos, los racimos,
lo que tenemos, lo que no tenemos.

JESÚS LIZANO

Tarde de domingo sorpresa

El bar Piccolino está a oscuras, y hay por lo menos cuarenta y cinco personas dentro. Todos esperan la llegada de Bea. Al principio la oscuridad se llena de voces anónimas de los compañeros que buscan un lugar donde esconderse.

Algunos lo hacen debajo de las mesas. La mayoría se limita a agacharse. El dueño del bar ha dejado que algunos se escondan detrás de la barra. Al señor, que está junto a los contadores de luz para darle al interruptor cuando le den la orden, le divierte mucho la excitación de los jóvenes, las risas y los susurros.

David, que está junto a Ana, aprovecha el jolgorio para darle un largo y amoroso beso. Sergio y Silvia se encuentran en una esquinita en la otra punta del local, rodeados de gente que los apretuja. Sin que ellos hayan podido evitarlo, han acabado situados uno frente al otro, pegados pecho con pecho.

Ambos comparten un silencio tímido, pues ninguno de los dos hace nada para rectificar la situación. La nariz de Silvia roza el pecho de Sergio. Puede notar cómo le late el corazón, a toda prisa. Le encanta cómo huele, y no puede evitar volver a fantasear con lo que pasaría si ella alzara el rostro unos pocos centímetros y él, por el contrario, bajara el suyo y la besara. Imaginar que de pronto él la abraza muy fuerte. ¡Qué ganas tiene de recibir su abrazo y un beso de amor!

Pasa el tiempo y la gente empieza a impacientarse. No es una espera muy cómoda. Sergio hace un pequeño gesto con la mano y, sin querer, roza la de Silvia. Como dos imanes, las manos se quedan enganchadas. Ella no se lo puede creer. Aunque no es totalmente oscuro y están rodeados de personas, parece como si estuvieran los dos solos. Sergio dibuja una pequeña caricia en la palma de la mano de la chica, ella nota el cosquilleo e, inmediatamente, sacudida por todo lo que ese leve roce le ha hecho sentir, la retira.

«¡Qué estoy haciendo! —se dice—. ¡Ésta es la fiesta de Bea!» Silvia corrige la posición y le da la espalda al chico, pero lo que más le gustaría es darse la vuelta y cogerle la mano otra vez.

Los minutos pasan lentos. Todos están mirando la puerta de entrada. Es el único lugar por donde se cuela algo de luz. Alguien rompe el silencio con una broma:

—Creo que Bea ya ha entrado y no nos hemos dado cuenta...

Algunas personas ríen y otras piden silencio:

—¡¡¡Shhhhhht!!!

Silvia está inquieta. «Que llegue ya, por favor, o ¡me mueroooooooo!» En ese instante nota el calor de otra mano que coge la suya. Entonces, las palabras que Sergio le susurra al oído consiguen ponerle la piel de gallina:

—Es que si no te cojo me caigo...

Silvia no dice nada. Está de espaldas a él, y rodeada de gente. Aunque el comentario que le ha hecho el chico le parece una excusa barata, no puede pasar nada. Está claro que, para sostenerse, no necesita cogerle la mano, pero lo mejor que puede hacer es no darle importancia, así que deja que él se agarre de ella. Hay algo en ese gesto que le gusta, pero sabe que las caricias que ambos empiezan a intercambiar sin que los vea nadie no están nada bien.

De pronto, ¡al fin!, alguien abre la puerta del bar. Se nota que todos hacen un esfuerzo por seguir escondidos pero la risa de muchos los delata. A contraluz, Silvia ve dos siluetas. Una más baja y la otra más alta y...

¡¡¡¡¡FELIZ CUMPLEAÑOS, CENICIENTA!!!!!!

Como por arte de magia, su mano pierde la de Sergio. El dueño del bar enciende las luces y, mientras algunos aplauden, otros tiran serpentinas de colores. Bea está completamente conmocionada. Abre los ojos como platos. Ve a una masa de gente a la que no puede reconocer, porque llevan máscaras. Le tiran confeti, serpentinas y cantan la canción de *Cumpleaños feliz*, desentonando y desafinando.

Bea se ve forzada a reír. Tiene ante sí lo que viene a ser su fiesta de cumpleaños. Algunos compañeros de clase se le acercan para felicitarla. Bea parece una cantante de rock rodeada de fans que quieren tocarla, besarla y abrazarla.

La chica se deja querer. Éste es su día, y ella es la protagonista. Ahora que empieza a reaccionar, se le inundan los ojos de lágrimas. Cada persona que se le acerca descubre su rostro para ella y la homenajeada no hace más que sorprenderse. ¡Está todo el mundo!

Su madre lo observa todo emocionada desde la puerta. Mira el reloj. Su marido debe de estar a punto de llegar, habían quedado que se encargaría de llevar las cámaras de fotos y vídeo. El dueño del Piccolino pone música a todo volumen.

—¡EMPIEZA LA FIESTA! —exclama, contagiado por el alborozo de los jóvenes. Luego se dirige a la barra, donde algunos de los invitados, la mayoría de ellos chicos, esperan nerviosos para pedir una cerveza. En la fiesta hay muchas chicas y, ante la inseguridad que les provoca abordarlas, prefieren esconderse detrás de un botellín para poder coger valor.

Ana y Silvia esperan la llegada de la princesa al banquete. Silvia coloca dos velas, un uno y un ocho, en un pastel gigante en forma de corazón. Parece que la gente intuye que llega el momento de soplar las velas, y forman un corro alrededor de Bea. De nuevo, la chica no puede aguantar las lágrimas cuando ve ese gran corazón de chocolate que le han preparado sus mejores amigas. Se tapa la boca con las manos de la emoción y suelta un grito ahogado. Ana vuelve a cantar la canción de cumpleaños, y todos los asistentes se unen a ella alegres.

—¡PIDE UN DESEO! —insta alguien detrás de Bea. Es el momento de soplar las velas. Silvia levanta el pastel y lo acerca a su amiga para que la tarea no le resulte tan difícil. Se crean unos segundos de silencio expectante y Bea cierra los ojos...

Intenta concentrarse, pero le resulta imposible. Sabe que soplar las velas y pedir un deseo forma parte del ritual de las fiestas de cumpleaños. Ana está observando la situación, como todos, y le viene un momento de inspiración, un pensamiento sobre los deseos que quizá utilice para una nueva entrada del blog: «¿Os habéis fijado en que la gran mayoría de las veces pedimos un deseo cuando tenemos delante un pastel de cumpleaños? ¡Sólo pedimos deseos una vez al año! Es como si ese día nos diéramos el permiso para soñar. Y el resto del año, ¿qué?», reflexiona la chica, como si ya estuviera escribiendo en el blog. De hecho, para que no se le olvide, saca su bloc de notas y lo escribe todo.

—¿Qué apuntas? —le pregunta David.

—Una cosilla que se me ha pasado por la cabeza —sonríe Ana.

En ese momento, y dado que Bea se muestra remisa a soplar las velas, la gente empieza una cuenta atrás...

—¡Diez! ¡Nueve! ¡Ocho! ¡Siete! ¡Seis! ¡Cinco! ¡Cuatro! ¡Tres! ¡Dos! ¡Unoooo! Y... ¡CERO!

La homenajeada inspira y sopla con fuerza. Cuando apaga las velas, todos prorrumpen en aplausos. Ana continúa escribiendo a toda velocidad: «Sólo se puede pedir un deseo el día de tu cumpleaños, así que... ¡elegid bien!».

—Ana... ¿Ahora te pones a escribir? —la riñe David, que no cree que sea el momento para que su chica se aísle.

—Sí, es que... ¿De dónde crees que salen mis entradas del blog? ¡Después se me olvida! Pero ya está... Ya he acabado. —Ana sabe cuán importante es plasmar las ideas cuando éstas aparecen. Si no lo hace así, luego es muy difícil recuperar las mismas palabras y frases que uno había pensado.

La puerta del Piccolino vuelve a abrirse: el padre de Bea llega resoplando.

—Tarde, como siempre... —le reprende su mujer.

—¿Ha soplado ya las velas? —pregunta el hombre sacando una de las cámaras.

—Hace un segundo.

—Vaya... Tuve que poner a cargar las baterías...

—Venga, no pongas excusas y tómate algo. Vamos a brindar porque nuestra hija se ha hecho mayor, y eso quiere decir... que a partir de ahora tendremos más tiempo para nosotros... —le susurra su mujer, guiñándole el ojo con picardía y acariciándole la barbilla de modo sensual; el hombre se ruboriza.

Después de que Bea haya soplado las velas, la verdadera fiesta ya ha empezado. Algunos están picoteando del banquete improvisado y hablan mientras otros dan pequeños y tímidos pasos de baile al son de la música. Ana y Silvia se miran. Pese a que aún falta tiempo para que le entreguen el regalo que han comprado entre todos, quieren darle los que cada una le ha comprado a su amiga.

Ana se acerca a Bea por detrás y le tapa los ojos con las manos. La chica estaba hablando con Miguel, quien entiende a la perfección las intenciones de Ana y disimula. Mientras tanto, Silvia saca dos enormes bolsas envueltas en papel de regalo, y se acerca a la homenajeada. Ana retira las manos del rostro de Bea, mira a Silvia y ambas exclaman:

—¡FELICIDADES, CENICIENTA!

Bea esperaba un regalo pero, aun así, el gesto de sus amigas la sorprende. Antes de abalanzarse a abrir los paquetes, piensa: «Lo primero es lo primero». Se vuelve para abrazar a Ana, quien sigue detrás de ella y la recibe con una sonrisa, y después a Silvia. Bea agradece que hayan montado todo eso porque ¡la quieren!

—¡Ábrelos! —le urge Ana, quien está más emocionada que la protagonista de la fiesta.

Bea coge uno de los regalos y, poquito a poco, los desenvuelve.

—¡Un cojín! —exclama—. ¡Es igual que el tuyo, Silvia!

—Sí —confirma ésta, guiñándole el ojo—, siempre te fijabas en él cuando venías a casa... Pero ¡vamos!, ¡abre el otro!

Ana intenta impedirlo. El siguiente regalo es el suyo. Bea sigue el mismo y lento ritual para abrirlo.

—¿Otro cojín... —ríe, sacándolo del envoltorio— igual?

—Bueno, sí... —se explica Ana—. Yo pensé lo mismo. Como en casa de Silvia siempre lo coges para apretujarlo contra ti...

Bea se echa a reír por la coincidencia.

—¡Ahora puedo decir que tengo tres corazones! Uno para ti... —señala a Silvia—, otro para ti... —y señala a Ana con el dedo—y otro... —Bea se toca el pecho y hace una pequeña pausa—... ¡para todos vosotros!

En el bar se oye:

—¡Oooohhh!

Bea contempla emocionada sus dos cojines rojos en forma de corazón.

—¡Que siga la fiesta! —exclama Ana sácandola de su ensueño.

—¡Así me gusta, chiquilla! —grita el dueño del bar—. ¡Un brindis por todos ustedes y por Bea! —El hombre levanta una copa de agua con gas. Cada uno levanta su vaso. El padre de Bea, que aún no ha podido agenciarse una bebida, levanta la cámara. ¡¡CHIN CHIN!! A continuación sólo se oye el sonido de botellas y vasos que chocan entre ellos.

Poco después

La fiesta continúa. Todo el mundo se lo está pasando muy bien esta tarde. El cumpleaños de Bea es una excusa para que reine el buen humor. Los más lanzados han improvisado una pequeña pista de baile. La gente no se quita las máscaras ni para ir al baño. Pero hay un pequeño detalle que estamos pasando por alto. Hace rato que Bea ha llegado a la fiesta y todavía no ha hablado con Sergio. Sí que se han visto, ¡claro que se han visto!, pero no se han acercado ni para saludarse. ¿Qué pasa?

Puede que la presencia de sus padres haya intimidado a Bea, que no quiere realizar la presentación oficial de su novio. Esa postura sería comprensible. Sobre todo, si tenemos en cuenta que en las últimas semanas ha tenido algún que otro roce con su padre en lo relativo a novios. Está claro que ninguno de los dos ha hecho nada por acercarse al otro. Y todo el mundo sabe que, cuando una persona ama a otra, hace lo imposible para que esto suceda, aunque la persona amada se encuentre al otro lado de la calle y, en medio de ésta, haya una manifestación de un millón de personas.

La semana anterior

Bea se da una última oportunidad: irá a visitar a Sergio una vez más. En las últimas visitas no se ha sentido muy cuidada. Claro que él es quien tuvo el accidente, pero eso no es óbice para que ella también necesite su dosis de atención.

Al llegar a casa del muchacho, lo encuentra tirado en uno de los sillones del salón. Está viendo la televisión con aspecto aburrido. Esa situación ya se ha convertido en costumbre. Tampoco es que Bea tenga gran cosa que contar, pero le gustaría que su novio, al verla llegar, apagara el televisor y hablara con ella. Bea se esfuerza por contarle cómo le van las cosas en clase, pero Sergio no parece escucharla con demasiado interés.

Pero no sólo Bea se siente incómoda cuando están juntos. Sergio es un chico muy creativo, y le gusta que las personas con las que comparte su vida tengan lo que él llama «chispa». No es que su novia sea sosa, pero no le mueven ni la creatividad ni el arte, sino el deporte. Ir a correr, bucear, hacer *skate*, esquiar... La verdad sea dicha, parece que Sergio y Bea no comparten tantas aficiones, y eso ha quedado de manifiesto durante los días en que el chico guardaba reposo y ella iba a visitarlo. Y es que él, después de ver alguna película, cogía su libreta de esbozos y empezaba a dibujar. Para inspirarse, siempre ponía música de jazz de fondo (que Bea odia profundamente). «¡El jazz no se entiende, no tiene melodía!», gritaba ella para sus adentros cada vez que lo escuchaba. Y es que Bea prefiere la música más discotequera, la que tiene una cantante y una base electrónica. Sergio es todo lo contrario.

En esa última visita él, como siempre, se dispone a dibujar.

—Oye, Sergio... —canturrea Bea, que se acerca a él con cariño—. ¿Por qué no dejas los dibujos y me haces un poco de caso? —Besa a su novio en la frente, en las mejillas, en la nariz... Tiene ganas de enrollarse con él. ¡Es la ocasión ideal! Están en el sofá, y la madre del chico ha salido a hacer unos recados. El chico, que interpreta perfectamente la actitud cariñosa de su novia, concentra toda su atención en su arte—. ¡Sergio! ¿Me oyes?

—Sí, te oigo... Si me estás gritando en la oreja... —Pero no cambia de actitud y sigue dibujando.

Bea espera unos instantes, hasta que se cansa.

—Me aburro —sentencia.

Ese comentario sienta al chico como un tiro. Se siente culpable. Sabe que tiene que enrollarse con su novia, y no le apetece nada. Su interior le dice que sí, pero su cuerpo, que no. Bea es una chica preciosa y muy cariñosa. Pero no puede.

—¿Qué te pasa, Sergio? —pregunta ella—. ¿Por qué no quieres besarme?

—No es que no quiera, Bea —miente—; es que me duele todo y no me encuentro demasiado bien.

—Si no me quisieras o no me desearas me lo dirías, ¿verdad?

Esa pregunta lo deja hecho polvo. Le entran unas ganas enormes de llorar, pero se hace el fuerte. La verdad es que no lo tiene nada claro. No puede dejar de pensar en Silvia, y desea de todo corazón amar a Bea. Ella es muy buena y se merece que la quieran.

—Claro que te quiero, pero necesito estar solo —responde, sin dejar de mirar el dibujo. La verdad es que ha soltado la frase de un modo un poco brusco.

Bea encaja el comentario con un grave silencio. No añade nada más, ni se molesta en responderle ni en despedirse. Recoge las cosas y se va. La desconfianza invade todo su cuerpo. Si Sergio le dice que la quiere es que la quiere, ¿no? Bea tiene miedo. Miedo de confiar otra vez y que le rompan el corazón. Decide no volver a llamar a Sergio. Ya lo hará él si de verdad la quiere. Necesita una prueba de amor y, si ella no deja de perseguirlo, éste no se la puede dar. Una vez en casa, hace lo que le funciona cuando necesita serenarse: se pone su chándal rosa preferido y sale a correr un buen rato.

Desde entonces, ni ella ni Sergio han vuelto a hablar de lo sucedido. Tampoco se lo han aireado a nadie. A veces los problemas de pareja no se van contando por ahí, porque no es agradable reconocer que la historia de amor ideal que tus amigos creen que vives no es tan perfecta como ellos piensan. Ha pasado algo de tiempo, y no se han vuelto a llamar. Ninguno de los dos ha dado el paso para contactar con el otro.

Por eso Sergio ha decidido seguir adelante con la fiesta de cumpleaños de Bea: prepararle esa sorpresa es su manera de intentar hacer las paces. Pero las buenas intenciones no siempre desembocan en finales felices..., sobre todo, cuando hay terceras personas implicadas.

Las ocho de la tarde

Ya ha oscurecido y el bar está en pleno apogeo. El Piccolino parece el Club un sábado por la noche. Del pica-pica sólo quedan los platos vacíos. El padre de Bea compra unas veinte pizzas familiares para todo el mundo. La homenajeada se muere de vergüenza cuando ve a su padre entrar con dos motoristas vestidos de rojo.

—¡Chicos, a comer! Invitamos Bea y yo, ¡que soy su padre!

Todo el mundo aplaude la acción del hombre, aunque siempre hay el típico graciosillo que se pitorrea. Claro que, en ese caso, es comprensible: después de invitar a todos a pizza, el padre de Bea se ha lanzado a bailar de manera desaforada como si fuese un joven más.

—Tu padre es la monda... —le dice Miguel a su amiga, que se tapa los ojos con las manos.

—Ni que lo digas —responde ésta, muerta de vergüenza.

Antes de que decida interrumpir el baile de su padre para evitar que sea el hazmerreír del bar, su móvil vibra. Una llamada... ¡Es Pablo! La chica sale del Piccolino para responder. Prefiere mil veces hablar con su ex novio que ver a su padre intentando organizar una conga con sus amigos.

—¿Sí?

—Bea, no digas nada, continuamos con el juego... —le insta él. Bea sonríe. Está dispuesta a dejarse llevar—. Lo sé... Cumplir años no es fácil, y menos los temibles (¡pero tan ansiados!) dieciocho. —Bea piensa: «¡Se ha acordado!»—. Recuerdo que un día me dijiste que era muy duro ser adolescente... No te contesté nada porque... ser mayor también cuesta lo suyo. Te lo digo por experiencia. Y ya que me pongo trascendental, deja que te recite un texto que he compuesto pensando en ti cuando estaba en el gimnasio. —Bea no puede evitar soltar una carcajada—. Sé que parece un poco raro, pero es así... —Pablo carraspea—. Bueno, si te digo la verdad... lo he encontrado por Internet. Es anónimo, y aprovecho ese anonimato del autor para hacerlo mío y regalártelo; es sólo para ti... —El chico hace una pequeña pausa antes de empezar. Se le nota algo nervioso—. Dice así:

Abrazo

Un simple abrazo nos enternece el corazón;
nos da la bienvenida y nos hace más llevadera la vida.
Un abrazo es una forma de compartir alegrías,
así como también los momentos tristes que se nos presentan.
Es tan sólo una manera de decir a nuestros amigos
que los queremos y que nos preocupamos los unos por los otros,
porque los abrazos fueron hechos para darlos a quienes queremos.
El abrazo es algo grandioso.
Es la manera perfecta para demostrar el amor que sentimos
cuando no conseguimos la palabra justa.
Es maravilloso porque tan sólo un abrazo dado con mucho cariño
hace sentir bien a quien se lo damos, sin importar el lugar ni el idioma,
porque siempre es entendido.
Por estas razones y por muchas más... ¡Feliz cumpleaños!
Hoy te envío y te regalo mi más cálido y tierno abrazo.

El chico cuelga el teléfono. Ha dejado a Bea boquiabierta. Pero ¡qué hermoso! ¡Ha sido el regalo más tierno que le han hecho en la vida! Cualquiera vuelve ahora a la fiesta... Si por ella fuera, ahora mismo saldría corriendo en busca de Pablo.

Capítulo 37

Junco en el agua o sorda piedra herida,
sólo sé que la tarde es ancha y bella,
sólo sé que soy hombre y que te amo.

DÁMASO ALONSO

Las ocho y cuarto

Marcos y Estela están literalmente aterrados. Hace tres horas que están en la tele. El chico anda muy callado. Alucina con la experiencia. Los han tratado como a estrellas de rock. Los han ido a buscar en coche y, antes de entrar al edificio, les han proporcionado unas acreditaciones para moverse por los estudios. Después, una mujer con el pelo castaño, los dientes hiperblancos y un moreno uva de color chocolate, se ha presentado como la secretaria de producción del programa. Se llama Mamen-«Cualquier-cosa-que-necesitéis-me-lo-decís-a-mí.-¿De-acuerdo-chicos?». También les ha contado el plan.

—Ahora iremos a la sala VIP. Allí conoceréis al resto de artistas que participarán en el concurso. Son muy majos, ya veréis. Pero primero pasaremos por el plató, y así os cuento un poco cómo irá la cosa. ¿Conocéis el programa?

Marcos es incapaz de responder a la pregunta, pero por suerte Estela es fan y asiente con una gran sonrisa.

Una vez en el plató, Mamen les cuenta cómo se desarrollará el programa. Los chicos la escuchan mientras estudian el espacio. El plató es inmenso. Los techos son altos y negros, y están repletos de focos. Hay una grada reservada para el público, caben unas cien personas. Y el escenario es espectacular.

Cuando han llegado había unos diez técnicos preparando todo el material. Tres de ellos se ocupan de las cámaras. Dos más andan subidos a unas escaleras inmensas, colocando focos, y el resto revisa el cableado y despeja el plató.

Estela se fija en el escenario. Es todo azul, y lo suficientemente espacioso como para que los artistas canten y bailen. Al fondo tiene una gran pantalla, y en un extremo hay una mesa muy grande con tres sillas para los miembros del jurado.

—Vosotros seréis los últimos. Como estaremos en directo, veréis que todo va muy rápido. El presentador os llamará, y vosotros saldréis por este lado. Marcos, tú saldrás con la guitarra y la conectarás en el mismo escenario. Estela, si te limitas a cantar te pondremos un taburete y un micro de mano, que también traerás contigo.

—Yo también canto... —dice Marcos tímido.

—Bien, pues te pondremos un micro inalámbrico.

Mamen es una mujer hiperactiva. Apunta todo lo que necesitan los chicos en una libreta llena de anotaciones que lleva consigo. Parece imposible que se le escape nada.

Después de la visita al plató recorren largos pasillos, y llegan a la sala de espera. Por dentro, la televisión parece un laberinto. Los chicos andarían totalmente perdidos si no fuera por Mamen.

—El programa empieza a las nueve. Estad preparados. Dentro de un rato paso a buscaros.

Han pasado por lo menos tres horas desde entonces, y aún siguen en la misma sala con el resto de artistas.

Marcos y Estela se han puesto en un rincón y han empezado a ensayar su canción. Los otros participantes están haciendo lo mismo, y ellos no van a ser menos. Son cuatro grupos los que compiten. Hay unos que cantan a capella con estilo gospel, otros que van vestidos de negro a lo emo, un chico que hace beat box con la boca, y ellos, que parecen unos hippies comparados con los demás.

Estela y Marcos aprovechan para escuchar los estilos musicales de sus competidores. Todos son buenos, muy buenos, pero nuestra pareja tiene algo que les falta a otros, y que se llama «magia». O eso es lo que creen.

Son las ocho y cuarto, y todos empiezan a impacientarse. Están cansados de ensayar su actuación una y otra vez, y sienten los nervios a flor de piel. A todos les han dicho lo mismo, así que esperan.

Con el paso de las horas, Estela se ha ido tranquilizando. Se ha relajado mientras recorría las instalaciones de la tele, pisaba el plató y conocía a sus competidores. Por el contrario, Marcos está serio y rebotado. Ha entrado con la sensación de que era una estrella de rock y ahora se siente como un tertuliano de uno de esos programas de telebasura.

—¿Qué te pasa? ¿Estás bien? —le pregunta Estela, posando la mano en el hombro del chico.

—No, Estela, estoy bastante rayado. La espera me está matando.

—Tranquilo, que vendrán a por nosotros —lo anima ella.

—Eso ya lo sé..., pero me siento mal... Me siento manipulado, ¿sabes? Uno más... Sólo les importamos para rellenar un espacio en la tele, y ya está...

—¿Y qué más da, Marcos? Ésta es nuestra oportunidad para mostrar a la gente lo que sabemos hacer.

—Sí, puede que tengas razón. —El chico mira al suelo, pensativo. Estela le aprieta el hombro con la mano. Si por ella fuese, le daría otro beso, pero no se atreve. Le ha encantado que él la besara en ese momento de crisis, pero no se ha repetido, ni han hablado de ello.

De pronto entra un chico en la sala. Lleva unos cascos enormes en la cabeza, un *walkie talkie* colgado del cinturón, y una libreta como la de Mamen.

—Hola, chicos. Soy el asistente de producción. Sentimos la espera. En seguida pasaréis a la sala de maquillaje, pero primero quiero haceros unas preguntas. A ver... tú. —Señala con el dedo al chico del beat box—. ¿Cómo quieres que te presentemos? Quiero decir, tu nombre artístico.

—Mi nombre real es Óscar López, y mi nombre artístico es *SuperBeat* López —responde el chaval.

Todos ríen en la sala. ¡Es muy original!

—Ahora vosotros. —El asistente mira a los emos.

—Nosotros somos Jennifer, Mauro y Julio. Nos llamamos Car Machacón.

—Un nombre duro; sí, señor —afirma el asistente apuntando en su libreta—. ¿Y vosotros?

Es el turno del coro de gospel.

—Jorge, Luis y Juan —responde uno de los miembros, señalando a sus compañeros—, y ellas son María Rosa, Penélope y Cristina. Nos llamamos Madame Sound.

—Muy bien. Listo. Me faltáis... vosotros —dice el asistente dirigiéndose a Marcos y a Estela, que se miran sorprendidos. ¡No tienen nombre!

—Nos llamamos Atreyu —contesta el chico de repente.

—No, nos llamamos Princess —responde Estela, casi al unísono.

—A ver, o Atreyu o Princess —plantea el asistente.

El dúo se mira. Han tomado decisiones distintas. Pero se sonríen. Estela mira a Marcos y propone, con dulzura:

—¿Te parece bien que nos llamemos Princesa Atreyu?

Marcos asiente. Ese nombre tiene magia, como ellos. Estela se lo confirma al asistente. Cuando éste lo apunta en su libreta, Estela agarra fuerte la mano de Marcos.

—Bien, pues el grupo Princesa Atreyu serán los últimos en actuar y en pasar por maquillaje. *SuperBeat* López, acompáñame.

El primer participante recoge sus cosas y sigue al asistente de producción.

Marcos empieza a estar realmente nervioso. Es la primera vez que Estela lo ve así: pálido y sudoroso. Pensaba que él podía permanecer calmado ante esa clase de situaciones. Es un chico que se ha curtido en el escenario de la calle, que es muchísimo más duro que cualquier otro escenario del mundo.

—¿Estás bien? —le pregunta. Pero a Marcos no le da tiempo a responder, pues aparece Mamen.

—Muy bien, chicos. Se nos ha echado el tiempo encima. Todos a maquillaje. Los que tengáis vestuario, cambiaos y venid conmigo.

Estela y Marcos obedecen. El chico se encuentra realmente mal. No sabe muy bien qué le pasa. Le duele un montón la barriga, algo raro en él. No enferma casi nunca.

Suele tener una salud de hierro, pero el dolor que siente en el estómago es espantoso.

En el bar Piccolino, a la misma hora

Ana mira el reloj, y se sube a un taburete de la barra. David la ayuda.

—¡UN MOMENTO DE ATENCIÓN, POR FAVOOOOOR! —Todo el bar dirige la mirada a Ana, que coge aire para hablar en público—. SON CASI LAS NUEVE DE LA NOCHE, Y HOY ES UN DÍA MUY ESPECIAL POR MUCHAS RAZONES. LA PRIMERA ES EL CUMPLEAÑOS DE BEA, Y LA SEGUNDA... HAY DOS PERSONAS QUE DEBERÍAN ESTAR AQUÍ ESTA TARDE...

—¡Sancho Panza y la mujer barbuda! —Miguel interrumpe el discurso de Ana y consigue que la mayoría le rían la gracia.

—NOOOOO... SON ESTELA Y MARCOS... ¡QUE VAN A CONCURSAR EN UN PROGRAMA DE LA TELE! ¡PROPONGO QUE PONGAMOS LA TELE Y LOS ANIMEMOS DESDE AQUÍ!

La noticia ha sorprendido a todos, sobre todo a Bea, quien, con tanto ajetreo de personas y felicitaciones, no se había percatado de la ausencia de sus dos amigos.

El dueño del bar enciende el televisor de pantalla plana y busca el canal. Bea habla con Ana.

—¡No lo sabía!

—Ha sido muy repentino. ¡Los avisaron ayer! —le informa ésta.

—¿Y cómo está Estela?

—¡Nerviosa! ¿Cómo estarías tú? —le responde Ana, sonriendo.

Entonces Bea sube al taburete que había utilizado su amiga para dirigirse al personal y exclama:

—¡PROPONGO QUE TODO EL MUNDO QUE TRAIGA MÓVIL LES ENVÍE UN SMS PARA APOYARLOS! QUIENES NO TENGÁIS SU NÚMERO, ¡APUNTAD!

La idea es un éxito y, en cuestión de segundos, la mayoría de los presentes sujetan sus móviles en la mano y, con los dedos, teclean mensajes para su compañera.

En la sala de maquillaje

Por fin llega el turno de Marcos y Estela en la sala de maquillaje. La chica se ha puesto un kimono japonés de color rojo. Él no se ha cambiado. Con tantas cosas en la cabeza no ha pensado en el vestuario. Tampoco es que le importe mucho.

Dos maquilladoras con peinados muy modernos les maquillan con unas pistolas de aire comprimido. Éstas lanzan aire con polvos de maquillaje. Marcos está muy blanco y muy callado. En cambio, Estela se siente muy feliz. Había soñado un millón de veces con vivir una experiencia como esta.

De repente, mientras la maquilladora del chico está ultimando su trabajo, éste siente un gran retortijón en el estómago. Como empujado por un resorte, salta de la silla.

—¿Dónde está el lavabo? ¡Rápido!

Marcos sale corriendo en cuanto las maquilladoras se lo indican. Estela se queda inquieta, mirando la puerta por la que ha huido su compañero.

—No es la primera vez que pasa. No te preocupes, chica —la tranquiliza la maquilladora de Marcos—. Por algún lado tienen que salir los nervios...

Estela calla y asiente. Tampoco se encuentra muy bien ahora. El aire de la pistola de maquillaje le molesta muchísimo. Aunque la están poniendo guapísima. Detrás de ella, una peluquera profesional examina sus rastas y, aprovechando su vestimenta oriental, le propone hacerle un moño.

—Un peinado al estilo oriental te quedará estupendo, ya verás... —comenta la mujer, sin ni siquiera mirarla a los ojos. Eso molesta a Estela.

—No, no, no... Quiero el cabello suelto, natural, así, con mis rastas. Tal y como he venido.

—Como quieras. Tú misma.

Marcos vuelve a los cinco minutos. Estela comprueba aliviada que ha recuperado el color.

—¿Estás bien? —confirma ella, mirando a su compañero por el reflejo del espejo.

—Sí, es que no podía aguantar —responde el muchacho, avergonzado. Luego se dirige a la chica que le estaba maquillando—. Perdón... y gracias.

—No os preocupéis, que todo va a salir bien —contesta la maquilladora comprensiva, pues entiende a la perfección los nervios de los chicos y, como ha dicho, no es la primera vez que ocurre algo así.

Entonces el móvil de Estela empieza a sonar repetidamente. Son mensajes entrantes. Marcos la mira extrañado. La chica busca en el bolsillo de su kimono. Tiene ¡dieciocho mensajes no leídos! Los abre de uno en uno. Son los mensajes de la gente del Piccolino. Todos son de apoyo y ánimos, y algunos incluyen fotos de la fiesta. Estela se las enseña a Marcos, quien no puede creer la que se ha montado en el bar.

—Ya te dije que habría sido mejor que fuéramos allí... —responde él, resoplando.

—¿Te estás echando atrás? —le sonríe Estela burlona—. Cagueta...

El chico se toca la barriga. ¿Es que van a volver los retortijones?

—Creo que... ahora vuelvo... —Se levanta de la silla de maquillaje por segunda vez. La maquilladora sonríe a Estela.

—Está cagado... —comenta ésta, muerta de risa.

—Ay, los nervios... —responde la maquilladora—. ¿Tú estás bien?

—¿Yo? No me puedo ni mover...

Mientras, en el bar Piccolino

—¡¡¡CALLAAAD, ESTÁ A PUNTO DE EMPEZAAR!!! —Ana, atenta al televisor, quiere dirigir la atención hacia el programa para que todos disfruten del evento televisivo del año. ¡Una amiga no sale por la tele todos los días!

Silvia está sentada a la barra. Sin querer, piensa en la noche que pasó con Nacho en el Labrador. Estaba sentada en la misma posición, pero ahora se siente mucho mejor consigo misma.

Sergio se acerca a ella. La chica mira su cerveza con limón para evitar el contacto visual, pero el chico lo tiene muy claro.

—¿Tienes un momento? —le pregunta.

—Es que ahora va a empezar...

—Será sólo un momento, Silvia, créeme. —El chico la mira fijamente a los ojos—. Estaré en la terraza. Te espero allí, ¿vale?

Ella ni confirma ni desmiente. Sergio se marcha.

«¿Qué hago? —piensa Silvia mientras busca a Bea con la mirada. Su amiga está sentada junto a Miguel. Ambos están investigando las funciones de su nuevo móvil—. Voy a ver qué le pasa, pero como Bea me vea, me mata...» Silvia se levanta del taburete.

—Guárdame el sitio. Voy al baño y vuelvo —le dice al chico que tiene al lado. Está intentando guardarse las espaldas. Si sus amigas preguntan por ella, al menos el chaval sabrá qué responder, aunque sea una mentira.

Con aire despreocupado, Silvia se desliza entre el gentío para no llamar la atención. Cuando sale del bar busca en la terraza, pero no hay nadie.

—¡Shhhht! —Sergio la llama desde la esquina. Silvia camina hacia él lentamente. «¿Qué querrá? ¡Por Dios, qué nervios!»

—Dime... ¿Qué quieres? —Silvia es directa.

Sergio parece nervioso. Apenas se aguanta con las muletas.

—Nada... Bueno, sí... ¿Te acuerdas del día en que nos conocimos? —Ella asiente—. Pues desde ese día que no he dejado de pensar en ti.

Silvia no dice nada. Los dos se quedan en silencio.

—¿No dices nada? —pregunta el chico.

—¿Qué esperas? —Silvia se muestra tensa—. ¿Quieres que me arroje a tus brazos?

Sergio no sabe qué decir, respira hondo y prosigue.

—Vale... De acuerdo... Tampoco es eso... —se excusa. Busca las palabras precisas en su interior—. Mira... Te voy a ser sincero... —Se nota que el chico está haciendo un gran esfuerzo—. Siempre se me ha dado muy mal ligar y esas cosas. Conocí a Bea por el Messenger, porque me cuesta un montón entrarles a las chicas. Soy muy tímido, aunque no lo parezca. Me pongo nervioso, no sé qué decir, hablo por hablar... —Silvia se siente reflejada en lo que dice Sergio—. El día en que te conocí pensaba que eras Bea... y, cuando me dijiste que no lo eras, me relajé... y bueno..., me gustaste desde entonces.

Silvia no se lo puede creer. ¿Sergio se le está declarando en la fiesta de Bea? La chica se toquetea el cabello nerviosa. Eso sí que no se lo esperaba. ¡A ella también le gusta Sergio desde el primer día! Y ahora no sabe cómo encajar esa declaración. El chico la mira con sus ojos brillantes. Silvia le devuelve la mirada. Sergio acerca su cara lentamente. Silvia está muy nerviosa. Es como si estuviese viendo la luna y, de pronto, el astro se acercara para besarla. Cuando está a pocos centímetros, Silvia da un paso atrás.

—Así no, Sergio; Bea es mi amiga. Está justo ahí, en el Piccolino, y esto está mal.

El chico mira el suelo.

—Silvia, Bea y yo no estamos... digamos... que muy bien. Lo de mi accidente me ha hecho ver que, en realidad, ella no es para mí.

—Entonces ¿por qué estás con ella? —pregunta la chica, desafiante.

—No quería cortar con ella antes de su cumpleaños.

También pensé que quizá esta fiesta lo arreglaba todo. Qué tontería, ¿verdad? De hecho, hace una semana que no nos hablamos. ¿No te has dado cuenta? Soy el único de la fiesta a quien no ha saludado.

Silvia suspira. Siente que el tiempo de conversación se está agotando, porque seguro que sus amigas en el bar la echan ya de menos.

—Creo que... ahora no es momento de hablar de esto. Te agradezco tu sinceridad, pero yo así no puedo... —La chica mira hacia el bar—..., y debo volver dentro, con mis amigas.

Silvia está segura. Hace lo correcto. Puede parecer paradójico. La chica lleva mucho tiempo esperando el gran beso y, ahora que tiene la oportunidad, y con el chico de sus sueños, la deja escapar. De alguna manera, está siendo fiel a sus principios. Un día se dijo que no sacrificaría jamás el amor por la amistad con las *Princess*, que siempre han estado allí para apoyarla en los peores momentos, y con las que ha compartido las mejores risas y los momentos más maravillosos de su vida, y hoy está cumpliendo con lo prometido. Aunque le duela en el alma, sabe que está haciendo lo correcto y, en el fondo, aunque sienta una punzada en el corazón porque Sergio le gusta de verdad, eso la hace sentir bien.

Capítulo 38

¡Mentira! No tengo ni dudas, ni celos,
ni inquietud, ni angustias, ni penas, ni anhelos.
Si brilla en mis ojos la humedad del llanto,
es por el esfuerzo de reírme tanto...

JUANA DE IBARBOUROU

Tres, dos, uno... ¡Estamos en el aire!

—Buenas noches y bienvenidos a... «¡TU SINTONÍA!», el concurso de nuevos talentos musicales para elegir la canción de cabecera de nuestros nuevos programas. Sí, sí, ¡lo han oído bien! En este concurso descubriremos la banda sonora de las que vienen a ser las caretas de los programas. Lo que en la televisión llamamos: ¡LA SINTONÍA!

»Los concursantes sólo tendrán una oportunidad para demostrar su talento. El jurado dará su valoración, y ustedes también podrán votar desde casa. Llamen al número que aparece en pantalla, o voten a través de la web del programa. El grupo ganador de hoy pasará a la gran final. Y, una vez en la gran final, la canción elegida será la melodía de la nueva serie de moda, y su autor recibirá un premio en metálico de... ¡cinco mil euros!

»No sé si ustedes se habrán fijado en que hemos empezado sin música de entrada. Hoy los concursantes lucharán no sólo para llegar a la final sino tambien para ser los autores de... «¡TU SINTONÍA!»

Entre bambalinas y junto al resto de artistas, Marcos y Estela escuchan el monólogo de bienvenida del presentador del programa. Los concursantes se miran los unos a los otros. El líder del grupo de los emo parece el más indignado de todos.

—¿Sólo una oportunidad? —exclama.

El presentador continúa con la presentación del programa:

—Todos los concursantes han compuesto una canción. ¡Los espectadores deberán votar! ¡Así de sencillo! «¡TU SINTONÍA!», ¡el concurso más corto que jamás se haya realizado en televisión! ¡Media hora y listos! ¿Preparados? ¡Empezamooos!

—Que tontería de programa... ¿Dónde me has metido, Estela? —se lamenta Marcos, con gesto agrio.

«¡Tu Sintonía!» es uno de esos programas concebidos para rellenar huecos en la tele. Son programas cortos que cumplen una función muy clara: entretener al público para que no cambie de canal antes de que empiecen la película o el programa estrella de la franja nocturna. Nos hallamos ante un programa «chicle».

Marcos tiene algo de razón cuando piensa que la idea del programa es absurda. Las televisiones tienen su propio equipo de músicos que trabajan para ellos haciendo las caretas de las noticias, el tiempo o cualquier programa que les venga en gana. Además, él siempre se ha opuesto al televisor, desde que tiene uso de razón. Considera que existen mejores formas de ocio como leer un libro o aprender a tocar algún instrumento, por ejemplo, la guitarra.

Minutos antes

Hay una gran expectación en el Piccolino. Parece como si estuvieran viendo la final de la Copa del Mundo de fútbol. Tras escuchar la introducción del presentador de «¡Tu sintonía!», muchos de los comentarios se asemejan a lo que, en el plató, piensan Marcos y el resto de concursantes. Que el programa no vale nada. Aun así, salen dos compañeros de clase y, por ello, están dispuestos a seguir con la vista fija en el televisor: van a animarlos hasta la muerte.

Ana es de las más emocionadas. Ella sabe más que nadie que salir en la televisión es el sueño dorado de Estela desde hace mucho tiempo. Es triste, pero en su casa no valoran su faceta artística, y Estela cree que si consigue salir por la tele y hacerse famosa, la van a querer más. Es absurdo, pero mucha gente piensa así: si sales en la tele, eres alguien.

Silvia se sienta al lado de Ana. Está algo seria, abrumada por lo que le acaba de pasar con Sergio.

—¿Dónde estabas? —le pregunta su amiga, sin despegar el ojo de la tele.

—En... el servicio —contesta Silvia, dubitativa.

—Ah, es que hace rato que no te veo.

—Sí. Una se pierde con tanta gente... Toda una fiesta, ¿no crees?

—Ya te digo.

Bea se acerca y se sienta con ellas. «Por favor, que no me haya visto hablando con Sergio... Por favor», piensa Silvia, que se encorva al notar la presencia de su amiga.

Ana despega los ojos del televisor para mirar y sonreír a la recién llegada, y la nota algo tensa.

—Bea, ¿todo bien? —pregunta.

Su amiga aprieta los labios. Parece enfadada. Silvia traga saliva.

—Bueno... Me siento algo rara... Sergio ha venido a la fiesta —se explica, esperando que las chicas la entiendan.

—Pues claro que ha venido —responde Ana, sin comprender lo que quiere decir Bea.

—Ya. Pero es que aún no nos hemos saludado —confiesa la otra.

—¿Cómo? —pregunta Ana atónita.

Silvia, que sigue la conversación, confirma entonces que lo que le ha contado el chico es verdad: parece que las cosas no marchan nada bien entre la pareja.

—Lo que oyes. Sergio y yo llevamos una semana sin hablarnos. No os dije nada porque creí que era una tontería...

Silvia prefiere no decir nada. Si se hiciera la sorprendida, estaría mintiendo a su amiga. Y ya se siente lo suficientemente mal por ocultarle que Sergio se le ha declarado y que a ella, aunque le haya rechazado, ¡en realidad él le gusta!

—Bea, ¡nos lo tendrías que haber contado! ¡Sabes que siempre podrás contar con nosotras! —exclama Ana, y acaricia la mano de su amiga.

—Lo sé. Pero, chicas... ¿Os puedo confesar algo? —Bea hace una pequeña pausa. Sus amigas la escuchan con atención. Silvia se teme lo peor. Algo así como: «He descubierto que a él le gusta otra y, cuando me entere de quién es, la mato»—. Creo que Sergio ya no me gusta. No estoy enamorada de él. Durante toda esta semana en que no nos hemos llamado, no me ha importado en absoluto. ¿No creéis que si estuviese enamorada de él estaría dolida, al menos? De alguna forma, siento que él ya no me desea. ¿Y cómo voy a querer a alguien que no me desea?

La confesión de Bea deja boquiabiertas a las dos chicas. Qué gran verdad ha dicho. Esperamos que la pareja de nuestros sueños sea guapa, alegre, divertida, inteligente..., pero a veces nos olvidamos de lo más importante: que nos quiera y nos desee. Sin eso, nada tiene sentido.

Bea se ha liberado por fin de algo que le quemaba por dentro y que luchaba por expresar. En ese momento le gustaría poder volver al parque para sentarse en el banco de las *Princess* y contarles con detalle todo lo que le ha pasado y lo que ha sentido esta semana, pero como sabe que el programa está a punto de empezar y que deben estar pendientes de la actuación de Estela, les habla deprisa para ponerlas rápidamente en situación. Ana no se lo esperaba, y Silvia... tampoco.

—Sergio es un buen chico, lo sé, pero tenemos gustos muy diferentes. Y hoy ha venido a la fiesta y...

—En realidad, la ha organizado él —comenta Ana.

—¿En serio? —dice Bea resoplando—. No entiendo nada. No sé si es que me quiere, o simplemente es buena persona. ¡No sé qué decirle! ¡Ayudadme! Me siento tan culpable...

Silvia se queda boquiabierta. Eso sí que no se lo esperaba. Pero ¿qué debe hacer? Podría decirle: «No te preocupes, he hablado con él hace un rato y me ha dicho que en realidad le gusto yo. No sufras. Disfruta de tu fiesta» y solucionarlo en seguida, hacerlos felices a todos. Pero ¿sería realmente un alivio para Bea o, por el contrario, lo sentiría como una traición?

—Tranquila —dice Ana en voz baja—. Estamos contigo.

—No sé cómo se lo va a tomar... Me da miedo —murmura Bea, triste—. ¿Tú qué piensas, Silvia? ¿Qué hago? Me ha preparado la fiesta y yo ni siquiera le he dirigido la palabra.

La aludida se encoge de hombros para dar a entender que no tiene ni idea. Debe entender la mezcla de sensaciones que corren por su interior antes de decidir qué camino tomar. Por un lado, se siente feliz, porque tiene vía libre con Sergio, pero por otro lado, tampoco cree que pueda decirle la verdad a Bea, aunque ésta le asegure que ya no siente nada por el chico, y eso la inquieta.

—Creo que deberías hablar con él —resuelve Silvia. Y piensa: «Es lo mejor que puedo aconsejarte. Lo siento, Bea».

—¡QUE EMPIEZAAAA! —Miguel alza la voz. El programa está a punto de continuar. Ana, Silvia y Bea se agarran fuerte de las manos.

Minutos después, en la transmisión en directo de «¡TU SINTONÍA!»

Estela y Marcos escuchan la interpretación de los otros grupos, la valoración de los jueces y los resultados de las votaciones del público. *SuperBeat* López ha estado extraordinario. Ha hecho un montón de sonidos con la boca, y el público ha alucinado tanto que le ha dado una puntuación bastante elevada: 8,3. El jurado no puntúa de momento, tan sólo opina. A Marcos le sorprenden sus comentarios después de cada actuación. Desde su punto de vista, el jurado no tiene demasiado criterio musical, y lo único que pretenden es destrozar la moral de los artistas y crear polémica para que el programa consiga audiencia. Para el chico, un artista se hace y no se juzga.

El grupo de los emos ha salido en segundo lugar. Car Machacón ha obtenido la puntuación más baja del público: 7,5. Sin embargo, el jurado ha sido más indulgente. Les han dicho que la suya era una apuesta muy arriesgada y que eso les había gustado. Marcos sonríe a Estela.

—Supongo que es arriesgado por la ropa que llevan —susurra.

Car Machacón tienen una estética muy singular. Van todos vestidos de negro, llevan pulseras de pinchos, la cara pintada de blanco y los labios de negro. La verdad es que dan miedo, y su música... también. ¿Será por ese motivo que el jurado ha dicho que es una apuesta arriesgada?

El tercer grupo es el de gospel. Sus voces aterciopeladas calan hondo y la letra es preciosa. Estela se emociona un montón, igual que el público, que les da la máxima puntuación: 9,1. Pero el jurado los machaca de mala manera.

Para que nos hagamos una idea, el jurado está compuesto por un hombre mayor con una camiseta fucsia con la que intenta quitarse años, un joven con gafas de pasta y pelo despeinado de peluquería fijado con gomina, y una chica morena a la última moda que vendría a ser la versión remasterizada de Mamen, la secretaria de producción. Los tres son medio famosos de la tele, pero no tienen ni idea de música. Sólo saben dar su opinión con una buena y sarcástica retórica pero, al fin y al cabo, es lo que se espera de ellos: que se expresen con gracia y den chispa al programa con sus comentarios lúcidos (que, evidentemente, ya están preparados). Vamos, hacer de críticos: alguien que parece saber perfectamente cómo se deberían hacer las cosas pero que no sabe hacerlas.

El hombre mayor ha dicho lo siguiente a Madame Sound:

—Muy bien, chicos —los felicita—. La verdad es que no me lo esperaba... ¿Por qué no vais a la iglesia de mi barrio a cantar? ¡Yo iría todos los días!

El público se ríe; el grupo resiste estoico la tontería que acaba de soltar el miembro del jurado. Después le toca el turno a la chica:

—Cantáis muy bien, sí. La letra es correcta. Pero ¿no creéis que está muy visto? —El grupo no sabe qué contestar, pues cantan lo que les gusta—. Debéis usar vuestra creatividad, chicos. Si usáis la voz a capela, es decir, al desnudo, también podrías cantar desnudos, ¿no? ¡Eso sí que sería lo nunca visto!

Surge un murmullo del público. La chica mira a sus compañeros, el hombre mayor asiente con la cabeza y le guiña el ojo. El tercer miembro del jurado, sin embargo, anda distraído tomando apuntes. Será el siguiente en hablar:

—Bufff... Esto me ha recordado al coro de mi colegio... que, por supuesto, cantaba mucho mejor que vosotros. Desafináis, chicos, desnudos o con ropa, desafináis. Alguien os lo tenía que decir, lo siento.

Marcos y Silvia son los siguientes. Al chico no le gusta nada la actitud prepotente del jurado. Cobran para desbaratar los sueños de aquellos artistas que se presentan al programa con una ilusión.

—Lo sé —intenta tranquilizarlo Estela—. Yo tampoco

me esperaba esto. Son estúpidos —dice, refiriéndose al jurado—. Pero ahora ya no hay marcha atrás, así que vamos a salir, cantamos lo nuestro lo mejor que podamos y nos marchamos, ¿vale?

Marcos no responde. Estela cree que anda concentrado, preparándose para salir al plató, pero eso es porque no lo conoce lo suficiente. No tiene ni idea de lo que le está pasando por la cabeza...

Mientras tanto, en el Piccolino

Todo el bar es un gran coro. Se oyen aplausos y gritos de ánimo y también algunos abucheos dirigidos al jurado. El Piccolino está que arde. Es como si todos los reunidos ahí fueran a cantar en el concurso: hay muchos nervios, si bien nadie ha tenido que salir al baño a toda prisa, como le ha ocurrido a Marcos.

El presentador sale al escenario para dar la bienvenida al último grupo. Viste traje chaqueta negro y calza deportivas para darle un toque informal y guay al atuendo. La gente del bar se ríe a mandíbula batiente cuando lo hace el presentador: tiene los dientes tan blancos como sus zapatillas y eso les parece muy gracioso. Ana escribe una pequeña nota en su bloc: «La figura del presentador en la tele es peculiar. A veces, los presentadores de la tele parecen personas sin alma. Pero son personas, al fin y al cabo. ¿Por qué no se muestran tal y como son? Así se ahorrarían comentarios de la gente... Claro que igual así se quedaban sin trabajo».

—¡Bueno, bueno, bueno! —El presentador se frota las

manos y ofrece su mejor sonrisa a la cámara—. Ya estamos llegando a la recta final. ¡Demos un fuerte aplauso al último grupo de la noche! ¡CON TODOS USTEDES, PRINCESA ATREYU!

En el bar, la gente se vuelve loca. Cuando Ana, Silvia y Bea se ponen en pie, todo el bar hace lo mismo. El silencio es total. No se oye ni el vuelo de una mosca. Todos escuchan atentos cómo el público de la tele aplaude, mientras la cámara se centra en el escenario. De pronto aparecen Marcos y Estela, cogidos de la mano. Todo el bar prorrumpe en aplausos y gritos de ánimo.

—¡VAMMMOOOOOS!

Silvia, Bea y Ana hacen un breve corro para comentar.

—¿Ha dicho que se llaman Princesa Atreyu? —pregunta Bea, sorprendida, para asegurarse.

—¡Han cogido nuestro nombre y el del perro de Marcos y han hecho un mix! —exclama Bea, sonriendo.

—¡¡¡ME ENCANTAAAA!!! ¡VAMOS, MARCOS! ¡VAMOS, ESTELAAAAA! —Silvia grita todo lo que dan de sí sus pulmones.

—¡Niña! Baja un poco el volumen, que tú no vas a cantar...! —la regaña el dueño del Piccolino.

Algunos ríen la gracia del hombre, y Silvia se ruboriza. Esta vez se ha pasado de verdad, pero también ella necesitaba descargar la tensión de la tarde.

El minuto de gloria

Es muy difícil explicar qué se siente cuando te subes por primera vez a un escenario y sabes que todo el mundo está pendiente de ti. Marcos camina por delante de Estela. La chica sonríe, está con él y no le importa nada más. El público deja de aplaudir, Marcos conecta su guitarra y Estela se sienta en el taburete que han dejado preparado para ella con mucho glamur.

Marcos le da el tempo:

—Un, dos..., un, dos, tre...

Estela lo interrumpe con la mano. Parece que quiere decir algo.

—Esta canción se la queremos dedicar a unas personas muy especiales para nosotros... —Mamen y el asistente de producción se miran entre sí con cara de: «¡La chica se ha vuelto loca!»—. Son las *Princess*: Silvia, Ana y, en especial, Bea, porque hoy es su cumpleaños, y seguro que nos está viendo. Esta canción va para ellas, y esperamos que la disfruten con nosotros.

A Marcos le ha encantado lo que acaba de pasar. Nada más empezar, su compañera se ha saltado las normas de la tele, y eso es lo que él necesitaba para animarse. La magia que hay entre los dos surge cuando improvisan, y Estela no podría haber improvisado mejor. Sin decirse nada, sólo con un cruce de miradas, el chico empieza a introducir el tema con la guitarra. «No hay prisa», piensa él. Y, sin necesidad de que él le dé la entrada, Estela empieza a cantar en el momento justo:

Abrázame fuerte

Qué bonito era cuando me decías al oído,
que me querías para toda la vida.
Y yo te respondía con versos y canciones
en la noche, la noche infinita.

Pero todo pasa,
y con ella la noche, los versos y el amor
que se diluye en el aire
y se mezcla con todos mis sueños.

Y a veces me encuentro durmiendo en el tiempo,
te miro a los ojos y te digo al oído
que tanto te quiero, que tanto te quise,
que casi me pierdo.

Muchas veces me pregunto
si el mundo cuando gira todo lo olvida, todo lo olvida.
Y cuando cae la noche también se caen esos versos
que contigo un sentido tenían.

Uoo uo uoo

Y a veces me encuentro durmiendo en el tiempo,
te miro a los ojos y te digo al oído,
abrázame fuerte, abrázame fuerte,
abrázame fuerte como amigos,
abrázame fuerte y nada más…

Abrázame fuerte, abrázame fuerte…

Uoo uo uoo…

Y entonces, Estela silba dulcemente al compás de los acordes de la guitarra. La chica acaba emocionadísima. Sus ojos brillan, y abre las manos y saluda como una gran artista. El público arranca a aplaudir y se pone de pie.

En ese mismo instante, en casa de Marcos

Marieta está en el sofá e, incapaz de contener las lágrimas, deja que éstas caigan a borbotones. Emocionada, abraza a *Atreyu* que, ajeno a todo, duerme como un lirón. Su hijo sale en la televisión y ha cantado de maravilla. Se siente orgullosa de él, y también de su vida. En ese instante se da cuenta de lo que han pasado juntos desde la muerte de su marido, y se dice a sí misma que vale la pena continuar adelante. La vida te puede quitar muchas cosas, pero también te regala momentos que no tienen precio.

En el Piccolino

Todos se han puesto de pie para aplaudir como si estuvieran en el mismo plató de televisión. Silvia, Ana y Estela lloran emocionadas. La canción les ha maravillado. Una canción de autor, sutil y sencilla, que consigue acariciarte el alma. Tras los aplausos, se hace el silencio. El bar está con el corazón en un puño: espera las valoraciones del público y del jurado.

En directo desde el plató

El presentador se interpone entre Marcos y Estela.

—Coincidirán conmigo, queridos televidentes, en que acabamos de escuchar una gran canción. ¡Vamos a ver, pues, si el público de la sala opina lo mismo! ¡Señoras y señores, es hora de votar! Cojan sus mandos y aprieten un número del uno al diez. Uno si no les ha gustado nada, que lo dudo mucho, y diez ¡si les ha parecido brillante!

Los asistentes al programa hacen uso de sus mandos y votan.

—Nuestro sistema informático realizará la media de todos los votos —recuerda el presentador—. Y el resultado es... —Mira con intriga la pantalla que tiene detrás esperando la puntuación—... ¡9,1!

El público asistente aplaude su propia votación y Estela abraza a Marcos emocionada.

—Ahora vamos a escuchar lo que opina nuestro jurado. ¿Estáis preparados, chicos?

Marcos aprieta la mano de su compañera. Ella lo mira y le sonríe para infundirle tranquilidad.

—Bueno —toma la palabra el hombre de la camiseta fucsia—, debo reconocer que sois una pareja muy particular. Cuando habéis salido al escenario, habéis conseguido que me picara la curiosidad: os habéis presentado uno vestido de calle y la otra de medio japonesa con un vestido barato... En fin..., que no me habéis dejado indiferente, y la canción no ha estado mal, pero ¿sabéis qué es lo que me ha sorprendido? El nombre. Princesa Atreyu no os pega nada, y me parece una elección terrible.

Marcos mira al hombre con frialdad. Le importa un comino lo que diga. A Estela el comentario la ha impactado más, pero aguanta impertérrita. No le dará el gustazo de ver que sus palabras le hacen daño.

—Hacía tiempo que no escuchaba una canción acompañada sólo de guitarra, como los cantautores de siempre —se pronuncia la única mujer del jurado—. Me ha recordado cuando era pequeña e iba de campamento. El monitor se parecía a ti... —añade señalando a Marcos.

—Campamento... Estoy de acuerdo —la interrumpe el último miembro del jurado en intervenir—. También coincido en que Princesa Atreyu es un nombre horrible. Y la canción se puede mejorar. Pero chicos, creo que tenéis algo. No sé... ¿Magia? O es que quizá el aura que percibo es... ¿de superioridad? ¿Pensáis que porque vais de este rollo sois mejores que los otros? —El joven había empezado bien, pero la coletilla final sobraba. Les ha lanzado una pregunta, y quizá no espera que la pareja responda; de hecho, Estela se ha quedado de piedra al oír el comentario. Pero Marcos se va a tomar la libertad de responder. ¿No era una pregunta? ¡Pues obtendrá su respuesta!

—¿Magia? —dice—. No lo sé. Nosotros cantamos porque nos gusta cantar, pero no somos magos... Supongo que habrá gente a quien le guste nuestra música y gente a quien no... Para gustos, colores.

—Sí, sí, eso lo sabemos todos. Pero tu respuesta no responde a mi pregunta... —le reta el joven jurado.

—Es que no voy a contestar esa pregunta. Si afirmas que nos creemos mejores que los otros... será porque es lo que piensas tú, ¿no? Porque, que yo sepa, nosotros no hemos abierto la boca, tan sólo hemos cantado.

El público prorrumpe en aplausos. Le ha hecho jaque. El joven contraataca.

—Ya. Entonces ¿podrías contarme cómo conseguís esa «magia»?

Marcos suspira.

—Lo que acabamos de hacer no es magia —explica—. Lo que acabas de presenciar en el escenario es «conexión», y es fruto de muchos ensayos y confianza. Pero si quieres saber lo que es magia, te lo puedo enseñar.

—Adelante —dice el chico vacilando a Marcos. Cree que el concursante quedará en ridículo.

Marcos se queda callado durante un instante, luego se acerca a Estela y, sin que nadie se lo espere, y menos aún ella, la besa en los labios. La chica no sólo se deja besar sino que le devuelve el beso. Un verdadero beso de amor ¡delante de todo el país! El público enmudece de repente, para aplaudir a rabiar pocos segundos después. La cámara enfoca al jurado. Los tres están con la boca abierta.

—Muy bien, muy bien. —Surge el presentador de improviso—. Después de este acto tan..., digamos..., dulce... ¿qué mejor que ir a publicidad para tomar el aire que nos ha quitado este momento tan intenso? Y después ¡el veredicto final! ¡No se vayan ni cambien de canal! ¡Hasta ahora!

Capítulo 39

Si el amor que me tenéis,
Dios mío, es como el que os tengo,
decidme: ¿en qué me detengo?
O vos, ¿en qué os detenéis?

SANTA TERESA DE JESÚS

Momentos después, en casa de Marcos

Marcos ha estado espectacular. Cuando ha besado a Estela, no ha dejado a nadie indiferente. Así es él: sorprendente, provocador y mágico. A su madre casi le da un ataque cuando el chico se ha enfrentado al jurado respondiendo a sus preguntas. Ella sabe cómo es su hijo; no se amedrenta ante nada. Después del beso, la señora Soler se ha puesto a llorar a moco tendido. Y, sin embargo, no ha perdido la sonrisa. El apasionado beso de Marcos le ha recordado al primer beso que le robó su marido. Es un recuerdo bonito y a la vez doloroso. Si el padre del chico estuviera allí, seguro que estaría orgulloso de él.

A la misma hora, en el bar

En el Piccolino la gente no hace más que adular a Marcos. Se oyen comentarios del tipo: «¡Es el tío con más morro que conozco!» y «¡Con lo calladito que parecía en clase!». Las *Princess* se miran con complicidad. Lo del beso les ha cogido por sorpresa, pero ya se veía venir que esos dos iban acabar así.

Mientras, en el plató

Ahora sólo falta la temible decisión del jurado. Durante los cinco interminables y eternos minutos de publicidad han reunido a los artistas en una sala contigua al plató. Todos coinciden en que los miembros del jurado son unos petulantes maleducados sin criterio. Aplauden la actuación de Princesa Atreyu y se felicitan entre ellos. Estela es la que está más callada. Antes de empezar deseaba que Marcos volviera a besarla y ¡lo ha hecho en directo! ¡Es la cosa más romántica que le ha pasado nunca! Pensaba que era imposible superar a Leo, pero no es así. Eso ocurre casi siempre: cuando te enamoras locamente de alguien, crees que no volverás a amar y que jamás encontrarás a ninguna persona tan guapa, cariñosa y romántica... Y, cuando la encuentras, resulta que ¡es mejor! Ésa es la gracia de enamorarse. Para Estela, ese beso ha sido como una poción mágica que la ayuda a olvidarse de Leo de una vez por todas. Qué payaso. Un tipo egocéntrico y aprovechado que abusa del influjo que ejerce en sus alumnas para ligárselas. Lamentable.

Mamen aparece con su asistente y se dirige a los concursantes.

—¡Chicos, escuchad! Entramos en treinta segundos, y sólo tenemos un minuto y medio para anunciar al ganador. Estad atentos que salimos ¡ya! ¡Ah! Y tú, el de la «magia» —Mamen señala a Marcos—: si la vuelves a liar te las verás conmigo... —Mamen parece enojada y, por el tono de voz, es una advertencia seria, pero el chico le sonríe. El asistente de producción también lo mira amenazante. Marcos no es ningún animal televisivo, es de la raza de la calle, y eso no les gusta en absoluto. En la tele lo tienen todo muy medido y calculado, y si algo se escapa de la pauta y sale fuera de lo normal se ponen muy nerviosos.

—¡Atentos! Estamos en el aire en tres, dos... ¡uno! —A través del megáfono, una voz da la señal para que todo el mundo esté preparado.

El presentador está en el centro del plató, y una maquilladora da los últimos retoques al rostro de éste, que permanece estático, dejándose hacer. Cuando la maquilladora se retira, parece que el hombre vuelva a la vida y sonríe a la cámara.

—Ya estamos con ustedes otra vez. ¡La espera ha valido la pena! El ganador de «¡TU SINTONÍA!» pondrá la música a nuestro programa y pasará directamente a la final. ¿Quién creen que será el ganador? ¡En breve lo sabremos! Pero primero, por favor, ¡un fuerte aplauso para nuestros PROTAGONISTAS! ¡*SUPERBEAT* LÓPEZ! ¡CAR MACHACÓN! ¡MADAME SOUND! Y... ¡PRINCESA ATREYU!

Los artistas salen a la carrera, saludando al público y colocándose en fila.

—Señores y señora del jurado... ¿Cuál es su veredicto?

La chica se levanta con un sobre en la mano.

—El jurado de «¡TU SINTONÍA!» ha decidido que el artista con más estilo y, por tanto, el autor de la que será la *sintonía* de nuestro programa es... —La chica abre el sobre con lentitud. Éste es el momento interminable en que cada concursante intenta avanzarse en el tiempo y oír su nombre —... ¡*SUUUPERBEAT* LÓPEZ!

El público aplaude. Una azafata se acerca al ganador, le ofrece un ramo de flores y lo dirige al centro del escenario, donde el presentador le hace entrega de un pequeño trofeo. Mientras, los créditos aparecen en pantalla a la velocidad del rayo. El presentador sale en primer plano de pantalla.

—Esperemos que hayan disfrutado del programa. Nos vemos la semana que viene a la misma hora. ¡No me fallen! Los dejamos con la nueva careta musical de este gran artista: ¡*SuperBeat* López! ¡Buenas noches!

Suena la canción elegida. La cámara se aleja del presentador, muestra al resto de artistas felicitando al ganador, y enfoca la grada llena de público que aplaude.

En ese mismo instante, en el bar Piccolino

Como si del final de un partido importante se tratara, la gente se levanta, recoge las cosas y paga las consumiciones. La fiesta toca también a su fin. El resultado del concurso no los ha desanimado. Para ellos, los ganadores son Marcos y Estela, por su canción, porque han dado más espectáculo que los otros y, sobre todo, porque son sus amigos. Pero reconocen que todos los participantes eran buenos y que el ganador también merecía el premio.

—Pues qué pena, la verdad... —comenta Ana, desperezándose.

—No pasa nada... ¡Lo han hecho muy bien! —afirma Silvia.

—Ya, pero ¡me habría gustado tanto que ganasen...! —se lamenta su amiga mientras se pone la chaqueta.

—¿Y a quién no? Todo no puede ser —dice Bea.

—¿El qué no puede ser? —le pregunta Ana.

—Estela y Marcos han ganado en el amor..., ¿o no? —Bea sonríe y deja sin palabras a Ana. La chica tiene toda la razón.

El bar se va despejando poco a poco. Son casi las diez, y muchos de sus compañeros aún tienen que estudiar para mañana. Todos se despiden efusivamente y con alegría. ¡Esta fiesta se va a recordar durante años! Los padres de Bea también se retiran.

—¡Nos vemos en casa, hija! —exclama el padre—. ¡ES MI HIJA!

La homenajeada se pone la mano en la frente pero en realidad ya no le da tanta vergüenza. Su padre está muy chistoso. La madre de Bea agarra a su marido de la solapa de la chaqueta de manera muy cómica para hacerlo callar. Las *Princess* ríen.

—Tu padre es demasiado —sonríe Ana.

—Y que lo digas... Pero le quiero un montón —responde Bea.

El dueño del bar sigue cobrando las bebidas pendientes. Abatido y cansado, Sergio espera su turno. La fiesta y todo lo sucedido, la pierna y las muletas lo han dejado K. O. Ana lo observa, y se da cuenta de que el chico, que se ha quedado el último en la barra, no está bien.

—Oye, Bea —murmura la chica—, ¿por qué no vas a hablar con Sergio? Lo veo un poco solo, y sigue siendo tu novio.

—No sé, Ana; me da pereza —responde su amiga. De repente, también se siente cansada.

—Recuerda que él tuvo la idea de organizar esta fiesta... Y está aquí. ¿No crees que se lo merece? —Ana quiere que su amiga reflexione y recapacite.

—Tienes razón. Haré un esfuerzo, pero... ¡qué palo! —Bea resopla y recoge sus regalos.

Silvia, presente en la conversación de sus amigas, se despide tan rápidamente como puede. Quiere evitar a toda costa cualquier situación embarazosa.

—Bueno, yo me voy pitando... Mis padres me esperan para cenar y ¡ya sabéis cómo se pone mi madre si llego tarde! ¡Un beso! —Levanta la mano para despedirse. No tiene valor de acercarse a Bea.

—¿Mamá nos espera para cenar? —la detiene la voz de David, a quien sorprende el comentario de su hermana. Le parece raro que su madre los haya citado para cenar, cuando los domingos siempre hay pizza y película, y cada cual hace lo que le place.

—Me lo ha dicho mamá antes de saaaaaaaliiiiirrrrr. —Silvia mira a su hermano con los ojos muy abiertos y arqueando las cejas. Su frase y sus gestos tienen la intención de decirle, en un doble mensaje: «David, me quiero ir y rápido... No me lo hagas más difícil».

David entiende a su hermana a la perfección y decide echarle un cable.

—Ahhh, sí; no me acordaba... Dile a mamá que iré un poco más tarde, ¿de acuerdo?

Silvia se retira. Ni mira a Sergio cuando pasa junto a él. No quiere que nadie perciba nada, ni que entiendan lo que no es. Sergio también hace como que no la ve. No quiere estar ahí; pagará y se marchará.

El chico abona su consumición y, despacio, se dirige a

coger un taxi. Bea, que ha ido al baño antes de enfrentarse a la situación, ve que su aún novio no está y le da un vuelco el corazón. Oye una voz muy fuerte dentro de ella que le apremia: «Es ahora o nunca. ¡Hazlo!». La chica sale corriendo del bar y busca al chico. Sergio está cruzando la calle.

—¡Sergio, espera! —La chica corre hasta él. Sergio se vuelve con lentitud—. Te quiero dar las gracias... —dice la chica resoplando—. Ana me ha dicho que has organizado la fiesta.

—Sí, bueno... Felicidades —contesta él.

—Gracias...

—De nada —responde.

Ambos callan, y los envuelve un silencio incómodo.

—Oye..., ¿tienes un minuto? —En realidad, la frase de la chica significa: «Tenemos que hablar», pero planteado como una pregunta suena menos contundente.

Sergio la sigue hasta un banco de piedra frío como el hielo. Se sientan. Bea deja sus regalos a un lado. Está visiblemente nerviosa.

—Dime —comienza él.

—Ya lo sabes, Sergio...

—Ya —responde él con los ojos perdidos en el horizonte.

—Lo siento.

—Sí. —A Sergio se le dan mal este tipo de situaciones.

—Sí ¿qué? —pregunta Bea sin entenderlo.

—Lo nuestro. Porque estamos hablando de eso, ¿no?

A Bea le sorprende que el chico haya sido tan directo y contesta muy seca:

—Sí.

El silencio aparece de nuevo. Sergio mira a la que hasta

entonces era su chica. Bea se muerde el labio, como si no supiera cómo seguir la conversación, cómo expresarse.

—¿En qué estás pensando? —pregunta.

La chica le mira y deja salir un hondo suspiro.

—Te voy a ser sincera, Sergio. Me gustas mucho, pero creo que lo nuestro no funciona. —Bea ha sido valiente y honesta, ha enseñado sus cartas y descubierto su corazón.

—¿Y eso quiere decir...? —insiste él, a quien ha dolido la verdad, si bien piensa que la chica tiene razón, e incluso está de acuerdo con ella.

—Que tengo dudas. —Un silencio largo inunda el espacio. El banco donde están sentados parece más frío que antes. Los árboles se convierten en esqueletos y los edificios en puro cemento solitario—. Creo que deberíamos dejarlo.

Sergio sigue en silencio.

En ese mismo instante

El taxi ha dejado a Marcos y Estela en el portal de casa de la chica. Han estado callados durante todo el viaje. Apenas se han dirigido la palabra después de la actuación. Estela está cansada y un poco ansiosa. No sabe muy bien cómo reaccionar. No sabe si Marcos la ha besado sólo para quedarse con el jurado y montar el espectáculo en la tele, o porque la ama de verdad.

Por otro lado, el chico también está algo aturdido por la experiencia. A cada instante que pasa tiene la sensación de que ha obrado mal. Que podría haberlo hecho de otra manera. Durante el trayecto ha repasado mentalmente la actuación por lo menos tres veces. Y cada vez, después de la canción, piensa en las posibles respuestas con las que podría haber sorprendido al jurado.

—Bueno, por fin llegamos... —comenta Estela, con un pie en el portal.

—Sí... —responde Marcos, sin saber qué decir.

—¿No quieres que el taxi te acompañe a casa?

—No, es igual, iré andando. Estela, yo...

—No digas nada. —La chica pone el dedo índice en los labios de su amigo—. No hace falta. Has estado muy bien. Me ha gustado mucho lo que has hecho..., pero la próxima vez me avisas, ¿vale? —Estela está muy cansada, y no quiere broncas. No quiere que Marcos le diga que se arrepiente, que eche a perder el recuerdo de ese beso que, para ella, ha sido inolvidable.

—Estaba pensando en lo mismo... Pero te he visto tan guapa... y los ensayos han sido tan potentes... y... —Marcos no acaba la frase, Estela lo acalla con un beso interminable. Por fin, el momento tierno que ambos tanto deseaban. Sus labios encajan con suavidad. Una brisa tibia les acaricia la cara, y Estela enreda su mano en el pelo del chico. No podemos saber cuánto tiempo dura su primer beso de verdad. Los primeros besos no están sujetos a la temporalidad porque son eternos.

Después de la eternidad, la pareja se sonríe y se funde en un abrazo tierno y cálido. Estela siente como su corazón se expande, y Marcos no se puede creer todo lo que siente junto a ella. Él no se había enamorado nunca. Siente que un cosquilleo le invade desde la punta de los pies hasta la cabeza, como si mil hormigas le recorrieran todo el cuerpo. Se le eriza la piel.

—Me gustas mucho —confiesa, hundiendo la cara en el pecho de la chica.

Como respuesta, ella lo abraza con más fuerza.

—¿Quieres salir conmigo?

Estela aguanta un par de segundos en silencio. Sólo ha oído esta pregunta en las series de la tele, y le parece absurda. Marcos siente cómo el cuerpo de la chica vibra un poco.

—¿Qué pasa? —pregunta, confuso.

Estela no puede aguantar la risa. La mezcla de nervios y lo ridícula que encuentra la frase, aunque le haya encantado oírla, consiguen hacerla reír.

—¿Eh? Nada, nada... Es que... —La chica suelta una pequeña carcajada e intenta evitarla tapándose la boca con la mano—. Perdona, Marcos, no eres tú... Es que... —Estela no puede contener la risa, y estalla en carcajadas.

Marcos la mira, inseguro. Se siente frágil. Estela ya no puede parar de reír. Le ha dado la risa tonta; sí, sufre un ataque de risa y, aunque lo intente, es incapaz de dejar de carcajearse.

—¿Qué? —suelta el chico a la defensiva, deshaciendo el bonito abrazo que compartían.

—Ven aquí, tonto. —Estela se le echa encima llenándolo de besos—. ¡Claro que quiero salir contigo! Sólo que me ha parecido gracioso que me lo preguntaras así, ¡como si fuéramos los protagonistas de una serie de la tele!

—Ya... Soy un patán... —murmura el chico, avergonzado.

—No —le corrige ella—. Eres adorable.

La pareja se mira y, de pronto, empieza a reírse por lo cursi del momento. Para decirse que se gustan y que quieren un compromiso mayor, han recurrido al saber popular de la ficción, sobre todo el de las comedias románticas estadounidenses, en las que sale el típico adolescente indeciso que, finalmente, se arma de valor, se planta frente a la chica que le gusta y le dice: «¿Quieres salir conmigo?». La chica calla durante unos segundos y le hace sufrir hasta que, al fin, consiente. Pero por suerte, el amor es más rico y, por desgracia, también más complejo, y por eso la vida no es como en las películas. Estela y Marcos, que lo saben, se ríen sanamente de ellos mismos.

Poco después

Bea no puede evitar que las lágrimas le recorran las mejillas. Las despedidas siempre son difíciles. A Sergio también le duele.

—¿Por qué lloras? —le pregunta él—. Eres tú quien quiere dejarlo...

—Y tú también quieres dejarlo —responde Bea con voz temblorosa.

—Ya... Por eso. Entonces ¿por qué lloras? Si los dos creemos que es lo mejor para nosotros, en lugar de llorar ¡deberíamos hacer una fiesta! —dice el chico, intentando quitarle dramatismo.

—Sergio, no seas así...

—No, lo digo en serio. A mí también me da pena, pero ahora la realidad es otra. Yo no siento despedirme de ti, Bea. Eres una gran persona y me gusta cómo eres, y creo que he tenido mucha suerte por haberte conocido y que te fijaras en mí, pero ambos sabemos que somos diferentes en muchos sentidos, y creo que si lo dejamos no nos cortaremos las alas, sino que dejaremos que se abran... ¡Hoy es tu cumpleaños, Bea! Puedes empezar de nuevo...

—¡Pues vaya cumpleaños! —solloza la chica.

—El mejor cumpleaños de tu vida..., ¿o no? ¿Has visto cuántas personas había en el bar? Y eso que faltó gente. Mi primo trabajaba pero te manda un beso. —Sergio piensa bien en lo que quiere decir—. Bueno, lo que quería decir es que, a lo mejor, esto es un regalo que te da la vida por tu cumpleaños...

—Puede. —Bea sonríe entre lágrimas. Aunque el momento sea triste, las palabras esperanzadoras de Sergio le hacen creer que quizá sí se abra camino un futuro mejor—. Entonces... ¿hacemos otra fiesta? —ironiza.

—Lo que digo es que no hace falta que lo vivamos como un drama. Pero tampoco vamos a convertir esto en un chiste. Duele, sí, pero hemos compartido un trecho de nuestro camino. Visto así, ¿no te parece bonito?

La chica se queda pensando, mira a su alrededor buscando una respuesta. Se da cuenta de que está representando el papel de la chica que llora a mares para erigirse en la víctima y dar lástima cuando, en el fondo lo que ella quería era que acabara la relación. El llanto es una expresión de dolor, pero el dolor también se siente dentro. Hay muchas personas que no derraman ni una sola lágrima y lo pasan mucho peor que otras que lloran a moco tendido. Sergio es de los que no lloran: muchas veces canaliza su dolor a través de su pintura. Cada pincelada y cada trazo son lágrimas que vienen de su interior. Hay un pequeño dicho que reza algo así como: «Los pintores pintan sus lágrimas en los lienzos, y sus lienzos son sus pañuelos, y sus trazos de colores, sus lágrimas». Así se siente Sergio cuando plasma su tristeza en su arte.

—Sergio... —Bea lo mira a los ojos—. ¿Puedo darte un abrazo?

—Sólo si me abrazas fuerte.

Los chicos pegan sus cuerpos. Sus corazones se despiden, y laten juntos: es el último abrazo como pareja. El viento arrastra unas hojas a su alrededor, se oye una ambulancia en el fondo, y una paloma se acerca a ellos, picoteando unas migajas de pan que hay en el suelo, como si la máquina del tiempo volviera a funcionar una vez más trayendo consigo una nueva época.

Capítulo 40

Dime que sí,
compañera,
marinera,
dime que sí.

Dime que he de ver la mar,
que en la mar he de quererte.
Compañera,
dime que sí.

RAFAEL ALBERTI

Ocho de la mañana

La mamá de Marcos despierta a su hijo con un buen desayuno en la cama. La mujer está más contenta que de costumbre. El día anterior, Marcos le dio una lección sin querer, y eso ha hecho mella en ella.

El chico está en las nubes. Por primera vez en mucho tiempo, su madre lo despierta con buen humor y un «buenos días», y sin decirle nada de lo que últimamente está acostumbrado a oír: «Levántate y ordena tu cuarto, que parece un mercadillo».

Es la primera vez que, desde que viven solos y en el nuevo piso, los dos notan que, por fin, vuelven a ser una familia normal.

—Marcos, esta noche he estado dándole vueltas a una cosa... —El chico espera a que ella continúe. Sabe que su madre ha tomado una decisión, y él tendrá que acatarla, sí o sí. Antes de continuar, su madre sube la persiana—. La habitación de los trastos, ¿sabes? —«Ahí está, seguro que quiere que la limpie», piensa el chico mientras da un mordisco al cruasán—. He pensado en limpiarla. Quiero tirar muchas cosas, y poner plantas...

—¿Quieres poner plantas en esa habitación? Pero ¡si no tiene ventanas! —responde el chico, algo confundido.

—No, quiero poner plantas en toda la casa. ¿Te has dado cuenta de que no tenemos ninguna? A lo que iba... El trastero... Sí... Al principio pensé que sería ideal como cuarto de la plancha, pero he pensado en algo mejor... —Aún de pie junto a la ventana, la madre se le queda mirando con una sonrisa brillante. «Ahora viene mi turno», piensa Marcos.

—He pensado que... —su madre habla con lentitud para que la sorpresa sea mayor—... ¡podrías utilizarlo como tu estudio de música!

A Marcos le sorpende tanto la noticia que casi escupe todo el café con leche como si fuera un aspersor automático.

—¿DE VERDAD?

Su madre ríe.

—¡Pues claro! Así no tendrás todas tus cosas amontonadas en la habitación. Un cuarto para la música, y otro para dormir. —Marcos sigue mirándola, anonadado—. Pero si no quieres, olvídalo, ponemos la plancha y listos.

—¿Y podría poner allí también el ordenador? —pregunta el chico rápidamente.

—Claro. Si te sirve para componer, ¡adelante! —Su madre percibe el brillo de ilusión en los ojos de su hijo y se imagina la cantidad de horas que, a partir de ahora, Marcos pasará en ese cuarto componiendo, ensayando, tocando... ¡Seguro que su hijo músico acabará siendo famoso!

—Y..., y... ¿podré poner hueveras en la pared?

—¿«Hueveras»? ¿Qué son «hueveras»? —pregunta la mujer intrigada.

—¡Hueveras, mamá! ¡Esas cajas de cartón donde se ponen los huevos! Se utilizan en los estudios de música para insonorizar el espacio. Pegas una junto a otra en la pared y eso mitiga el sonido. Así cuando toque no se oirá tanto y ¡no te dolerá la cabeza! —se burla Marcos, que está realmente emocionado.

—Es tu cuarto de los instrumentos... Puedes hacer lo que quieras.

Como impulsado por un resorte automático, el chico se levanta de la cama y le da un enorme abrazo. Si quisiéramos recordar una escena similar entre ellos, deberíamos remontarnos a un lejano día de Reyes, cuando él tenía ocho años. No es que su madre y él no se quieran, ni se lleven mal. Digamos que es una familia que no está acostumbrada a dar abrazos; pero cuando los dan, son explosivos, y de la mejor calidad.

Poco después, en el instituto

Estela ha llegado al centro sin ser consciente de lo que hizo anoche. De camino, ha notado que mucha gente en la calle se la quedaba mirando. Ella pensaba que tenía el guapo subido pero, cuando llega al instituto, los comentarios de sus compañeros le descubren que anoche todo el mundo vio el programa.

Todos la miran, desde los chicos de los cursos inferiores hasta los profesores. Algunos lo hacen de soslayo, otros, de manera descarada. Estela siente las miradas clavadas en su cogote. Y eso la hace sentir radiante, algo parecido a reina por un día. Antes de entrar en el aula se encuentra con dos de las *Princess*, que la esperan entusiasmadas.

—¡Eres la mejor! —exclama Ana, imitando el estilo de las animadoras de fútbol americano. Salta encima de ella y le da un achuchón tan grande que parece como si Estela hubiera llegado de hacer las Américas.

—¡Cantaste de maravilla! ¡Eres famosa! ¡Todo el mundo habla de ti! —exclama Silvia a su vez, y se cuelga de sus amigas por detrás.

—¿Sí? No será para tanto... —responde Estela, y mira a su alrededor—. ¿Dónde está Bea? La quiero felicitar.

—Todavía no ha venido. Ayer tuvo un día... —contesta Ana.

—¿Qué pasó? —Estela la mira interrogante.

—¡Uy, muchas cosas! La fiesta fue genial. Qué digo genial, ¡increíble! Vino casi todo el instituto.

—¡Qué bien! ¡Siento mucho no haber podido ir! —se excusa Estela.

—No te preocupes, de alguna manera estabas con nosotras. ¡Te vimos en la tele! —dice Silvia, orgullosa.

—Bueno... Supongo que os lo tengo que decir... —Ana baja la voz y fija la vista al suelo—. Pero no le digáis a Bea que os lo he contado, ¿vale? —Silvia y Estela se acercan a Ana para asegurar su confidencia—. Después de la fiesta coincidí con ella en el Messenger y... me dijo que ha cortado con Sergio.

Silvia se queda helada. ¿Será por su culpa? De pronto le entra una angustia insoportable. Se encuentra mal. Quiere irse a casa... «¡No, por favor!»

—Fue después de la fiesta. Cuando nos marchamos se quedaron solos, hablaron y decidieron cortar. Eso es lo que me dijo...

Ana quería avisar a sus amigas para que, cuando Bea llegue, la cuiden al máximo.

—¿Y como está? —pregunta Estela preocupada.

—Bueno... Hablamos muy poco porque ya era tarde, pero me pareció que estaba bien. Además, tú no lo sabes porque no estabas, pero ella ya nos había confesado en la fiesta que Sergio no le gustaba... Veremos qué pasa cuando llegue. —Ana pone cara de circunstancias—. Cortar con alguien, aunque lo tengas claro, siempre duele, ¿no? Así que debemos apoyarla, ahora más que nunca. ¿Qué os parece si comemos juntas?

Estela asiente con la cabeza de manera rotunda, pero Silvia se queda pensativa.

—Yo... Ya veré... Es que... —A Silvia le cuesta expresarse. Ayer se fue de la fiesta para evitar conflictos y hoy siente que, si da un paso en falso y las cosas se tuercen con Bea, eso puede desembocar en una guerra mundial. Las chicas esperan que Silvia se decida, pero entonces suena el horrible timbre del instituto. ¡Es hora de entrar en clase!

«¡Salvada por la campana!», piensa Silvia.

Nunca mejor dicho.

Poco después

Marcos camina rápido, de nuevo volverá a llegar tarde a clase de matemáticas con la Sargento. La primera clase del lunes y ¿tiene que ser la de matemáticas? ¿Alguien piensa en la salud mental de los alumnos? Si llegas tarde, la Sargento suele interrumpir la clase y, desde la pizarra, te hace quedar en evidencia. Marcos ya lo ha visto con algunos compañeros y también lo vivió en carne propia una vez. En esa ocasión, la Sargento le dijo: «El día en que resuelvas la ecuación de tus cabellos, te sabrás peinar. Entonces serás capaz de llegar pronto a clase». Sus compañeros se rieron de él.

Desde ese día el chico ha conseguido ser puntual, pero hoy le ha resultado imposible. Ha querido disfrutar de ese buen momento con su madre. Camina rápido y mira el reloj. ¡Perfecto!, un cuarto de hora tarde. Decide apretar el paso. Es curioso, cuando uno llega tarde al instituto no es necesario mirar el reloj, le basta con echar un vistazo a la calle y la entrada del centro, y ya lo sabe: ambas están desiertas. Los únicos transeúntes son jubilados que pasean al perro y transportistas que sirven los pedidos a los supermercados.

Encuentra cerradas las puertas del centro. Toca el timbre. El conserje le abre y Marcos sube de dos en dos la escalera trotando como si fuera un caballo salvaje hacia el aula. Cuando está delante de la puerta, respira hondo un par de veces. No quiere llegar resoplando y darle un motivo de burla a la Sargento. El chico posa la mano en la manija. «Tres... dos... uno... ¡Bienvenido al infierno!», se dice a sí mismo mientras abre la puerta.

Toda la clase lo mira. La Sargento detiene su explicación y lo mira también. Marcos espera su comentario más cruel.

—¿Sabe usted que hace matemáticas con la música? —le insta la profesora.

Marcos calla ante la mirada sonriente de sus compañeros. No entiende muy bien la pregunta, y está convencido de que es una trampa.

—No...

—La actuación de ayer fue excelente. No esperaba menos de usted.

En silencio, el chico se dirige a su pupitre. Al pasar por las mesas, tres compañeros le palmean el brazo. Al sentarse, el alumno que se sienta detrás de él le da un par de golpecitos en la espalda. La Sargento continúa la clase.

—Como iba diciendo... Hoy haremos un *stop* en nuestro temario. Vamos a dedicarle la clase a usted. —Se dirige a Marcos, que aún no ha tenido tiempo de sacar la libreta de los apuntes—. Veremos qué relación hay entre el solfeo, las melodías musicales y las ecuaciones matemáticas. Verán que su amigo, el que se sienta ahí, hizo sin querer un logaritmo neperiano, con lo que se adelantó a la última lección del curso.

Los alumnos que están sentados delante de él se vuelven y lo miran con orgullo. Marcos se ha puesto más rojo que en la televisión. Al igual que Estela, él no pensaba que su estreno en la pantalla pudiera causar tanta expectación.

Hora de comer

La salida del instituto es un hervidero de gente. Ana, Estela y Silvia están en su rincón de siempre. Les extraña muchísimo que Bea no haya llegado. Ana está preocupadísima.

—¿Le habrá pasado algo? —pregunta Estela.

—No lo sé... —responde Silvia, aliviada. El hecho de que Bea no haya acudido le da un respiro y una buena excusa para no quedarse a comer.

—Yo la llamaría, ¿qué me decís? Pero me dejé el móvil. ¿La llamas tú, Estela?

La aludida mira a su amiga apretando los labios.

—No tengo saldo. Sólo puedo recibir llamadas... Silvia, ¿puedes llamar tú?

A Silvia le acaba de caer el muerto encima. Sus amigas saben que ella siempre tiene saldo. Es la más organizada de las *Princess*, y no soporta quedarse sin...

—Bueno..., yo... —contesta dubitativa.

—No seas rata, Silvia, ¡es sólo una llamada! —exclama Ana.

Silvia no tiene escapatoria. Abre la mochila y busca en los contactos. Ella quería ahorrarse hablar con Bea, y ahora no tiene más remedio que llamarla. «¿No quieres caldo? ¡Pues toma dos tazas!», piensa la chica. ¿Qué otra opción tiene? Podría confesarles a sus amigas: «La verdad es que no la quiero llamar ni hablar con ella, porque... ¡le he robado el novio! Lo entendéis, ¿no?». No, no van a entenderlo.

«De perdidos al río», piensa. La chica espera el tono en su teléfono.

—No contesta... —comenta, a punto de colgar después de oír el tercer pitido.

De pronto...

—¿Sí?

—¿Bea?

—¡Silvia! Perdona, no sabía quién eras, todavía no me aclaro con este móvil nuevo, con cómo se copian los contactos. ¿Qué pasa?

No parece que Bea lo esté pasando mal. Su voz es de lo más clara.

—Mmmm... Es que... ¿Dónde estás?

—¡Ah! Estoy con mi padre en la montaña. ¡Hemos ido a hacer *rafting*! Ahora estamos comiendo en un restaurante. ¡No veas cómo molaaaa! —Bea parece feliz de la vida.

Ana y Estela hacen señas a Silvia para que les informe de la conversación. Ella las calma gesticulando con las manos, pidiéndoles que esperen.

—¡Qué bien! —exclama Silvia, y sonríe a las chicas para que dejen de sufrir, que no hay malas noticias—. Bueno, pues... Mmm... —carraspea, porque no sabe qué más decir.

De un manotazo, Ana le roba el móvil. Silvia respira, aliviada.

—¡Bea! ¡Soy Ana! ¿Cómo estás? ¡Nos tienes muy preocupadas!

—¡Estoy de maravilla! —responde Bea con una alegría infinita—. Con mi padre, en la montaña. Me he levantado y él no tenía que trabajar y nos hemos regalado un día juntos...

—¡Qué guay! Y el tema de... ¿Sergio? Se lo he contado a las chicas... ¿No te importa?

—¿Tema Sergio? —Bea hace una pequeña pausa—. ¡Superado! La verdad es que es un amor. Fue muy comprensivo, y hemos quedado como amigos. Pero cuando digo como amigos, es como amigos de verdad. Tenemos gustos distintos y la cosa no funcionaba, pero...

—Pero ¿tú estás bien? —Ana se muestra excesivamente preocupada.

—¡Ya te he dicho que de maravilla! —la tranquiliza su

amiga—. Me he quitado un peso de encima. Entiéndeme, no es que me sintiera atada a Sergio ni nada de eso pero ayer, después de hablar con él, sentí como si se me abrieran las alas, ¿sabes? ¡Oye! ¿Estela está con vosotras?

Ana le pasa el teléfono a Estela, con una gran sonrisa.

—¡Hola! —saluda ésta, en un tono cariñoso.

—¡Hola, Estela! ¡Ayer estuviste genial! ¡Y menudo premio! ¡Qué besazo! —exclama Bea, cambiando radicalmente de tema.

—Ah, sí. Puff, qué vergüenza... —contesta su amiga, recordando el momento.

—¿Vergüenza? ¡Si fue superromántico! Dime, ¿qué pasa con Marcos? ¡Cuenta!

Estela mira a Ana y Silvia, pues lo que va a decir lo van a escuchar ellas también.

—Marcos... Bueno... Después del programa se me declaró oficialmente... —Ana y Silvia se miran sorprendidas y sonrientes y le dan un pellizco cariñoso a su amiga en la cintura—. Es adorable, la verdad, y yo ¡estoy loca por él! Ni Leo ni tonterías... Marcos *forever*.

—¡Estela! Pon el manos libres un segundo, porfi... —pide Bea. Estela mira el móvil, es muy parecido al suyo, así que sabe cómo funciona. Conecta el altavoz. Las chicas hacen corro para pegarse al teléfono—. ¿Ya?

Todas contestan al unísono.

—¡Síiiii!

—Os quiero dar las gracias a todas, *Princess*. Para mí sois muy especiales. Ayer me acompañasteis tanto. Ana: gracias por tu cariño y tu blog, gracias por estar allí cuando necesito que alguien me escuche. Estela: tu arte me llena un montón. Contigo he aprendido que la vida se puede mirar de otra manera. ¡Gracias también por ser mi amiga! Y Silvia... —Bea hace una breve pausa.

Silvia hace ademán de decir algo.

—Shhht... Se lo está pensando... —El susurro de Ana la detiene.

—Silvia; tú... Tú... simplemente eres maravillosa. Siento haber dudado de ti... Me conoces, sabes que soy algo celosa y que no me he portado muy bien contigo y, aun así, siempre has estado ahí, paciente, y eso no tiene precio. ¡Gracias por ser como eres!

Silvia respira, aliviada. Se acaba de dar cuenta de que todas sus suspicacias con respecto a Bea eran infundadas. Sus ojos se le llenan de lágrimas.

—¡Gracias a ti, Bea! —le responde—. Sé que no hemos hablado mucho durante estas dos últimas semanas..., pero quiero que sepas que te quiero un montón, y que siento mucho lo que ha pasado con Sergio.

—¿Sergio? ¡Sergio te lo regalo! ¡Todo para ti! —La voz de su amiga se oye claramente por el altavoz. El comentario que acaba de hacer es totalmente sincero, es un comentario lleno de alegría y de verdad. Silvia sonríe. Si ahora mismo pudiéramos ver su corazón como si fuera un dibujo animado, estaría dando brincos y cantando de alegría. La chica puede notar su carcajada en forma de latidos—. Y yo, mientras tanto, seguiré buscando a mi príncipe azul... y no tengo ninguna prisa, os lo digo de verdad. Ahora sólo quiero ¡DISFRUTAR DE LA VIDAAAAA!

—¿Lo dices totalmente en serio, Bea? —pregunta Silvia con una mezcla de alegría, temor y expectación.

—Sé por qué lo preguntas, y nunca he hablado más en serio. Ayer hablé con Sergio, y sé lo que siente por ti. Y está claro que él también te gusta, aunque te hayas negado a reconocerlo porque estaba yo. Eres una buena amiga, Silvia. Y las buenas amigas se merecen una recompensa. Créeme cuando te digo que no me importa que empecéis a salir; de hecho, si he de ser sincera, creo que estáis hechos el uno para el otro. Yo tengo que seguir mi camino y vosotros, el vuestro.

Por la tarde, en casa de Ana

Llaman al timbre. Ana se levanta de su escritorio. Estaba concentrada en su nueva entrada del blog. Lo primero que ve cuando abre la puerta es un montón de rosas rojas. Detrás de las flores se esconde David.

—¡SORPRESA! —exclama el chico, sacando la cabeza por encima del ramo.

—Pero ¿qué...? —Ana está flipando. Nunca le habían regalado tantas flores juntas—. ¿A qué se debe esto?

David le ofrece el ramo, la chica lo acepta y lo mira con devoción.

—Hoy es un día muy especial... Sí, ¡especial! —La voz del chico delata que está nervioso.

—¿Por? —pregunta ella sonriendo.

—Pues porque... Cómo te lo diría... —David mira el techo como si buscase una respuesta, pero en realidad lo tiene muy claro. De pronto se pone muy pero que muy serio—. Creo que tenemos que hablar, Ana. ¿Me dejas pasar?

La muchacha traga saliva. David ha dicho «la frase». La maldita frase que precede a algo malo. Cuando alguien te dice «la frase» («Tenemos que hablar»), lo más seguro es que de ahí no salga nada bueno, y te caiga la maldición.

La chica hace pasar a David. Está confusa. Piensa que no puede ser que su chico se haya presentado para dejarlo con ella con ¡un ramo de flores! Pero él sigue con la misma cara de pasa y, sin mediar palabra y con paso decidido, se dirige a la habitación de ella. Ana lo sigue a paso lento y llena de miedo. ¿Por qué está tan serio, si le acaba de regalar un ramo de flores? ¿Quizá cree que, con el regalo, el golpe será menos duro? ¿Qué querrá?

—Ana, siéntate. —De pie junto a la cama, David ofrece asiento a su novia.

—¿Qué pasa? —Ana está empezando a preocuparse.

—Ahora quiero que me escuches bien.

—David, ¡para ya que me estás volviendo loca! —explota la muchacha.

El chico deja su actitud seria, se acerca a ella y le da un pico en la boca. Se arrodilla delante de ella y se apoya en su regazo. David está más tierno que nunca. Ana no sabe por dónde le saldrán los tiros.

—Hace como tres semanas leí tu blog...

—Ahora estaba escribiendo una nueva entrada... —comenta Ana señalando el ordenador.

—Ya. Pero cuando digo que leí tu blog, me refiero a todo tu blog. Ana, ¡me pareció buenísimo!

—Bueno... ¡Gracias!, no sé, tampoco hay para tanto... Es un blog y nada más...

—Entonces estuve pensando y bicheando por *Internete* y descubrí un concurso de blogs... —Ana hace ademán de interrumpir, pero él la detiene con la mano—. Lo sé, lo sé... Te lo tendría que haber comentado antes...

—David... ¿Qué has hecho? —Ahora es ella la que se

pone seria. Le gusta que la gente lea su blog, pero no le hace ninguna gracia que la gente juegue con ello a sus espaldas.

—Me inventé un perfil de correo electrónico con tu nombre e inscribí tu blog en un concurso de la red.

—Que... ¿QUÉEEEE? —Ana no se lo puede creer.

—Ana, Ana..., tranquilízate, ¿quieres? —El chico la coge por los brazos. Es vital que ella entienda lo que ha pasado.

—Lo que me cuentas no me gusta nada... Por eso me has regalado las rosas ¿verdad? ¡Para comprarme! —Ana está realmente enojada. Para ella, David no ha jugado limpio al regalarle las rosas, puesto que tenía una intención oculta con ello.

—Ana, ¿quieres dejarme acabar? Has ganado. ¡HAS GANADO EL CONCURSO! —Los dos guardan silencio. David espera a que su novia reaccione. La chica está intentando comprender la situación y, como si de un ordenador que reinicia el sistema se tratara, se queda «colgada» un momento. David aprovecha para explicarse—. Quizá obré mal al hacerlo a tus espaldas, pero cuando descubrí el concurso me dije: «¿Por qué no? ¡Ella lo vale!». Sabía que tú no lo harías, y lo hice yo. Y pasaron los días y recibí un e-mail en el que me decían..., corrijo, *te decían* que habías ganado.

Ana empieza a esculpir una sonrisa lenta en su rostro.

—¿Y qué he ganado? —pregunta la chica con tono neutro, como si en realidad no le importara.

—Has ganado mayor proyección en la red. Esto quiere decir que si quieres escribir sobre algunos temas ¡igual te pagan! Me explico. Este concurso era de cultura..., eso para empezar..., y como has ganado..., tienes entradas gratuitas en todos los cines y teatros de la ciudad durante un año.

También podrás ir a todos los conciertos que quieras. Lo único que te piden es que sigas escribiendo el blog igual que hasta ahora pero... añadiendo entradas en las que opines sobre las diferentes actividades culturales que realizas. Ya sabes: la crítica de una película, o una obra de teatro... Te pagarán por ser tú misma y decir lo que piensas. La gente se matará para que hables de ellos.

Ana no tiene palabras. David tiene razón, si fuera por ella nunca se habría presentado a un concurso de ese tipo.

—¿No dices nada? ¿Sigues enfadada? —El chico espera una respuesta.

—Es imposible enfadarse contigo. —Ana acoge al chico en su regazo. Un pensamiento le brota en la mente: «Qué suerte tengo...».

En ese mismo instante

A Silvia le suena el móvil. Está en su casa estudiando y no espera ninguna llamada. Mira la pantalla del teléfono con curiosidad... ¡Sergio! Deja sonar el teléfono unos instantes. «¿Lo cojo o no?» Justo en el momento en el que la chica se decide, el teléfono deja de sonar.

Silvia se levanta de la silla, nerviosa. «¿Le devuelvo la llamada?» No han pasado ni treinta segundos y el móvil vuelve a sonar. Silvia respira hondo: esta vez sí va a contestar.

—Hola —responde nerviosa.

—Hola... —Se hace un silencio incómodo. Sergio carraspea—. Estoy en el portal de tu casa y... no me acuerdo de tu piso. —Silvia recibe este comentario como un puñetazo en el estómago. ¡No se lo esperaba para nada! Y no es que le disguste, sólo que... ¿está preparada?

—¿Qué quieres? —pregunta la chica con la voz entrecortada.

—Bueno... Tengo un taxi esperando... Quiero enseñarte algo. ¿Te pillo en mal momento?

—¿Adónde vas? —pregunta ella para ganar tiempo.

—Bueno, la pregunta correcta sería adónde vamos, si es que... ¿puedes bajar un segundo?

Silvia no sabe qué esperar pero, después de haber hablado con Bea, cree que es hora de descubrirlo y, sobre todo, no huir y enfrentarse a sus verdaderos sentimientos. Sergio tiene algo importante que decirle; de lo contrario, no habría ido hasta su casa.

Diez minutos más tarde

Silvia está dentro de un taxi, camino a no sabe dónde. Al salir a la calle, Sergio la ha hecho subir al coche y éste, sin que el chico le diera ningún tipo de dirección al taxista, ha empezado el trayecto.

Si Sergio fuera un desconocido, a estas horas la chica estaría pataleando con desespero, pero decide confiar en él. Además, Sergio está guapísimo, y ella está demasiado nerviosa como para preguntar nada. El viaje dura unos veinte minutos. Han llegado a las afueras de ciudad.

—Es aquí —le dice el chico al taxista, que frena el coche en doble fila en una zona industrial donde sólo hay descampados, unas cuantas fábricas horribles de cemento gris y una carretera mal asfaltada iluminada por la luz blanca de unas farolas viejas.

El chico pide al taxista que no pare el contador, que regresan en seguida, y ambos chicos salen del coche. En las afueras de la ciudad hace algo más de frío, y ella se abrocha la chaqueta. Las muletas de Sergio los obligan a caminar a paso lento.

—Te quiero enseñar una cosa —dice, conduciendo a Silvia hacia un caminito. La chica mira hacia atrás—. No te preocupes. El taxi esperará.

Las palabras del chico la tranquilizan. Se siente desprotegida ante ese paisaje desolado de la zona industrial. Sergio bordea el caminito y se dirige hacia un gran muro que rodea una empresa abandonada.

—¿Qué es? —pregunta Silvia, que entrevé lo que él quiere enseñarle.

—Ya lo verás... Espero que te guste... ¿Tienes frío?

—No. Bueno, un poco. Pero dices que no estaremos mucho rato, ¿no?

—No sufras... Volveremos en seguida, ya te he dicho que sólo será un momento.

Por fin llegan al muro, y Sergio camina un poco más, buscando algo. El muro esta lleno de grafitis artísticos de todos los tamaños y colores. También está lleno de pintadas que no se entienden nada. Al verlas, a ella le asalta una pregunta.

—Oye —dice curiosa—. ¿Por qué no se entiende la mayoría de las palabras de los grafitis?

—Es que no son palabras —le explica él mientras caminan a paso lento hacia su destino—. Son firmas, y cada cual tiene la suya. Las firmas no se entienden, ¿verdad? Es decir, que muchas no se pueden leer... Esto se debe a que una firma es como una huella dactilar: representa la identidad, el carácter, y para nosotros los grafiteros es nuestra manera de decir: «Estoy aquí, y soy arte».

—¿Y tenéis que hacerlo en una zona tan horrible?

—¡Ésa es la gracia! Pintamos en lugares horribles y desolados y los transformamos, les damos belleza. Llevamos nuestro arte a lugares inaccesibles, lugares adonde no accede la gente con dinero e ideas preconcebidas. Aquí trabajamos. Pintamos, dibujamos, hacemos nuestras pruebas... y, aunque puede parecer lo contrario, todos nos respetamos un montón. Un grafitero jamás pintará encima de otro grafiti. Eso es una ley universal para nosotros.

—No lo sabía. Algunos me gustan mucho —afirma Silvia mientras observa las pintadas y garabatos.

Sergio le imparte una lección rápida de arte callejero.

—Es aquí... Cierra los ojos. —El chico se vuelve hacia ella y Silvia obedece—. Cógeme de la chaqueta, pero no abras los ojos. —Ella sonríe; la aventura le está gustando. Sergio camina unos pasos más. La chica sigue agarrada a su chaqueta, con los ojos cerrados—. Ya puedes abrirlos.

Silvia no se puede creer lo que ven sus ojos. Es un mural de tres metros por dos. Dentro de un cielo azul con algunas nubes blancas hay una chica morena con las manos en la cintura, medio sonriente. Está vestida de colegiala, con una falda de rombos blancos y negros que le llega hasta las rodillas. Por debajo de ellas tiene dibujados unos calcetines rojos y, en los pies, unos zapatos de charol. También luce una camisa blanca con una pequeña pajarita negra. La chica que le sonríe desde el grafiti del muro tiene una mirada lúcida e inocente y ¡es ella!

—Lo acabé esta mañana. Eres tú... ¿Te gusta? —El chico mira orgulloso su mural.

—Pero..., pero... ¿esto lo has hecho hoy? —pregunta ella, emocionada.

—No, no. ¿Te acuerdas cuando nos conocimos? Al día siguiente vine hasta aquí y empecé a trabajar en esto..., hasta hoy.

Silvia abre mucho los ojos y la boca, gratamente sorprendida. Está maravillada.

—Yo... No sé qué decir...

—No hace falta que digas nada. Lo he hecho porque he querido. Ayer, en la fiesta, te dije algo, y quería que lo entendieras, eso es todo. Sé que quizá te cueste creerme pero... no hablaba por hablar. —Sergio calla. Silvia no puede evitar que un par de lágrimas escapen de sus ojos. Se acerca a él y le da un abrazo fuerte, de los que uno imagina que dan las madres y las novias a los soldados que regresan de luchar en el frente.

Sergio deja caer las muletas.

Podríamos decir que el abrazo dura un minuto, dos... pero, como un beso, un abrazo puede ser eterno y durar, así, una eternidad. En el caso de esta pareja, el abrazo se confunde y se convierte en un beso: muy lentamente, sus brazos dejan de sujetar con tanta fuerza el cuerpo del otro y, a medida que despegan sus cuerpos, acercan sus cabezas. Muy lentamente, como en las películas románticas, como sucede a veces también en la vida real, sus caras se aproximan, los labios se entreabren, y se cierran los ojos para saborear el beso tan esperado que está a punto de llegar, de darse, de ser. Y es así como, al fin, nace ese beso, que no es otro que el primer beso que recibe Silvia, y el primer beso de amor de ambos. Es tierno, húmedo y suave. Como siempre habían soñado.

Más tarde, entrada la noche

Ana ha acabado de cenar. Entusiasmada con la noticia que le ha dado David, se sienta ante el ordenador para acabar la entrada que estaba escribiendo. Pero en vez de hacerlo, guarda el borrador y escribe otra, tan sincera y real como todas.

Nueva entrada:

Abrázame fuerte

No sé muy bien cómo comenzar esta entrada. Ha pasado muchísimo tiempo desde que empecé a escribir. No he sido consciente de la cantidad de gente que me ha leído hasta que he ganado un premio. He cambiado mucho desde entonces. Yo y mis amigas, las *Princess*, que, sin quererlo, también forman parte de esta historia. Sin ellas, este blog no tendría sentido. Sería sólo **yo** y, la verdad, **yo** no soy tan interesante. Todas las *Princess* tenemos nuestros miedos, nuestras fantasías y nuestras cosas. Si las juntamos todas, aparece esto: ***El blog de Blancanieves***. Las cuatro por separado somos muy normalitas. Cuatro chicas que estudian, salen los sábados y poca cosa más. Chicas del montón. Pero si nos juntamos, nuestra energía suma y sacamos lo mejor de nosotras mismas. Este año ha sido crucial para todas. ¡Han aparecido los chicos! El amor, el desamor, la ansiedad, el miedo a no ser correspondidas... ¿Cuándo acabará todo esto? Yo siempre había pensado que acabaría el día en que me enamorara y fuera correspondida, pero, incluso estando enamorada, no puedo evitar sentir miedo. Miedo de que se acabe, miedo de perderlo, miedo de que me deje por otra... Somos muy jóvenes y, aunque creemos en el amor para toda la vida, sabemos que esto es muy difícil, y no porque no queramos, sino porque es obvio. La gente se separa, los matrimonios duran cuatro días y ya no se lleva aquello de «hasta que la muerte nos separe». Pero ¿sabéis qué os digo? Cuando estos sentimientos negativos se meten en mi cabeza, los expulso rápidamente fuera.

FUERA, FUERA Y FUERA

Con esta actitud no se puede amar bien. Una no puede andar pensando que lo suyo se acabará, o que su amor tiene fecha de caducidad. Hay que disfrutar del momento como si nos fuéramos a morir mañana, pero pensando en que estaremos juntos toda la vida. Las *Princess* somos así. Igual alguien piensa que somos unas cursis y que hemos visto demasiadas películas románticas. Quizá sí. Pero nos gusta mucho ser como somos. Tenemos muchos miedos, es cierto, pero propongo desde mi blog un reto:

RETO DEL DÍA: A partir de hoy, no tendremos miedo del amor.

Del amor no se puede tener miedo porque con miedo, no disfrutas y, si no disfrutas, no puedes amar. Y no se puede amar sin amar. ¡Ay, qué lío! Bueno, como el amor, que a veces es un lío tremendo.

Me despido de todos vosotros con un enorme y fuerte abrazo, y os animo a todos a que cumpláis el reto de las *Princess*. El amor mueve el mundo, y es lo único que da sentido a la vida.

Por este motivo reivindico el abrazo como fuente de inspiración del amor porque cuando se da un buen abrazo, no se olvida fácilmente. Puedes abrazar una nube, puedes abrazar un árbol, a tu hermano, a tu hermana, a un hombre, a una anciana... pero ¡abraza! Y hazlo como quieras, y si algún día notas o sientes que me alejo...

¡Abrázame fuerte!

Firmado:

Blancanieves

*

Abrázame Fuerte

Qué bonito era cuando me decías al oído,
que me querías para toda la vida.
Y yo te respondía con ~~besos~~ versos y canciones,
en la noche, la noche infinita.

Pero todo pasa,
y con ella la noche, los versos y el amor
que se diluye en el aire
y se mezcla con TODOS MIS SUEÑOS!

Y a veces me encuentro durmiendo en el tiempo
te miro a los ojos y te digo al oído que ...
TE QUIERO!
que tanto te quiero que casi me pierdo...
→

*—— Sigue detrás...

ACORDES: SOL RE LAm DO

Abrázame fuerte (parte 2)

Muchas veces me pregunto
si el mundo cuando gira todo lo olvida,
TODO LO OLVIDA.
Y cuando cae la noche también se caen
esos versos que contigo un sentido tenían...

Y a veces me encuentro durmiendo en el tiempo
te miro a los ojos y te digo al oído,
abrázame fuerte, abrázame fuerte,
2 x abrázame fuerte... abrázame fuerte...
abrázame fuerte... como amigos...
abrázame fuerte... y nada más...
abrázame fuerte..
abrázame fuerte..*

* El final se repite a dos voces, el último "abrázame fuerte" será a capela y sin guitarra.

Marcos